별이 내려다 본다

(The Stars Look Down)

A.J. 크로닌 저

②

지성문화사

A.J. 크로닌 장편소설

별이 내려다 본다

이정빈 / 옮김

주요등장인물

데이비드 펜윅 ● 소년 광부로 일하다가 대학에 진학. 졸업 후 고향에서 교사로 재직. 넵튠 탄광의 사고로 아버지와 형이 죽자 정치가로 변신. 외롭게 정의를 부르짖는다.

죠 가우런 ● 기회주의자이며 호색한(好色漢). 기만과 술수로 여자를 능욕하고, 온갖 악행을 일삼는다.

아더 발라스 ● 리차드 발라스의 아들. 이상주의자이며 휴머니스트. 광부들의 복지를 위해 애를 쓰지만, 도리어 광부들의 의심을 받고 원한을 사서 파산함.

리차드 발라스 ● 넵튠 탄광의 주인. 철저한 영리주의(營利主義)자로 치밀하고 오만, 냉정한 성격의 사업가. 위험을 알면서도 작업을 계속하여 100여명의 광부를 몰살당하게 하는 사고를 불러일으킨다.

제니 선리 ● 허영심이 강한 미모의 여자. 처음에 죠 가우런과 관계를 가졌지만 죠의 계략으로 데이비드와 결혼.

로버트 펜윅 ● 데이비드의 아버지. 광부로 묵묵한 성격의 폐병환자. 탄광 수몰 사고로 죽음.

마사 펜윅 ● 데이비드의 어머니. 강한 성격으로 대대로 훌륭한 광부 집안임을 자랑으로 여김.

샘 펜윅 ● 데이비드의 맏형. 광부로 일하는 도중에 참전(參戰)하여 전사.

휴이 펜윅 ● 데이비드의 둘째 형. 위대한 축구선수가 되는 꿈을 실현하기 위하여 노력하지만 탄광 수몰 사고로 죽음.

힐다 발라스 ● 리차드 발라스의 맏딸로 아버지를 증오함. 스스로 지원하여 전선에 나간 후 의사가 됨.

그레이스 발라스·리차드 발라스의 막내딸. 자유분방한 성격으로 언니와 함께 지원하여 전선에 나감.

해리어트 발라스·아더의 어머니. 투병생활을 계속하다 약물로 인하여 의문의 죽음을 당함.

캐럴라인 원들리스·'캐리 고모'로 불리우는 리차드 발라스의 의남매. 발라스 가의 모든 일을 헌신적으로 돌봄.

스탠리 밀링튼·주물공장 사장. 애국심에 불타 자원하여 전선에 나간 후 전쟁공포증에 걸림.

로러 밀링튼·스탠리 밀링튼의 부인. 남편이 전선에 나간 후 죠와 불륜의 관계를 맺음.

헤티 토드·아더 발라스의 애인으로 무척 계산적인 성격의 아가씨. 리차드 발라스와 묘한 감정에 빠진다.

애니 메이서·데이비드의 여자친구, 샘 펜윅과 결혼하여 유복자를 낳음.

찰리 가우런·죠의 아버지, 약삭빠른 탄광부.

제임스 라메지·비열하고 냉정한 성격의 정육점 주인.

해리 뉴전트·하원의원, 탄광 노동자 연맹의 대행자로서 데이비드의 정치 활동을 도움.

클레먼트 베빙튼·자기과시욕이 강한 하원의원.

톰 헤든·성격이 거칠고 선동가적인 기질을 타고난 타인캐슬 노동조합 사무소장.

별이 내려다본다

차례

제2권

인생의 갈림길

연일 뜨거운 바람이 불고 있었다. 사람의 숨통을 막히게 하는 그런 바람이었다. 그 바람의 근원은 탄광 재난 사건으로부터 시작된 것이었다. 막장에서 애타게 구조를 기다리다 눈을 감은 원혼들이 뜨거운 바람 속에서 눈을 부릅뜨고 있었다.

탄광 법령 제83조에 의해 소집된 공식 심리의 마지막 회의는, 넵튠 탄광 재난 사건의 원인 및 상황 조사로 들어가 거의 폐회에 다 가서고 있었다. 램 가에 있는 시(市) 회의실은 숨이 막힐 정도로 사람들로 꽉찼다. 회의실 밖에도 군중들이 기다리고 있었다. 일종의 긴장감이, 납으로 테두리를 한 높은 유리창을 비추고 있는 오후의 햇살과 함께 사람의 숨결이 가득한 시공관 안의 임시 법정 안으로 스며들고 있었다.

위원석에는 위원장인 왕실 고문 변호사 헨리 더러먼드가 앉아 있었다. 그는 기술 고문인 탄광 조사반 대리의 보좌를 받고 있었다. 방 가운데에는 광산국을 대표해서 관내의 검사관이며 지방 검사관인 제닝즈가 앉아 있었다. 린튼 로스코 씨가 타인캐슬의 변호사 존 베너먼 씨의 위촉을 받고 넵튠 탄광의 소유자인 리차드 발라스의 변호를 맡고 있었다. 린튼 로스코 씨는 왕실 고문 변호사였다.

영국 탄광 종업원 연맹의 대행자로서는 하원의원 해리 뉴전트와 짐 더전이 착석해 있었다. 그리고 슬리스케일 탄광 종업원 공제조합의 대행자로서는 톰 헤든, 죽은 사람들의 유족 대표로서는 타인캐슬의 변호사인 윌리엄 스내그 씨가 착석했다. 석탄 채굴 권리 소유자 켈 경의 대행자로는 개스코인 대령이 심리의 추이를 주시하고 있었다.

정면의 좌석에는 리차드 발라스와 아더, 암스트롱, 허즈페드, 기타 넵튠 탄광의 간부들이 자리잡고 있었다. 셋째 줄의 증인석에는 데이비드와, 잭 리디, 해리 오글 및 고지촌의 광부들 몇 명이 뉴전트의 바로 뒤에 자리잡고 있었다. 그리고 계속해서 사망자들의 유족되는 사람들이 굳은 표정으로 앉아 있었다.

유족들은 대부분이 여자였다. 그들은 싸구려 상복을 입고 있었다. 그 중에는 모자가 없는 사람, 숄만 두르고 있는 사람들이 대부분으로, 그들은 모두 무슨 말인지 이해를 못해서 약간 어리둥절한 표정들이었다. 그들은 완전히 위압당한 얼굴들이었다. 법정 안은 그들 외에도 광부들과 시민들로 입추의 여지도 없이 꽉차 있었다.

관례적인 공식 절차에 따라, 재난 사건과 그것에 대한 조사 사이에는 어떤 일정한 기간이 정해져 있었다. 지금은 1914년 7월 27일부터 꼬박 6일간이나 법정을 계속 열어 오던 중이었다. 장내는 사람들의 떠드는 소리로 소란스러웠다. 지금까지의 진행을 보면 54명의 증인들이 두세 번씩 환문(喚問)을 받았다. 1만 5천 번에 걸친 질문과 그에 대한 답변이 있었는데, 그 동안에 분노와 설득과 반감에 찬 말들이 여기저기에서 마구 튀어나왔다.

헤든은 완전히 흥분했다. 그의 말은 질서를 잃어 심한 주의를 받기도 했다. 짐 더전은 문법에 맞지 않는 말을 하면서도 뉴전트의 냉정한 논법을 지지했다. 뉴전트는 법령 사항 및 지질학적인 탄층구조 같은 것에 관한 전문 용어를 남발했고, 린튼 로스코는 뛰어난 웅변으로 장내를 위압했다.

그러나 이제는 모든 것이 끝나 폐회로 접어들고 있었다. 왕실 고문 변호사인 린튼 로스코가 거드름을 피우며 일어섰다. 살이 찐 당당한 풍채로 강인한 턱에 긴 윗입술, 거기다 포도주 빛의 혈색을 지니고 있었다. 그는 2시부터 줄곧 증인들의 재심을 행하고 있었지만, 조금도 지친 기색이 없었다. 그는 연극무대 위에라도 서 있는 듯한 모습으로 위원장 쪽을 향해 돌아섰다.

이윽고 질문이 시작되었다.

위원장 : 말씀하실 것이 있습니까, 로스코 씨?
린튼 : 리차드 발라스 씨에 관한 질문입니다, 위원장님. 마지막으로 한 번만 더 발라스 씨에게 질문하게 해 주신다면, 사건에 적당한 결론을 내릴 수 있다고 생각합니다.
위원장 : 좋습니다, 로스코 씨.

리차드 발라스가 호출되었고, 그는 자리에서 일어나 곧바로 증인석으로 갔다. 그는 증인석에 똑바로 서서 높은 안골에 약간 홍조를 띤 채, 어떤 질문에도 솔직하게 대답하겠다는 듯이 겸손하면서도 열의에 찬 태도로 머리를 앞으로 내밀었다. 아더는 자리에 앉은 채 잔뜩 몸을 웅크리고 시선은 바닥에 떨어뜨리고 사람들에게 보이지 않도록 얼굴을 감추고 있었다.

린튼 : 리차드 발라스 씨, 또다시 괴로움을 드려 죄송합니다만 본인이 명확히 해 두고 싶은 점이 몇 가지 있습니다. 귀하는 넵튠 탄광의 소유자인 동시에 35년의 경험을 가진 광산기사이지요?"

리차드 : 네, 그렇습니다.

린튼 : 그러시다면 귀하는 광산의 여러 가지 경험을 누구보다 잘 알고 있다고 할 수 있겠군요?"

리차드 : 네, 그렇게 보는 것이 당연하죠.

린튼 : 그렇다면 다시 한 가지 묻겠습니다. 발라스 씨(천천히), 귀하께서 그 광맥을 베껴 나가기 시작했을 때, 구 넵튠 탄광의 물이 나왔던 작업장에 근접해 있다는 것을 생각해 보시지 않았나요? 단적으로 말하자면 발라스 씨, 귀하께서 지하의 상황에 관해서 알 수 있게 되는 방법은 두 가지밖에 없다고 봅니다. 그 하나는 보링을 해 보는 일이고, 다른 하나는 기록물에 의존하는 것, 간단히 말해서 평면도에 의존하는 길이 아닙니까?

리차드 : 지당하신 말씀입니다.

린튼(설득하는 말투로) : 그러나 보링은 결국 들어가는 그 자국 안의 것을 알 수 있을 뿐이겠지요. 때문에 큰 과실을 일으킬 수도 있다고 볼 수 있을 것입니다. 사실 보링이라는 것은 흔히 별로 뭔가를 알아 내지 못하거나, 전혀 알아 내지 못하게 될 것이 아니겠습니까?

리차드 : 이번 사건과 같은 경우에서는 그렇습니다.

린튼 : 과연 그렇겠습니다. 귀하께서는 구 넵튠 탄광의 작업장에 관한 기록물이나 평면도, 아니면 그 복사물을 가지고 계셨습니까?

리차드 : 아닙니다, 그런 것은 없습니다.

린튼 : 그러한 평면도는 설사 전에 있었다 해도, 광산 사업 초기에 있어서는 기록물이라는 것들이 정당한 존경을 받지 못했을 때였으므로, 유실되었거나 아니면 파기되었을 것이 분명할 것입니다. 하지만……, 그것이 귀하의 손에 들어온 적이 한 번도 없었나요?

리차드 : 없었습니다.

린튼 : 그렇다면 귀하께서는 그 절박한 위험에 관해서 전혀 아는 것이 없었겠군요? (동정하는 듯한 태도를 보이며) 논리와 이성에 비추어 볼 때, 귀하도 이 불행한 조난자들과 마찬가지로 이 불상사의 희생자였다 할 수 있겠습니다. (위원장 쪽을 바라보며) 본인은 바로 이 점을 재강조하는 것이 당연한 일일 것이라고 생각했던 것입니다. 더 이상 발라스 씨를 괴롭힐 필요는 없습니다.

위원장 : 감사합니다. 발라스 씨, 대단히 수고하셨습니다.

발라스는 마치 만인의 눈길을 자기에게 끌려는 듯이 머리를 높이 치켜세우고 증인석을 나왔다. 그의 그러한 태도는 너무도 감탄스러운 면이 있어 법정의 여기저기에서는 칭찬하는 소근거림이 일어났다. 거기에는 리차드에 대한 순수한 동정이 깃들어 있었다. 사문(査問) 위원에서의 그의 태도는 최고의 호감을 받게 된 것이다. 구조작업 중의 분투하는 모습이 떠올려져서, 그는 군중의 인기를 한몸에 얻어 버린 것이다.

발라스가 아더의 옆자리에 앉자, 해리 뉴전트 의원이 조용히 일어섰다. 뉴전트는 조용하지만 결의와 불굴의 투지를 감추고 있는 사나이였다. 지금도 그의 빛나는 눈은 기운차고 솔직한 인상을 주고 있었다. 큰 키에 약간 여윈 편인 그는, 안골이 드러난 창백한 얼굴에 이마는 넓은 편이었다. 이마에 숱이 적은 머리털이 흘러내리고 있었다.

호감이 가는 첫인상을 지니고 있지는 않았지만, 그에게는 어딘지 모르게 따뜻하고 조용하며 성실성을 느끼게 하는 그 무엇이 있었다. 결코 편견과 같은 것에는 치우치지 않을 것 같은 믿음직스러운 데가 있었다. 그는 5년 전에 에즐리의 타인사이드 시(市)에서 의원으로 출마하여 당선되었으며, 노동 운동에 있어서는 신흥 세력으로 인정받고 있었다. 그를 지지하는 노동자 중에서는 그를 장래의 당 지도자로 생각하는 사람들도 있었다. 그는 위원장을 향해 약간 몸을 웅크린 자세로 말했다.

해리 : 방금 린튼 로스코 변호사의 증인 재환문이 있었는데, 본인도 위원장의 허락을 얻어 데이비드 펜윅을 다시 증인석에 세우고자 합니다.

위원장 : 필요성이 있다고 생각하신다면 허가합니다.

데이비드 펜윅의 이름이 불리어졌다. 데이비드는 자리에서 일어나 급히 앞으로 나갔다. 이 6일 동안 그는 증인석을 오르내리며 수없이 심문을 받는 가운데 은근한 협박과 조롱, 또는 감언 등 여러 가지 봉변을 당해 왔다. 그러나 시종 일관 자기의 견해를 견지하고 양보하지 않았다. 그는 성서에 손을 대고 맹세했다.

해리 : 한 번 더, 펜윅 씨, 귀하의 아버지 로버트 펜윅 씨에 관한 겁니다. 이번 참사로 생명을 잃은…….

데이비드 : 네.

해리 : 아버지가 스커퍼 플래츠에서 작업 중에 물이 샐 가능성에 대해 경고를 표시했다는 것을 당신은 다시 증언할 수 있습니까?

데이비드 : 네, 아버지께서는 여러 번 그것에 대해 우려의 말씀을 하셨습니다.

해리 : 당신에게?

데이비드 : 네, 저에게 우려의 말씀을 하셨습니다.

해리 : 그런데 펜윅 씨, 당신은 당신 아버지께서 하신 말씀에 어떤 중요성이 있다고 생각했습니까?

데이비드 : 네, 생각했습니다. 몹시 걱정이 되었습니다. 그래서 이미 말씀드린 바이지만, 발라스 사장님께 직접 말씀드리기까지 했습니다.

해리 : 당신은 실제로 이 문제를 발라스 씨에게 말했단 말이죠?

데이비드 : 네, 그렇습니다.

해리 : 그때 발라스 씨의 태도는 어땠습니까?

데이비드 : 저의 이야기에는 귀를 기울이지 않았습니다.

린튼 : (일어서면서) 위원장님, 이의가 있습니다. 뉴전트 씨는 이 증인에 관해서 뿐만 아니라 다른 증인들에 관해서도 이 문제의 취급 범위를 전적으로 벗어나고 있습니다. 이것을 이대로 놔 두는 것은 본인으로서는 절대로 있을 수 없는 일이라고 생각합니다.

위원장 : 로스코 씨, 만일 원하신다면 귀하께서도 이 증인을 반대 신문할 기회가 충분히 있습니다. (뉴전트를 보면서) 그러나 뉴전트 씨, 이 증인으로부터는 더 이상 알아볼 것이 없는 듯합니다.

해리 : 이 이상 더 말씀드릴 것은 없습니다, 위원장님. 다만 본인은 이 재난에는 피할 수 있는 가능성이 존재했다는 것에 대해 위원장님께서 다시 주의를 기울여 주시기를 바라는 것뿐입니다.

뉴전트는 자리에 앉았다. 그러자 린튼 로스코가 급히 일어서서 증인석을 떠나려는 데이비드를 과장된 몸짓으로 제지했다.

린튼 : 잠깐만 실례합니다. 증인의 아버지께서 말씀하셨다는 데가 어느 장소였습니까?

데이비드 : 윈즈벡 시냇가에서였습니다. 그 당시 우리는 낚시를 하고 있었습니다.

린튼 : (믿을 수 없다는 표정을 지으며) 증인은 증인의 아버지가 그처럼 죽음을 두려워하면서도 태연히 낚시를 즐기려 했다는 것을, 우리가 믿으리라고 생각하십니까? (냉소를 겨우 참는 듯한 얼굴로) 펜윅 씨, 솔직히 말합시다. 아버지께서는 교육을 받으신 분입니까?

데이비드 : 제 아버지께서는 지성을 갖추신 분이었습니다.

린튼 : 여보시오, 증인은 내가 질문한 범위 내에서 말씀하십시오. 본인은 교육을 받으셨는가를 묻고 있는 것입니다.

데이비드 : 그런 의미의 교육은 못 받으셨습니다.

린튼 : 그렇다면 증인은 그 사실을 인정하고 싶지 않겠지만, 증인의 아버지는 교육을 받지 않았다고 봐도 되겠군요. 이를테면 채광 기술에 관해서는 어떤 과학적 지식을 전혀 가지고 있지 못하셨지요? 그런지, 안 그런지 분명히 대답해 주십시오.

데이비드 : 그런 지식은 없으셨습니다.

린튼 : 당신은 그러한 지식을 가지고 계십니까?

데이비드 : 없습니다.

린튼 : (노골적으로 냉소하며) 증인은 교직 생활을 하고 있지 않습니까?

데이비드 : 제가 교사라는 것과 넵튠의 재난과 무슨 관계가 있다는 것입니까?

린튼 : 그 질문이야말로 본인이 증인에게 제기하고 싶은 것입니다. 귀하는 문학사의 자격도 없으면서 주립 국민학교의 초급교원을 하고 있습니다. 그리고 채광학에 관해서는 완전히 무지하다는 것을 스스로 인정하고 계십니다. 그런데도…….

데이비드 : 저는…….

린튼 : 잠깐만. (테이블을 힘차게 치면서) 증인은 광부들로부터 이 문제에 있어서 행동을 취해 달라는 권한을 받았습니까, 받지 않았습니까?

데이비드 : 받지 않았습니다.

린튼 : 그렇다면 발라스 씨가 증인의 주제넘은 간섭을 무시해 버릴 수도 있습니다. 증인은 자격이 없기 때문입니다. 이외의 그 무엇을 당신은 기대했습니까?

데이비드 : 말씀 삼가하십시오! 2백 명의 목숨을 구하려고 노력한 것이 주제넘은 짓이란 말씀입니까?

린튼 : 불손한 태도는 취하지 마시오!

데이비드 : 불손한 태도를 취한다구요? 불손한 태도는 귀하만의

전매 특허가 아니라고 봅니다.

위원장 : (중간에 끼여들며) 린튼 로스코 씨, 앞에서도 말씀드린 바와 같이 이 증인으로부터는 이미 필요한 만큼 다 들으셨다고 생각합니다.

린튼 : (손을 내저으며) 그러나 위원장…….

위원장 : 리차드 발라스 씨께서는 가장 고결한 동기 이외의 그 어떤 동기도 전혀 없었다는 것을, 본인이 아무런 편견없이 선언함으로써 이 문제는 매듭지어질 것으로 생각하는 바입니다.

린튼 로스코 : (미소를 짓고 머리를 숙이며) 깊이 감사드리는 바입니다, 위원장님.

위원장 : 린튼 로스코 씨, 더 말씀하시고 싶은 것이 있으신지요?

린튼 : 괜찮으시다면 사실을 간단히 확인해 주시기 바랍니다. 이 재난 사건에서 발생한 논쟁이 매우 명확했다는 것을 우리는 다시 한번 상기해야 할 것입니다. 구 넵튠 탄광의 작업장을 명시한 평면도나 약도 같은 것이 존재하지 않는다는 것은 의문의 여지가 없습니다. 이미 본인이 제시한 바와 같이 구갱 작업장은 1808년에 폐갱된 것이지만, 1808년이라고 하면 채탄 폐지에 관한 평면도의 보관과 그 보고서의 제출을 요구하는 법령이 발포되기 훨씬 이전이었습니다. 또 아시다시피 기록의 보관뿐 아니라 대체적으로 광산업 그 자체가 극히 유치한 단계에 있었던 시대입니다. 따라서 굳이 말씀드리자면 책임 운운은 이치에 맞지 않습니다. 리차드 발라스 씨가 만인에게 추앙받는 탄광 경영주이며, 스커퍼 플래에서의 작업을 산업의 최선 최고의 관례에 따라 통솔했다는 것은 명백한 사실입니다. 그는 위험이 급박하고 있었다는 것을 아는 바가 없었던 것입니다. 증인 펜웍의 반대 신문을 하는 동안, 뉴전트 씨가 그 재난 사건에서 목숨을 잃은 분들 중 어떤 사람이 스커퍼 플래츠 안

으로 물이 흘러들 것이라는 자기네의 우려를 알렸었다는 증언도
나왔지만, 그것은 본인으로서는 도저히 믿을 수 없는 일이라 하겠
습니다.

위원장님께 요청하겠습니다. 증인으로 참석한 데이비드 펜윅 씨
가 자기 아버지의 증언을 일단 고려한다 하더라도, 그같은 터무니
없는 진술은 일고의 가치도 없는 일이라고 말씀해 주시기 바라는
바입니다. 기껏 생각해 봤자 그것은 우연히 주고받은 대화라 할
수 있을 것입니다. 또 우리가 탄광의 책임있는 모든 직원들로부터
선서된 증언을 들은 바와 같이, 그곳의 종업원 내지 주민들 중에
서 그같은 공포감 또는 의혹감을 표명한 사람은 단 한 사람도 없었
습니다. 그런데 증인 펜윅은 지나치게 격한 태도로 지난 4월 13일
밤에 있었던 리차드 발라스 씨와의 대면을 강조하고 있습니다.

그러나 위원장님, 그날, 말하자면 문제의 그 밤에 펜윅이 제시
한 그같은 무례하고도 불순한 교섭을 받았을 경우, 과연 이것을
중시할 만한 탄광주가 얼마나 있겠습니까? 이를테면 암스트롱
씨, 허즈페드 씨, 또는 그러한 간부들처럼 책임있는 자리에 있는
사람들이 그러한 의문을 말했다고 한다면 문제는 자동적으로 지금
과는 판이하게 달라졌을 것입니다. 그러나 전연 무지한 국외자가,
그것도 아무런 사정도 모르면서 막연한 말로 갱내의 위험과 물,
습기를 운운하다니 그게 말이 됩니까, 위원장님?

넵튠 탄광은 본래 습기가 있는 탄광이어서 물이 상당히 새어 흐
른다 해도 그것이 곧 물이 터지게 될 것이라는 가능성을 제시해 주
는 것은 못되는 것입니다. 한마디로 말씀드려서 위원장님, 탄광
관리의 당사자는 당시의 작업 광부들이 본래 물에 잠긴 구작업장
아주 가까이에 있었다고 하는 사실을 전혀 몰랐다고 충분히 단언
할 수가 있습니다. 1872년 이전에 있던 법령상의 결함으로 인해 평
면도 역시 없어져 버렸던 것입니다. 이것이야말로 이 사건의 가장

중요한 실마리가 되겠습니다. 이상으로서 본인은 이 사건을 위원
장님의 명석한 판단에 맡기고자 하는 바입니다.

위원장 : 수고하셨습니다, 로스코 씨. 매우 명쾌하게 사건의 개
요를 말씀해 주셨습니다. 그러면 뉴전트 씨, 귀하께서도 본인에게
진술해 주시고 싶은 말씀이 있을지 모르겠군요.

해리 뉴전트가 비장감이 감도는 표정을 하고 천천히 일어났다.

해리 : 위원장님, 현재로서 본인은 더 이상 말씀드릴 것이 없습
니다. 후일에 하원에서 습기가 있는 탄광에 관한 법령에 대하여
총괄적인 질의를 할 작정입니다. 본건은 지금까지 발생한 최초의
침수 사건이 아닙니다. 우리는 필요한 평면도를 볼 수 있는 기회
가 없었기 때문에 수많은 인명 피해를 당하는 이와 똑같은 사건들
을 몇번이나 경험해 왔습니다. 우리는 이 같은 문제가 얼마나 중
대한 것이냐 하는 것을 거듭 강조해야 하겠습니다. 탄광 내의 안
전을 도모함에 있어 이제야말로 무슨 수단을 강구해야 하겠습
니다. 탄광주의 부주의에 의하여 발생하는 사건은 우리들에겐 이
미 상당히 낯익은 것들이라 할 수 있습니다. 그런데 이미 폐갱당
한 작업장 근처에 갔을 경우, 특히 그 지층에 상당한 석탄이 있다
는 것을 예상할 경우에 있어서는, 탄광주가 부주의 이상의 악질적
인 짓을 할 수 있다고까지 본인은 말하고 싶습니다. 이것은 사유
재산 제도에서 오는 불가분의 폐해인 것입니다. 우리 나라의 탄광
에 있어서는 성적이 좋은 해라 하더라도 일년 365일을 통해 하루
평균 네 명이 목숨을 잃고 있는 꼴입니다.

생각해 보십시오, 위원장님 ! 매일 여섯 시간마다 한 사람이 생
명을 잃는 꼴이 되고 있으며, 매 2분마다 한 사람이 부상을 당하고
있다는 것입니다. 이 사건에 있어서 우리는 너무 가혹하다는 비난
을 받아 왔습니다. 본인으로서는 이 사건과 같은 국부적인 사건
보다는 탄광의 안전이라는 전반적 문제에 관심을 가지고 있다는

것을 이해해 주시기 바랍니다. 우리는 탄광의 개선, 법령의 개혁을 세상에 호소하기 위하여, 이 같은 사건을 이용하지 아니할 수 없습니다. 이렇게 말씀드리는 것은 이 같은 사건이 발생할 때마다 얄팍한 동정이나마 사회로부터 받을 수 있기 때문입니다.

그리고 석탄 산업에 있어서의 발전이라는 것이 소위 사상자의 수를 감소시키기는커녕 도리어 그것을 증가시키고 있다, 이 말씀입니다. 그리고 우리는, 사유 재산 제도라는 경제 조직이 존재하고 있는 한, 그와 같은 인간 생명의 낭비가 계속 되리라는 것을 솔직히 말해서 믿는 바입니다. 이것이 바로 본인이 현재 진술코자 하는 것의 모두입니다.

위원장 : (간단히) 그럼 이것으로서 심리위원회의 폐회를 선언합니다. 그러나 이 조사에 협력해 주신 모든 분들에게 감사의 뜻을 표하고 싶습니다. 그리고 유족들, 특히 그 유해를 갱내에서 발견하지 못한 열 분의 유족들에 대해서는 심심한 조의를 전해 드리고 싶습니다. 마지막으로 리차드 발라스 씨가 매몰된 사람들을 위하여 행한 그 영웅적 노력에 대하여 찬사를 보내며, 본인 앞에서 진술한 증언에 따라 발라스 씨가 이 법정을 떠나심에 있어 그 분의 인격에 일점의 오점도 남기지 않았다는 것을 명백하게 기록에 남겨 놓으려고 합니다.

수군거림과 긴장에서 해방된 커다란 한숨 소리가 법정을 더욱 소란스럽게 했다. 위원장이 자리를 일어서자 장내는 의자들의 덜컹거리는 소리와 빠른 말소리들로 더욱 소란스러워졌다. 뒤쪽의 출입문이 열리자 법정은 순식간에 텅 비어 버렸다.

발라스와 아더가 입구의 돌층계까지 왔을 때, 개스코인 대령을 비롯한 수많은 사람들이 축하를 하기 위해 밀어닥쳤다. 어느 구석에선가는 만세 소리가 났을 정도였다. 그들을 둘러싼 사람들의 수는 더욱 많아져서 좀체로 자리를 뜰 수가 없었다. 힘찬 악수가 계속되었다. 발라스는 모자도 쓰지 않은 채 약간 상기된 표정을 짓고 있었다. 그러나 그의 뒤에는 아더가 아직도 새파랗게 질려 몸을 떨고 있었다. 이제 발라스에게서는 모든 사람들의 눈길로부터 비켜서려는 기미가 전혀 보이지 않았다. 이제는 혐의가 풀렸다는 안도감과 즐거움이 넘치는 표정으로 자기 앞에 내민 손을 누구든 개의치 않고 굳게 잡고 악수했다. 그의 감격은 악수를 나누고 있는 모든 사람들의 마음속에까지 전해졌다.

만세, 만세 하는 소리가 전보다 더 높게 몇 번 일어났다. 발라스는 깊이 감사하면서 천천히 돌층계를 내려서기 시작했다. 개스코인, 린톤 로스코, 배너먼, 암스트롱, 제닝즈, 그리고 마지막으로 아더가 그의 뒤를 따랐다. 군중은 이 당당한 일행들 앞에서 경건하게 길을 열어 주었다.

발라스는 여전히 모자를 쓰지 않은 머리를 높이 쳐들고 앞장을 서서 행길을 건너갔다. 그 동안에도 그의 시선은 열심히 아는 얼굴을 찾아 인사에 답했으며, 침착하게 한마디씩 던지는 것도 잊지 않았다. 그는 군중들이 자기에게 호감을 갖고 있다는 것을 똑똑히 느꼈다. 자기는 한 점의 오점도 남기지 않고 법정을 나온 것이다. 말하자면 던져진 진흙에도 더럽혀지지 않은 것이다.

매몰자를 위하여 영웅적인 분투를 행한 것이다, 라고 폐회 직전에 했던 그 말이 아직도 그의 귀에 쟁쟁히 울리고 있었다. 자신의 집으로 향하는 행렬은 마치 개선하는 것과 같은 그 무엇이 있었다.

시 회의실 안에는 데이비드가 꼼짝도 하지 않고 자리에 그대로 앉아 있었다. 그는 밖에서 외치는 만세 소리와 발걸음을 듣고 있었다. 그는 아무런 장식도 없는 땀냄새에 절은 벽과 더러운 유리창에서 윙윙 대는 파리들을 바라보았다. 그는 자신을 자제하려고 애썼다. 아무리 떠들어도 소용없는 일, 어찌할 도리가 없는 것이 었다.

이때 누군가가 어깨에 손을 댔기 때문에 천천히 돌아다보았다. 해리 뉴전트가 바로 곁에 서 있다가 다정하게 말을 건넸다.

"자아, 이제 다 끝났네."

"네, 그렇습니다."

뉴전트는 데이비드의 무표정한 얼굴을 자세히 바라보며 옆에 앉았다.

"데이비드, 처음부터 큰 기대는 하고 있지 않았겠지?"

"아닙니다, 그렇지 않았습니다."

데이비드는 머리를 흔들었다.

"전 정의가 승리할 것을 기대했습니다. 그 사람은 책임 추궁을 받아야 하고, 의당히 처벌되어야 합니다. 그런데 처벌은커녕 모두가 그에게 아첨을 하고 만세를 불러주기까지 했습니다."

"그걸 너무 심하게 받아들여선 안 되지."

"전 제 자신에 대해서 생각하고 있는 것이 아닙니다. 그럴 필요가 없으니까요. 저에겐 아무런 일도 일어나지 않았습니다. 이건 저 아닌 다른 사람들의 일입니다."

가냘픈 미소가 뉴전트의 입술 위에 떠올랐다. 그것은 매우 따뜻한 미소였다. 심리위원회가 개정되는 동안 그는 데이비드를 자세히 관찰했다. 그는 데이비드에게 강하게 이끌리는 자신을 느꼈다.

"그리 나쁜 결과는 아니었어."

그는 생각을 하면서 말을 계속했다.

"이제 우리는 폐갱의 침수 문제에 관해서 광산국에다 압력을 넣을 수가 있을 테니까 말이야. 오랜 세월 동안 우린 이 기회를 기다려 왔다고 할까……. 그게 주요한 수확이라 할 수 있지. 자네도 그런 식으로 사태를 볼 수는 없나?"

데이비드는 패배로 인한 내면의 허탈감과 끓어오르는 적개심이 강인한 싸움을 벌이면서 머리를 치켜들었다.

"저도 그 점은 이해가 갑니다."

이렇게 중얼거리는 데이비드의 표정이 뉴전트의 평온한 마음을 갑작스럽게 바뀌게 했다. 그는 재빨리 데이비드의 어깨에 팔을 돌려 감았다.

"자네 기분은 알겠지만, 마음을 상한 채로 내버려 둬서는 안 돼. 자네는 멋있게 해냈단 말일세. 자네의 증언은 자네가 생각하는 것 이상으로 효과가 있었던 거야."

"전 아무것도 하지 않았습니다. 하고 싶어했지만, 하지 못한 거지요. 살아오면서 지금까지 늘 뭘 해야겠다고 말해 왔으면서도 말입니다……."

"아니, 자넨 앞으로 계속 그런 일을 하게 될 거야, 틀림없이. 그러니까 우선 자기 자신에게 기회를 주어야 해. 난 앞으로 계속해서 자네와 만나고 싶네. 지금부터의 일은 내가 생각해 볼테니까 그 동안 자네는 힘을 내라 이 말일세."

그는 문 쪽으로 힐끗 눈길을 보내며 일어섰다. 문 쪽에는 헤든이 짐 더전과 이야기를 나누며 그를 기다리고 있었다.

"데이비드, 오늘 밤 6시에 정거장으로 나오게, 내가 자네에게 할 말이 있네."

그는 용기를 내라는 듯 고개를 끄덕끄덕해 보인 후 헤든과 더전에게로 다가갔다. 세 사람은 카우펀 가의 임시 사무소 쪽으로 걸어갔다.

데이비드도 자리에서 일어나 모자를 집어 들었다. 시 회의실 밖으로 걸어나와 프리포울드 가로 내려갔다. 그는 몹시 피곤했다. 지금까지 지나치게 긴장한 가운데 모든 힘을 심리위원회에 쏟아 왔다. 이 6일 동안 학교에도 가지 않았다. 그런데 그 결과는 이 꼴이 되고 말았다. 그러나 그 역시 다시 힘을 내야 한다고 생각했다. 어깨를 움츠렸다가 다시 힘을 주고 쭉 폈다.

그는 다시 한 번 패배했다는 느낌 속에 조용히 머무를 한가한 시간이 없음을 생각했다. 개인적인 원한을 풀거나 분노를 할 때도 아닌 것이다. 데이비드는 사태를 좀더 냉정하게 보아야 한다고 생각했다.

프리포울드 가를 지나 램 가로 들어섰다. 스커트의 반대 편에서 누군가가 그를 불렀다. 라메지였다. 정육점 주인인 라메지는 커다란 청백색의 앞치마를 허리 한 복판에 두르고, .더러운 곤색 저고리를 입고 있었다. 그는 지금까지 도살장에서 일을 하고 있었는지 두 손등에는 마른 핏자국이 점점이 묻어 있었다. 따뜻한 오후의 태양이 그의 주위에 빨간 남기(嵐氣)를 이루고 있었다.

"펜윅, 잠깐만 오너라."

데이비드는 걸음을 멈추었으나 말은 하지 않았다. 라메지는 굵은 목이 답답한 듯 칼라의 단추를 풀더니 두 손을 가죽 허리띠 속에다 밀어넣었다. 그리고 몸을 뒤로 젖힌 채 데이비드를 자세히 훑어보았다.

"이제 시 회의실에서의 네 일은 끝난 거냐?"

그는 조롱하는 투로 물었다.

"네가 으쓱거리는 것도 당연하겠지. 뭐니뭐니 해도 너는 지난 일 주일 동안 슬리스케일의 명성을 올려 주었으니까. 린튼 같은 사람과 토론을 하려고 맞섰다니, 아마도 넌 굉장한 변호사라도 된 듯한 기분이었겠지?"

그의 빈정대는 어조는 더욱 심해갔다. 그는 심리위원회에서 있었던 내용들을 자세히 알고 있는 것이 분명했다.

"그렇지만 내가 너라면 그런 걸 가지고 그렇게 우쭐대진 않겠다. 이번 일은 네가 기대했던 것보다 훨씬 힘들었다는 것을 너도 곧 알게 되겠지만 말이다."

데이비드는 라메지의 얼굴을 정면으로 바라보며 그의 다음 말을 기다렸다. 그는 장차 무슨 일이 일어날 것이라는 것을 알고 있었다. 두 사람 사이에 잠시 침묵이 흘렀다. 이윽고 라메지는 빈정대는 말투를 그만두고, 협박조로 변하면서 이맛살을 험상궂게 찌푸렸다.

"야, 이 새끼야! 허락도 없이 6일간이나 학교를 결근하고 돌아다니다니, 도대체 뭘 믿고 하는 짓이냐? 그 학교가 네놈 것인 줄 아나?"

"전, 가야 할 이유가 있기 때문에 심리위원회에 갔던 겁니다."

"무슨 이유가 있다는 거야? 원한을 풀러 갔다는 건 누구나 다 아는 일이지. 네놈은 읍내의 고마운 어른에게 진흙을 던지려 했던 거야. 네놈같이 자격도 없는 놈에게 교사직을 알선해 주신 은인에게 말이다. 네놈은 곧 후회하게 될 거야."

"그건 제가 제일 잘 알고 있습니다."

데이비드는 간단히 말을 끝맺고 걸어가려 했다.

"잠깐만!"

라메지가 외쳤다.

"아직 다 끝나지 않았어, 인마! 난 말이다, 네놈이 네 아버지와 똑 같이 사고뭉치라고 전부터 늘 생각해 왔어. 네놈은 고약한 썩어빠진 사회주의자에 불과해! 나는 네놈 같은 놈이 학교에 필요하지 않다는 걸 보여 줄 거다. 곧 목을 잘라 버리겠다, 이 말이야."

한동안 말이 끊어졌다. 데이비드는 라메지를 아래위로 훑어보며 차갑게 말했다.

"당신은 나를 내쫓을 수가 없습니다."

"아니, 이놈이 뭐라고 시렁이는 거야? 그럴 수가 없다고? 내가 못 할 줄 알아?"

라메지의 개가 짖는 듯한 거센 목소리에는 승자의 오만함이 잔뜩 흐르고 있었다.

"우리는 어젯밤에 학무위원회를 개최했어. 거기서 네놈의 행동을 논의해서 네놈의 사표를 받아들이도록 만장 일치로 합의했다는 사실을 너도 알고 싶을 게다."

"뭣이라구요!"

"이젠 끝장난 거야. 아침에 출근하면 네놈은 스트로더 교장에게서 멋있는 통고를 받을 게다. 교장은 학사 자격증을 가진 그런 선생을 원한다, 이 말씀이야, 네놈같은 엉터리 광부 자식은 필요없다는 것을 똑똑히 알려 줄 게다."

한참 동안 라메지는 몹시 만족한 듯한 얼굴로 데이비드를 정면으로 바라보며 웃었다. 그는 쇠가죽같은 두꺼운 입술을 비쭉거리며 웃다가 푸주 안으로 들어가 버렸다.

데이비드는 고개를 푹 숙이고 램 가를 따라 걸어갔다. 그는 집에 도착하자 부엌으로 들어가서 차(茶)를 준비하기 시작했다. 제니는 타인캐슬의 친정에 가 있었다. 그는 그녀를 심리위원회의 일로 걱정시키지 않으려고 지난 주에 친정으로 보냈던 것이다.

데이비드는 식탁에 앉아 마시는 것도 잊은 듯 그저 찻잔을 휘젓고만 있었다. 그는 라메지가 한 말이 결코 거짓말이 아님을 알 수 있었다. 물론 북부의 교육자연합회에 호소해서 싸울 수도 있었다. 그의 얼굴 표정이 굳어졌다.

'아니다, 그들이 하고 싶은 대로 하도록 내버려 두자.'

데이비드는 6시에 뉴전트를 만나면 그 말을 해야겠다고 마음먹었다. 그는 이 막다른 골목에서 어떻게 해서든 빠져 나가고 싶어졌다. 뭔가를 하고 싶었다. 참으로 그는 자기가 하는 일에 대해 정당하게 인정받고 싶었고, 단 한 번이라도 좋으니 뭔가를 진짜 해 보고 싶었다.

6시 15분 전, 데이비드는 집을 나와 역이 있는 쪽으로 발길을 옮겼다. 그러나 몹시 소란한 소리에 부딪쳐 중도에서 걸음을 멈추었다. 신문팔이 아이들이 호외신문을 뒤흔들며 언덕길을 달려 내려오고 있었다. 그는 신문을 한 장 샀다. 지금까지 심리위원회가 안겨 준 모든 일과 잠재되어 있는 공포감이 다시 그의 마음을 휩싸고 있었다. 그러나 신문의 첫 장에는 다음과 같은 내용이 커다란 활자로 찍혀 있었다.

'영국의 최후 통첩 금일 밤중이 시한(時限)'

아버지와의 충돌

1914년 9월, 두 번째 토요일 1시가 가까워오는 시각이었다. 황량한 바람을 등지고 아더는 넵튠 탄광에서 집으로 돌아왔다. 탄광은 다시 정상적으로 작업이 시작되어, 그 재난의 흉한 기억은 다 파묻히고 망각되는 듯했다. 그러나 아더의 얼굴에서는 전혀 흡족한 표정이라곤 찾아볼 수 없었다.

아더는 지친 듯이 가로수가 늘어서 있는 거리를 묵묵히 걸어 올라가 자기 집 마당 안으로 들어섰다. 그곳에는 그가 기대하면서도 두렵게 생각했던 새 자동차가 도착해 있었다. 한 달 동안 교습을 받으려고 타인캐슬에 가 있던 바틀리가 새 자동차를 사서 몰고 온 것이다. 자동차는 집의 정면에 있는 차도에 바짝 끌어당겨져 있었다. 이 차는 랜도올렛 신형으로 전체가 부드러운 갈색 에나멜칠이 되어 있고, 구리로 만든 부속들이 반짝거리며 달려 있었다.

발라스는 새 차 옆에 서 있다가 아더가 지나가자 소리쳤다.

"봐라, 아더! 드디어 이 차가 왔구나!"

아더는 걸음을 멈췄다. 그는 탄광의 작업복차림이었다. 아더는 차를 무거운 기분으로 바라보다가 천천히 입을 열었다.

"그렇군요."

"난 할 일이 너무 많아져서 차가 꼭 필요했단다."

발라스가 설명을 했다.

"전엔 이런 것을 생각하지 못했다는 것이 정말 우습구나. 바틀리 말에 의하면 이 자동차는 아주 멋있게 달린다는 거야. 오늘 밤 타인캐슬까지 타고 가서 시험해 보기로 하자."

아더는 생각에 잠긴 듯하다가 빠르게 말했다.

"죄송합니다만 아버지, 전 가지 않겠습니다."

발라스는 웃었다. 그 웃음소리도 차처럼 새로웠다.

"안 간다니, 말도 안 되는 소리. 오늘 저녁은 토드네 집안 사람들과 지내기로 약속했다. 센트럴에서 저녁 만찬을 하는 거야."

아더는 차에서 시선을 돌려 아버지를 뚫어지게 쳐다 보았다. 발라스의 얼굴은 평온해 보였는데, 그것은 감정을 누르고 있기 때문이라는 느낌을 주었다. 그의 눈과 입술은 전보다 더욱 활기에 넘치고 있었다. 특히 도수가 높은 안경 뒤의 작은 눈이 더 툭 튀어나온 것 같았다.

아버지는 흥분하고 있는 듯했다. 새로 도착한 차가 그를 흥분케 한 것인지도 모른다.

"아버지께서 센트럴에서 만찬회를 베푸는 습관이 계시다는 걸 전 몰랐습니다."

"그런 습관은 없다."

발라스는 갑자기 짜증난 표정으로 대답했다.

"이번은 특별한 경우야. 앨른이 자기 부대와 함께 전선으로 떠난다는구나. 우리는 모두 그의 일을 자랑스럽게 여기고 있다. 거기다가 오랫동안 토드를 만나 보지 못했고……, 그래서 그 사람과 만날 기회를 만들어 본 것뿐이다."

아더는 한동안 생각에 잠겼다가 물었다.

"탄광에서 재난 사고가 있었던 후로 아버지께선 토드 아저씨를 만나시지 못했죠?"

"그래, 못 만났지."

발라스가 짧게 대답했다. 한참 동안 다시 침묵이 흘렀다.

"아버지!"

아더가 먼저 조용한 음성으로 입을 열었다.

"아버지께서 토드 아저씨를 심리위원회에 불러내서, 아버지를 지지하도록 부탁하시지 않았습니다. 저는 그것이 이상하게 생각됩니다."

발라스는 화난 표정으로 돌아다보았다.

"지지하게 하다니······! 그게 무슨 뜻이냐? 판결은 상당히 만족스러웠는데 뭐가 더 필요하다는 거냐?"

"만족스러웠다구요?"

"암, 만족스럽고 말고."

발라스는 강하게 머리를 끄덕였다. 그는 손수건을 꺼내서 차의 라디에이터에 묻은 먼지를 가볍게 털었다.

"넌 타인캐슬에 가겠니, 안 가겠니?"

아더는 땅을 내려다보면서 대답했다.

"가겠어요, 아버지."

다시 침묵이 흐르는 사이에 성당의 종소리가 울렸다.

아더는 점심을 먹기 위해 아버지의 뒤를 따라 집 안으로 들어갔다. 발라스의 발걸음이 전보다 약간 빨라졌다. 그래서 아더는 아버지가 좀 서두르는 듯한 인상을 받았다. 최근에 와서 아버지의 걸음걸이는 뭔가에 쫓기고 있다는 인상을 줄 만큼 활기차게 변한 것은 사실이다.

"대단히 좋은 차다."

발라스는 캐리 고모를 내려다보면서 보고하듯이 말했다.

"곧 언젠가 한번 타 보게 될 거야, 캐럴라인."

캐리 고모는 기뻐서 얼굴을 붉혔으나, 그녀가 뭐라고 대답하기도 전에 발라스는 신문을 집어들었다. 그 신문은 타인캐슬에서 가지고 온 특별판이었다. 발라스는 신문을 급하게 훑어보다가 만족스러운 어투로 말했다.

"아하! 너희들에게 보이고 싶은 뉴스가 있구나, 좋은 뉴스다."

그의 눈알이 더욱 밖으로 튀어나와 보였다.

'독일군 마르네 강(江)에서 격퇴. 손해 심대. 사상자 수는 약 4천 명으로 추정됨.'

아더는 아버지가 그러한 손해, 즉 4천 명의 사상(死傷)이라는 참상을 흥미와 관심에 차서 바라봤다는 것에 충격을 받았다. 이상한 전율이 그의 몸 전체에 퍼졌다.

"아, 그렇군요."

아더는 부자연스러운 어조로 말했다.

"굉장히 많은 사람들이군요? 4천 명이라니, 그 수는 우리 탄광에서 잃은 생명의 약 40배가 되는군요."

그 말에 죽음과 같은 침묵이 뒤따랐다. 발라스는 신문을 손에서 낮추고 툭 불거진 눈을 아더에게 고정시켰다. 그리고 높은 음성으로 소리쳤다.

"너는 정말 괴상한 가치관을 가지고 있구나. 탄광에서 발생한 우리의 불행과 이것을 똑같은 말로 표현하다니. 그러나 주의하도록 해라. 이미 다 끝나서 잊혀진 일에 대해 자꾸 생각한다는 것은 어딘가 몸이 좋지 않다는 표시인지도 모르니까. 넌 좀더 현실적일 필요가 있는 것 같다. 넌 우리가 지금 국가적으로 긴박 상태에 직면하고 있다는 사실을 인식하지 못하는 모양이구나!"

그는 얼굴을 찌푸리고는 계속해서 신문을 읽었다.

또다시 침묵이 흘렀다. 아더는 점심을 억지로 삼키다시피하고는
즉시 이층으로 올라갔다. 그는 침대 모서리에 걸터앉아 창 밖을
침울하게 내다보면서 생각에 잠겼다.

아버지가 한 말이 맞다. 의심할 여지가 없는 것이다. 자기는 지
금 병에 걸리고 있다. 아주 무서운 병에, 그러나 어찌할 수 없는
일이다. 105명이 넵튠 탄광에서 참살당하지 않았는가. 그는 그 희
생자들을 잊을 수가 없다. 그들은 자기와 함께 살았고, 함께 음식
을 먹었으며, 자기와 함께 이 세상을 걸어다녔다. 또한 함께 일했
던 사람들이다. 그들은 언제나 그의 꿈 속에 한꺼번에 나타났다.

아더는 그들을 잊을 수가 없었다. 자기 아버지가 말한 이 모든
살육, 이 무서운 살육, 즉 총알과 포탄과 폭탄에 의해 수천 명이
도살되었다는 것은 자기의 병적인 마음을 더욱 심화하고 크게 해
줄 뿐이었다. 전쟁 그 자체는 아무것도 아니다. 그것은 다만 넵튠
탄광의 재난을 다시 기억케 해 주고, 심한 충격을 주는 것일 뿐
이다. 그것은 새로운 충격이 아니다. 그 재난과 똑같은 충격인 것
이다.

전쟁 희생자는 바로 탄광 희생자다. 전쟁은 거대한 크기로 확대
된 넵튠 탄광의 재난 사고, 바로 그것이다. 처음 침수의 범람을 더
심하게 한 것과 같은 것일 뿐이다. 인간 생활의 귀중한 것, 즉 아
름다운 이상을 매몰시킨 늪지를 더 넓힌 것과 같은 것이다.

아더는 불안하게 몸을 움직였다. 요즘에 와서는 자기가 생각하
는 것들이 모두 무서워졌다. 흡사 자기 마음이 깨지기 쉬운 프라
스코 실험관같이 느껴졌다. 실험관 속의 무서운 생각들이 어느 때
에 뭉쳐서 갑작스럽게 폭발할지 모르는 화학약품처럼 거품을 일으
키며 동요하는 듯한 기분이었다. 그는 이러한 화학적인 작용과 같
이 움직이고 있는 자기 사상의 반작용에 저항할 수 없을 것 같은
기분이 들었다.

그 중에서도 가장 무서운 것은 아버지에 대한 자신의 태도였다. 그는 지금까지 누구보다도 아버지를 사랑했다. 아버지를 사랑할 뿐만 아니라 찬양했다. 그러면서도 마치 신(神)을 감시하는 탐정처럼 아버지를 감시하고 비판하고 주의깊게 관찰하는 자기 자신을 발견하는 것이었다.

아더는 그같은 신성치 못한 탐정 행위를 그만두고 싶었다. 그러나 웬지 그럴 수가 없었다. 아버지의 내면에서 일어나는 변화가 도저히 그것을 불가능하게 했던 것이다. 그는 아버지가 변했다는 것을 알고 있었다. 그래서 그는 두려웠다.

아더는 오랫동안 생각을 하면서 침대에 앉아 있었다. 그러다가 벌렁 뒤로 누워서 눈을 감았다. 그는 갑작스럽게 피곤이 느껴져서 잠을 자야만 할 것 같은 기분이었다. 눈을 떴을 때는 이미 늦은 오후 시간이었다. 그는 정신을 차리자 한숨을 내쉬었다. 그러고는 일어나서 옷을 주섬주섬 챙겨 입었다.

아더는 6시에 아래층으로 내려갔다. 현관 응접실에서 아버지가 기다리고 있었다. 아더가 가까이 가자 발라스는 무슨 의미가 있는 듯이 시계를 바라보았다. 최근에 발라스는 자기 시계를 바라보면서 새로운 버릇이 생겼다.

발라스는 시계뚜껑을 확 열고는 마치 시간에 쫓기는 사람처럼 시계판을 보며 얼굴을 찌푸리는 것이었다. 이젠 시간이라는 것이 발라스에게 새로운 의미를 나타내는 것만 같았다. 마치 일 분 일 분을 허비해서는 안 되는 것처럼 느껴지게 행동했다.

"네가 늦지 않을까 염려했다."

발라스는 이렇게 말하고는 대답을 기다리지도 않고 앞장서서 차 쪽으로 갔다.

아더는 아버지와 함께 차에 올랐다. 차가 타인캐슬 쪽으로 미끄러져 달리기 시작하자, 우울한 기분이 약간 가시는 것 같은 느낌이 들었다. 이렇기 때문에 나들이를 간다는 것은 오히려 기분 좋은 일이기도 했다.

아더는 몇 년 동안이나 헤티를 만나지 못했다. 이제 그녀를 만나게 될 거라고 생각하자 기분이 좋아졌다. 차도 생각했던 것보다 훨씬 멋지게 달렸다. 그는 차가 부드럽게 진동하며, 날 듯이 달려가는 것을 잘 느낄 수 있었다. 아더는 아버지를 곁눈으로 바라보았다. 발라스는 얼굴에 유쾌한 표정을 짓고 꼿꼿이 앉아 있었다. 그는 새로 산 장난감을 손에 쥔 어린애처럼 열중해 있는 표정을 하고 있었다.

그들은 타인캐슬 시내로 들어섰을 때 거리는 붐볐다. 그리고 발라스를 즐겁게 하는 일종의 동요와 소란이 일기 시작했다. 센트럴 호텔에 닿자 보이들이 달려나왔다. 지배인이 빠르게 걸어와서 정중하게 자동차문을 열어 주었다. 발라스는 그들 모두에게 고개를 끄덕여 주었다. 그러자 보이들은 황송한 얼굴로 허리를 깊이 숙여 인사했다.

두 사람은 라운지로 들어섰다. 그곳도 길거리처럼 혼잡했으며, 뭔지 모르게 약간 들떠 있었다. 군복을 입은 사람들이 많았다. 발라스는 찬탄하는 모습으로 군복차림의 사람들에게 눈길을 주었다.

그때 헤티가 라운지의 구석에서 즐거운 표정으로 그들에게 손짓을 보냈다. 그곳은 난롯가에 위치한 좋은 자리였다. 발라스와 아더가 다가가자 헤티의 오빠 앨른이 일어섰다. 발라스가 먼저 입을 열었다.

"아버님은 안 나오신 모양이구나."

앨른이 미소를 지어 보였다. 육군 중위의 복장이 썩 잘 어울렸다. 그리고 이미 몇 잔 들이킨 듯 기분도 경쾌해 보였다.

"아버님께서는 종래의 그 병환이 또 도지셨습니다. 그래서 나와 뵙지 못해서 죄송하다는 말씀을 전하라고 하셨습니다."

발라스는 기분이 몹시 상한 듯 얼굴에 실망하는 표정이 역력
했다.

갑자기 분위기가 무거워졌다. 그러나 발라스가 재빨리 기분을
바꾸면서 헤티를 바라보며 다정한 미소를 지었다. 그들은 곧 만찬
을 하러 식당 안으로 들어갔다.

레스토랑에서 발라스는 냅킨을 집어 들며 방 안을 한 바퀴 휘둘
러 보았다. 방 안은 사람들과 쾌적한 분위기로 가득 차 있었다. 특
히 카키색의 군복차림들이 분위기를 더욱 밝게 해 주고 있었다.
그는 말했다.

"여긴 참 좋구나. 난 요즘에 좀 긴장하고 있어서 이런 곳에 기분
전환을 할 필요가 있다는 것을 느끼고 있단다. 마음이 즐거워지는
데."

"모든 게 다 잘 처리되어서 다행이시겠습니다."

앨른은 말하면서 무언가 알고 있다는 듯한 시선으로 발라스를
바라보았다.

발라스는 짧게 대답했다.

"고맙네."

"사람들 중에는 마음이 비뚤어진 자들이 아주 많으니까요."

앨른은 말을 이었다.

"어떤 기회만 왔다 하면 사람을 막 비틀어 버리려 하는 부류들
이 정말 많습니다. 전 그 헤든이라는 사람을 알고 있습니다. 그 자
는 돼지와 같은 천성을 타고났어요. 그 자식은 돼지가 되기 위해
서 급료를 받고 있는 거나 마찬가지예요. 그놈은 태어나면서부터
돼지와 똑같은 놈이었거든요!"

"앨른 오빠!"

헤티가 입술을 쑥 내밀면서 간섭을 했다.

"알고 있어, 헤티, 다 안다구."

앨른은 여전히 들뜬 듯 말을 계속했다.

"전 지금까지 많은 인간들을 상종해 왔지만 그놈들과 같은 저질들을 만나질 못했습니다. 그러므로 이쪽에서 먼저 그놈들을 짓밟아 주어야 합니다. 그러지 않으면 저쪽에서 짓밟아 오니까요. 그건 자기 방위입니다."

아더는 가만히 아버지를 바라보았다. 옛날의 차가운 표정이 발라스의 얼굴에 되돌아왔다. 그는 지금 하나의 새로운 장면에 자기 자신을 적응시키려고 노력하는 듯했다. 화제를 돌리려는 것이 분명한 태도로 발라스가 말했다.

"넌 월요일에 떠나는 거냐, 앨른?"

"네, 그렇습니다."

"출정하는 것이 기쁘겠지?"

"물론입니다."

앨른은 큰 소리로 동의를 표시했다.

"마치 하늘에라도 오르는 기분입니다."

술 담당 웨이터가 다가왔다. 발라스는 빨간 표지의 메뉴를 들고 자세히 술 종류를 훑어 갔다. 그러나 주류를 따지며 살피는 것이 아니었다. 그는 자기 자신을 따지며 살피고 있었다. 이윽고 그가 결정을 내렸다.

"우린 작은 축하연을 베푸는 것이다. 이것은 특별한 경우이니까."

그는 샴페인을 주문했다.

헤티는 기분이 좋은 듯했다. 그녀는 언제나 발라스를 대하면 약간 존경하면서도 두려워하는 듯한 태도를 유지했다. 발라스의 격식을 차린 예의바른 태도는, 근접하기 어렵게 만드는 위엄을 갖추고 있어 늘 그녀에게 두려움을 주었던 것이다. 그러나 오늘 밤엔 그에게 놀랄 만한 다른 점이 있음을 발견하였다. 신이 나도록 관께해진 것이다.

헤티는 그를 바라보며 가장 아름다운, 가장 존경스러운 미소를 살짝 띠어 보였다.

"이 술 맛있어요."

헤티가 속삭였다. 그녀는 한 손으로 목걸이를 만지작거리고, 다른 한 손으로는 잔 가득 넘실거리는 술잔을 쥐고 있었다. 그녀는 아더를 바라보았다.

"군복이 앨른 오빠한테 멋지게 어울린다고 생각하지 않아?"

아더는 억지로 미소를 지었다.

"앨른은 무엇을 입든지 멋있게 보여."

"어머, 그렇진 않아요. 정말로 아더, 앨른 오빠가 군복을 입으니까 월등히 돋보인다고 생각되지 않아요?"

아더는 딱딱한 얼굴로 대답했다.

"그렇군."

"이렇게 되면 답례의 인사가 곤란하게 되는걸."

앨른은 신이 난 듯이 말했다.

"네가 여자 의용군에 입대할 때까지 내 답례의 대답을 기다려다오, 헤티. 그렇게 되면 내가 할 말이 생기겠지."

헤티는 또 한 모금 샴페인을 마셨다. 그녀는 예쁜 머리를 갸우뚱하게 기울인 채 생각에 잠겼다.

"아더도 군복을 입는다면 아주 멋있을 거야."

아더는 마음이 아주 얼어붙는 듯한 기분을 느꼈다.

"어쨌든 난 군복을 절대 입지 않을 테니까."

"아더는 몸이 늘씬해서 장교 혁대를 매기엔 아주 어울리는 체격이야. 그리고 그 피부색도. 카키색 군복을 입으면 무척 멋있을 거야."

일동은 모두 아더를 바라보자 앨른이 말했다.

"그것은 사실이다, 아더. 그런 복장을 한다면 모두 깜짝 놀랄 거야. 너도 군에 나가는 것이 더 좋지 않겠니?"

아더는 이유 없이 자기 몸이 떨리는 것을 느꼈다. 그의 신경이 너무 긴장되어 있었던 모양이었다. 그는 오늘밤의 모든 것이 비정상적이고 역겹게 생각되었다. 아버지는 왜 여기에 와서 이 혼잡한 호텔에 앉아 샴페인을 마시고 있는가. 또한 앨른 토드의 허풍을 묵인한 채 이렇게 초조한 빛으로 어색한 태도를 짓고 있는 이유가 무엇일까?

"너, 내 말 듣고 있니, 아더? 말을 꺼냈다. 너는 나와 같은 무대에 서야만 한다는 이야기야."

앨른이 말을 꺼냈다.

아더는 하는 수 없이 입을 열어 경쾌하게 말하려고 애를 썼다.

"나 없이도 연극은 잘 될 거야. 기대하겠어, 앨른. 솔직히 말해서 나는 그런 무대엔 별로 마음이 끌리지 않거든."

"어머나, 아더!"

헤티가 실망한 듯 소리쳤다. 그녀는 아더를 자신의 것이라고 간주하고 있는 까닭에 아더가 항상 멋있게 보이기를 바랬다. 그녀의 말을 빌리자면 번쩍번쩍 빛나기를 원했던 것이다. 그런데 아더가 지금 한말은 아무리 관대하게 보아 준다 해도 그다지 번쩍번쩍 빛나는 것이 못 되었다.

헤티는 활기차고도 귀여운 얼굴을 매력이 넘치도록, 그러면서도 불만스럽다는 표정으로 찡그려 보였다.

"그건 이상한 말이야, 아더. 아더를 모르는 사람이 그 말을 들었다면 아더가 겁에 질렸다고 상상할 거야."

"그런 소리 말아라, 헤티."

발라스가 너그럽게 말했다.

"아더는 그런 걸 생각해 낼 만한 시간적 여유가 없었을 뿐이야.

머지않아 너도 아더가 가까운 모병 사무소로 달려가는 것을 보게
될 게다."

"아아, 저도 알아요!"

헤티는 꾸밈없는 눈길을 아래로 내리깔며 흥분된 모습으로 말
했다. 그녀는 방금 자기가 한말에 대해서 아더에게 약간 미안스럽
게 생각하고 있었다.

아더는 아무 말도 하지 않았다. 그는 자기 음식 접시에 눈을 준
채 그대로 앉아 있을 뿐이었다. 그는 샴페인과 디저트를 사양
했다. 그는 자기가 끼지 않고도 이야기가 진행하도록 내버려 두
었다.

먼 방 끝에서 오케스트의 연주 소리가 먼 방 끝에서 울리기 시작
했다. 그 방 끝엔 초칠을 해서 춤을 추도록 마련된 꽤 넓은 방이
있었다. 오케스트라가 영국 국가를 아주 크게 연주하자 모든 사람
들은 의자 소리를 요란스럽게 내며 일어섰다. 그리고 국가 연주가
끝나자 높고도 오랫동안 계속되어 이어진 만세 소리가 장내를 울
렸다. 이제 오케스트라는 별로 높지 않은 소리로 댄스 음악을 연
주하기 시작했다.

헤티는 아더를 보면서 미소를 지었다. 두 사람 다 춤을 잘 추었
고 춤을 좋아했다. 헤티는 자기와 아더가 함께 춤을 출 때, 정말
잘 어울리는 한 쌍이라고 하는 이야기를 많이 들었기 때문에 아더
가 자기에게 춤을 추자고 하며 손을 내밀기를 기다렸다. 그러나
그는 눈을 음식 접시에 무뚝뚝하게 고정시킨 채 그대로 앉아 있을
뿐이었다.

드디어 그가 뚱하고 있는 것이 그들 세 사람에게 확실히 알려
졌다. 앨른이 얼른 헤티 쪽으로 몸을 내밀었다. 그는 언제나 남의
기분을 상하게 하는 것은 죄악이라고 생각하고 있었다.

"헤티, 이 늙은 군마 같은 오라비와라도 돌아보겠니?"

헤티는 평상시의 쾌활한 태도 이상으로 미소를 지어 보였다. 앨른은 발이 무거운 남자였기 때문에 춤추는 것을 좋아하지 않았다. 그래서 헤티도 그와 춤추기를 꺼렸다. 그러나 지금은 기분이 좋은 척 일어섰다.

그들이 춤을 추는 동안 발라스가 말했다.

"헤티는 아주 깜찍하고 멋진 귀염둥이야. 예의바르면서도 활기가 넘치고……."

그는 기분이 좋은 듯 말했다. 만찬과 샴페인을 들자 더욱 마음이 평화로운 듯했다.

아더는 대답하지 않았다. 그는 한쪽 구석에서 춤을 추고 있는 헤티와 앨른을 바라보았다. 그리고는 자기 자신도 알 수 없는 기분을 억제하려고 필사적으로 애를 썼다.

헤티와 앨른이 돌아오자, 그는 예의상 헤티에게 춤을 추자고 하지 않을 수 없었다. 그러나 여전히 마음속은 차갑고 기분이 상해 있었으므로, 춤을 추자고 말할 때도 말이 부드럽게 나오질 않았다. 그러나 헤티는 기쁘게 응했다.

헤티의 춤추는 실력은 아주 근사했다. 그녀는 그에게 보드라운 감촉을 느끼게끔 해 주었다. 헤티 특유의 향수 냄새가 그녀의 움직임에 따라 그에게로 흘러 들어오는 듯했다. 그는 더 이상 춤을 추지 않겠다고 마음 속으로 다짐했다. 왜냐하면 그와는 달리 그녀의 춤솜씨가 너무나 근사했기 때문이었다. 춤이 끝나자 두 사람은 다시 자리로 돌아왔다.

헤티는 얌전히 앉아서 음악에다 박자를 맞추었다. 그러다가 도저히 참을 수가 없는지 쾌활하면서도 고뇌가 섞인 매혹적인 표정으로 말했다.

"오늘밤엔 이제 어느 분도 춤추지 않으실 모양이죠?"

아더가 재빨리 말했다.

"난 피곤해."

한동안 침묵이 흘렀다. 그때 느닷없이 발라스가 말했다.

"나도 상관없다면 헤티, 네 마음대로 해 봐라. 그렇지만 난 이런 신식 스텝은 전혀 밟을 줄 모른단다."

그녀는 의심스럽게, 아니 아연한 표정으로 그를 자세히 쳐다보았다.

"이건 아주 쉬운 스텝이에요. 그냥 걷기만 하시면 되는걸요."

발라스는 얼굴에 전에 없던 새로운 미소, 막연하면서도 어딘가 기분이 좋은 그러한 미소를 띠었다.

"자아, 네가 겁을 내지 않는다면, 좌우간 한 번 춰 보자."

그는 일어서서 그녀에게 팔을 내밀었다.

아더는 이제 완전히 굳어진 자세로 앉아 있었다. 그는 굳은 표정으로 아버지와 헤티가 방 끝 쪽에서 서로 안고 천천히 도는 모습을 뚫어지게 바라보았다. 아버지는 언제나 헤티를 보호자처럼 초연한 태도로 다루어 왔고, 헤티는 늘 겁을 내면서도 존경하는 태도로 그를 대하였다.

그런데 지금은 둘이 함께 춤을 추고 있는 것이다. 아더는 헤티가 미소를 머금고 있는 얼굴을 확실하게 보았다. 그것은 기분이 흡족할 때 웃는 교태가 흐르는 미소로서, 주의의 시선이 자기에게 집중되고 있다는 것을 알고 기분이 좋아진 여성 특유의 미소였다.

바로 그때 앨른의 목소리가 들렸다. 아더는 밖으로 나가자고 하는 앨른의 목소리를 듣고 기계적으로 일어났다. 그리고는 앨른과 함께 밖으로 나왔다. 앨른은 벌써 꽤 취해 얼굴이 뻘개져 있었다. 화장실에서 그는 아더의 얼굴을 정면으로 바라보면서 약간 다리를 비실거렸다.

"너네 영감님이 오늘밤엔 아주 기분 좋게 한턱 냈는데, 아더. 이건 꿈에도 생각 못한 일이다. 이 늙은 군마에게 굉장한 송별회를 해 주셨어."

그가 양쪽의 수도꼭지를 한꺼번에 틀어 놓았기 때문에 물이 힘차게 소변기 안으로 쏟아져 나왔다. 그는 다시 아더 쪽으로 몸을 돌렸다. 그는 서로 믿는다는 말투로 말했다.

"이봐, 아더. 우리 집 영감님은 말이야, 너의 영감님이 심리 위원회에 와 달라고 부탁하지 않았다고 해서 상당히 기분이 상해 있어. 물론 말하지는 않았지만 난 알고 있다구. 이 늙은 군마는 다 알고 있다 이 말씀이야, 아더."

아더는 불안한 표정으로 앨른을 자세히 바라보았다.

"걱정할 것은 없어, 아더."

앨른은 모든 것을 다 알고 있다는 듯한 표정을 지은 채 손을 흔들었다.

"조금도 걱정할 필요가 없어, 아더. 모두 친구들 사이니까. 두 분은 옛날부터 가장 친한 친구 사이였단 말이야."

아더는 계속해서 앨른을 조용히 바라보았다. 그는 말문이 막혀 버림과 동시에 회의와 불안과 공포의 커다란 소용돌이가 그를 덮쳐 왔다.

"무슨 말을 하려는 거야?"

드디어 아더가 물었다.

그때 갑자기 소변기가 넘쳐 흘렀다. 물이 바닥으로 콸콸 쏟아져서 바닥 위로 흐르기 시작했다.

아더의 눈은 현기증을 일으킨 듯 그 범람하는 물 쪽을 향했다. 넵튠 탄광의 물도 바로 저렇게 넘쳤던 것이다. 광산의 그 뒤꼬인, 아무도 모르는 물길을 통해 넘쳐서는 광부들을 공포와 암흑 가운데 익사하게 했을 것이다.

그의 온몸이 무슨 발작이라도 하는 듯 부들부들 떨렸다. 아더는 마음이 타는 듯한 초조감 속에서 생각했다.

'난 어떻게 해서라도 그 진상을 밝혀 내야 한다. 그러다가 죽게 되는 한이 있어도 그 진상을 캐내고 말겠다.'

집으로 돌아오는 도중 아더는 타인캐슬의 복잡한 거리를 벗어날 때까지 하고 싶은 말을 꾹 참고 기다렸다. 드디어 차가 커튼과 슬리스케일 사이의 조용히 뻗은 곧은 길을 따라 딜릴 때 재빨리 말을 꺼냈다.

"아버지, 드릴 말씀이 있습니다."

발라스는 한동안 아무 말이 없었다. 그는 보드라운 쿠션에 몸을 기대고 구석에 앉아 있었는데, 차 안이 어두컴컴해서 그의 표정은 잘 보이지 않았다.

"음, 해 보렴."

그는 내키지 않는 듯한 말투로 대답했다.

"무슨 얘기냐?"

발라스의 말투에는 힘이 없었다. 그러나 아더는 새로운 힘이 솟아나고 있었다.

"그 재난 사고에 관한 것입니다."

발라스는 불쾌한, 거의 혐오에 가까운 동작으로 몸을 움직였다. 아더는 그러한 아버지의 움직임을 보았다기보다 오히려 느꼈다. 침묵이 잠깐 흘렀으나, 곧 발라스가 참을 수 없다는 듯이 말을 시작했다.

"넌 왜 자꾸 그 문제를 꺼내고 싶어하는지 이해할 수가 없구나. 나는 좀 기분이 나쁘다. 모처럼 유쾌한 저녁 한때를 보냈는데……, 헤티와 춤까지 추면서 말이다. 너도 춤을 잘 추더구나. 춤 스텝을 그렇게 잘 밟을 줄은……, 난 정말 놀랐다. 그래서 난 지금 완전히 해결된 일로 다시 괴로움을 받고 싶지가 않다."

아더는 불이 붙은 듯한 격한 목소리로 급히 대답했다.

"전 아직 그 사건을 잊지 않았습니다. 결코 잊을 수가 없습니다,

아버지”

발라스는 한동안 조용히 앉아 있었다.

“아더, 제발 이 일은 이제 끝내게 해다오.”

그는 일어나려는 짜증을 억지로 누르는 것이 분명한 말투로 말했다. 때문에 그의 음성에는 그와는 전혀 어울리지 않는 우울한 상냥함이 섞여 있었다.

“그런 일이 일어나리라는 것을 내가 미리 알지 못했다는 것은 아니다. 알고는 있었다. 바로 이 점을 잘 알아듣고 너의 이성을 발휘시켜 봐라. 넌 내 편이 아니냐? 나의 이익은 너의 이익이다. 너는 이제 곧 스물두 살이 된다. 따라서 너는 이제 넵튠 탄광의 공동 경영자가 될 것이다. 이 전쟁이 끝나는 대로 난 그렇게 할 작정이다. 사람들은 이미 그 재난 사건을 다 잊어버리고 있는데, 너만이 유독 그것을 가지고 자꾸 입을 열고 있다는 것은 미친 짓이라고 생각되지 않니?”

아더는 가슴이 답답해 왔다. 넵튠 탄광에 있어서의 이익을 새삼스럽게 상기시키려는 아버지의 태도는 마치 자기에게 뇌물을 먹이는 것 같은 느낌을 갖게 했기 때문이다. 그의 목소리가 떨렸다.

“전 그걸 미친 짓으로 보지 않습니다. 전 진실을 알고 싶습니다.”

발라스는 자제력을 잃고 말았다.

“진실서이라고 했느냐?”

그가 외쳤다.

“심리 위원회가 열렸지 않았느냐? 11일간이나 걸쳐서 모든 것을 다 조사한 끝에 해결된 것이다. 나의 무죄가 증명되지 않았느냐? 이것이 곧 네가 말하는 그 진실이다. 이 이상 또 무엇을 알아야겠다는 거냐?”

“위원회라고 하는 것은 관공서의 심리 위원회와 같습니다. 그런

위원회에서는 진실을 은폐한다는 것은 매우 쉽습니다."

"무슨 진실을 말이냐?"

발라스는 갑작스럽게 호통을 쳤다.

"너, 지금 정신이 나갔니?"

아더는 유리로 된 칸막이 통해 바로 앞에 자리잡고 있는 바틀리의 빳빳한 등을 자세히 바라보았다.

"아버지, 그 작업을 하는 동안 아버지께서는 내내 위험을 무릅쓰고 하는 일이라고 생각하지 않으셨습니까?"

"우리는 언제나 위험을 무릅쓰고 있는 거다."

발라스는 화난 목소리로 대답했다.

"우리는 누구나 다 그러한 것이다. 모든 탄광에서는 위험에 위험이 겹쳐 있으며, 내일, 그리고 모래도 위험에 직면하고 있는 것이다. 어느 누구도 그러한 위험에서 피할 수는 거야."

그러나 아더는 화제를 바꾸려고 하지 않았다.

"애덤 토드가 아버지에게 그 탄층을 채굴하시기 전에 주의를 주지 않았습니까?"

그는 무표정한 목소리로 이야기를 계속했다.

"아버지도 토드 아저씨를 만나려고 가셨던 그날 일을 기억하고 계실 것입니다. 그분은 위험하다고 아버지께 말씀드리지 않았던가요? 그런데도 불구하고 아버지는 작업을 계속시켰던 것입니다."

"말도 안 되는 소리를 하고 있구나."

발라스는 거의 절규에 가까운 목소리로 소리쳤다.

"어떠한 결정이든 그것은 모두 내가 행하는 것이다. 넵튠 탄광은 내것이다. 그래서 내가 생각하는 대로 경영해야 하는 거야. 어떤 인간도 간섭할 권리가 없어. 나는 나의 최선을 다해서 경영하고 있는 거야."

"최선이라니, 누구를 위해서 말입니까?"

발라스는 가까스로 꾹 참았다.

"넌 넵튠 탄광을 자선 사업이라고 생각하느냐? 나는 이익을 올리고 싶은 거다."

"네, 맞는 말씀입니다, 아버지."

아더는 억양이 전혀없는 목소리로 말했다.

"아버지께선 이익을 올리고 싶어하십니다. 그것도 아주 막대한 이익을 올리고 싶어하시죠. 그렇다면 석탄 채굴을 시작하기 전에 넵튠 폐갱의 작업장에서 폐수를 퍼내 버렸다면 위험 같은 것은 전혀 없었을 것입니다. 그러나 그렇게 했다면 구. 작업장의 배수에 필요한 비용은 아버지의 이익을 완전히 집어삼켰겠죠. 그 비용, 즉 폐수를 퍼내는 데에 그 모든 돈을 소비해 버린다는 것은 아버지에겐 너무나 아까운 것이었습니다. 그래서 아버지께선 그 폐수를 모르는 체하시고 사람들을 위험 속에 몰아 넣는 모험을 될대로 되라는 식으로 한번 해 보시겠다고 결단하신 것입니다."

"그만 닥쳐!" 발라스는 거칠게 말했다.

"나한테 그따위 말투를 쓰면 가만 두지 않겠다."

스쳐 가는 자동차의 불빛이 잠깐 아버지의 얼굴을 비추었다. 그의 얼굴은 충혈되어 이마까지 뻘개졌고, 눈은 노여움으로 불타고 있었다. 곧 다시 차 안이 깜깜해졌다. 아더는 몸을 떨면서 차 안의 좌석에 딱 달라붙어 있었다. 그의 입술에는 핏기가 하나도 없었고, 온몸이 절망 속에서 찢겨져 나가는 듯한 기분이었다.

또다시 아더는 아버지의 이야기 뒷면에는 묘한 불안감과 조바심, 회피하는 것 같은 것이 있음을 느꼈다. 그것은 일종의 도피 행위라는 인상이 막연하게 그의 가슴에 느껴지는 것이었다. 차가 가까워지는 동안 그는 묵묵히 입을 다물고 있었다.

발라스의 뒤를 따라 집 안으로 들어서자, 천정이 높고 밝은 현관 홀에서 두 사람의 얼굴이 서로 마주치게 되었다. 발라스는 이

층으로 올라가기 위해 조각상이 새겨진 손잡이 난간에 한쪽 손을
가져다 대었다. 그의 얼굴에 이상한 표정이 떠올랐다.

"넌 요즘엔 너무 말이 많아졌다, 지나치게 많아졌어. 기분 전환
을 위해서 뭔가를 해 보는 것이 좋겠다고 생각하지 않니?"

"전 아버지께서 하시는 말씀을 잘 모르겠습니다."

발라스가 어깨 넘어로 돌아보면서 말했다.

"나라를 위해서 전쟁에 나가 볼 생각은 없느냐는 말이다!"

발라스는 이 말을 남기고 머리를 되돌려 계단을 화난 사람처럼
걸어 올라갔다.

아더는 머리를 치켜들고 멀어져 가는 아버지의 뒷모습을 바라보
고 서 있었다. 그의 창백한, 번쩍 치켜든 얼굴은 일그러져 있었다.
그는 아버지에 대한 사랑이 소멸해 버린 것을 느꼈다. 그는 그 소
멸의 잿더미 속에서 뭔가 불길하고도 무서운 것이 일어나고 있음
을 느꼈다.

떠나는 샘

바로 그 토요일 밤, 샘은 애니 메이서와 일찍이 만나 가로수가 우거진 길을 함께 걸어가고 있었다. 벌써 몇 년을 두고 토요일 밤이면 항상 두 사람은 이렇게 산보를 하고 있었는데, 이것은 그들의 만나는 시간은 토요일 밤 7시경이고, 장소는 인적이 드문 방파제의 모퉁이였다. 대체로 애니가 먼저 와서 샘을 기다리고 있었고 샘은 언제나 늦게 왔다. 그는 7시 10분이 되어야 나타나곤 했다. 멋진 청색 양복에, 턱수염은 깨끗하게 면도를 하고, 울퉁불퉁한 이마 언저리를 번쩍이며 오는 것이었다.

"또 내가 늦었어, 애니."

이것이 샘의 인사였다. 그는 자기가 늦은 것에 대해 절대로 변명을 하지 않았다. 만일 샘이 애니를 기다리게 한 것을 미안하게 여겨 말한다면, 그것이야말로 어색한 일일 것이라고 느껴질 정도였다.

그들은 가로수길 위쪽을 향해 산보를 하기 시작했지만 여느 연인들처럼 서로 팔을 끼지는 않았다. 샘과 애니 사이에는 서로 손을 잡는다든가, 포옹한다든가, 키스하는 일 따위는 전혀 없었다. 그들의 가장 즐거운 애정의 표시는 아무것도 나타내지 않는 상태, 바로 그것이었다.

샘과 애니는 꾸준히 만나기만 했다. 샘은 애니를 존경했다. 가로수길의 컴컴한 곳에서는 샘도 애니의 허리에 팔을 감는 일이 있었다. 물론 걸음을 걸으면서 말이다. 그러나 그 이상은 아무것도 없었다. 애니는 샘의 어머니가 자신들의 관계를 반대하고 있다는 사실을 알고 있었다. 그렇지만 샘이 자기를 진실로 사랑하고 있다는 것도 알고 있었다.

애니는 그것만으로 충분했다. 그들은 가로수길을 산보한 후에는 읍내로 되돌아왔다. 돌아오면서 아는 얼굴이라도 만나면 샘은 "안녕하세요, 네드.", "어어, 톰!" 하면서 큰소리로 인사를 하는 것이었다. 그들의 마지막 코스도 정해져 있었다. 웹트 부인의 식당이 그곳이었다. 낡은 초인종소리가 정다운, 지금은 입구의 유리 문턱도 일그러져서 문을 열 때마다 덜커덩하고 요란한 소리를 내는 그 파이집으로 가는 것이었다.

그들은 가게 한 귀퉁이에 서서 뜨거운 파이를 하나씩 먹고는 레몬즙에 설탕을 넣어 만든 커다란 레모네이드 한 병을 나눠 마시는 것이 전부였다. 애니는 알코올 성분이 없는 진저에일을 더 좋아한다. 그러나 샘이 레모네이드를 더 좋아하기 때문에 애니가 먼저 레모네이드하고 말해 버리는 것이었다. 가끔 가다가 샘의 채탄 성적이 좋아서 호주머니가 조금 두둑하면 파이를 두 개씩 먹는 경우도 있었다. 그것은 웹트 부인의 파이가 너무나도 맛있기 때문이었다. 그러나 애니는 사양을 했다.

애니는 예의를 중히 여기고 있기 때문에 절대로 하나 이상은 먹지 않았다. 샘이 두 개째 파이를 먹는 동안에 그녀는 잠잠히 기다릴 뿐이었다. 그리고 나서 그들은 잠시 웹트 부인과 함께 잡담을

하다가 다시 방파제 쪽으로 어슬렁거리며 돌아가는 것이다. 방파
제에 오면 그들은 작별 인사를 나누기 전에 한참 동안 토요일의 번
화한 밤거리를 바라보고 서 있었다.

서로 헤어져 고지촌의 광부마을로 올라가면서 샘은 생각한다.
얼마나 멋진 밤이었던가, 그리고 애니는 얼마나 멋있는 아가씨인
가. 또 그녀와 함께 이렇게 나들이를 하는 자기는 얼마나 행복한
사람인가.

그러나 오늘밤엔 가로수길을 걷고 있는 두 사람 사이가 평상시
와 조금 다른 것 같았다. 애니의 표정이 침울하게 가라앉아 있
었다. 샘 역시 괴로운 심정으로 열심히 자기의 입장을 설명하려고
안간힘을 쓰고 있었다.

"미안해, 애니."

그는 침울하게 발부리의 돌을 차며 말했다.

"애니가 그렇게 기분상해할 줄은 미처 몰랐어."

애니는 고개를 흔들며 나직한 소리로 말했다.

"괜찮아, 샘. 내가 그렇게 깊이 생각하고 있는 것도 아닌데, 뭐.
아무 일도 없어."

샘이 무슨 짓을 하든 애니는 늘 괜찮다고 말하는 것이었다. 그
러나 가로수길 나무의 어둠에 가려 있는 그녀의 얼굴빛은 몹시 창
백했다.

샘은 또 돌을 찼다.

"난 이제……, 탄광에서 일하는 것은 참을 수가 없게 됐어. 갱내
에서 아버지와 휴이가 죽었다는 것을 생각하면서 매일 그 속으로
들어갈 수가 없어. 도저히 견딜 수가 없게 됐다구. 아버지와 휴이
의 시체가 꺼내졌을 때부터 탄광에 대한 내 생각이 바뀌어져 버린
거야."

"알아, 샘의 그 기분."

"또 하나 알아 둘 것은, 나도 확실히 그만두고 싶다는 것은 아니야."

샘은 근심스럽게 계속해서 말했다.

"나도 모두가 지긋지긋하게 여기는 전쟁에 찬동한다는 것은 아니야. 난 그걸 탈출의 구실로 삼고 있을 뿐이야. 어쨌든 난 그놈의 탄광을 나와야 하니까. 어느 곳이든 지금의 탄광보다야 낫겠지, 어느 곳이든간에."

"그래요, 샘."

애니는 그를 안심시켰다.

"무슨 뜻인지 알겠다니까."

샘처럼 자기 직무를 사랑하고, 거기다 탄광에서도 필요로 하는 훌륭한 광부가 전쟁 같은 것에 가야 할 이유가 무엇이겠는가. 넵튠 탄광의 재난 사건만 없었다면 샘도 그런 생각은 하지 않았을 것이다. 애니 역시 그것을 잘 알고 있었다. 애니가 슬퍼하는 이유는 샘을 더욱더 자기 기분과는 정반대 방향으로 가게 하고 있다는 사실이었다.

"아아, 애니!"

그는 갑작스럽게 가슴이 뭉클해지며 소리쳤다.

"넵튠에서 그런 일만 일어나지 않았다면 얼마나 좋았을까. 오늘도 교대 시간이 되어 나올 때 사뭇 그 생각만 했어. 데이비드의 일만 해도 그래. 데이비드가 당한 일에 대해 생각해 보면 내가 이런 기분이 되는 것도 당연해. 데이비드는 지금 어떻게 하고 있을까, 라는 생각만 해도 너무 마음이 아픈 거야."

그는 격한 목소리로 말을 이었다.

"그런 식으로 학교에서 파면당하다니, 그건 너무 하잖아. 라메지 그 자식이 그런 거야. 그자는 전부터 우리 집 사람들을 항상 적대시해 왔어. 생각할수록 비참한 일이야. 그렇지 않아, 애니?"

"데이비드 같으면 다른 곳에 얼마든지 취직이 될 거야, 샘."

그러나 샘은 고개를 흔들었다.

"이제 학교 선생으로서는 끝장이 난 거야. 데이비드는 지금 해리 뉴전트의 도움을 받고 있지만 말이야. 해리가 여기에 왔을 때, 그 사람은 데이비드를 보자마자 마음에 들었던 거야. 어떻게 되긴 하겠지만 말야."

그는 한숨을 내쉬었다.

"하지만 데이비드도 완전히 변했어."

애니는 대답을 하지 않았다. 그렇게 말하는 샘도 매우 변했다고 생각되었기 때문이다.

두 사람은 가로수길을 아무 말없이 걸었다. 이젠 어둑어둑해지고 있었지만 발라스 집 옆을 지나칠 때는 구름 사이에서 나온 달이 웅장한 저택 위에서 환하게 빛나고 있었다. 그 저택 옆에 있는 높다란 너도밤나무 밑의 하얀 대문 앞에 두 사람의 그림자가 함께 서 있었다. 그 중 한 사람은 군복차림의 청년이었고, 다른 한 사람은 모자를 쓰지 않은 소녀였다.

샘은 가로수길의 끝까지 왔을 때 애니를 돌아다보았다.

"아까 그 사람들 봤지? 댄 티즈데일과 그레이스 발라스야."

"응, 나도 봤어."

"그들이 거기 있는 것을 발라스 사장이 봤더라면 난리가 났겠지 ……."

"아마도 몹시 놀라겠지."

"발라스 호로새끼!"

샘은 머리를 옆으로 휙 돌리며 침을 탁 뱉았다.

"그 새끼, 아주 멋지게 무죄로 방면됐어. 그렇지만 난 이제 그 호로새끼를 위해서 아무 일도 하지 않을 거야. 그 새끼가 내게 와서 사정을 해도 난 하지 않겠어."

웹트 부인의 상점까지 왔다. 애니는 꾹 참았지만 샘이 전쟁에 나간다고 생각하자 온몸이 점점 굳어지는 것을 어쩔 수 없었다. 그러나 애니는 끝까지 아무 내색도 하지 않고 평소와 같이 파이를 먹고 레모네이드도 마셨다. 그녀는 샘을 기쁘게 해 주는 것으로 만족했기 때문이다.

방파제 가의 모퉁이에서 발걸음을 멈추었을 때, 샘은 평상시처럼 미소를 지으려고 애쓰며 말했다.

"애니, 슬퍼하지 마, 응! 탄광은 내게 별 신통한 곳이 못 돼. 틀림없이 전쟁터가 좀더 나을 거야."

"그렇겠지."

애니도 조용히 수긍했다. 그러나 가슴이 꽉 메이는 듯한 슬픔을 겨우 누르며 말했다.

"샘, 내일 또 만나고 싶어. 떠나기 전에 다시 한 번 꼭 만나고 싶어."

샘은 여전히 미소지은 채 고개를 끄덕이다가 갑자기 다가섰다.

"애니, 화나지 않았지? 화나지 않았다는 증거로 키스해 줘."

애니는 처음으로 샘에게 키스를 했다. 그리고는 자기 눈에 고인 눈물을 샘에게 들킬까 봐 급히 돌아섰다. 그녀는 고개를 폭 숙이고 급히 걷기 시작했다.

샘도 고지촌을 천천히 올라갔다. 자기는 바보라는 것을 다시 한 번 똑똑히 느꼈다. 의미도 없는 전쟁을 위해서 애니와 직업을 버리고 간다는 것은 정말 바보 짓이 아닐 수 없었다. 그렇지만 어떻게 할 수 없는 일인 것이다. 그 재난이 그를 바꿔 놓고 말았다. 그렇다! 데이비드를 변하게 한 것처럼 자기를 엉망으로 만들어 버린 것이다. 어디를 가든 그런 건 중요하지 않다. 문제는 탄광에서 나와 버리는 일, 그것만이 중요한 것이다.

집에는 어머니가 창가의 등받이가 딱딱한 의자에 앉아서 그가 돌아오기를 기다리고 있었다. 샘이 들어서자 어머니는 금세 일어나서 뜨거운 코코아를 준비하기 시작했다.

어머니는 그에게 코코아를 따라 주고는 난로 옆에 서서 두 손을 가슴 아래에서 맞잡은 채 그를 자세히 바라보았다. 약간 야윈 얼굴에 침울한 빛을 띤 채 그저 샘을 가만히 바라다볼 뿐이었다. 한없는 애정이 담긴 눈빛으로.

"케이크를 하나 잘라 주랴?"

어머니의 부드러운 말에 샘은 고개를 가볍게 저으며 어머니를 올려다 보았다.

어머니도 변했다. 재난에 대해서는 이미 체념해 버린 뒤지만, 탄광에는 위험이 항상 도사리고 있다는 것을 생각하기 시작한 것이다. 그렇지만 어머니는 매일매일의 불안을 숙명으로 온화하게 받아들이고 있는 여인의 상징처럼 보였다.

넵튠의 재난은 마사에게도 그 흔적을 남겨 놓았다. 얼굴의 주름살이 더 깊어지고, 뺨도 훨씬 핼쑥해졌다. 뒤로 모아서 꽉 묶은 검은 머리칼에도 흰머리가 묘한 무늬를 이루고 있었고, 이마에도 굵은 주름이 홈처럼 파여 있었다.

그러나 그녀는 아직도 건장했다. 아직도 힘을 잃지 않고 꿋꿋하게 어떤 힘든 일이라도 끄떡없이 해내고 있는 것이다.

샘은 어머니에게 그 이야기를 해야 한다는 것이 매우 괴로웠다. 그러나 다른 도리가 없었다. 그리고 말주변이 없는 그였기에 단도직입적으로 말이 튀어나오고 말았다.

"어머니, 저 지원했어요."

그녀의 얼굴빛이 금세 잿빛으로 변했다. 그러더니 다시 머리칼의 흰부분과 똑같은 하얀 색으로 변했다. 그녀는 손을 본능적으로 들어 목줄기 쪽에 대었다.

"너 설마……."

말이 거기서 끊겼으나, 그녀는 간신히 쥐어짜는 듯한 목소리로
다시 이어 나갔다

"네가 설마 군대에 들어간다는 것은 아니겠지?"

그녀의 눈빛이 공포에 휩싸였다.

그는 퉁명스런 얼굴로 바로 군에 입대한다는 뜻으로 고개를 끄
덕였다.

"제5류질리 연대예요. 이미 전 탄광에서 제 연장을 다 가지고 나
와 버렸어요. 부대는 월요일에 진지로 출발합니다."

"월요일에?"

어머니는 당황한 표정으로 말을 더듬거렸다.

그녀는 샘을 바라보면서 의자에 걸터앉았다. 한 손으로는 목줄
기를 누른 채 멍하니 앉았다. 그녀는 갑자기 아주 조그맣게 오그
라든 느낌이었다. 지금까지 활기찼던 꿋꿋한 기상은 거짓말처럼
사라져 버리고, 아주 가련하게 쪼그라든 모습으로 멍하니 자기의
사랑하는 아들을 올려다보고 있었다.

그녀는 믿을 수가 없었다. 도저히 그럴 리 없다고 생각했다.

"있을 수 없는 이야기다. 광부는 일선에 나가지 않아도 된다는
것쯤은 나도 알고 있다. 전쟁을 잘하기 위해서 광부들은 더 열심
히 석탄을 캐내야 하니까……. 더군다나 너처럼 유능한 사람은 더
안 될 거야."

그는 어머니의 애원하는 듯한 눈길을 피했다.

"그들은 아무 말없이 받아 주었어요."

그 말은 마사의 희망을 완전히 뭉개 버렸다. 긴 침묵이 흘렀다.
잠시 후 거의 속삭이는 목소리로 그녀가 다시 물었다.

"샘, 대체 어쩌자고 그런 짓을 했니? 어쩌자고 그런 짓을 했느
냔 말이다! 이젠 난 어떡하면 좋으냐?"

그는 어머니의 애원하는 눈길을 떨쳐버리려는 듯이, 고개를 흔

들었다.

"저도 어쩔 수가 없었어요. 이곳에서 빠져나가기 위한 마지막 수단이었어요. 어머니도 아시죠? 전 정말 견딜 수 없었어요. 저도 어쩔 수 없었던 거예요."

가해자의 아들

서서히 날은 저물어 가고 있었다. 흡사 마티스의 거친 터치처럼
이나 어두운 하늘에선 금세 비라도 쏟아질 것만 같았다.

데이비드는 램 소로를 지나 집으로 돌아왔다. 그는 좁은 현관에
발을 멈추고 섰다. 그의 눈길은 대번에 제니가 그에게 온 편지를
놓아 두곤 하는 조그마한 접시 쪽으로 갔는데, 거기에는 한 통의
편지가 놓여 있었다. 그것을 집어들자 어둡던 얼굴이 한결 밝아
졌다.

데이비드는 부엌으로 들어가서 난로 옆에 앉아 구두를 벗기 시
작했다. 그러나 눈길은 여전히 손에 쥔 편지를 향해 있었다.

제니가 슬리퍼를 가지고 왔다. 이런 일은 지금까지 한 번도 없
었던 일이었다. 어쨌든 제니는 많이 변했다. 이제는 집안일도 걱
정하고, 겁을 집어먹은 얼굴로 음울하게 변해 버린 데이비드에게
불평 한마디 하지 않고 뒷바라지를 해 주는 것이었다.

데이비드는 그러한 제니에게 그저 눈빛으로만 인사를 했다. 그
녀에게서 달콤한 포도주 냄새가 났지만 야단을 치는 것도 그만두

기로 했다. 그녀는 부쩍 자주 술을 마셨고, 그럴 때마다 데이비드 는 잔소리를 했다. 그러나 이젠 말하기도 귀찮아진 것이다. 그녀 는 기분이 나빠질 때 다만 한 잔만 한다고 말했다. 그 불명예스러 운 일 때문에 자주 기분이 나빠진다는 것이었다. 그녀는 그가 신 베들 가 국민학교에서 파면당한 것을 불명예스러운 일이라고 말해 오고 있었다.

데이비드는 편지봉투를 뜯어 천천히 신중하게 읽어 나갔다. 다 읽고 나자 편지를 무릎 위에 놓고 불빛을 바라보았다. 그의 얼굴 빛은 단호해졌다. 냉정하고 신중한, 어딘가 엄격해 보이기까지 하 는 표정이었다. 재난이 있은 이후 이 6개월이라는 시간이 그를 10 년은 더 나이가 들어보이게 만들었다.

제니는 바쁜 체하며 부엌을 왔다갔다하고 있었지만, 편지 내용 이 궁금해서 못 견딜 지경이었다. 그의 모습을 곁눈으로 훔쳐보 았다. 남편의 속에는 그녀가 알 수 없는 깊은 조류가 흐르고 있음 을 느낄 수 있었다.

'대체 무엇일까?'

그녀는 두려워졌다. 그에게서는 무엇인지 알 수 없는 위압감이 느껴졌다. 그녀는 조심스럽게 입을 열었다.

"중요한 편지예요?"

"뉴전트한테서 온 거야."

그녀는 더 자세히 이야기해 주기를 기다리며 멍하니 그를 바라 보았다. 그러나 그는 다시 입을 다물어 버렸다. 제니의 얼굴이 신 경질적으로 변했다. 그녀는 넵튠 탄광 재난 사건 이후 갑자기 맺 어진 데이비드와 해리의 우정이 마음에 들지 않았다. 자기를 멀리 밀어버리고 두 사람만이 통하는 듯한 깊은 친밀감이 불쾌할 뿐만 아니라 불안하기도 했다.

데이비드의 변화. 그녀의 비위를 맞추며 원하는 대로 해 주었

었다. 그렇게 부드럽던 데이비드가 함부로 손댈 수 없는 엄격한
사람으로 변화해 가는 것이 그녀를 불안케 하고 두렵게 만드는 것
이었다. 이 모든 것이 해리 그 사람의 영향이라고 생각하자, 그녀
는 화가 치미는 것을 참을 수 없었다.

"난 또 당신 취직됐다는 소식인가 하고 좋아했죠……. 이젠 나
도 지쳤어요. 남자가 하는 일도 없이 어정거리고 있으니까 지겨워
요, 정말! 언제까지 기다리죠?"

그는 몸을 일으키면서 그녀를 흘낏 쳐다보며 시니컬한 음성을
토해냈다.

"내가 놀고 있으니까 지겹다구? 그래, 지겹겠지! 그러나 이젠
걱정마. 취직이 됐다고 생각할 수도 있으니까. 해리는 지금 프랑
스 기지에서 야전부대 위생병 노릇을 하고 있는데, 지난주에 내가
편지를 썼어. 나도 함께 행동을 하고 싶다고 말이야. 나도 결심했
어. 나도 전선으로 떠나는 거야."

제니는 숨이 막히는 듯한 놀라움에 잠시 입을 열 수도 없었다.
그녀는 새파랗게 질려 버렸다. 그대로 쓰러져 버릴 것 같았다. 요
즘 자주 일어나곤 하는 구토증이 또 일어나는 것 같았다. 그녀는
두 손으로 입을 틀어막은 채 비틀거렸다. 데이비드가 가까이 다가
오자 그녀의 히스테리가 폭발했다.

"왜 당신이 가는 거예요? 왜 여기를 떠나려는 거냐구요?"

그 음성은 금세 벼락이라도 때리는 것처럼 괴상스러웠다.

"뉴전트 같은 사람하고 어울리더니 드디어 당치도 않은 일을 하
려고 드는 군요. 전쟁 같은 것엔 관심도 없던 당신이 왜 가야 하는
지 어서 이유를 대세요. 왜 가는 거예요?"

데이비드는 공포로 질려 버린 제니의 모습을 보고 불안해졌다.
요즘 그는 제니의 애정이 이전과 다르게 좀더 깊어지고 있다는 것
을 느끼고 있었다. 그러므로 더욱 대답하기가 곤란한 것이다. 사

실 자기의 이러한 결심은 스스로에게도 뚜렷한 해명을 줄 수 없는
애매한 것이었다.

결코 애국심에서 우러나온 것은 아니었다. 정치적인 것에 대해
서는 애당초 관심도 없었다. 다만 넵튠 탄광의 재난을 초래했던
경제적인 문제와 결부되어 극심한 회의를 일으키는 것뿐이었다.
이 두 개의 것 뒤에는 언제나 만족할 수 없는 권력과 소유욕이라는
인간의 본능적인 욕구가 도사리고 있음을 잘 알고 있었다.

그러므로 그런 것으로부터 파생되어 나온 전쟁이라는 흉측스런
것에 대해 조금도 휘말리고 싶지 않았다. 그런데 애국심 같은 것
은 전혀 갖고 있지 않다 하더라도, 무고한 많은 사람들이 피를 흘
리며 죽어 가는 전쟁에서 비켜나 바깥에 서 있다는 것 또한 용납
할 수 없었다. 이것이 바로 뉴전트와 동감하고 있는 점이었다.

전쟁은 원하지 않는다. 그렇다고 해서 그 전쟁에서 등을 돌린다
는 것은 더 감당키 어려운·일이었다. 또 살육을 하기 위해서만 전
쟁에 나가는 것은 아니다. 그곳에는 인간의 목숨을 구하기 위해
해야 할 일이 많을 것이다. 원하든 원하지 않든 인류는 고뇌에 찬
투쟁 속에 갇혀 있는데, 무관한 얼굴로 그 밖에 편안히 서 있다
는 것은 인생의 방관자임을 선언하는 것 외에는 아무것도 아닌 것
이다.

그것은 마치 넵튠 탄광과도 관련지어서 생각할 수 있는 것이
었다. 틀림없이 재난이 덮칠 것을 예상하면서도, 갱구에 서서 지
하 승강기를 타고 무서운 굴속으로 내려가야 하는 광부들 곁에서
자기만이 옆으로 비켜 서서 이렇게 말하는 것과 같다.

'형제들이여! 그대들에게 어떤 재앙도 오지 않기를 바란다. 나
는 함께 타지는 않겠다. 그러나 난 바란다, 제발 무사하기를…
….'

전쟁을 외면하는 것은 바로 이런 식의 비겁함과 비합리성을 보

이는 것일 뿐이다. 그러나 이것을 제니에게 어떻게 설명해 주어야
한단 말인가.

그는 손을 뻗쳐서 제니의 창백한 뺨을 감쌌다. 음울한 눈으로
그녀의 눈을 들여다보았다.

"설명하기가 좀 어렵군. 제니, 내 말을 잘 들어 봐요. 언젠가 내
가 당신한테 말했지……. 그 끔찍한 재난을 당하고 학교에서도 파
면된 이후 내가 결심한 것을 당신도 잊지 않았을 거야. 난 학위도
교직도 다 포기하겠다고 했지. 그 대신 광산노동자연맹에 들어가
그 약하고 무지스러운 사람들을 위해 끝까지 싸워 보겠다고 했지.
난 그 결심을 이행해야 해. 그런데 지금 이 전쟁 동안은 아무 일도
할 수가 없어. 기회를 기다려야 해. 샘도 군인으로 나갔어. 뉴전트
도 갔고 말야. 이런 때 나만 가만히 있을 수가 없어. 제니, 내 말
알아들었어 ?"

"아, 싫어 ! 싫어요, 데이비드."

그녀는 그의 가슴으로 무너져내리며 흐느껴 울었다.

"가면 안 돼요. 갈 수 없어요 !"

그는 눈을 들어 어둠이 깔리고 있는 창 밖을 바라보았다. 충분
히 예상한 일이었다. 제니의 반대는 당연한 일이라고 생각하며 그
녀를 가엾게 여기는 마음이 밀려들어 가늘게 몸을 떨었다.

"염려할 것 없어. 난 괜찮아. 자, 울지 말아."

그는 어린아이를 달래듯 그녀의 등을 두드려 주었다. 그러나 그
녀는 사납게 고개를 번쩍 치켜들었다.

"안 돼요, 당신은 갈 수 없어요 ! 이런 때 나를 혼자 두고 가 버
리다니……."

그녀는 데이비드가 가 버림으로 해서 모든 사람들로부터도 버림
받게 될지 모른다는 생각에 휩싸였다. 그러자 온몸이 떨려 왔다.

"그렇지만 제니……."

"안 돼요, 안 돼요! 하여튼 당신은 갈 수 없어요!"

제니는 완전히 자제력을 잃고 마구 소리치기 시작했다.

"당신은 내 남편이에요. 당신이 하시는 일에는 나도 간섭할 권리가 있어요. 더구나 이런 때……, 당신은 아무것도 몰라요. 난 지금 우리의 아기를 갖고 있단 말예요!"

침묵이 흘렀다. 그녀의 말은 적중했다. 데이비드는 지금까지 그런 생각을 해 본 적이 없었다. 그러나……, 그러나 언젠가는 있어야 하는 일이다. 그의 마음은 태풍을 맞은 것처럼 흔들렸다. 제니는 그의 내부의 변화를 알지 못하고 여전히 울고 있었다. 흘러 내리는 눈물을 닦을 생각도 하지 않고 서럽게 울었다.

그것은 그녀를 노하게 했을 때마다 하는 버릇이었다. 또한 데이비드를 언제나 견딜 수 없게 만드는 것이기도 했다. 지금도 데이비드는 어쩔 수 없이 그녀를 품에 안아 주었다.

"자, 제니, 제발 울음을 그쳐요. 그래야 내가 말을 할 수 있지. 제니, 내가 얼마나 기쁜지 당신은 모를 거야. 제니, 왜 진작 이야기해 주지 않았어? 왜 숨겨 왔지? 이렇게 기쁜 일을……. 난 이때를 얼마나 기다렸는지 몰라. 울음을 그치고 같이 기뻐해야지 이렇게 울다니……. 제니, 얼굴을 들어요."

제니는 그의 목에 매달리며 얼굴을 가슴에 세차게 묻고 고개만 흔들었다.

"그럼, 이제 가시지 않는 거죠? 날 버려 두고 가지 않겠다고 어서 약속해요. 적어도 아기가 태어날 때까지만이라도……. 데이비드, 그렇게 하시는 거죠?"

그녀는 애처롭게 졸라댔다.

"물론이야, 제니."

제니는 잠시 잠잠해졌다. 마치 그 커다란 기쁨을 음미하려는 듯이 고개를 들려다가 다시 그의 가슴에 기대며 소근거렸다.

"약속해요?"

"약속하지!"

그는 그녀를 자기 무릎에 올려 앉혔다. 그녀는 자신의 눈빛을 데이비드가 읽어 내는 것이 두려운 듯 여전히 그의 가슴에서 얼굴을 들지 않았다.

"제니, 왜 그래?"

그는 부드럽게 말했다.

"어린아이처럼 울어대다니……. 내가 기뻐할 것을 당신도 틀림없이 알고 있었을 텐데……, 왜 숨겼어?"

"당신이 꼭 화를 낼 것만 같았어요. 당신은 요즘 걱정스러운 일이 너무 많았고, 아니 그보다 당신이 너무 변했기 때문이에요. 당신은 무서워졌어요. 그래서 말할 수 없었어요."

이제 그녀의 얼굴에서는 창백했던 공포의 빛이 사라지고 평소의 혈색으로 돌아왔다. 그러나 아직도 무엇인가 하고 싶은 말이 남아 있는 것처럼 입을 쭈뼛거리고 있었다.

"미안해. 난 당신에게 무섭게 굴고 싶은 생각은 조금도 없었어."

데이비드가 그녀의 목덜미를 어루만지며 부드럽게 말하자 그녀는 다짐을 받는 사람처럼 다시 그 말을 물었다.

"당신, 가시지만 않는다면 이젠 괜찮아요. 아기를 낳을 때까지 내 곁에 있어 주는 거죠?"

그는 고개를 끄덕였다. 그녀의 얼굴을 똑바로 들게 하고는 눈을 오랫동안 들여다보았다.

"제니, 당신이 무사할 때까지 군대에 관해서는 생각하지 않기로 하겠어."

그는 좀더 엄숙한 눈빛으로 그녀의 눈을 지켜 보았다. 그녀의 눈은 다시 두려움으로 인해 움츠러들었다. 가슴이 뜨끔해지고 겁이 나서 다시 울음이 터질 지경이었다.

"그런데 제니, 당신도 한 가지 약속해 줄 것이 있어. 이제부터 포도주 같은 것은 절대 마시지 않겠다고 말야. 할 수 있겠지?"

거절이나 불평이 있을 리 없었다. 그녀는 이제 완전히 안심할 수 있게 되자 다시 왁하고 울음을 터뜨렸다.

"염려 말아요, 데이비드. 약속하겠어요. 착한 아내가 되겠어요. 당신은 이 세상에서 가장 훌륭하고 착한 남편이에요. 그런데 난 바보고 멍청이고 나쁜 여자예요. 데이비드, 용서하세요……."

데이비드는 새롭게 솟아나는 강한 애정으로 그녀를 힘껏 껴안았다. 지금까지 그의 마음에 차 있던 괴로움과 암흑을 헤치고 한 줄기 빛이 비쳐들기 시작했다. 죽음을 딛고 일어선 끈질긴 새로운 생명의 탄생이 가져다 주는 환희, 그것은 제니와 그의 분신이었다. 두 사람의 아름다운 사랑의 열매였던 것이다. 아무것도 모르는 데이비드로서는 그저 행복할 뿐이었다.

그때 현관의 초인종이 울렸다. 얼굴이 상기된 채, 모든 것이 안심이 되어서 생글거리고 있던 제니가 머리를 번쩍 들었다.

"누굴까?"

그녀의 얼굴에는 어린아이와 같은 호기심이 가득했다. 조금 전에 보여 주던 비탄에 잠겼던 것은 또 까마득하게 잊어버린 얼굴이었다. 사실 놀라운 일이기도 했다. 이런 시간에 이 집을 찾는 방문객이란 생각할 수도 없었다. 다시 초인종이 울렸다. 그녀는 재빠르게 일어나 현관으로 나갔다.

그녀는 곧 돌아왔지만 흥분과 감동으로 어쩔 줄을 몰라했다.

"세상에……! 아더 발라스 씨예요. 사장님의 아드님이 몸소 찾아오셨단 말예요. 데이비드, 어서 객실로 가 보세요. 당신을 만나러 왔대요."

데이비드의 얼굴은 어둡게 굳어지면서 눈빛이 사나워졌다.

"무슨 용건이래?"

"물어 보지 않았어요. 우리 집에 오신 것만도 큰일인데, 어떻게 그런 걸 물을 수 있어요? 어서 나가 보세요. 그런데 어떡하나? 객실은 아주 추운데……, 어휴, 이럴 줄 알았으면 불이라도 피워 놓는 건데……."

데이비드는 어두운 표정으로 가만히 서 있었다. 높은 사람에 대해 실례가 된다거나 교제할 기회를 갖게 됐다거나 하는 따위와는 너무나 거리가 먼 표정을 하고서 천천히 문을 나갔다.

아더는 몹시 신경질적인 모습으로 좁은 객실을 왔다갔다하고 있었다. 데이비드가 들어서자 깜짝 놀라며 당황하는 빛이 역력했다. 그는 데이비드를 이상한 표정으로 바라보다가 언뜻 정신을 차린 듯 먼저 인사를 했다.

"너무 갑작스러운 방문이라 폐가 되지 않았는지요?"

아더는 잠시 말을 끊었다가 다시 이었다.

"그렇지만 난 오지 않을 수 없었습니다."

아더는 흥분을 누르려고 애썼다. 그는 권하지도 않았는데 의자에 털썩 주저앉으며 한 손으로 눈을 가렸다.

"당신이 어떤 기분일지 나는 잘 알고 있습니다. 때문에 당신이 나를 만나기를 거절한다 해도 당신을 탓할 수는 없습니다. 난 당신을 비난하거나 책망할 생각은 조금도 없습니다. 난 어쨌든 오지 않을 수 없었고, 당신이 나를 어떻게 대하든 상관없습니다. 난 만나고 싶었습니다. 난 처음부터 당신을 좋아하고 존경했습니다. 데이비드, 나를 구출해 줄 사람은 당신밖에 없습니다."

데이비드는 테이블 맞은편에 조용히 앉아 흥분해서 떠드는 아더를 바라볼 뿐이었다. 그것은 이상한 대조를 이루고 있었다. 고뇌에 찬 동요로 마음이 찢겨져 어쩔 줄 모르는 사람과 초연한 표정이나 있는 힘을 다해 자신을 억제하고 있는 사람. 두 사람 사이에 무거운 공기가 감돌았다.

"무슨 용건이십니까?"

데이비드의 음성은 조용했다.

아더는 갑자기 눈을 가리고 있던 손을 떼고 데이비드를 뚫어지 게 바라 보았다.

"나는 사실을 알고 싶습니다. 내가 원하는 건 그 사실입니다. 그 것을 알기 전에는 도저히 안정을 찾을 수가 없고 잠을 이룰 수도 없습니다. 가만히 앉아 있을 수도 없습니다. 우리 아버님이 그 재 난에 책임이 있는지 없는지, 그것이 알고 싶은 겁니다. 확실히 알 지 않고는 견딜 수가 없으니 제발 도와 주십시오."

데이비드는 다른 곳을 보려고 애썼다. 아더를 보고 있으면 언제 나 느끼게 되는, 묘한 연민이 그를 약하게 만들기 때문이었다.

"내가 무엇을 도울 수 있겠습니까. 심리위원회에서 내가 해야 할 말은 다 했습니다. 그때 잘 듣지 못하셨던가요?"

"심리위원회를 다시 한 번 열 수도 있습니다."

"그게 무슨 소용이 있습니까?"

데이비드의 이 말에 아더의 입에서 괴상한 고함이 터져나왔다. 처음에는 무슨 소린가 싶을 정도로 비통한 절규였다.

"정의 때문이지요!"

아더의 눈빛이 험악해지면서 목청이 한층 커졌다.

"누구나 다 알고 지켜야 하는 정의 때문입니다. 갑작스럽게 생 매장당한 많은 사람들을 생각해 보십시오. 또 그들의 부인과 자식 들, 그 가족들의 괴로움을 생각해 보십시오. 아아, 생각만 해도 너 무나 무서운 일입니다. 그런데도 불구하고 모든 것이 감추어지고 숨겨져서 누구도 알 수 없게 아주 덮여져 버린다면, 그건 너무나 잔인하고 무서운 일입니다. 책임질 사람이 있다면 책임을 져야 하 지 않겠습니까?"

데이비드는 일어서서 창가로 갔다. 아더가 좀더 침착하게 자기 감정을 수습할 여유를 주기 위해서였다. 그는 천천히 입을 열었다.

"처음엔 나도 그런 식으로 생각했습니다. 아니, 그 이상이었을 것입니다. 증오, 증오……! 실로 무서운 증오를 가지고 있었습니다. 그러나 나는 내 자신을 극복해야 한다고 생각했습니다. 쉬운 일이 아니었습니다. 이것은 인간이라면 누구나 다 공통된 것입니다. 예를 들어 누군가가 당신에게 폭탄을 던졌다면, 당신은 무의식적으로 그것을 집어 다시 상대방에게 던졌을 것입니다. 난 뉴전트씨와 이 일에 대해 많은 이야기를 나누었습니다. 당신도 뉴전트 씨를 만났으면 많은 도움을 받을 수 있었을 걸 그랬습니다. 그 사람은 내가 알고 있는 사람 중에 가장 성실하고 건전한 두뇌를 소유하고 있는 사람입니다. 그는 아까 그 폭탄을 되던져서는 문제가 해결될 수 없다고 했습니다. 그렇습니다. 맞는 말입니다. 문제는 그 작자가 폭탄을 던지도록 한 그 배후 조직에 있기 때문에 개인보다는 그 배후를 볼 필요가 있습니다. 넵튠 탄광의 사고도 마찬가입니다. 그 사고가 있도록 묵인된 탄광이라는 산업 사회의 배후에 거대하게 웅크리고 있는 경제 조직이야말로 책임을 지고 처벌을 받아야 할 장본인입니다. 어떤 개인을 처벌하고 그 책임을 추궁해 보았자 별 소용이 없는 것입니다. 제 말뜻을 아시겠습니까? 다시 말해서 나무 뿌리에 병의 원인이 있는데 가지를 잘라 보았자 아무 소용도 없다는 이야깁니다."

"그래서 당신은 아무것도 하지 않겠다는 것입니까? 다 소용이 없으니까 그저 이대로 가만히 있겠다 이 말입니까? 정녕 그렇습니까?"

데이비드는 슬픈 표정으로 고개를 흔들었다.

"아니죠, 뭔가 하려고 합니다. 전쟁이 좀 잠잠해지면 말입니다.

구체적으로 무엇이다라고 말할 수는 없지만, 그러나 한바탕 해 볼
작정입니다. 꼭 할 겁니다."

긴 침묵이 흐르는 동안 아더는 침착하지 못했다. 불안하고 신경
질적인 몸짓으로 가만히 앉아 있지를 못했다. 하얀 이마에는 땀방
울이 송송 내돋고 있었다.

"그러니까 당신은……, 당신은 결국 내게 협조할 수가 없다는
말씀이 되겠군요."

그는 자리에서 벌떡 일어났다. 데이비드는 돌아가려고 일어선
그에게 손을 내밀었다.

"아더 씨! 진정으로 부탁하는데, 이제 그만두십시오. 정말 소
용없는 일입니다. 당신은 어떤 강박 관념에 사로잡혀 있는 것 같
습니다. 자신의 괴로움에서 벗어나기 위해서라도 그 일을 잊어버
리는 것이 제일입니다."

아더의 얼굴이 새빨갛게 물들었다. 그는 데이비드의 손을 뿌리
치듯이 놓아 버렸다.

"나는 절대로 잊을 수가 없습니다."

데이비드가 먼저 나가 현관문을 열어 주었다. 밖에는 비가 뿌리
듯 내리고 있었다. 아더는 데이비드의 얼굴을 보지도 않은 채 인
사말을 중얼거리고는 어두운 빗속으로 뛰쳐 나갔다. 데이비드는
잠시 동안 문 앞에 서서 옆길로 성급히 사라져 가는 아더의 발소리
를 듣고 있었다. 이윽고 그의 귓가는 좀더 굵어지는 빗소리만이
울려 왔다.

전쟁에의 휘몰이

아더는 비를 맞으며 천천히 걸었다. 침착하고도 인생을 달관한 듯한 데이비드의 표정이 뇌리를 떠나질 않았다.

"그는 틀림없이 가슴에 불을 품고 있다!"

아더는 신음을 하는 사람처럼 중얼거리며 어두운 하늘을 우러렀다. 빗줄기가 사정없이 얼굴을 때리며 퍼붓고 있었다.

아더는 8시가 지나서야 집으로 돌아왔다. 가슴속의 격동과 혼란을 식구들에게 보여 주고 싶지 않았기 때문에 저녁식사가 다 끝날 때까지 밖에서 서성이다가 집 안으로 들어섰다. 그러나 집 안 식구들은 모두 식탁에 앉아 있었다.

아더는 자기의 방으로 가서 옷을 갈아입고 응접실로 나왔다.

발라스는 몹시 기분이 좋았다. 그는 타인캐슬에 들렀다가 또다시 승전(勝戰)의 소식을 들었던 것이다. 9월 26일의 전투에서 서부 전선의 영국군은 불과 1만 5천여 명의 희생으로 혁혁한 전과를 올렸다는 것이었다.

〈타인캐슬 아거스〉 신문은 적군의 손해를 사상자 1만 9천, 포로

7천, 노획 포수 125문이라고 보도했다. 〈노던 스타〉지는 그것보다 약간 더 많아 사상자가 2만 1천, 포로는 3천이라고 보도했다.

발라스는 대단히 만족하여 빛나는 얼굴을 하고 있었다. 그는 땅콩을 먹으면서 〈노던 스타〉지에 실린 소식을 큰소리로 낭독했다. 발라스는 지금까지 석간 문을 받아 본 적이 없었다. 〈타임즈〉 하나만으로 언제나 만족하고 있었다. 그러나 최근에는 〈아거스〉나 〈스타〉를, 또는 그 두 개를 모두 읽었다.

발라스는 신문을 손에 쥔 채 식탁에서 벌떡 일어나 벽 쪽으로 걸어갔다. 벽에는 연합군의 깃발을 사방에 꽂아 놓은 커다란 지도가 걸려 있었다. 그는 신문을 주의깊게 보면서 자그마한 영국 국기를 6개 정도 옮겨 꽂았다. 작은 국기를 지도 위에서 전진시킨 것이다.

아더는 이러한 아버지를 바라보면서 무서운 생각에 사로잡히고 있었다. 그 깃발을 옮겨 꽂고 있는 발라스는 전쟁의 후방에 있으면서 그 전쟁을 추진시키는 자가 아닌가 하는 생각이 들었던 것이다. 산산이 부서진 참호의 불과 수백 야드의 탈취에 환희를 느끼고 있는 아버지. 본질적으로는 자신의 아버지가 수천 명에 달하는 죽음의 책임자가 아닌가 하는 생각이 그를 더욱 두렵게 만들었던 것이다.

발라스는 깃발을 움직여서 꽂는 것을 마치자 지도를 열심히 조사하기 시작했다. 그는 지금 몸도 마음도 모두 전쟁에 몰두시키고 있었다. 그는 전쟁으로 인하여 자신을 망각하고 있을 만큼 애국자였다. 그리고 그 애국자라는 간판 아래에서 몹시 행복감을 느꼈다. 그는 이미 여섯 개의 위원회를 장악하고 있었으며, 북부 피난민협의회의 회장으로 추대되었다.

전화가 하루 종일 울려 왔다. 자동차는 타인캐슬을 오르락내리락하면서 불이 날 지경이었다. 석탄은 제5탄층과 글로브 시임즈에서 무진장 채탄되어, 현장 가격 톤당 40실링이라는, 전에 없던 고

가로 날개 돋친 듯이 팔려 나갔다.

발라스는 식탁으로 되돌아왔다. 그는 앉으려다가 힐다와 그레이스, 아더를 쭉 둘러보았다. 그 모습은 마치 모두가 자기를 깃발을 옮겨 놓고 있는 장군처럼 생각하는지 알고 싶은 듯했다. 역시 그렇다고 느꼈는지 그는 회심의 미소를 지으며 다시 자리에 앉아 신문을 들었다. 그는 요즘 와서 좀더 분명하게 달라지고 있었다. 주위에 대해 지나치게 초연하고 냉정해 보이던 태도가 없어져 버린 것이다.

그대신 침착하지 않고 열병에라도 걸린 사람 같았다. 의사의 명령을 무시하고 억지로 일어나 돌아다니겠다고 우겨대는 열병 환자 같다고나 할까. 신진 대사가 격화됨으로 해서 모든 행동이 격화된 듯한 그런 부자연스러운 태도이기도 했다.

지금도 관자놀이의 정맥이 불쑥 솟아올라 맥박이 뛰는 것이 보이는 듯했다. 그는 신문을 보면서 식탁을 두드리고 있었다. 이것은 완전히 무의식적인 행동이었다. 그 소리는 마치 갱내에서 신호하기 위해 두드려 대는 소리와 흡사했다.

한동안 그 두드리는 소리만 들릴 뿐 모든 것이 조용하다가 갑자기 그 소리가 그쳤다. 발라스가 신문을 읽다가 별안간 고개를 들었던 것이다.

"멋진 기사가 났어! 너희들도 다 알 필요가 있을 것 같다."

그는 힘찬 소리로 기사를 읽어 나갔다.

"켈 경, 런던 자택 임시병원으로 제공. 켈 경이 그의 거대한 저택을 부상병을 수용하키 위한 임시병원으로 내놓기로 결정하여 개조 공사 중이다. 이 개조 공사는 1개월 내에 완성될 예정이며, 이미 간호사 모집을 시작했다. 켈 경은 많은 사람들이 간호사로 지원해 오기를 바라며, 또한 가능한 한 북부지방 출신들이 많이 와주기를 희망한다는 의사를 발표했다."

발라스는 읽기를 그치고 힐다와 그레이스 쪽을 바라다보았는데, 전에 없이 부드럽고 온화한 시선이었다. 그뿐만 아니라 그의 말은 너무나 놀라운 것이었기 때문에 그들은 귀를 의심할 정도였다.

"너희들도 지원해 보면 어떻겠니?"

아더는 의자에 뿌리가 박힌 듯 꼼짝도 하지 않고 앉아 있었다. 가족의 튼튼한 지주인 아버지, 그 아버지는 암벽처럼 버티고 서서 지금까지 힐다의 모든 소망이나 애원을 가차없이 짓밟아 왔다. 그런데 지금 그가 너무나 갑작스럽게 문을 연 것이다. 아더는 얼굴이 창백해져서 근심스러운 눈길로 힐다를 보았다.

힐다는 보기 흉할 정도로 얼굴이 빨갛게 변해 있었다. 그녀는 지금 자기가 무슨 이야기를 들었는지 어리둥절할 뿐이었다. 확인하듯이 그녀가 조심스럽게 물었다.

"아버지, 진정이시죠?"

"내가 언제 거짓말하든?. 난 진심으로 바라고 있단다."

힐다의 얼굴은 이제 창백하게 변했다. 그녀는 옆에서 눈을 둥그렇게 뜨고 열심히 이야기를 듣고 있는 그레이스를 보았다.

"그레이스도 함께 가는 거죠?"

그녀의 음성은 즐거움에 떨리고 있었다.

"그게 더 좋겠지."

발라스는 만족한 얼굴로 다시 신문을 들었다. 그것은 이야기가 끝났다는 표시이기도 했다.

힐다와 그레이스는 재빨리 서로 시선을 주고받았다. 힐다가 다시 말했다.

"언제쯤 출발하게 될까요, 아버지?"

발라스는 펼쳐진 신문 뒤에서 말문을 열었다.

"곧 가게 될 게다, 아마 내주쯤…… 내가 내일 타인캐슬에 가서 리치 시의원과 만나서 이야기할 때 주선하도록 하겠다."

그는 잠깐 말을 끊었다가 좀더 엄숙한 음성으로 덧붙였다.

"힐다와 그레이스만이라도 나라를 위해서 일하게 된다니 참 기쁘고 자랑스럽구나."

아더의 꽉 쥐고 있는 손바닥에서 진땀이 솟아났다. 그는 당장이라도 일어나서 이 방을 떠나고 싶었다. 그러나 꼼짝도 할 수가 없었다. 접시 위에 눈을 던진 채 흥분을 하면 으레 일어나는 구토증이 그를 괴롭히고 있었다.

힐다와 그레이스는 나가 버렸다. 그들은 이 놀라운 기적을 서로 더 이야기해 보기 위해 이층 계단을 급하게 뛰어올라갔다. 캐리 고모도 벌써 식탁을 떠나 어머니를 돌보러 갔다. 결국 식탁에는 아버지와 그만이 남은 것이다. 그는 다시 한 번 일어나려고 했다. 그러나 힘이 빠져 버린 다리가 말을 듣지 않았다. 펼쳐진 신문 뒤에서 자기 쪽으로 쏘고 있는 증오의 눈빛을 똑똑히 느낄 수 있었다.

그는 이를 악물고 기다렸다. 예상한 대로 아버지는 신문을 내려 놓았다.

"난 너의 누이들이 나라에 봉사하려는 그 열성이 정말 기쁘다."

아더는 온몸이 더욱 굳어지는 것을 느꼈다. 그와는 반대로 그의 내면에서는 성난 파도처럼 감정이 들끓어올랐다. 이것은 일찍이 아버지 앞에 서면 늘 끓어오르던 사랑과 존경, 그리고 자랑스러움이 아니었다. 공포와 의혹과 증오였다. 왜 이토록 변했을까. 그는 그 원인을 알 것도 같고 또 모를 것도 같았다. 하루 종일 긴장했던 터라 그의 사고력은 더욱 무디어지고 멍청하기까지 했다. 그러나 이야기해야 한다는 것을 분명히 느꼈다. 그것이 어떤 이야기인지는 모르지만.

아더는 어떤 힘에 떠밀리듯이 천천히 입을 열었다.

"힐다와 그레이스가 얼마나 집을 나가고 싶어하는지 아세요?"

이 말을 들은 발라스의 이마에는 보기 흉한 붉은 빛이 감돌 았다.

"글쎄다. 난 전연 생각도 못해 본 일이다."

아더의 입술이 경련이라도 일으킨 것처럼 떨렸다. 그러나 그는 결심한 듯이 이야기를 계속했다.

"그들은 이 집에 있는 걸 견딜 수 없게 된 거예요. 힐다 누나가 이 집을 싫어하기 시작한 건 아주 옛날부텁니다. 그런데 이제는 그레이스까지 그렇게 됐어요. 넵튠 탄광 사건이 터진 후부터 그들 은 정말 집이 싫어진 거예요. 전 그들이 이야기하는 것을 들었어 요. 아버지도 아주 변하셨다는 거예요. 힐다 누나는 아버지가 어 떤 열기에 휩싸여 살고 있다고 했어요."

발라스는 담담했다. 이마의 붉은 빛도 사라지고 없었다. 아더의 말을 듣지 않고 있었던 것이다. 그는 요즈음 와서 아주 편리하게 그의 기분을 상하는 말은 무엇이든 멀리 밀어 버리는 요령을 터득 했다. 그는 간단히 그런 소리는 듣지 않음으로 해서 막아 버렸다

아더는 이러한 아버지에게서, 나는 이 사람(그리스도)를 처형하 는 데 아무 상관이 없노라고 말하며 손을 씻던 빌라도(그리스도를 처형할 당시 예루살렘의 총독이었던 로마인)를 보는 듯했다. 발라스는 잠잠히 있다가 입을 열었다.

"나는 오히려 네가 걱정스럽다. 넌 너무 변했어. 네 걱정을 하는 사람은 나 혼자가 아니야. 아까 저녁 때 헤티를 만났다. 그 아이 가 너 때문에 얼마나 슬퍼하고 걱정하고 있는지 아니?"

"헤티와 저는 아무 상관이 없는 사람입니다."

아더는 될대로 되라는 식으로 사납게 말했다. 발라스의 태도도 차갑고 엄격해졌다.

"앨른은 자랑스럽게도 십자훈장을 탔다. 그 뉴스를 받고 헤티가 달려왔던 거야."

"앨른이 십자훈장을 탔던 것이 저와 무슨 상관이 있습니까? 지금 저에겐 그런 것을 생각할 여유가 없습니다."

발라스의 이마에 새로운 얼룩점이 솟아 나왔다. 그것은 점차 목 뒤에까지 번져 갔다. 관자놀이의 힘줄도 터져 나올 것처럼 불끈 솟았다. 그러나 발라스는 자제력이 많은 사람이었다. 그는 다시 조용한 음성으로 물었다.

"나라를 위해 싸워 볼 생각이 아직도 생기지 않았니?"

"어떤 일이 있어도 전쟁터엔 나가지 않겠습니다. 전 사람을 죽이고 싶지 않으니까요. 전 이미 살인 행위를 너무도 많이 보았습니다. 넵튠 탄광에서 우리는 얼마나 그 일을 멋지게 시작했고, 또 하고 있지 않습니까? 전 이제 그것만으로 충분합니다. 아니, 벌써 넌더리가 납니다. 더 이상 하고 싶지 않단 말입니다!"

아더의 음성은 날카롭게 울려 나왔다. 전연 그의 음성 같지 않게 아주 힘차게 울려 나왔다.

"알고 계십니까? 그런 일만 없었다면 저도 다른 젊은이들처럼 기쁘게 총을 들고 달려나갔을 것입니다. 그런데 그 사고가 일어난 겁니다. 저는 많은 사람들이 아무 죄도 없이 끔찍하게 죽어 가는 것을 봤습니다. 이해가 가지 않습니다. 생각하는 사고력이 있기 때문에 이해할 수가 없는 것입니다. 생각할 수 있기 때문에……."

아더는 숨을 거칠게 쉬며 말을 끊었다. 숨이 막혀 버릴 것만 같아서 말을 계속할 수가 없었다. 그는 아버지를 감히 바라보지 못했다. 그러나 자기를 바라보고 있는 아버지의 강한 시선을 느낄 수 있었다.

괴로운 긴 침묵이 흘렀다. 그러나 발라스는 태연하게 왼쪽 조끼의 윗주머니에서 회중시계를 꺼내 들여다보았다. 아더는 그 시계 뚜껑이 닫히는 소리를 들었다. 아버지는 타인캐슬에서 중요한 약속이 있었던 것이다. 몇 개의 위원회가 회의를 열기 위해 그가 나타나기를 기다리고 있는 것이다.

밤이면 절대로 외출하는 일이 없었던 그였다. 조용한 집 안에서 헨델의 음악이나 들으면서 고요히 앉아 있기를 좋아하던 발라스였다. 초연한 얼굴로 많은 사람들을 넵튠 탄광의 죽음의 구렁텅이 속에 몰아 넣었던 그가, 이제는 사회 활동으로 바쁜 몸이 된 것이다.

"너도 알고 있겠지만……."

발라스는 식탁에서 천천히 일어났다.

"넵튠 탄광이 너를 꼭 필요로 하는 건 아니다. 나 혼자서도 넉넉해. 그러니 잘 생각해 보도록 해라, 그 일을. 그러면 자기의 의무를 완수한다는 것이 무엇인지도 확실히 알게 될 테니까."

그가 나가고 방문이 조용히 닫혔다. 그로부터 딱 2분 후 아더는 차도를 굴러가는 자동차의 엔진 소리를 들었다.

아더는 입술을 깨물었다. 내부에 숨어 있던 약한 마음이 그를 공포로 떨게 했다.

"아버지가 그렇게 할 수는 없을 거야."

그는 중얼거렸다. 그러다가 갑자기 고함을 질렀다.

"아버지가 그렇게 할 수는 없을 거야!"

빈 벽이 윙하고 울렸다.

출세의 계단

9월 하순의 어느 이른 아침, 죠 가우런은 슬리스케일을 훌쩍 떠나 버렸다. 왜 떠났는지, 또 어디로 갔는지 아무도 아는 사람이 없었다. 그런데 놀랍게도 죠는 다시 애로우로 돌아온 것이다. 지금 그는 아주 경쾌한 걸음으로 플래트 소로를 향해 걷고 있었다. 영악스럽도록 지혜로운 그의 머릿속에는 앞으로의 계획이 치밀하게 짜여 있었다.

가을날 아침의 습기 찬 공기를 마시며 소로를 따라 걷는 죠는, 밀링튼 공장의 놀라운 발전을 바라보며 내심 감탄하고 있었다. 높은 울타리 너머로 물결꼴의 긴 양철지붕 건물이 새로 세워지고 있는 것이 보였다. 지금 막 넓은 마당으로 굴러들어온 트럭에서는 무거운 기계를 내려놓는 중이었다. 그는 조심스럽게 울타리의 틈바구니로 안을 들여다보았다.

공장의 마당에는 새로 도입된 신형 기계들이 있었다. 선반이 두 대, 드릴이 한 대, 새 주형들이 트레일레에서 인부들의 손으로 날라지고 있었다. 공장장 포터필드가 큰소리로 고함을 지르고 있

었다. 어빙은 서류뭉치를 움켜쥐고 막 사무실로부터 뛰쳐 나오고
있었다.

"그동안 정말 많이 발전했구나!"

죠는 이렇게 중얼거린 후 다시 한 번 옷깃을 바로하고 사무실 안
으로 들어섰다.

그는 대기실에서 다리가 뻣뻣해지도록 기다린 후에서야 가까스
로 사장실로 들어오라는 허락을 받았다. 그러나 그렇게 오랫동안
기다리는 것도, 풀러 과장의 귀찮아하는 눈길도 전혀 상관하지 않
았다. 그는 의젓한 자세로 안으로 들어갔다.

"죠 가우런입니다, 스탠리 사장님."

그는 활짝 웃었다. 정중하면서도 상대편의 마음을 탁 놓이게 하
는 기분 좋은 미소였다.

"기억을 못 하실지도 모르겠습니다만, 사장님께선 제가 돌아오
면 좋은 자리를 마련해 주시겠노라는 말씀을 주신 일이 있었습
니다. 그래서……."

스탠리는 서류가 흩어져 있는 어수선한 책상 앞에 와이셔츠 바
람으로 앉아 있다가 눈을 들어 죠를 바라보았다. 그는 그동안 얼
굴이 더 둥글어지고 대머리가 벗겨지기 시작하고 있었다. 무거워
진 몸을 의자에 기대고 앉아 있는 그는, 젊은 시절의 활기가 사라
진 대신 창백한 안색에 짜증스러운 빛을 드러내고 있었다. 스탠리
는 인상을 찌푸렸다. 그는 죠를 빨리 기억해 내기는 했으나 좀 어
리둥절하고 있었다. 그는 당혹한 표정으로 말했다.

"아, 그래, 가우런. 물론 기억하고 있네. 그런데 지금 일자리를
구하러 온 건가?"

"그렇습니다, 사장님."

죠는 다시 웃었다. 역시 거절할 수 없게 만드는 미소였다. 스탠
리는 끌리듯 같이 미소를 지었다.

"지금까지 별로 나쁘지는 않았습니다만, 환경을 바꿀 필요가 있다고 생각했습니다. 그리고 그동안 저는 내내 사장님 옆으로 돌아와야 한다는 생각을 하고 있었습니다."

"알겠네. 그런데 지금은 이곳도 무척 달라졌다는 걸 이해해 줘야하네. 지금 우리에겐 연철공은 필요가 없어져서 취직이 좀 곤란한데……. 아, 자네는 왜 군대에 갈 생각을 안 하고 있는가?"

죠의 밝은 표정이 점점 어두워졌다. 이런 질문이 나오리라고는 전혀 예상을 못했던 것이다. 군대 지원 역시 생각하고 싶지 않은 일이었다. 그는 다시 힘을 내었다.

"전 두 번이나 지원을 했습니다. 그런데 모두 퇴짜였습니다. 권투를 하다가 무릎뼈를 다친 일이 있는데, 공교롭게도 그것 때문에 안 된다는 거였습니다."

스탠리는 죠가 거짓말을 하고 있다고는 생각도 하지 못했다. 자기도 모르는 사이에 죠에게 말려든 사장은 다시 물었다.

"그동안 뭘 하고 있었나? 여기를 나간 지도 꽤 오랜 시간이 흘렀는데 말일세."

죠는 더욱 겸손하고 정중한 자세로 대답했다.

"세필드의 건축 사업을 하는 곳에서 현장 감독으로 일했습니다. 한 30명 거느리면서 일했지만 웬지 여기서처럼 신이 나지 않았습니다. 늘 이곳 생각을 하고 있었던 탓인지는 모르겠습니다만……."

다시 말이 끊어졌다. 스탠리는 길다란 자를 손에 들고 무료한 듯이 그것을 빙빙 돌렸다. 그는 사실 피곤했고 겹치는 일 속에서 권태롭기도 했다. 이 젊은이와의 면담도 어서 끝내고 싶었다. 그러나 그냥 돌려 보내기에는 좀 아쉬운 감이 들어서 머뭇거리던 그에게 갑자기 좋은 생각이 떠올랐다. 아주 기발한 생각이었다.

'왜 미리 그 생각을 못했을까?'

스탠리는 속으로 혀를 차면서 새삼스럽게 죠를 올려다보았다. 그리고 자기의 현명함과 과단성에 감탄하면서 너그러운 미소를 띠었다.

"이 공장도 많이 변했지. 지금 무슨 일을 하고 있는지 아나?"

"잘 모르고 있습니다, 사장님."

스탠리는 피곤한 가운데서도 일종의 승리감 같은 것을 느끼며, 손에 들고 있던 자를 자세히 들여다보았다.

"여기서는 지금 군수품을 만들고 있다네. 수류탄, 유산탄, 1파운드 짜리 토탄 등을 만들지."

스탠리는 점점 더 유쾌해졌다. 밀링톤 공장이 드디어 대공장으로 발전했다는 것이 새로운 감격으로 밀려왔기 때문이다. 얼마 전까지 공장 운영은 점점 더 어려워지고 있었다. 이미 확보했던 거래처는 자주 끊어지고, 새로운 거래처를 뚫는다는 것은 생각도 못할 일이었다.

그래서 공원들을 감원시키고 아름다운 전통이었던 친목회도 연기하곤 했다. 어떻게 해서든 공장을 살려 보려고 기를 쓰고 뛰는데도 폐쇄 직전에 이를 만큼 전망은 암담했다.

그런데 전쟁이 터진 것이다. 그때 늙은 클레그 씨가 헐떡거리며 스탠리를 찾아왔다. 클레그는 오랜 천식병에 시달려오는 사람으로, 이제는 늙고 쪼그라져서 전혀 쓸모가 없는 사람으로 뒷전으로 밀려나 있던 인물이었다. 그런 그가 신바람이 나서 뛰어온 것이다.

"스탠리 군! 자네가 살 길은 단 한 가지, 그것도 아주 간단한 해결책이 있네. 군수품을 만드는 것이네. 이제 전쟁이 터졌으니 아무리 병기창에서 부리나케 만든다고 해도 동이 날 걸세. 우리는 이 기회를 잡아야 하네. 스탠리 군, 망설일 것 없네. 우리 계획만 바꾸면 다른 건 문제될 것이 없지 않은가……. 생각해 보게, 이대로 가다간 얼마 못 가서 파산할 게 분명해."

그들은 솔직하고 진지하게 그 문제에 관해서 좀더 궁리를 해 보았다. 문제는 하나도 복잡할 것이 없었다. 공장 내부시설을 조금만 확장하면 급한 대로 꾸려 나갈 수 있었다. 이미 주물 공장도 있고 기계 설비도 되어 있다. 용광로가 네 개에 용접로가 하나 있다. 물론 대형 물품은 무리이지만 유산탄, 수류탄, 소구경 포탄 등의 작은 것을 전문으로 한다면 어려울 것이 하나도 없었다.

"바로 이거야! 우리의 이익도 올리면서 거기다가 전쟁도 이길수 있도록 할 수 있거든……."

이 마지막 말이 효과를 냈다. 그것은 스탠리의 애국심에 불을 붙이기에 충분했다. 그 일은 곧 결정되었고, 클레그의 의견대로 조금 남아 있던 자본을 모두 투자하여 새로 여섯 개의 용광로를 설치하고 새로운 장비를 마련했다. 그러자 곧 예상보다 더 쉽게, 더 많은 돈이 굴러들어왔다. 너무도 쉬워서 아연해질 수밖에 없었다. 정부는 일을 부탁하는 즉시 전도금을 주었다.

수류탄 50만 개를 주문해서 1만 개당 3,500파운드로 계약을 체결했다. 탄약의 소요는 날로 급증했다. 만들어도 만들어도 늘 부족했다. 스탠리의 손 안에는 날마다 계약서가 가득히 쥐어졌다. 현재는 18파운드 유탄 주형과 대형 선반을 설치하는 중이었다.

이런 상황이었으므로 스탠리는 성공한 사람답게 여유만만한 미소를 띠고 죠를 내려다볼 수 있었다. 또한 그는 그것이 더없이 만족스러웠다.

"자네는 운이 좋은 것 같군그래? 사실 군대를 지원해 간 사람들이 많아서 손이 부족했던 참이었네. 나는 입대하겠다는 사람은 절대로 만류하지 않고 있기 때문에 좀 곤란한 때도 있긴 하지. 마침 주물부 반장 휴즈가 며칠 전에 입대를 해서 그 후보자를 물색 중이었네. 클레그가 있지만, 그 양반은 걱정스러울 정도로 쇠약해

져서 그런 일은 너무 무리이거든. 공장에는 절대로 감독이 필요
해. 아무리 수완이 좋은 나라고 해도 한꺼번에 세 곳의 일을 볼 수
는 없으니까 말이야. 주당 6파운드로 우선 1개월간은 시험 기간으
로 하지, 어떤가?"

죠의 눈이 번들거렸다. 이런 조건이라면 생각보다 훨씬 좋은 것
이었다. 그는 자신의 만족감을 감출 길이 없어서 즉시 큰소리로
대답해 버렸다.

"해 보겠습니다, 사장님. 그리고 제발 얼마만큼 일할 수 있는가
시험해 주십시오."

열정이 담긴 이 말이 스탠리 사장을 아주 흡족하게 만들었다.

"그렇다면 나를 따라오게. 먼저 클레그 씨를 소개하지."

그들은 주물 공장에서 새 주형의 설치를 지시하고 있는 클레그
를 발견했다. 그는 과연 너무 쇠약해 보였다. 바짝 마른 몸뚱이로
지팡이를 짚고 있었고, 백발로 변한 수염은 지저분하게 얽혀 있
었다. 그는 죠를 기억하지 못했지만, 스탠리 사장의 소개를 받자
두말없이 그를 공장으로 안내했다. 죠는 경험에 비추어 볼 때 이
일쯤은 얼마든지 할 수 있을 것 같았다.

모두 여섯 개의 용광로가 있었고, 공정은 매우 간단한 것이
었다. 무쇠를 납과 약간의 안티모니를 섞어 굳힌 후 밑에서 열을
가하면서 주형 속으로 집어 넣으면 되는 것이었다. 클레그 노인의
자세한 설명을 반쯤 듣는 척하면서 그의 눈은 바쁘게 공장 안을 훑
어보고 있었다. 340여 명의 공원들이 바쁘게 움직이고 있었다. 그
들은 용광로의 시뻘건 불빛을 받으면서 석탄을 퍼넣거나 주형에다
쇳물을, 아니면 아직 식지 않은 작은 파인애플 같은 수류탄을 운
반차로 실어 나르는 일로 쉴 새 없이 움직이고 있었다.

"죠 가우런, 문제는 이 공원들을 어떻게 다루느냐 하는 것이
지."

스탠리 사장이 말했다.

"생산량이 많고 적어지는 것은 전적으로 감독의 능력에 따라 달라지는 거지."

죠는 자신감이 넘치는 음성으로 서슴지 않고 말했다.

"저를 믿어 주십시오, 사장님. 힘껏 해 보겠습니다."

스탠리 사장은 고개를 끄덕거려 보이고는 클레그 노인과 함께 밖으로 나갔다. 죠는 멋있게 자기의 능력을 시험해 보고 싶었다. 감독으로서의 자기 능력을 시험해 보는 것이다. 그는 지금까지 자기 밑에 사람을 두고 일을 시켰던 적은 한 번도 없었다. 그러나 자신은 언제나 윗사람 노릇에 적합하다고 은연 중에 생각하고 있었다.

죠는 염려나 불안을 전혀 느껴 본 적이 없는 사람이었다. 무엇이든 주저함이 없이 시원스럽게 빨리 해치웠고 또한 일에다 모든 정력을 다 쏟고 있었다. 그는 혼합, 가열, 주형 등 모든 일에 대해서 칭찬이나, 아니면 농담섞인 욕지거리를 퍼부으면서 공장을 돌아다녔다.

최초의 1개월이 끝났을 때, 생산량이 현저한 증가를 보였기 때문에 스탠리는 몹시 만족했다. 그는 자기의 과단성에 넘쳤던 행동을 다시 한 번 감격스럽게 되새기며, 죠에게 직접 칭찬을 해 주며 정식 사원으로 이름을 올리도록 계약을 했다. 죠의 좋은 점은 일을 하면 자기의 모든 것을 다 쏟는다는 것이었다.

스탠리가 불쑥 공장에 나타나 보아도 죠는 일을 쉬고 있는 적이 없었다. 그는 사장이 오면, 기다렸다는 듯이 일에 대해 자세한 보고를 해 가면서 새로운 아이디어를 서슴없이 제안하기도 했다. 그리하여 일은 더욱 잘 진행되어 갔고, 스탠리는 죠를 신임하였다. 실로 정직하고 믿음직스러운 사람이라고 믿었다.

죠는 밤에도 얌전하게 지냈다. 순간적이었지만 그는 다시 선리의 집에서 하숙을 할까 하는 생각을 했었다. 그러나 곧 머리를 흔들었다. 죠는 이전의 사람들과 다시 어울려서는 안 되겠다고 생각했다. 자기는 좋은 일자리를 찾았고, 또 감독의 지위에 있는 것이다. 그런 데다가 밀링튼 공장은 최대의 호황을 누리고 있어, 그의 주머니 사정도 좋아졌기 때문에 자기에게 어울릴 수 있는 새로운 친구들을 가져야 할 필요성을 느낀 것이다.

죠는 이런한 이유로 포터필드의 추천을 받아 애로우의 비치 로 4번지의 방을 빌렸다. 안주인 콜러 부인은 점잖은 중년부인으로 페뉴얼회 회원이었다. 좀 쌀쌀한 인상이긴 하나 풍채가 당당한 그녀는 연령적으로도 존경해드려야 할 부인이었다. 집도 잘 꾸며 놓았기 때문에 죠는 모든 것이 마음에 들었다. 한마디로 만족스러웠다.

몇 개월이 흐르자 죠는 좋은 기회를 잡기 위해 더욱더 열정을 쏟았다. 그가 주의해서 바라보는 인물은 기계실의 심 포터필드였다. 심은 몸집이 작고 과묵한 사나이로 안색이 늘 창백해 보였으나, 건강이 나쁜 것은 아닌 듯했다. 그것보다는 유달리 신앙심이 두텁고 잔소리가 많은 부인 때문에 음울해 보이는 것 같았다.

철환투척경기에 열을 올리고 있는 그는 워낙 말이 없어서 사상가라는 별명이 붙어 있었다. 애로우의 페어비언 협회의 회원인 그는 칼 마르크스의 저서를 몇 번이고 애독하는 열성파였다. 그러나 공원들 사이에서는 별로 인기를 얻지 못하고 있었다.

스탠리 사장으로부터도 사회주의자가 아닌가 하는 의심을 받았다. 어쨌든 모든 사람에게 좋지 않은 인상이 박혀 있는 듯했다. 그러나 그는 친절한 사람이었다. 더욱이 죠에게는 더할 수 없는 은인이었다. 심은 7년 전에 처음으로 밀링튼 공장을 찾아온 그를 받아들여 주었던 것이다.

그러므로 죠와 심이 친밀한 사이가 되는 것은 당연했다. 죠는 토요일 오후면 자기가 좋아하는 놀이는 그만두고 심을 따라가 즐겁게 철환투척놀이에 끼여들곤 했다. 다른 사람이 보면 죠가 심을 좋아하는 것으로 생각할 것이 분명했다. 죠는 늘 빙글거리며 그의 곁에 다가가고 있었으나, 실은 이 모든 것이 그의 치밀한 작전에 의한 연출이었다.

죠는 심을 여러 모로 연구하여 그가 파직당하지 않을 수 없도록 올가미를 걸어 놓은 것이다. 심도 매우 끈덕진 인간이었으므로 그것이 쉬운 일은 아니었다. 그는 맥주도 하지 않고 여자도 좋아하지 않았다. 또 직장에서도 정직하여 작은 나사못 하나 가져가는 일이 없었다. 그러므로 죠도 그런 방법은 쓰지 않았다.

천천히 좋은 기회를 기다리고 있었고, 드디어 그 기회는 우연치 않게 그의 손 안으로 굴러들어왔다. 어느 날 저녁 공장에서 나오는 길이었다. 밖은 이미 어두워지고 있었는데, 어떤 낯선 사나이가 그의 손에 삐라를 쥐어 주고는 금세 플래트의 골목으로 사라지는 것이었다. 죠는 가로등 아래에서 무심코 그 삐라를 읽어 보았다. 사회주의자들이 입만 열었다 하면 떠들어대는 상투적인 말들이 빽빽하게 차 있었다.

동무들! 전세계의 노동자 동무들, 우리들이 힘을 모아 전쟁을 중단시킵시다! 전쟁 도발자들은 선량한 동무들의 손에다 총을 쥐어 주어 독일의 무고한 노동자 동무들을 죽이도록 동무들을 전선으로 내보내고 있습니다. 우리 모두 단결하여 이 악질적인 행위를 막읍시다! 최저 임금이라도 받기 위해 동무들이 파업했을 때, 놈들은 동무들을 어떻게 대접했습니까 악질 부르주아들은 이 전쟁도 동무들이 없이는 할 수가 없습니다. 그러니 즉시 파업을 감행하여 전쟁을 분쇄시킵시다! 독일의 노동자 동무들도 싸우기를 원하지 않습니다. 전쟁 도발자들이 대포의 먹이로서 동무들을 보내는 것에 대항하여 싸웁시다.

병기공장의 노동자 동무들! 제조 연장들을 때려 부숴야 합니다. 영국의 자본주의자들은 그들의 병기를 독일에 팔아 넘기고 있습니다. 자본주의를 타도합시다! 전쟁을 타도합시다! 동무들이여, 봉기합시다!

죠는 픽 웃으면서 종이를 구겨 시궁창 속에 던지려다가 어떤 생각이 떠올랐다. 그는 그 종이를 잘 접어서 수첩 속에 끼웠다. 그리고 가벼운 걸음으로 하숙집 쪽으로 걸어갔다.

다음날 그는 더욱 친절한 얼굴로 기계실을 들락거리더니 점심식사까지 심과 함께 한 직후에 사장실로 갔다. 그리고 상당히 오랫동안 스탠리 사장과 만나고 있었다.

그날 저녁 6시 사이렌이 울렸다. 공원들은 서로 다투어 옷을 갈아입고 문 앞으로 쏟아져 나왔다. 정문 앞에는 스탠리와 클레그, 죠까지 버티고 서 있었다. 노기로 얼굴이 붉게 타오르고 있는 스탠리는 심이 지나가려 할 때 그를 제지했다.

"포터필드, 나 좀 보세. 자네는 지금까지 내 공장에서 선량한 사람들을 선동시켜 온 모양인데 오늘은 그냥 둘 수 없네."

"무슨 말씀이십니까?"

심이 놀란 얼굴로 물었다. 앞서 가던 이들이 걸음을 멈추고 돌아다보았다.

"난 모든 걸 다 알고 있으니까 시치미를 떼도 소용없어! 자네가 얼어죽을 마르크스주의자라는 사실을 말야. 난 처음부터 자네를 의심했어야 하는데, 내가 사람이 너무 좋았던 거야."

스탠리의 음성은 이야기할수록 더욱 분노가 치미는지 사납게 떨리고 있었다. 본시 창백한 심의 안색이 불쌍할 정도로 더욱 하얗게 질리며 황급히 손을 내저었다.

"사, 사장님! 저는 아무것도 한 일이 없습니다. 정말 제가 무슨 잘못을 저질렀단 말씀입니까?"

"뻔뻔스럽게도 끝까지 버틸 작정이군. 그럼, 증거를 대겠다. 자네가 불온 삐라를 뿌리고 다니는 것을 본 사람이 있어. 그리고 지금 자네의 안주머니에 들어 있는 그것이 무엇인가 보세."

스탠리 사장은 그의 양복 안주머니에서 한 다발의 종이를 끄집어 냈다.

"봐, 이래도 아니라고 잡아뗄 텐가? 아무 짓도 안 했다구? 악질적인 비방으로 가득 찬 이 선동문을 봐, 이것을 내 신성한 공장 안에서 퍼뜨리다니! 자넨 이 즉시로 파면이야. 경리과에 가서 돈을 타 가게. 그리고 두 번 다시 내 앞에 나타나지도 말게. 그 보기 싫은 얼굴을 다시는 내밀지 말란 말이야."

"그렇지만, 사장님! 제 이야기도 좀 들어 주십시오, 사장님!"

당황한 심은 물에 빠진 사람처럼 허우적거리며 외쳤다.

그러나 아무 소용이 없었다. 스탠리는 돌아서서 죠와 클레그를 앞장 세우고는 성큼성큼 걸어가 버렸다. 심은 바닥에 떨어져 있는 삐라를 넋나간 사람처럼 바라보다가 한 장을 주워 들었다. 공장을 빠져 나오려니까 문 밖에는 심상치 않아 보이는 공원들 무리가 그를 기다리고 있다가 고함을 쳤다.

"이 죽일 놈의 사회주의자! 이 새끼를 죽여라!"

성난 무리들이 심을 둘러쌌다.

"사, 살려 주게! 왜, 왜들 이러나……?"

그는 까만 구레나룻수염을 덜덜 떨며 애원했다.

"난, 난 아무 짓도 안 했네. 정말이네, 맹세하네."

그때 강철 볼트가 그의 귀로 날아들었다. 생명의 위협을 느낀 그는 두 주먹을 불끈 쥐고 마구 휘둘렀다. 이때 누군가가 그의 아랫도리를 세게 걸어찼다. 급소였다. 그는 눈 앞에 확 불이 일어나는 것 같은 현기증을 느끼며 무릎을 틸썩 꿇었다.

"이 사회주의자! 더러운 돼지새끼! 비국민!"

외쳐대는 소리들이 눈앞으로 왈칵 밀려오다가 어슴푸레하게 사라져 갔다. 징을 박은 투박한 구둣발이 그의 갈빗대를 걷어차는 격렬한 통증을 느낀 것이 마지막이었다. 그는 깜깜한 암흑 속으로 굴러떨어져 버렸다.

그런데 용케도 죽지는 않았다. 으스러진 발에 접골부목을 대고 늑골에도 기브스를 해야 하는 지독한 중상이었으나, 하여간 살아서 병원 침대에 눕는 신세가 되었다. 그로부터 3주일이 지난 어느 날 죠가 어이없는 얼굴을 하고 문병을 왔다.

"이거 기가 막히는 일이군, 심!"

죠는 돌아가면서 〈애로 뉴스〉지의 '비국민에게 주는 영국 노동자들의 메시지'라는 기사의 스크랩을 일부러 두고 갔다. 그 기사는 이렇게 끝나고 있었다. .

'죠 가우런 씨는 밀링튼 군수공장의 주물부 및 기계부의 부장직을 겸임하게 되었다.'

심은 도수가 높은 안경알을 통해 그 기사를 무표정하게 읽고 나서 베갯머리의 책을 집어 들었다. 그리고는 이해하지도 못하는 마르크스의 난해한 저서를 열심히 읽기 시작했다.

죠에 대한 사장의 신임은 대단해졌다. 그에 따라 공장 내에서의 세력의 폭도 점차 넓어져 갔다. 문제의 월요일 아침이 왔다. 그날 스탠리는 클레그가 몸이 좋지 않아 당분간 나오지 못하겠다는 전화를 받고, 조금 언짢은 기분으로 출근을 했다. 죠가 벌써 사무실에 나와 있었다. 장부를 대조해 보기 위해 사장인 자기를 기다리고 있는 것이었다.

스탠리는 기분이 좋지 않았다. 거창한 사업을 혼자 해 나가야 하는 무거움이 자주 안겨다 주는 우울감 때문이었다. 그는 머플러

를 펄럭거리며 외투도 풀어헤친 채 초조한 얼굴로 사무실에 들어
섰다. 외투를 벗자마자 풀러에게 큰소리로 회계의 도비를 불러들
이라고 명령했다. 그리고는 외투주머니를 뒤적거리더니 제기랄하
면서 죠를 돌아다보았다.

"영수증철을 깜박 잊고 나왔군."

그는 잠깐 책상 앞에 앉더니 말했다.

"죠, 미안하지만 차로 우리 집에 좀 갔다 오겠나? 로러에게 말
하면 찾아 줄 걸세. 내 아내 로러 말이야. 아니면 일하는 사람한테
식당의, 그러니까 아침을 먹던 곳에 놔 둔 긴 봉투를 달라고 해요.
혹시 현관에 놓고 왔는지도 모르겠는데……, 자 빨리 갔다 와요.
운전사 도즈가 가기 전에."

죠는 말이 끝나기가 무섭게 사무실을 나왔다. 차고로 가니 사장
의 차는 아직도 엔진이 걸린 채로 있었다. 운전사 도즈에게 급히
차를 돌리라고 했다. 차는 다시 힐톱을 향해 달리기 시작했다.

그날 아침은 차가운 겨울날씨답게 하늘이 파랗게 얼어붙어 있었
고, 공기는 맑고 상쾌했다. 죠는 도즈와 나란히 운전대에 앉아 창
문을 조금 열어 놓았다. 그러자 차가운 겨울 바람이 그의 건강한
얼굴을 더욱 아름답게 상기시켜 주었다. 죠는 자신감에 넘치고 있
었다. 요즈음 그는 세상도 자기를 조금씩 인정해 주기 시작하는
것을 느끼고 있었기 때문에 그의 콧대는 높을 대로 높아졌다.

골프장이 내려다보이는 초현대식의 밀링튼 저택은 공장에서 2마
일쯤 떨어져 있었다. 차는 잘 손질된 밀링튼 저택 뜰 안의 반원형
차도로 굴러 들어갔다. 죠는 재빠른 동작으로 차에서 가볍게 뛰어
내렸다. 그리고는 높은 돌계단을 뛰어올라가 초인종을 눌렀다. 옷
차림이 깨끗한 하녀가 문을 열어 주었다. 그는 다정한 미소를 만
면에 띠우며 정중하게 인사했다. 죠는 누구에게든지 절대로 소홀
히 대하는 법이 없었다.

"사장님의 심부름으로 공장에서 왔습니다. 사모님을 뵈어야 하겠는데요."

하녀는 그를 응접실로 안내했다. 그는 훈훈하게 기온이 잘 조절된 방 안에 서서 기다렸다. 바로 옆에 있는 고급 소파가 앉아 주기를 기다리는 듯했으나, 그냥 서 있는 것이 더 좋을 것이라는 판단을 내리고 정중한 자세로 서서 기다렸다. 쾌적하고 고급인 가구에 아주 고상한 느낌을 주는 방이 마음에 들었다. 그는 역시 부잣집은 어딘가 다르다고 감탄하면서, 한쪽 벽에 유일하게 걸려있는 비싸 보이는 그림을 열심히 바라보았다. 아주 잘 이해한다는 얼굴 표정이었다.

그때 로러가 들어왔다. 그녀는 새하얀 비둘기색의 드레스를 입고 소리도 없이 층계를 내려왔다. 그녀는 무관심한 눈길을 흘낏한번 주고는 곧 먼 곳을 바라보면서 용건을 물었다.

"무슨 일로 오셨나요?".

죠는 꽉 눌리는 듯한 위압감에 자기도 모르게 말을 더듬었다.

"서류를 가지러 왔습니다. 사장님께서 식당의 테이블 위에 놔두셨다고 하셨습니다."

"아아, 그래요……."

그녀는 이번에는 노래라도 부르는 것처럼 말을 길게 빼면서 죠를 유심히 바라보았다. 순간 죠는 자기가 저울질 당하고 있음을 느꼈다. 수치감 때문에 머리카락 끝까지 붉어지는 것만 같았다. 타인 앞에서 이렇게 당황해 보기는 처음이었다. 화가 났지만 꾹 참았다.

그러나 로러는 중압감을 느끼게 하는 시선을 거두면서 살짝 미소를 지었다. 그것은 몹시 권태롭던 여인이 흥미있는 물체를 대했을 때 보이는 그런 미소였다.

"어디선가 한 번 만났던 것 같군요?"

그녀의 우아한 목소리가 다정하게 울려 나왔다.

"춤을 춘 일이 있었습니다. 친목회때, 아주 옛날이었죠."

"아, 그랬군요. 이제 기억이 나요."

그녀가 고개를 끄덕거리자 죠도 겨우 미소를 지었다. 이제 근육
이 좀 풀리고 팔다리도 자연스럽게 움직여 주는 것 같았다. 그는
기회를 놓치면 안 된다고 생각하고, 로러의 거만하게 치켜진 얼굴
을 슬쩍 훔쳐보았다.

"전 늘 기억하고 있었습니다. 좀 우스운 이야기가 되겠습니다
만, 저로서는 사모님과 춤을 추었던 그 밤이 잊을 수 없는 소중한
기억이었답니다."

로러는 좀더 눈을 크게 뜨고 그를 바라다보았다. 활기에 찬 젊
은이의 건강한 얼굴이 짙은 곤색 양복과 잘 어우리고 있었다. 빙
긋이 웃을 때마다 드러나는 하얀 치아와 보기 좋게 물결치는 머리
카락, 아니 무엇보다도 맘에 드는 것은 암갈색의 깊은 눈빛이
었다. 상대편을 찌를 듯이 바라보는 눈빛 앞에서 로러는 거의 잊
고 있었던 어떤 긴장감이 팽팽히 되살아 오는 것을 느꼈다.

"전번에 남편이 댁의 말씀을 하셨어요. 일을 잘하신다구요."

그녀는 잠깐 사이를 두고 놀리는 듯한 미소를 떠올리더니 다시
말을 이었다.

"그리고 그 젊은 아가씨에게 버림을 당하셨다던가, 실례했어요,
그 반대일지도 모르는데……."

그녀는 생글거리면서 죠를 내려다보았다. 그 눈빛에 죠는 다시
한 번 심한 수치감을 느껴 고개를 숙여 버렸다.

"다 끝나 버린 일입니다. 사정이야 어찌 되었든 이젠 소용없는
일입니다."

잠시 침묵이 흘렀다.

"그럼, 그 서류를 가져다 드리죠."

그녀는 문 쪽으로 가다가 걸음을 멈추며 처음의 그 경멸하는 듯한 눈으로 그를 돌아다보았다.

"아참, 뭘 좀 드리는 걸 잊고 있었군요. 뭘 드시겠어요?"

"별로 생각이 없습니다. 더군다나 일을 시작해야 하는 아침이라서 한가하지 않습니다. 열심히 일을 해야 출세할 수 있지 않겠습니까?"

그는 거침없이 말했다.

그러나 그녀는 아무 말도 듣지 못한 것처럼 호도나무로 된 찬장을 열었다. 그리고는 그에게 위스키 소다를 한 잔 따라 주었다. 그가 술잔을 들고 멍하니 서 있는 동안, 그녀는 어느새 돌아와 서류를 건네 주었다.

"그렇게 출세가 하고 싶으세요?"

"물론입니다."

그는 서슴지 않고 대답했다.

침묵이 흐르는 사이, 그녀는 아주 권태로운 표정이 되면서 활활 타고 있는 난로를 바라보고 있었다.

그녀는 미인은 아니었다. 안색도 안 좋고 눈 아래로는 푸른 그늘이 져서 어두워 보였다. 게다가 눈빛 역시 맑지 못했다. 머리도 평범한 흑발이어서 어디고 눈에 띄는 곳이 없었다. 그런데 이상하게도 그녀에게서는 매력이 풍겨 나오고 있었다. 맵시가 있다고도 할 수 없는데, 한 번 바라보면 시선을 돌릴 수 없도록 강한 끌림을 느끼게 해주는 여자였다. 그 매력은 그녀가 입고 있는 옷과 정성을 들인 머리, 아름답게 손질된 손에서 풍겨 나오는 것인지도 몰랐다.

죠는 찬탄하는 눈빛으로 그녀를 바라보았다. 몹시 까다로운 여자일 거라는 느낌도 강했으나, 그것도 매력적으로 보였다. 그는 무심결에 저 여자는 얼마나 아름다운 속옷을 입고 있을까, 하는 생각을 하다가 다시 얼굴이 붉어졌다.

위스키를 다 마셨으므로 거기에 더 머물러 있을 구실은 없어졌다. 그는 빈 술잔을 옆 테이블 위에 가만히 놓고 공손하게 말했다.

"그럼, 전 공장으로 돌아가 보겠습니다."

아무 말이 없었다. 난로에서 시선을 돌려 차갑고도 사람을 조소하는 듯한 빛을 띤 채 다시 그를 바라보았다. 그러고는 차가워 보이는 손을 딱딱하게 내밀었다. 죠는 점잖게 악수를 했다. 그녀의 손은 역시 잘 가꾸어져 있었다.

죠는 심한 현기증을 느끼며 밖으로 나와 차에 올랐다. 로러 밀링튼, 조금 전까지 전혀 생각해 본 적이 없는 그 여자가 왜 이렇게 갑작스럽게 가까이 느껴지는지 어리둥절했다.

그는 빙긋이 웃었다. 걷잡을 수 없는 기쁨이 솟구쳐올랐다. 차갑게 냉소를 띠고 있는 그녀의 시선 속에 숨겨져 있던 자기에 대한 강렬한 관심을 느꼈던 것이다. 미친 생각이고 지나친 판단인지 모른다. 그러나 어쨌든 로러 밀링튼은 죠 가울런을 만났던 기억을 잊지 못할 것이다. 이것은 늘 자신이 막연히 상상해 오던 일이었다. 돈 많은 아름다운 귀부인이 연정을 고백해 오는 상상을 그 얼마나 많이 해왔던가······.

그런데 이 로러 밀링튼이야말로 자기가 연출하고 싶어하던 각본에 더 없이 잘 들어맞는 인물처럼 느껴졌다.

죠는 여자를 잘 알고 있었다. 특히 로러처럼 무엇엔가 갇힌 듯 억압당한 채 살고 있는 여자의 심리라는 것은 뻔한 법이다. 말할 수 없이 지루하고 권태로우며 흥미를 끌 만한 일이라곤 전혀없는 무료한 상태, 무관심해 보이던 로러의 눈 속에서 번쩍이던 어떤 빛을 보았던 것이다.

'과연 이 일은 어떻게 발전해 갈 것인가.'

죠는 흥분되어 자동차 안에 가만히 앉아 있는 것이 몹시 답답하게 느껴졌다. 그는 더욱 의기 양양해져서 공장 안으로 들어갔다.

며칠이 조용히 지나갔다. 아무런 변화도 없었다. 죠의 기쁨과 희망, 자기 만족도 점점 움츠러들기 시작했다. 그는 로러가 자기에게 관심을 갖고 있다는 어떤 징후나 표시를 간절히 기다리고 있었다. 그러나 불행하게도 아무 일도 일어나지 않았다. 착각했다고 생각하자 세상이 온통 어두워졌다. 그래서 애꿎이 공원들에게 화풀이를 하고 거리의 여자를 찾아갔다. 그러나 더욱 불쾌해질 뿐 마음의 응어리는 풀리지 않았다. 깨끗이 잊어버리는 수밖에 없었다.

애로에 온 지 3개월이 지났다. 하얗게 서리가 내린 어느 날 오후였다. 죠는 스탠리와 함께 흠이 생긴 주형에 관해서 이야기를 나누고 있었다. 그때 로러가 타인캐슬에 같이 갈 약속이 있어 들른 것이었다. 보드라운 은빛 여우모피 속에 파묻힌 갸름한 얼굴이 더욱 아름다워 보였다. 그녀가 들어서는 것을 느꼈을 때 죠의 마음은 이미 평형을 잃고 있었다. 가슴에서 고동치는 소리가 높아졌다.

스탠리는 짜증이 섞인 눈초리로 아내를 흘낏 쳐다보았다. 요즈음 와서 그는 화를 내는 일이 많아졌다. 건강도 나빠지고 너무 피곤한 탓인 듯했다. 지금도 난방이 잘 된 방 안이건만, 그의 얼굴빛은 창백하고 활기가 없어 보였다.

"너무 과로한 거야."

스탠리는 곧잘 불만스러운 목소리로 중얼거렸으나 어쩔 수 없는 일이었다. 벌써 6주째나 클레그가 자리를 비우고 있기 때문이었다. 군수공장으로 바뀐 후부터 과중된 일이 원래 허약했던 그 노인에게는 너무 무거웠던 것이다. 의사는 그의 병이 상당히 오래 갈 것이라고 했다. 실은 나이가 나이인만큼 그가 다시 회복해서 일어날 수 있는지조차 의심스러운 것이었다.

클레그의 일이 스탠리에게는 가장 큰 걱정거리였다. 클레그가 없이는 죠에게도 공장 운영이 너무나 벅찼던 것이다. 그리하여 그는 몸이 마르고 기분이 늘 좋지 않았다. 매주마다 규칙적으로 하던 골프도 칠 수 없을 만큼 일에 얽매여 있었다.

지금도 그는 로러와 함께 간다는 것이 그리 즐겁지는 않았다. 타인캐슬보다는 조용한 집으로 가서 쉬는 편이 훨씬 좋을 것 같았다. 그러나 로러를 실망시킬 수는 없었다. 그는 그녀가 외롭다는 것을 알고 있었기 때문에 남편으로서 책임감을 느끼지 않을 수 없는 것이었다.

"곧 갈게, 로러."

그는 퉁명스럽게 말하다가 로러가 죠를 처음 만났다는 것에 생각이 미쳤다. 그는 자리에서 일어났다.

"당신 가우런 군을 기억하지? 죠 가우런 말이야. 이 공장에서 일다운 일을 하고 있는 사람은 이 친구뿐이야."

죠는 눈을 바로 들 수가 없었다. 그는 겨우 형식적인 인사만을 하고 황급히 서류들을 집어들고 사무실을 빠져 나갔다.

스탠리는 하품을 하면서 펜을 내던졌다.

"정말 피곤하군."

그는 책상 위에 널려 있던 서류들을 신경질적으로 끌어모으면서 또 투덜거렸다.

"어젯밤에 너무 술을 과하게 마셨나 봐. 하루 종일 피곤이 풀리질 않아. 젖은 걸레조각처럼 후줄근하게 젖어 있는 기분이라구. 빌어먹을……, 전에는 도무지 피곤이란 걸 몰랐는데. 이건 원 골프도 한 번 못 치고, 사는 재미가 있어야 말이지. 정말 건강이 문제야. 좀 신경을 써야겠어. 아침마다 냉수마찰도 다시 시작하고 술도 좀 적게 마시고, 내 자신을 생각해야지 안 되겠어. 시간적 여유도 갖고 사는 것처럼 좀 살아야겠어. 돈이 쏟아져 들어온다지만 그게 무슨 소용이야. 클레그는 아직도 누워 있어. 가망이 없는 것 같아. 나도 더 이상은 기다릴 수가 없어. 연금이나 줘서 내보내고 새 사람을 물색해 봐야겠어."

"그렇게 하세요. 당신에게는 새 사람이 필요해요."

창 밖을 멍하니 내다보며 죠의 긴 푸념을 거의 듣지 않는 것처럼 보였던 로러가 말했다.

"그런데 그게 어렵거든. 이 공장 운영을 함께 해 나갈 만한 믿을 수 있는 친구를 만난다는 것은 보통 어려운 일이 아니지. 게다가 벌써 다 그럴 듯한 직장을 다니고 있거나, 아니면 모두 군대로 빠졌단 말이야. 아무래도 구인 광고라도 내야겠어. 그래서 얼른 일을 수습해야지 정말 안 되겠어."

로러는 부드러운 감촉을 즐기듯이 기다란 손가락으로 모피 목도리를 쓰다듬다가 남편을 홀낏 보았다.

"가우런은 어때요? 시켜 볼 만한 사람 아닐까요?"

아주 무심한 목소리였다.

스탠리는 깜짝 놀라서 그녀를 쳐다보다가 큰소리로 웃어제꼈다.

"가우런이라. 죠 가우런을 감독으로 세운다? 그건 당신이 이 공장 일을 전혀 모르기 때문에 하는 소리야. 가우런은 바로 얼마 전까지만 해도 공원이었어. 그건 말도 안 되는 소리라구."

"아, 그렇군요. 당신 말처럼 난 원래 아무것도 모르는 여자니까 이런 소리도 할 수 있는 거겠죠."

로러는 흥미없다는 듯 문 쪽으로 돌아섰다.

"더군다나 클레그가 하던 일은 여간 중책이 아니야. 내가 없을 때는 모든 감독을 다 해야 하지. 가우런에게는 어려운 일일 거야. 당찮은 소리지."

그러면서도 마음을 딱 결정할 수가 없었다. 그는 턱을 문지르며 잠깐 생각했다.

"그렇지만 가우런은 역시 특별한 친구야. 지혜롭고, 재빠르고. 이 3개월 동안 그는 놀라울 정도로 나를 잘 도와 주었어. 공원들 사이에서도 인기가 있고, 빈틈없고 정직한 사람이야. 포터필드에 대해서 이야기해 준 사람도 그 친구였어. 로러, 가만히 생각해 보니 당신 말도 일리가 있는 것 같군."

그녀는 장갑 위에 찬 작은 손목시계를 들여다보았다.

"여보, 이제 그런 이야긴 그만하세요. 늦었어요, 어서 가요."

"음, 그렇지만 잠깐만 들어 봐. 솔직히 말해서 그렇게만 된다면 내 어깨도 가벼워지고 골치아픈 일도 싹 줄어들 것이 분명해. 지금은 전쟁 중이니까 그런 파격적인 일도 별로 이상하지 않을 거야. 밑바닥 인생이 출세할 수 있는 때도 바로 이런 때겠지. 가우런에게 한번 맡겨 보는 것도 나쁘지 않겠어."

"당신이 가장 좋다고 생각하시는 대로 하는 거죠, 뭐."

"그래, 신중해야지. 이왕 말이 나왔으니 하여간 그 친구를 한번 저녁식사에 초대합시다. 그래서 그 친구의 이야기를 들어 보고 결정하는 거야. 기막힌 생각인 것 같군."

"좋도록 하세요. 그건 그렇고 지금 빨리 떠나지 않으면 안 되겠어요. 어서 차를 타요."

스탠리는 여전히 이마에 주름을 모은 채 골똘한 생각에 잠겨 있었다. 그러면서도 순순히 외투를 입고 모자를 썼다. 그리고 로러를 따라 안마당으로 나오다가 공장 쪽을 향해 큰소리로 죠를 불렀다.

죠가 곧 다가왔다. 스탠리는 외투 주머니에 두 손을 찌르고 선 채로 말했다.

"죠 내가 잊은 것이 있었어. 내일쯤 함께 저녁식사를 하면 어떨까? 선약이 없으면 우리 집에서 저녁을 먹기로 하세나"

죠는 잠시 말문이 막힌 듯 대답을 못 하다가 겨우 입을 열었다.

"약속은 없습니다만…….."

"그럼, 됐군. 내가 또 잊어버릴지 모르니까 아주 시간을 정하지. 내일 저녁 7시 반, 어때?"

죠는 고개를 끄덕였다. 그는 로러의 검은 눈이 스탠리의 어깨 넘어로 자기를 보고 있음을 느꼈다.

"그럼, 늦지 않도록 하게."

두 사람은 차에 올라탔다. 죠는 두근거리는 가슴을 억누르며 차가 보이지 않을 때까지 서 있었다. 너무 기뻐서. 고함이라도 지르고 싶은 심정이었다.

"왔다! 드디어 기회가 왔다!"

죠는 이렇게 소리치며 주먹을 불끈 쥐었다.

그날 저녁 하숙집으로 돌아갔으나 그대로 앉아 있을 수가 없었다. 누구에겐가 이 신나는 이야기를 하지 않고는 견딜 수가 없었다. 죠는 밖으로 나와 전차를 타고 타인캐슬의 스코츠드 로로 갔다.

죠는 지나가다가 들른 것처럼 선리 가의 대문을 두드렸다. 그들은 식사 중이었다. 앨프와 애더, 클래리, 필리스 등이 그를 친절하게 맞아 주었다. 샐리는 프랑스의 음악회에 나가느라고 집에 없었다. 죠는 그들의 호의에 더욱 기분이 좋아졌다.

"아니, 이게 얼마만이야, 이렇게 오랜만에 만나다니? 정말 반가워요."

애더는 이 말을 몇 번이고 되풀이했다.

죠는 난롯가의, 옛날에 그가 즐겨 앉던 의자에 앉았다. 애더는 서둘러서 콜드 햄을 사오게 하고 샌드위치를 만들어 주었다. 죠는 그것을 먹으면서 자기 이야기를 늘어놓기 시작했다. 워낙 말솜씨가 좋은 그인지라 식구들은 모두 정신없이 듣고 있었다. 그는 자

신이 밀링튼 공장에서 얼마나 중요한 인물이 되었는가를 열심히
설명하였다.

"그래서 내일 밤은 사장님 댁에서 만찬을 함께하기로 초대를 받
았습니다."

그가 예상한 대로 선리 가 사람들은 모두 깜짝 놀라며 그의 행운
에 아낌없는 찬사를 퍼부었다. 죠는 원래 허풍이 많은 사람이
었다. 특히 이렇게 선량한 사람들 앞에 있으면 그것이 좀더 심해
지는 것을 어쩔 수 없었다. 그는 이 세상에 자기 직업처럼 고상하
고 훌륭한 것은 없는 양 떠들었다.

일선에 나가 있는 군인들을 위해 탄환과 포탄을 만들어 주는 이
들이 없다면, 군인들이 어떻게 싸울 수 있겠는가? 군수공장은 더
욱 발전해 나갈 것이다. 애로 힐의 꼭대기에 있는 공지인 위틀리
에다 공장을 더 세울 것이다. 자신은 할 일이 너무나 많다. 그리고
새로운 공장이 세워짐에 따라 여공도 모집할 것이다. 이것은 스탠
리 사장이 런던에 다녀오면서 자기에게만 알려 준 비밀이다 등등
그의 말은 쉴 새 없이 계속되었다.

죠는 클래리와 필리스를 다정스럽게 바라보았다.

"두 사람도 그 공장으로 오는 것이 어떨까? 슬래터리 상점에서
받는 보수의 세 배쯤은 더 받을 거고, 일도 아주 쉽거든."

애더는 곧 관심을 보였다.

"그게 정말이에요, 죠?"

"그럼요, 틀림없다니까요."

애더는 흔들의자에 앉아 의자를 흔들면서 생각했다. 전쟁이 난
이후 타인캐슬에도 차츰 불경기가 일기 시작했다. 특히 건축이나
도장업(塗裝業) 등은 거의 일거리가 없다시피해서 클래리와 필리스
도 빈둥거리는 날이 많았다. 그에 따라 수입도 그만큼 줄어들
었다. 애더는 지금 가계를 꾸려 나가면서 어려움을 절실히 느끼고

있는 중이었다.

"더 상세한 소식을 듣거든 알려 줘요. 사실 요즘은 불경기라서 생활이 어려워요. 그러니 죠, 부탁해요."

애더는 누구든 잘 믿는 성격이지만, 특히 죠에 대해서는 특별한 애정을 가지고 있었다. 오늘 밤에는 더욱더 그가 마음에 들었다. 애더가 본 죠는 언제나 신사답고 솔직하며 의젓했다. 애더는 그를 훌륭한 사윗감으로 점 찍어 두고 있었다.

그런데 제니가 다 망쳐 놓은 것이다. 지금 죠는 이렇게 성공해서 훌륭한 젊은이가 되었고, 앞길은 더욱 유망할 것이다. 이런 일들을 생각하자 지나가 버린 일이지만 화가 났다. 식구들이 다 자리를 뜬 방안에는 두 사람만 남았다. 애더는 처량한 얼굴로 죠를 건너다보았다.

"혹시 제니 소식 들었나?"

"……."

죠는 갑자기 고개를 숙이고 담배를 꺼내 급하게 불을 붙였다.

애더는 한숨을 내쉬었다.

"그앤 다음 달이 해산달이라네. 아무래도 내가 가서 돌보아야 하겠지. 섣달 초순께쯤 될 텐데……."

죠는 얼굴이 빨갛게 되면서 갑자기 기침을 하기 시작했다. 담배 연기에 목이 막혔던 것이다. 그는 한동안 애를 쓰다가 겨우 입을 열었다.

"식구가 더 불어나겠군요. 하여튼 좋은 일이죠."

애더가 서글픈 표정으로 고개를 끄덕였다.

"좋은 일인지 뭔지……. 제니도 불쌍하지. 배는 불러서 만삭인데, 신랑은 군에 입대하겠다고 고집을 부린다니, 그 아이도 어지간히 복이 없지. 데이비드가 학교에서 파면당했다네. 제니는 스스로 제 신세를 망친 거라니까. 난 처음부터 그 결혼이 못마땅했었는데……."

죠는 다시 기침을 하기 시작했다.

"세상 일이 다 그런 거 아닙니까? 어떻게 마음대로 할 수 있겠
어요. 데이비드 일은 참 안 됐지만……."

죠는 얼버무렸다. 다행히 애더가 화제를 바꾸어 다른 이야기를
시작했으므로, 죠의 얼굴은 다시 활기를 띠었다. 애더는 옛친구나
만난 듯 하소연을 늘어놓았다. 죠는 적당히 대답해 주다가 기회를
봐서 일어났다. 애더는 그동안 외로웠는데, 오랜만에 속이 시원해
졌다면서 그에게 자주 놀러오라고까지 했다.

죠는 집 밖으로 나오자 고개를 흔들며 회심의 미소를 띠었다.
그때 슬리스케일을 떠나 온 것은 정말 잘한 일이라고 생각했다.

그는 하숙집으로 돌아와서도 여전히 기분이 좋았다. 주인 아주
머니에게도 전에 없이 친절하게 인사를 했다. 죠는 새삼스럽게 아
주머니가 늙었고, 과년한 딸도 없다는 것은 참 축하할 일이라고
생각했다.

그 다음날이 되었다. 죠는 하루 종일 저녁의 만찬 약속만을 생
각했다. 다른 생각은 들어갈 여지가 없었다. 하루가 유난히 길고
지루하게 여겨졌다. 겨우 일이 끝나자, 그는 이발소에 들러 수염
을 밀어 버리고 머리손질도 다시 했다. 하숙으로 돌아와서는 목욕
을 하고 정성을 들여서 손톱소제도 했다.

오늘밤에는 자기 생애 중 최고로 단장을 해야 한다고 생각했다.
옷장을 열어서 소중하게 간직해 두었던 외출복을 꺼냈다. 밝은 잿
빛에 가느다란 줄무늬가 진, 좀 야해 보이는 양복이었다. 이것은
뮤지컬코미디에 나오는 주인공이 입었던 옷이 하도 멋있어 보여서
흉내내어 만든 옷이었다.

욕심 같아서는 야회복을 입고 싶었다. 그러나 아직 자기에게는
어울리지 않는다는 것을 알고 있었기 때문에 참기로 했다. 그리고

이만한 차림으로도 예의에 어긋나지 않을 것이라는 자신이 있었다. 무엇보다도 자신은 아직 젊고 잘생기지 않았는가. 기름을 흠뻑 발라 넘긴 머리를 몇 번이고 다시 빗고, 시계줄을 늘어뜨린 위에다 모조 진주이긴 했지만 넥타이핀을 꽂는 것도 잊지 않았다.

죠는 거울 앞에서 번쩍거리는 자신의 모습을 만족한 얼굴로 바라보았다. 정중하게 인사도 해 보고, 이런 초대를 받는 것쯤은 별거 아니라고 거만한 표정도 지어 보았다. 그러다가 그는 통쾌하게 웃음을 터뜨렸다.

'드디어 한몫 끼게 되었군. 죠 가우런, 멋지게 해 보는 거다. 항상 예의바르게 조심하면서 말이야. 모두 깜짝 놀라게 해 주자, 응, 죠 가우런.'

죠는 준엄한 표정을 짓느라고 좀 굳은 얼굴로 힐톱을 향해 가면서 내내 인사말을 연습하고 있었다. 누가 보면 웃음이 나올 만큼 가관이었다. 그러나 정작 죠 본인은 너무 열중해 있었기 때문에 그런 것을 생각할 여유가 없었다.

문을 열어 준 사람은 이미 낮이 익은 하녀 베시였다. 이번에도 그는 응접실로 안내되었다. 거기에는 로러가 있었다. 하얀 팔뚝이 드러난 검은 야회복을 입고 불 옆에 서 있었다. 한쪽 팔은 벽에 올린 채 슬리퍼 한쪽을 불에 쪼이고 있었다. 아무 장식도 없는 검은 옷이 오히려 그녀의 하얀 얼굴을 더욱 돋보이게 만들었다. 더욱이 불 옆에 서 있었기 때문에 분홍색으로 홍조가 진 오른 뺨과 불빛에 비치는 하얀 손, 잘 손질된 손톱은 마치 잘 그려진 한 폭의 그림을 연상케 했다.

죠는 또 숨이 막히는 것 같은 위압감과 찬탄으로 인하여 당황했다. 이런 여자는 처음이었다. 만날수록 신비스롭고 어떤 안타까움을 일으키는 것이었다. 그는 겨우 마음을 가다듬고 인사했다. 그러나 아주 어색한 것이었다. 그렇게 위풍 당당했던 자신이, 이

창백하리만치 무관심한 표정 앞에서 한없이 초라하게 움츠러들어
버리는 것이다.

어색한 침묵이 흘렀다. 그는 공연히 두 손을 맞비비다가 옷깃을
바로 여미고 넥타이도 만져보곤 했다. 그는 미소지으려고 애썼다.

"지독하게 추운 날씹니다. 이곳까지 오는 동안 아주 얼어 버리
는 줄 알았습니다."

"그래요?"

그녀는 쳐다보지도 않고 다른 쪽 슬리퍼를 앞으로 가져갔다.

그는 민망해지며 쓸쓸한 기분이 되어 버렸다. 기분이 몹시 고조
되었던만큼 침울한 맛이 기운까지 빠져버리게 만들었다.

'도대체 이 여자는 어떻게 생겨먹은 여잘까?'

슬며시 화가 치밀어올랐으나, 꾹 눌러 참을 수밖에 없었다. 침
묵을 지키고 있는 것도 예의가 아니다. 그리고 오늘은 얼마나 중
요한 날인가. 죠는 용기를 내서 다시 이야기를 시작했다.

"저는 오늘 이 초대에 대해서 뭐라고 감사드려야 할지 모르겠습
니다. 제게는 너무나 영광스러운 일입니다. 스탠리 사장님께서 초
대의 말씀을 하셨을 때 사실 저는 놀랐습니다."

로러는 예의 그 경멸하는 듯한 얼굴로 그를 빤히 쳐다보았다.
번쩍이는 시계줄에서부터 가짜가 분명해 보이는 커다란 진주 넥타
이핀, 기름을 너무 많이 발라 흘러내릴 것처럼 보이는 머리까지
모두 훑어보았다. 죠는 그녀의 시선 앞에서 마치 고문을 당하는
듯한 느낌이었다. 자신의 차림이 그렇게 추하고 너절해 보일 수가
없었다. 그녀가 시선을 돌리자 그는 자기도 모르게 한숨을 내쉬
었다. 그녀는 다시 불빛을 바라보았다.

"사장님은 곧 내려오실 거예요."

아무 느낌이 없는 음성이었다. 그는 다시 한 번 계산이 빗나가
버린 허탈감에 잠시 멍해졌다. 이 여자 앞에서는 어떻게 처신을

해야 할지 방향조차 잡기가 어려웠다. 그는 겁을 집어먹어서 완전히 위축되어 버렸다.

그녀는 진짜 숙녀였다. 자신의 행동들은 그녀의 이것에 비하면 너무나 유치하고 너절한 것들이었다. 그녀는 필요없는 말을 하지 않고 지나친 인사도 하는 법이 없었다. 그것은 노력에 의한 것이 아닌 자연적으로 그녀 안에서 풍겨 나오는 품위였다.

취미도 고상하고 옷이나 장신구에 대해서도 보통이 아니었다. 그러면서도 어떤 것에 대해서든 초연하고 냉담하기조차 했다. 죠에게는 이 차가움이 더할 수 없는 매력이었다. 그 싸늘한 눈초리가 자신에게 돌려질 때, 마음이 떨려오고 그녀 앞에 무릎을 꿇는 자신을 보는 것이다.

그녀는 오만하고 까다로웠다. 그러면서도 절대로 자기 고집을 내세우는 일은 없는 듯했다. 자기 마음에 들지 않는 것이면 간단히 손을 떼 버리고, 무관심하면서도 경멸하는 듯한 얼굴로 돌아서 버리면 그만이다. 초연한 자세로 내려다보며 비웃는 것이다. 결코 패배나 좌절하지 않는다.

겉으로는 관습을 어기거나 생활 범주를 벗어나는 일이 전혀 있을 수 없는 조용한 성품으로 보였다. 그러나 내면적으로는 판에 박은 인생살이나 관습 같은 것을 철저히 배격해 버리는 야성이 숨어 있는 듯한 강렬함도 느껴졌다. 모든 사람을 무시하고 경멸하는 듯한 그녀의 모습에서는 자기 자신조차도 멸시하고 있다는 느낌을 주고 있었다.

유쾌한 얼굴로 스탠리가 들어왔다. 그는 죠와 악수를 하고는 흉허물이 없는 옛친구라도 만난 것처럼 등을 정답게 두드렸다. 딱딱하게 굳어서 멍청해진 죠의 긴장을 풀어 주기 위해서 그러는 것 같았다.

"자네가 오니까 모두 즐거워 보이는군그래, 가우런. 와 주어서 정말 고맙네. 자, 마음을 풀게나. 서로 잘 아는 사이니까 체면 따위는 생각하지 말고 즐겁게 지내도록 하세."

그는 벽난로를 등 뒤로 하고, 깔개 위에 두 다리를 벌리고 선 채 큰소리로 말했다.

"그런데 로러, 우리에게 마실 것 좀 주지 않겠소? 뭐든 적당한 걸로 말이오."

그들은 나란히 서서 드라이 마티니를 마셨다. 로러는 한 잔만으로 끝냈다. 죠가 두 잔을 마시는 동안 스탠리는 세 번째 술잔을 비우면서 변명처럼 말했다.

"난 요즘 술이 너무 과해졌어. 피로하니까 자꾸 마시게 되는데, 사실은 몸에 더 해롭지."

그는 얼굴을 찌푸리면서 술잔을 내려놓았다.

"역시 운동을 해야겠어. 충분히 운동을 해서 어서 옛 모습을 찾고 싶군. 아하! 센트 비드 학창 시절처럼 몸을 단련시켜야지."

그는 힘차게 팔을 오므렸다폈다 했다.

스탠리는 기운을 내기 위해 한 잔을 더 마셨다. 기분이 좋을 정도로 술이 오른 스탠리는 저녁을 들기 위해 앞장 서서 식당으로 들어갔다.

식탁은 깔끔했다. 번쩍거리거나 유난스러운 것은 없었다. 그러면서도 있을 것은 다 있었다.

스탠리는 식탁에 앉으면서 다시 자기의 건강에 대한 것을 화제로 삼았다. 냅킨을 펴면서 잘 요리된 콜드치킨을 보아도 별 식욕이 없는 모양이었다.

"건강이란 참 묘해. 이렇게 쉽게 나빠지다니……, 예전엔 생각도 못했거든. 책상 앞에 앉아서 돈을 버는 재미도 좋지만, 그것도 다 건강하고 난 뒤의 이야기지. 소용이 없다구. 건강이 최고의 재산이야, 아마 이 말은 셰익스피어가 한 말이었지?"

"애머슨이 아니었나요?"

로러의 차분한 음성이 흘러나오며 시선은 죠를 향했다. 그러나 죠는 대답 대신 시선을 내리깔았다. 독서라는 것을 해 본 적이 없는 그로서는 끼여들 계제가 못됨을 느낀 것이다.

죠는 문득 하숙집에 있는 책을 생각해 냈다. 싸구려 판의 프랑스 설화집이 형편없는 몰골로 한 권 있고, 장식용 과일 유리상자 앞에는 제발 읽어 보라는 듯 콜러 부인의 성경책이 놓여 있을 뿐이었다. 죠는 일요일 오후에 신앙심이 조금 느껴질 때면 이 성경책을 몇 귀절 읽을 때도 있었다. 그러나 모두 거짓말이라고 굳게 믿고 있었다.

"난 군대에 입대하고 싶을 정도야."

스탠리의 불평이 계속되고 있었다. 머리가 둔한 사람에게서 잘 나타나는 현상으로, 그는 한 가지 일을 생각하기 시작하면 좀체로 빠져 나오지를 못했다.

"군대야말로 몸을 단련할 수 있는 곳이지."

침묵이 흐르는 가운데 죠는 두루마리 빵을 잘게 잘랐다. 스탠리의 불평은 대머리가 벗겨지고 기력이 쇠퇴함을 은근히 느끼게 되는 중년 사나이가 흔히 갖는 불안의 분출이었다. 특히 스탠리는 현재의 자기 삶에 대해 지나치게 걱정하고 불평을 터뜨리는 습관이 있었다. 때문에 정도가 좀더 심했다. 불과 6개월 전에 그는 회사가 문을 닫게 될지 모른다는 문제 앞에서 전전긍긍하며 어떻게 하면 돈을 벌 수 있을까 하는 것에만 몰두하여 정신이 없었다. 그러나 그 욕구가 채워진 지금에는, 또 새로운 문제를 끌고 나와 불평은 여전히 계속되고 있었다.

스탠리는 자신의 이야기를 혼자만 떠들어댔다. 로러는 으레 그렇다는 듯 화제를 돌리거나 끼여들 생각도 하지 않았다. 죠는 자신감이 다시 생기긴 했지만, 스탠리의 충동적인 다변 앞에서는 신중한 동조의 표현 이외에는 입을 벌릴 수가 없었다. 지루했다. 특히 배워본 일도 없는 브리지놀이나 골프 이야기를 늘어놓으면서 자세하게 그 게임 운영을 설명할 때는 괴로울 지경이었다.

죠는 우연히 시선을 돌리다가 자기를 바라보는 로러의 시선과 부딪쳤다. 그러나 역시 실망을 느껴야 했다. 아무런 감정도 느낄 수 없는 메마른 눈빛이었기 때문이다. 죠에게 있어 또 하나 궁금해지는 것은 그녀가 남편 스탠리에게 어떤 감정을 가지고 있을까 하는 것이었다.

그들이 결혼한 지는 7년이 되었는데도 아기가 없었다. 그러나 로러는 스탠리에게 언제나 다정했고, 그에게 늘 관심을 기울였다. 또 오늘 저녁같은 지루한 대화도 이렇게 잘 견뎌내고 있는 것이다.

'아니, 그것이 진짜일까?'

그녀는 차갑고 초연한 태도 속에 모든 것을 집어 넣고는 남에게 조금도 진면목을 보여 주지 않고 있었다. 그런 모습을 살피면서 죠는 생각했다.

'이 여자는 감정의 기복이 전혀 없는 냉정한 여성일까? 그게 아니라면 로러는 어떤 사람일까?'

스탠리도 그녀의 매력에 완전히 사로잡혔었다. 결혼 당시에는 정신을 못 차릴 정도였다. 그러나 지금은 많이 달라졌다. 로러 아닌 스탠리가 그만큼 나이먹은 사업가로 변모했다는 의미로서의 변화이다.

식사 후에 후식이 끝나자, 로러는 식탁에서 일어나 방을 나가 버렸다. 죠는 어색했지만 얼른 일어나 그녀에게 문을 열어 주는 친절을 베풀 수 있어서 기분이 좋았다. 스탠리는 궐련을 집어 불을 붙이면서 죠 앞으로 담배통을 밀었다.

"담배 좀 피우게. 흔치 않은 담배라네."

쵸는 황송스러운 얼굴로 담배를 집어 들었다. 그러나 속으로는 스탠리의 안하 무인격인 오만스러움에 이를 갈고 있었다.

'이 거만한 녀석, 조금만 더 기다려라. 본때를 보여 줄 때가 있을 테니까…….'

그는 궐련의 띠를 떼지도 않은 채 불을 붙였다.

좀 긴 침묵이 흘렀다. 스탠리는 두 다리를 쭉 뻗은 편안한 자세로 담배를 피우며 쵸의 얼굴을 자세히 바라보았다.

"자네도 알고 있겠지만, 가우런."

그는 천천히 입을 열었다.

"나는 자네가 마음에 들었네."

쵸는 정중하게 앉아서 다음엔 무슨 말이 나올 것인가를 기다렸다.

"난 남과는 좀 다른 사람이네."

스탠리는 아주 다정한 태도로 자기의 흉금을 털어놓기 시작했다. 그는 식사 전에 칵테일에다 독한 백포도주를 섞어 마셨기 때문에 속마음을 쉽게 털어놓을 수 있는 기분이 된 것이었다.

"그러니까 난 사람만 분명하면 그가 어디 출신이든, 무엇을 하던 사람이든 그런 건 전혀 상관을 하지 않는 사람이네. 공작의 아들이든 청소부의 자식이든 관계가 없다는……, 그러니까 사람만 정직하고 성실하다면 내겐 다 똑같다 이 말씀이지. 내 말 알아듣겠나?"

"물론입니다. 너무나 지당하신 말씀입니다, 사장님."

"그래서 말인데, 쵸."

스탠리는 몸을 앞으로 내밀며 언성을 낮추었다.

"난 지난 두어 달 동안 자네를 상당히 세밀하게 관찰해 왔고, 또 아주 만족하고 있다네."

그는 잠시 말을 끊고 담배를 물었다가 다시 빼내며 쵸를 자세히 훑어 보았다. 그리고는 다시 천천히 입을 열었다.

"클레그는 이제 끝장이야. 그래서 내겐 도와 줄 사람이 필요해. 클레그 대신 일을 해 줄 사람……. 가우런, 당신 새 공장의 지배인 해 볼 생각이 없는가"

죠는 먼저 자기의 귀를 의심했다. 그리고 잘못 들은 것이 아니란 것을 알았을 때는, 기절할 지경으로 머리가 어지러워졌다.

"지배인이라구요……?"

그는 작은 소리로 중얼댔다.

"지배인이지. 그러니까 자네는 클레그가 하던 일을 맡는 걸세. 어때, 해 보겠나?"

죠는 정신을 차릴 수가 없었다. 눈앞에서 방 안이 빙빙 도는 듯했다. 무엇인지 있을 거라고 기대는 했지만 이건 너무나 엄청난 사실이었다. 이런 것일 거라고는 꿈에도 생각하지 못했다. 그는 안색이 창백하게 질려서 담배를 그만 접시 위에 떨어뜨렸다.

"그러나 사장님!"

그는 숨이 막히는 듯해서 겨우 쥐어짜듯이 말했다.

"그렇지만 사장님……."

"아, 괜찮아, 죠. 너무 떨지 말고 한번 해 보게나. 너무 놀라게 했다면 미안하군. 하지만 지금은 전쟁 중이네. 이런 때에는 뜻밖의 일이 생길 수도 있어. 자네는 유능하니 곧 요령이 생길 걸세. 결코 나를 실망시키지 않으리라고 믿겠네."

기쁨의 물결이 죠의 온몸을 감쌌다.

'난 이제 밀링튼 공장의 지배인이다!'

죠가 마음 속으로 소리치며 희열하고 있을 때 스탠리가 조용한 소리로 입을 열었다.

"난 자네를 믿네. 나를 뒷받침해서 밀어 주게. 모든 것을 자네에게 맡기네."

스탠리의 음성은 은근했고 진심에서 우러나오는 것이었다. 죠도 그것을 느낄 수 있었다.

바로 그때 응접실에서 전화가 울렸다. 죠가 심각한 얼굴로 거창한 대답을 하려는데 로러가 들어왔다.

"여보, 당신에게 왔어요. 젠킨즈 소령이에요."

스탠리는 벌떡 일어나 방을 나갔다. 침묵이 흘렀다. 죠는 돌아보지 않았으나, 그녀가 그 자리에 그대로 서 있다는 것을 느낄 수 있었다. 그리고 그녀의 눈길이 자기 등 뒤로 쏟아지고 있음도 느꼈다. 아주 가까운 곳에서. 그의 가슴은 또 쿵쿵거리고 뛰기 시작했다.

죠는 자기 육체의 젊음과 활기를 가슴 뿌듯하게 느꼈다. 그는 용기를 내어 몸을 돌이켰다. 그러자 그녀와 마주서게 되었다. 그는 눈을 들어서 아주 가까이에 있는 그녀와 얼굴을 보았다. 그러나 로러는 그의 시선을 피하면서 짤막하게 말했다.

"가시기 전에 응접실에서 커피를 드세요."

그는 대답하지 않았다. 입이 떨어지지 않았기 때문이다. 두 사람의 숨소리가 방 안에 가득 차는 것 같았다. 그 사이를 비집듯이 전화를 받는 스탠리의 커다란 목소리가 울려 왔다.

새 생명의 탄생

전쟁의 소용돌이 속에서도 세월은 훌쩍 흘렀다. 아기의 해산일이 가까워짐에 따라 제니도 퍽 얌전해졌다. 아니, 얌전해진 것은 이미 오래 전부터였다. 그러니까 데이비드에게 아기를 가졌다고 말했던 그 화요일 오후 이래 제니는 완전히 달라졌다. 물론 사소한 말다툼 같은 것은 있었다. 그렇지만 그런 경우는 누구라도 피할 수 없는 부득이한 것이었다. 어쨌든 그녀는 얌전하게 살았다.

단지 변덕이 좀 심해져서 가끔 엉뚱한 때에 갑자기 이상한 것이 먹고 싶어 못 견뎌하곤 했다. 맛있는 것도 더욱 많이 먹으려고 했다. 매일 먹는 딱딱한 빵은 보기도 싫어진 대신, 생과자나 절인 양파 또는 절인 청어를 토스트에 얹은 것들을 무척이나 먹고 싶어 했다. 제니는 친정 엄마인 애더가 늘 주책없이 먹어대던 것을 보아 왔다. 때문에 이런 요구는 너무나 당연한 것으로 알고 있어서 부끄럽게 생각하지도 않았다.

제니는 앞으로 태어날 귀여운 여자아이에게 입힐 예쁜 옷을 만들고 있었다. 그녀는 처음부터 자기는 여자아이를 낳을 것이라고 믿고 있었다. 그래서 모두 여자아이 옷만 만들었다. 옛날 부터 귀여운 여자아이에게 예쁜 옷을 입혀 기르고 싶은 것이 그녀의 꿈이었다.

사내아이는 아주 질색이었다. 왜 그런지 싫었다. 제니는 밤마다 데이비드와 난로를 사이에 두고 마주 앉아서 아기의 옷을 만들었다. 부지런히 육아 잡지를 들쳐 보며 형을 뜨고 만드는 법을 배운 것이었다. 그리고 마음 속으로는 마치 꿈을 꾸듯 앞으로 태어날 아기의 장래를 계획해 보는 것이었다.

'여배우를 만들까? 그것도 아주 유명한 여배우로……. 아니면 성악가를 만드는 것이 훨씬 더 낫겠다. 그랜드 오페라에서 프리마 돈나가 될 성악가. 아기의 엄마인 내가 재능있는 사람이니까 그 재능이 아기 속에서 피어날 것이다. 그렇게 되면 이 아이는 자라서 커빈트 가든 같은 곳에서 성공에 성공을 거두어 상류 사회에 발을 들여놓게 될 것이고, 높은 지위의 남성들과 만나 꽃다발 속에 쌓일 것이다.'

제니 자기는 관람석에서 부드러운 눈매로 그 광경을 바라보며 흐뭇해 할 것이다. 딸의 성공은 곧 자신의 성공도 될 테니까. 가만히 생각해 보면 자기에게도 기회만 있었으면 그렇게 성공했을지도 모르는 일이었다. 그렇지만 그렇게 되는 경우 유혹, 그것도 굉장한 유혹이 있으리라는 것도 생각해야 하리라. 생각이 여기까지 미치자 그녀의 눈시울이 뜨거워졌다.

제니는 공상을 바꾸었다. 이번에는 어떤 수녀원이었다. 영국교회의 수녀원 안에 살고 있는 수녀. 가슴에 슬픔을 감춘 채 화려한 무대와 속세를 버린 얼굴빛이 창백한, 영적인 생활에만 충실한 수녀를 상상했다. 그 수녀는 수녀원의 커다란 건물의 붉은칠을 한 복도를 지나 어두컴컴한 성당 안으로 들어간다. 미사가 시작되어 풍금이 울리면, 그녀는 슬프고도 청순한 목소리로 노래한다.

　제니는 이 환상이 너무도 달콤하고 절실해서 진짜로 눈물이 솟
았다. 그러나 이 슬프고도 가련한 환상은 더욱더 비극적인 비약을
하기도 했다. 결국 귀여운 여자아이는 태어나지 못한다. 프리마
돈나도, 수녀도 되지 못할 것이다. 그녀는 금시 자기 자신이 죽고
말 것 같은 이상한 생각이 드는 것이었다. 사실 자기가 아기를 낳
을 만한 힘이 있다고 생각하는 것마저도 어처구니없는 일 같았다.
　제니는 언제나 젊어서 죽을 것 같은 예감이 들었다. 슬래터리
상점의 모자부에 근무하던 릴리블레즈를 기억해 냈다. 그 소녀는
점을 잘 쳤다. 어느 날 제니의 찻잔 속을 들여다보면서, 너는 큰
병에 걸려서 죽게 될 거라고 말했었다. 제니는 자기가 데이비드의
품에 안겨 죽어 가는 모습을 상상하기 시작했다. 데이비드가 슬픔
과 고뇌로 일그러진 얼굴로 자기를 남겨두고 죽지는 말아 달라고
애원하는 모습이 보인다. 침대 옆에는 백장미가 꽂힌 커다란 꽃병
이 있고, 항상 냉정한 인간이기 마련인 의사도 아주 침통한 얼굴
로 뒤편에 서 있다.
　제니는 정말 울고 있었다. 눈물이 뺨으로 흘러 내렸다. 문득 고
개를 들던 데이비드가 놀란 눈으로 물었다.
　"아니, 제니, 왜 그래?"
　"아무것도 아니에요."
　그녀는 부끄러운 미소를 띠며 고개를 흔들었다.
　"행복해서 그래요. 난 너무너무 행복해요."
　어느 날 제니는 고양이를 길렀으면 좋겠다고 생각했다. 고양이
가 소리없이 이리저리 돌아다니며 야옹거리다가 따뜻한 햇볕 아래
소파 구석 같은 데 잠들어 있는 모습을 상상해 보았다. 고양이의
잠자는 모습이 집 안을 더욱 포근하게 꾸며 줄 것 같았다.
　제니는 아는 사람이면 누구든 붙들고 고양이 새끼를 구해달라고
부탁했다. 얼마 지나지 않아 정육점 주인의 아들 해리가 작은 고

양이 새끼 한 마리를 가져다 주었다. 그녀는 아주 기뻤다. 그런데 머치슨 아주머니가 한 마리를 갖다 주더니, 다음날엔 웹트 부인이 또 한 마리를 갖고 왔다.

제니는 이미 고양이에 질려 버렸지만 자기가 그처럼 간절히 부탁한 것이므로 사양할 수도 없었다. 다른 사람이 더 갖고 올까 봐 두려워했는데 다행히 더 가지고 오지는 않았다. 그녀는 다음부터 부탁할 때 조심해야겠다고 속으로 생각했다.

그런데 고양이 새끼란 놈은 여간 귀찮은 것이 아니었다. 세 마리씩이나 되어서 집안을 엉망으로 더럽히고 다녔다. 때문에 하는 수 없이 두 마리는 물에 던져버려야 했다. 마음이 언짢았지만 다른 방도가 없었다. 제일 예쁘고 귀여운 놈으로 한 마리만 남겨 두기로 하고, 이름을 지어 줘야겠다고 생각했다. 며칠 동안이나 생각에 생각을 거듭한 끝에 '프리티'라고 부르기로 했다.

그리고 음악 공부도 다시 시작했다. 온종일 피아노 앞에 앉아 발성 연습을 하고는 자장가를 두 곡 배웠다. 그러나 제니는 자기의 예술적 재능을 좀더 닦고 싶었다. 지금 상태로는 도저히 만족할 수가 없었다. 데이비드의 아내로서도 부족하므로, 좀더 재능을 닦고 지적인 인간이 되어야겠다는 욕심이 하루하루 커졌다.

제니는 데이비드와 동등한 입장에서 그가 관심 갖는 부분에 대해 막힘없이 이야기를 나누고 싶었다. 정치, 사회, 경제 등의 문제에 대해 훤히 알아서 토론다운 토론을 하고 싶은 것이다. 그래서 그녀는 데이비드의 책도 들여다보기 시작했다. 권태로움을 참으면서 보아 나갔지만, 아무리 책을 보아도 자신의 사상이나 지적 수준은 별로 달라질 수 없음을 금방 깨달았다. 해서 독서는 그만두기로 했다.

그러나 제니는 자기 머리가 데이비드의 책을 이해할 만큼 지혜롭지는 못하나, 착한 사람은 될 수 있을 것이라고 생각했다. 그녀는《행복한 가정에서의 즐거운 30분》이라는 제목의 책을 샀다. 그리고는 아이처럼 작은 소리를 내면서 그 책을 읽어 나갔다.

어느 날 밤, 그때도 그 책을 읽고 있던 제니는 갑자기 읽기를 멈추었다. 그녀는 눈물을 글썽이며 데이비드를 간절한 눈빛으로 바라보았다.

"난 참 어리석은 사람이에요. 그렇지만 정말 나쁜 사람은 아녜요. 여보, 이 책에 사람은 모두 실수를 하지만 그것을 고칠 수 있다는군요. 나 나쁜 사람 아니죠? 여보, 정말 나쁜 사람 아니죠?"

데이비드는 참을성이 많았으므로 그녀가 나쁜 사람이 아니라는 것을 몇 번이고 확인해 주었다. 제니는 안도감이 도는 얼굴로 그를 바라보다가 다시 큰소리로 말하기 시작했다.

"여보, 당신은 이 세상에서 제일 좋은 분이에요. 이 세상에서 당신같이 착한 사람은 아마 없을 거예요."

제니는 꼭 어린아이 같았다. 이상하게도 요즘에 와서 더욱 어린 애가 된 듯했다. 그런 사람이 아기를 낳으려 한다니 좀 우스운 일이었다. 그러나 데이비드는 제니가 그러면 그럴수록 그녀를 더욱 부드럽게 대해 주었다. 밤에 자다가도 가끔 불룩한 배와 그 안에서 움직이고 있는 생명을 느낄 때, 그는 더욱 깊은 애정이 물밀 듯이 밀려오는 것을 느꼈다.

데이비드는 한밤중에도 자꾸 무언가 걱정하며 훌쩍대곤 하는 제니를 더욱 부드럽게 달래주었다. 전혀 귀찮거나 화나지 않았다.

데이비드는 제니에게 해산할 때는 어머니 마사를 부르자고 했다. 집안일도 부탁하고 간호도 해 달라고 할 셈이었다. 유순해진 제니는 순순히 그의 말을 받아들였다. 그러나 막상 일을 의논하러 마사가 왔을 때, 데이비드는 이 두 여자의 화해는 도저히 불가능하다는 것을 알았다.

마사는 집으로 가고 있는 데이비드를 거리에서 만났을 때, 화가 머리끝까지 치밀어올라 얼굴이 새파랗게 질려 있었다.

"나로선 더 이상 할 수가 없구나."

그녀의 음성은 아직도 분노로 떨리고 있었다.

"전혀 소용이 없어. 내가 하는 건 다 언짢은 모양이더라. 그애하고는 아예 만나지 않는 것이 제일 좋을 것 같애. 난 그애를 보기만 해도 화가 난다. 그애도 그런 모양이더라. 이제 내가 할 일은 다 끝났지 ?"

어머니는 데이비드가 대답을 하기도 전에 걸어가 버렸다.

데이비드는 어쩔 수 없이 제니의 친정 어머니 애더 선리가 타인 캐슬에서 오도록 주선을 했다. 애더가 온 날은 비바람이 몹시 심하게 불던 12월 2일이었다. 데이비드가 정거장까지 나갔다. 그녀는 노란 옷가방을 끈으로 단단히 묶어 들고 무거운 걸음으로 기차에서 내렸다.

애더의 기분은 별로 좋아 보이지 않았다. 데이비드의 마중도 별로 달가워하지 않는 것으로 보아 이곳에 온 것이 별로 기쁘지 않은 것 같았다. 그녀는 말도 많이 하지 않았다. 집안 살림이 아직도 많이 부족한 것을 보자 더욱 부루퉁해졌다. 그녀는 도착한 지 한 시간이 채 되지 않아 침대용 변기를 사오라며 데이비드를 내보냈다.

애더의 수선스러움이나 떠들썩함은 보통이 아니었다. 아무것도 아닌 일을 가지고 떠들어대고 불평을 했다. 제멋대로 게으르게 살던 뒷방의 편안한 자기 생활에서 끌려나온 것이 견디기 어려운 모양이었다. 또한 흔들의자에 앉아 하릴없이 세월을 보내던 그 행복이 일시나마 깨어진 것이 싫은 모양이었다. 활동한다는 것은 그녀에게는 맞지 않는 듯했다. 더구나 뚱뚱한 몸집의 그녀에게는 움직인다는 것 자체가 괴로운 것이었다.

그러나 애더는 제니에게만큼은 정성을 쏟았다. 빠짐없이 준비를

새 생명의 탄생 · 117

다 해 주려고 서둘렀다. 그리고는 다음과 같은 말을 수도 없이 중얼거렸다.

"걱정마라, 애야. 엄마가 옆에 있으니까 아무 걱정할 것 없다."

그 말 외에도 애더의 입은 항상 말을 하느라고 바빴다. 그녀는 어떤 작은 소식도 빠뜨리지 않고 모두 제니에게 이야기해 주었다. 샐리는 또 갑작스럽게 쇼단이 해체되어서 직장을 잃어 다시 일자리를 찾는 중이라고 했다.

"샐리는 일자리를 찾는 것에만 정신이 빠졌어. 집안일은 돌보지도 않는단다. 없는 아이나 마찬가지지."

애더는 침울한 목소리로 말했다. 상이 군인 위문대가 편성된다며 오라는 청탁은 있지만, 그 자리는 돈 한 푼 받지 못하는 무료 봉사라는 것이었다. 애더의 말에 의하면 샐리는 무대에 서서 먹고 살 만한 능력도 없는 아이라는 것이다. 그런데 왜 일찌감치 치워버리지 못하고 그것에만 전적으로 매달려 미친 사람 같은 야망을 버리지 못하는지 모르겠다고 한탄했다.

"전화 교환수 자리를 버린 것부터가 잘못의 시초지. 이젠 다 때가 지난걸, 뭐."

애더는 슬금슬금 눈치를 보며 죠의 이야기도 꺼내기 시작했다. 그때는 애더가 온 다음날이었다. 제니와 애더는 부엌에 있었다. 애더는 제니에게 차를 만들어 주면서 갑자기 생각난 것처럼 말했다.

"참, 죠가 우리 집에 왔던 이야기를 못 들었겠구나."

소파에 앉아 있던 제니의 얼굴이 딱딱하게 굳어지면서 창백하게 변했다. 잠시 침묵이 흘렀다. 제니는 싸늘한 음성으로 잘라내듯 말했다.

"난 죠 가우런에 대해서는 아무것도 몰라요. 그리고 알고 싶지도 않아요. 난 그 사람을 잊어버렸어요."

애더는 보온 주전자의 뚜껑을 김이 새지 않도록 주의해서 닫으며 제니를 흘긋 쳐다보았다.

"하지만 그가 왔었던 걸 어떡하니. 기막히게 멋쟁이가 되어서 왔더구나. 네가 봤다면 좋아서 어쩔 줄 몰라할 정도로 멋쟁이가 됐더란 말이다. 두 번인가 세 번쯤 왔었어. 네가 그 사람을 놓쳤다고 해서 그를 헐뜯을 필요는 없잖니? 제니, 그건 어디까지나 너의 실수였으니까 네가 그 괴로움을 당해야지 별수 없는 거야. 죠는 좋은 사람이야. 내가 본 사람 중에서 제일 좋은 사람이다. 위틀리에 군수공장이 새로 서게 되는데, 그곳에 필리스와 클래리를 취직시켜 주겠대. 죠는 지금 밀링튼 공장에서 대단한 출세를 하고 있단다."

"죠 가우런 이야기는 이제 그만 하세요, 엄마! 정말 듣고 싶지 않아요!"

제니는 새파랗게 질려서 소리를 지르다시피하며 말을 계속했다.

"난 그 인간의 이름만 들어도 구역질이 날 정도예요. 엄마는 제일 좋다지만 난 정말 진절머리가 나요."

그러나 애더는 태연스러웠다. 테이블 앞에 앉아 따뜻한 보온 주전자 위에 두 손을 얹은 후, 제니가 미쳐 날뛰는 것을 보고 싶기라도 한 듯 이야기를 계속했다.

"죠가 어느 정도나 성공했는지 넌 상상도 못 할 거다. 지금은 시시한 감독 정도가 아니라는 거야. 막일을 하지 않기 때문에 더 미끈해지고, 얼마나 멋쟁이가 됐는지 정말 굉장하드라. 글쎄 밀링튼 사장님 댁에 만찬 초대를 받을 정도가 되었단다. 힐톱의 그 저택 말이다. 그래도 넌 네가 잘했다고 생각하겠지? 난 처음부터 그 사람만 마음에 들었어. 그런 사위를 보았다면 나도 이 고생 안 하고 얼마나 좋았을까……."

제니의 얼굴이 하얗게 질렸다. 두 주먹을 꼭 쥔 채 날카로운 목소리로 외치듯이 말했다.

"엄마, 제발 그런 소리 말아요! 죠와 데이비드를 똑같은 사람인 것처럼 비교해서 말하는 건 그만두세요. 천하에 못된 죠를 사람이라고 칭찬하다니! 데이비드는 정말 훌륭한 사람이에요. 죠따위와는 비교도 안 돼요."

그녀는 애더를 노려봤으나, 애더는 조금도 수그러들 기미를 보이지 않았다.

"흥, 네가 아무리 그래 봤자 사실은 사실인 걸 어떡하니. 넌 죠와는 전혀 상관없는 것처럼 시치미를 떼지만, 옛일을 생각해 봐라. 네가 그럴 수 있나."

제니의 시선이 힘없이 아래로 떨어졌다. 그리고는 진저리를 치듯 몸을 떨며 입을 다물었다.

바로 그때 문이 열리며 데이비드가 들어왔다. 항만 사무소에 임시직원 일자리를 얻었는데, 이제 일을 끝내고 돌아오는 길이었다. 애더는 얼른 미소를 띠며 데이비드를 바라보았다. 웬지 미안해졌던 것이다. 그때 제니가 괴로운 신음을 토해내며 옆구리를 움켜잡았다.

"엄마, 배가 아파요."

그녀는 겨우 중얼거렸다. 애더는 미심쩍은 눈초리를 던지며 머뭇거렸다.

"아니, 그럴 리가 없는데. 아직 일주일이나 남았어."

"아닌가 봐, 엄마, 때가 됐나 봐요. 이렇게 아픈걸."

제니는 숨도 제대로 쉬지 못하며 몸을 뒤틀었다.

"아니, 이상하구나!"

애더의 표정이 애처로운 빛을 띠며 제니 곁으로 다가갔다.

"불쌍한 것!"

그녀는 꿇어 앉아서 제니의 허리에 한 손을 얹었다. 손으로 제니의 배를 만져 보던 애더가 중얼거리며 몸을 일으켰다.

"정말이구나. 괜찮다, 괜찮아."

애더는 이 모든 것이 데이비드의 탓이라는 듯 부루퉁한 얼굴로 말했다.

"어서 의사를 불러와요. 시간이 급하게 됐으니 속히 다녀와요."

데이비드는 아무 말도 못하고 제니를 한 번 쳐다보고는 급히 밖으로 나와 스코트 의사를 부르러 갔다. 스코트 의사는 야간 진찰도 하고 있으니까 쉽게 와 줄 것이었다.

스코트는 나이가 지긋한 의사였다. 얼굴색이 붉고, 광대뼈가 심하게 드러났으며 무뚝뚝하지만 허튼소리를 하지 않는 사람이었다. 같이 이야기를 할 때면, 심하게 기침을 하면서 자주 침을 뱉어서 상대방을 곤란케 하는 버릇이 있었지만, 그럼에도 불구하고 그가 조금도 의사다워 보이지 않는 것도 사실이었다.

스코트 의사는 언제나 승마용 바지에 긴 체크무늬가 있는 저고리를 입고 있었다. 그 저고리 주머니 안에는 가히 만물상이라고 할 만큼 온갖 물건이 다 들어 있었다. 파이프, 환약, 쓰다 남은 란셋, 구겨진 손수건과 그것을 꺼낼 때마다 방 저쪽까지 날아가는 고무로 된 요도관(尿道管) 등이 들어 있었다. 이렇게 지저분하고 괴상망측한 버릇을 가진 그였지만, 그는 우수한 의사였다.

스코트는 제니가 심한 산통을 겪고 있다고 조급하게 말했지만 별로 서두는 기색이 없었다. 기침을 하고 침을 뱉고 나서는 고개만 끄덕였다.

"한 시간 안으로 왕진을 가도록 하지."

그렇게 말한 다음 열려진 문 앞에 서서 대기실 쪽으로 소리를 질렀다.

"다음 분!"

데이비드는 스코트가 당장 떠날 기색을 보이지 않자 당황스러웠다. 그러나 그대로 오는 수밖에 별도리가 없었다. 집에는 제니도 애더도 이층 침실로 올라간 모양으로 아래층은 텅 비어 있었다. 그는 안절부절못하면서 스코트가 도착하기만을 기다렸다.

스코트는 7시쯤 도착했다. 그러나 제니의 진통이 더욱 심해지는 것 같은데도, 지금 당장은 아무것도 할 일이 없노라며 고개를 흔들었다. 그는 의자에 주저앉아 버렸다. 데이비드도 초산은 시간이 걸린다는 얘기를 어디선가 얻어 들은 적이 있었다. 그래도 제니의 신음소리를 듣고 앉았자니 견딜 수가 없어 얼마나 더 걸리겠냐고 의사에게 물었다. 난로의 불빛만 멍하니 바라보던 의사는 대수롭지 않다는 듯 대답했다.

"별로 오래 가지는 않을 걸세. 넉넉잡고 12시까지만 기다리면 될 거야. 나도 바쁜 몸이니 12시쯤 다시 오겠네."

12시까지 기다려야 한다니 기가 막히는 일이었다. 시간이 갈수록 제니의 진통 간격은 좁아지고 정도가 심해 갔다. 그녀의 체력으로는 그 진통을 견뎌낼 수 없을 것 같았다. 그녀는 화를 내고 신경질을 부리다가는 지쳐서 푹 까부러치곤 했다. 침실 한 구석에는 장식이 붙은 아기 침대가 놓여 있었다. 평소에 그렇게 애지중지하던 침실이 지금은 발 들여놓을 틈도 없이 엉망으로 되어 버렸다.

애더가 경황 중에 주전자 물을 엎었기에 바닥이 다 젖어 버렸다. 게다가 프리티가 침대 밑에 숨어 있다가 소리 지르며 튀어나오는 바람에 제니도 애더도 모두 놀라 방 안이 더욱 소란스러워졌다. 제니는 완전히 수세미처럼 구겨진 모습으로 늘어져 버렸다. 책이나 잡지에서 읽어 두었던 방법 같은 것은 깡그리 잊어버렸기 때문에 조금도 소용이 되지 않았다. 그녀가 상상했던 낭만이라고는 전혀 없이 죽을 것 같은 고통만이 계속될 뿐이었다.

스코트 의사는 12시 정각이 되자 와 주었다. 그는 두말 않고 이층으로 올라갔다. 스코트가 문을 여는 사이로 목이 찢어져라 외치는 제니의 고함과 애더의 목소리가 울려 나왔다. 문이 닫히자 그 소리는 작아졌다. 더욱 심한 외침이 울려오고 스코트의 무거운 구둣발 소리가 나는 듯하더니 조용해졌다.

데이비드는 불이 다 꺼진 난로 앞에 웅크리고 앉은 채 위층에다 전신경을 쏟았다. 그는 자기도 모르게 긴 한숨을 내쉬었다. 제니가 고통스러워서 고함을 칠 때마다 자기에게도 그 고통이 똑같이 느껴지는 듯했다. 그러나 이제 평온해지니 그에게도 안도감이 찾아온 것이다. 그는 고통을 느끼는 사람을 보면 자기도 똑 같은 고통을 느끼곤 했다.

이런 섬세한 신경은 제니의 고통이 곧 모든 인간의 축소된 고통처럼 느껴져 그를 더욱 괴롭게 했던 것이다. 그는 그녀에 대해 다시 생각해 보았다. 이 몇 년 동안 그들 사이는 평탄치 못했다. 더구나 그녀의 비열함이나 변덕스러움, 지나친 허영심과 이유없이 화를 내던 경박함 때문에 얼마나 많이 말다툼을 했고, 마음은 또 얼마나 상했던가? 그러나 지금은 그 모든 것이 아름답게 여겨졌다.

새로운 생명의 탄생이라는 경이로움은 그 모든 허물을 덮어 주고도 남음이 있었다. 더욱이 이 생명은, 지금 도처에서 처참한 전쟁으로 죽어 가는 숱한 죽음을 대신해서 새로이 태어난 귀하고도 귀한 생명인 것이다. 그리고 탄광 속에서 보았던 잊을 수 없는 죽음의 모습들, 이상하게 누워 있던 죽음의 모습들이 지금 이 순간 뚜렷이 떠오르고 있었다.

이 생명은 바로 그 죽음도 대신하고 있는 것이다. 노오덤블런드 뉴질리어 연대소속 위생병으로 전선에 가 있는 뉴전트로부터 편지가 왔다. 데이비드도 타인캐슬에 있는 동사령부에서 입대하기로 되어 있으므로, 류질리어 연대 소속으로 출정하게 될 것이다. 뉴전트가 있는 부대 가까이 가게 되기를 간절히 바라고 있는 것이다.

이층에서 신음소리가 한 번 더 나더니 그 다음엔 노랫소리, 그 것도 제니의 목소리가 분명한 노랫소리가 들려 왔다. 그는 잠시 놀랐다. 그러나 마취제 때문이라는 것을 금방 깨닫고 다시 기다 렸다.

이번에는 상당히 긴 정적이 계속되었다. 그러다가 갑자기 이상 한 소리가 나더니 그 정적이 깨어졌다. 그것은 지금까지 진혀 들 어 보지 못한 가느다란 것으로, 제니도 애더도 그렇다고 의사의 소리도 아니었다. 아주 새로운 소리였다. 데이비드는 더욱 긴장하 며 귀를 기울였다. 그 소리는 다시 들려 왔다. 가느다란 피리소리 를 닮은 것으로 울음소리가 분명했다. 그 가늘면서도 힘찬 울음소 리가 데이비드의 심장을 꿰뚫었다. 혼돈 속에서 비쳐 나온 새로운 여명과 같은 강렬한 빛을 보는 듯했다. 그는 두 손을 마주 잡고 고 개를 치켜든 채 꼼짝도 하지 않고 앉아 있었다.

반 시간 후 의사 스코트가 계단을 내려와 부엌으로 들어왔다. 그의 얼굴에는 피로에 지친, 퉁명스러워 보이는 빛이 역력했다. 그러나 그것은 해산을 거들고 난 후 과로와 환멸을 느끼는 의사들 의 일반적인 표정일 뿐이었다. 그는 호주머니 속에서 건포도를 꺼 냈다. 스코트는 아이들에게 주기 위해서 건포도를 가지고 다닌다 하고, 또 회충을 없애는 데 아주 좋기 때문에 가지고 다닌다고도 했다. 그러나 사실은 그가 건포도를 무척 좋아하기 때문에 언제나 가지고 다니는 것이었다.

그는 건포도를 씹기 시작했다.

"약간 난산이었어."

데이비드는 입을 열지 않고 겨우 침을 삼키며 고개만 끄덕였다.

"사내놈이더군."

그는 지나가는 말처럼 내뱉었는데, 웬지 표정이 심상치 않았다.

데이비드는 뛰는 가슴을 눌렀다.

"저희 집 사람은 괜찮습니까?"

"아, 자네 부인도 아주 편안하시다네. 모든 일이 순조로웠어."

스코트는 말을 끊고 미묘한 시선으로 데이비드를 바라보았다.

"그런데 아기는 좀 약한 것같아. 신경을 많이 써야겠더군."

그는 다시 의심스러운 듯한 시선을 보냈으나 그 이상은 아무 말도 하지 않았다. 그는 시골의 하층민이나 탄광 광부들을 상대로 하고 있는 거칠은 의사였다. 그러나 지금은 몹시 다른 태도를 보였다. 몹시 피곤한, 지친 모습에는 연민의 빛까지 보였다.

현재와 같은 경우 그에게 있어서 인생은 견딜 수 없는 것으로 새삼스럽게 무겁고 슬프기까지 한 것이었다. 스코트는 머리를 쓸어 넘기며 하품을 했다. 데이비드를 향해 고개를 끄덕여 보이고, 이젠 불이 완전히 꺼져 버린 난로 속에다 침을 뱉었다. 그러고는 인사도 없이 가 버렸다.

데이비드는 잠시 동안 부엌 한복판에 우두커니 서 있다가 이층으로 올라갔다. 침실문을 조심스럽게 두드리고 들어갔다. 그는 제니와 아기를 보고 싶었다. 또 그들 곁에 함께 있고 싶었다. 그러나 방 안은 어지러웠다.

제니는 아직도 녹초가 되어 마취에서 덜 깨어났고, 애더는 부산스럽게 방안을 왔다갔다했는데 기분이 아주 안 좋은 듯 당장에 그를 쫓아내버렸다. 그는 아래층으로 되돌아왔다. 할 수 없이 응접실 소파에서 잘 준비를 했다. 그가 잠들기 전에 집 안도 조용해졌다.

데이비드는 다음날 아침에 아기를 볼 수 있었다. 코코아와 빵으로 간단히 아침식사를 하고 있는데, 애더가 의기 양양한 얼굴로 아기를 안고 내려왔다. 아기는 막 목욕을 끝내고 분가루를 뒤집어 쓴 채 제니가 만든 옷에 폭 싸여 있었다. 그러나 데이비드가 보았

을 때 아기는 매우 흉하고 볼품이 없었다. 검은 머리털에 깜박이
는 눈과 코가 몹시 작고 납작했다. 얼굴빛도 아주 창백해서 건강
하지 못하다는 것을 금방 알 수 있었다.

그러나 데이비드는 이 작고 보잘것 없는 생명체에 이상스러울
정도로 깊은 애정을 느꼈다. 그는 코코아 잔을 내려놓고 아기를
무릎에 받아 안았다. 아기는 너무 가벼워서 안은 것 같지 않았다.
그러나 보드라운 감촉은 매우 기분 좋은 것이었다. 아기의 눈이
그를 알아보는 듯 겁먹은 것처럼 깜박거렸다. 그 눈매의 깜박임은
뭔가 잘못된 것을 사과하는 듯이 보였다.

"이제 그만 그만……."

애더는 아기를 뺏듯이 안아 올리며 가볍게 흔들어댔다.

"네 아빠는 아직 너를 안을 줄도 모른단다."

그녀는 어떤 남자든 아기를 안으면 아기에게 나쁜 일이 생긴다
는 미신을 믿고 있었다. 그러나 데이비드의 무릎 위에서는 기분
좋게 있던 아기가 애더의 팔에 안기자, 갑자기 울어대기 시작
했다. 방을 나가서도 그치지를 않았다.

데이비드는 사무소로 나갔다. 아기에 대한 생각이 머리에서 떠
나지를 않았다. 그 작고 못생긴 아기가 여간 귀엽지 않았다.

아기가 허약하다는 것은 숨길 수가 없었다. 제니도 인정했지만
남 앞에서는 그런 것까지 모두 부드럽게 넘기려고 애썼다. 왜 그
런지 부끄러웠던 것이다.

"가엾게도 이 아이는 아주 약하답니다. 의사 선생님도 조심해서
키우라고 말씀하셨어요."

그녀는 애정이 가득 담긴 시선으로 아기를 바라보곤 했다.

스코트 의사는 아기의 살갗에 발라 줄 고약과 먹일 가루약을 처
방해 주었다. 그리고 꼭 모유를 먹여야 한다고 주장했기 때문에,
제니는 싫은 소리를 내면서도 젖을 빨렸다.

제니는 이제 해산의 기억이 희미해져 감에 따라 원기를 회복하고 있었다. 해산 당시에는 고문을 당하기나 하는 것처럼 느껴 평생 잊지 못할거라고 생각했었다. 또한 시간이 흐름에 따라 아기가 계집애가 아니라는 것에 대한 실망도 차차 사라져 갔다. 그녀는 아기의 이름을 데이비드라고 부르고 싶어했다. 그리하여 데이비드에게도 아기가 제 아버지의 이름을 이어받을 수 있게 해 달라고 은근히 졸랐다. 그러나 데이비드의 생각은 달랐다. 그는 로버트라는 이름을 생각하고 있었다. 돌아가신 아버지를 이 아들에게서 보고 싶었던 것이다.

제니는 데이비드 이외에도 여러 가지 그럴 듯한 이름들을 갖다 댔지만, 끝내는 데이비드의 주장에 얌전히 양보했다. 그녀는 어쨌든 이런 일에서도 데이비드를 기쁘게 해주고 싶은 듯했다. 그래서 아기의 이름은 로버트로 결정되었다.

3주일이 지나갔다. 애더는 다시 타인캐슬로 돌아갔고, 제니도 응접실까지 내려와 소파에 앉아서 쉴 수 있을 정도가 되었다. 그러나 로버트를 기르는 것은 역시 힘들어했다. 체력도 회복되고 정상적인 생활을 할 수 있게 됨에 따라 이 짐은 점점 무거워져 갔다. 낭만적으로 상상하던 것과 현실은 아주 달랐다.

귀여운 아기는 매력적인 존재이기도 하지만 귀찮은 방해꾼이라는 것을 하루하루 더욱 뼈저리게 느껴야 했다. 그래서 제니는 피곤을 느낄 때면 로버트에게 약을 먹이거나 목욕시키는 일을 데이비드에게 맡겼다. 데이비드는 기꺼이 기쁜 마음으로 그 일을 했다. 그런데 제니는 데이비드가 아기에게 관심을 쏟는 것을 볼 때면 이상하게도 화가 났다.

"데이비드, 사랑하는 사람이 도대체 누구예요? 로버트예요, 저예요?"

어떤 날 밤은 이렇게 소리지르기도 했다.

"이상한 걸 다 묻는군."

데이비드는 무심히 웃어 넘겼지만 제니는 그렇지를 못했다. 데이비드는 와이셔츠 소매를 걷어올리고 온통 비누투성이를 해가지고는 열성을 다해 로버트를 씻겼다. 그의 그런 모습을 보면서 제니의 마음은 불만스러움으로 가득 차는 것이었다. 정월이 가까워짐에 따라 제니의 불만은 조금씩 더해 갔다. 안정을 못하고 초조해하며 불안하게 허둥대는 일이 많아졌다.

그녀에게는 모든 것이 다 잘못된 것 같았다. 데이비드가 어서 군에라도 가 버렸으면 좋겠다고 생각했다가 또 그래서는 안 된다고 생각했다. 공연히 걱정이 되고 불안스러워져서 쩔쩔매기도 했다. 제니도 자신의 이런 상태가 걱정스러워서 싸구려 소설을 읽으며 마음의 안정을 얻으려고 노력해 보았다.

제니는 이제 사상을 공부한다, 음악 공부를 한다는 것은 다 잊고 있었다. 피아노에 손을 대 본 지도 오래됐고 자장가 한 번 부르는 일이 없었다. 가끔 넋나간 사람처럼 거울을 들여다보며 앉아 있는 일도 있었다. 얼굴과 몸이 상하지 않았을까 하는 걱정 때문이었다.

제니는 이 모든 불만과 불안의 이유를 자기에게는 친구가 한 사람도 없기 때문이라고 생각했다. 자기를 소외시킨 채 아름다운 인생이 그저 흘러가고 있는 느낌이었다. 모든 것을 다 놓쳐버리고 있다는 두려움이 밀려왔다. 그것은 무척이나 안타까운 일이었다.

계속되는 나쁜 날씨가 더욱 그녀를 답답하게 했다. 몸은 나들이 같은 것은 얼마든지 갈 수 있을 만큼 회복되었다. 그러나 빗속을 돌아다닐 수는 없는 일이었다. 더욱이 로버트에게 네 시간마다 젖을 주어야 하므로 정식으로 외출한다는 것은 생각도 못 할 일이었다.

이제 비도 그치고 날씨도 좋아졌다. 제니는 더 이상 참을 수가 없었다. 기분 전환이 절대 필요하다고 생각했다. 벌써 몇 년 동안, 아니 몇백 년 동안이나 이렇게 꼼짝 못하고 살아온 것 같은 느낌이었다. 타인캐슬에 가서 엄마라도 만나야 할 것 같았다. 그렇게 생각하자 금세 얼굴이 밝아졌다. 이층으로 뛰어올라가서 오랜만에 나들이옷을 입고 내려왔다.

그때가 4시였다. 로버트는 젖을 흠뻑 먹고 침대에 눕자 금방 잠이 들었다. 8시까지 돌아오면 아무런 문제도 없을 것이다. 제니는 8시까지 돌아오겠노라고 한자 적어 놓고는 가벼운 마음으로 집을 나섰다.

데이비드는 집으로 돌아와서 제니의 편지를 보았다. 그는 제니가 외출할 수 있을 만큼 건강해 진 것이 기뻤다. 그리고 로버트와 단둘이만 집에 있게 됐다는 것에 이상스러운 기쁨을 느꼈다.

로버트는 부엌 구석에 놓인 침대에서 잘 자고 있었다. 데이비드는 소리를 내지 않기 위해 구두를 벗고 맨발로 집 안을 돌아다녔다. 즐거운 기분으로 차를 만들어 마시고, 손에 책을 들고 침대 옆에 걸터앉았다. 니체의 《선과 악의 피안》이라는 책이었다. 요즘 그는 니체에게 흥미를 느끼기 시작했지만, 그러나 지금은 니체보다 로버트 쪽이 더 흥미로운 듯 로버트에게 자주 시선을 주었다.

7시 반이 되자 로버트가 잠을 깼다. 젖이 먹고 싶은 시간이었다. 그러나 아기는 순해서 반듯하게 누운 채 침대 장식을 바라보며 조용하게 있어 주었다. 30분 동안이나 로버트는 주위를 두리번거리면서 엄지손가락을 빨며 잘 누워 있었다. 그러나 결국에 가서는 울음을 터뜨리고 말았다. 조용했던만큼 울음소리는 더욱 크게 들렸다.

데이비드는 아기를 침대에서 일으켜 안아 주었다. 잠시 울음을 그치는가 싶더니 다시 울기 시작했다. 시계는 8시 반을 가리키고 있었다. 제니는 기차를 놓친 게 틀림없다. 그렇다면 다음 기차는 10시나 되어야 도착할 것이다. 데이비드는 몹시 당황했다. 자기가 할 수 있는 모든 수단을 다 동원 해서 로버트가 울지 않도록 하려고 애썼다.

홈씬 젖어 있는 기저귀를 새것으로 갈아 주자, 로버트는 조금 기분이 좋아진 듯했다. 안아 올리자 데이비드의 머리카락을 움켜 잡으며 달라붙었다. 그가 웃자 따라 웃기까지 했다. 바닥에 눕히자 팔과 다리를 버둥거리며 좋아했다. 아기는 요 몇 주일 동안 몰라보게 건강해졌다. 뺨에 살이 오르고 배꼽이 아프던 것도 가라앉았다. 또 목를 킹킹거리던 버릇도 없어져 갔다. 10시가 가까워지자 이제는 기를 쓰고 울어대기 시작했다.

데이비드는 제니가 이렇게 늦는 것에 점점 화가 났다. 그러나 꾹 참고 여러 가지로 로버트를 달래기 위해 애를 썼다. 로버트가 누운 바로 옆에 엎드려 우는 아기를 달래고 있을 때, 제니가 돌아왔다. 그녀는 굉장히 기분이 좋은 듯했다. 그녀는 클래리와 함께 영화구경을 하고 포도주까지 한잔 마시고 오는 길이었다. 그녀는 빨갛게 상기된 얼굴로 문 앞에 서서 둘을 내려다보았다. 그리고는 참을 수 없다는 듯 큰소리로 웃어댔다.

데이비드는 입술을 꽉 물었다.

"뭐가 우스워?"

그의 목소리는 전에 없이 날카로웠다.

"미안해요, 하지만 참을 수가 없어서요. 그러고 있는 당신 모습을 보니까 어떤 생각이 떠올랐어요."

"무슨 얘기를 하는 거야?"

"아니, 아무것도 아니에요. 농담이에요."

짧은 침묵이 흘렀다. 그는 로버트를 안았다.

"로버트가 얼마나 울었는지 알아? 젖을 줄 시간이 얼마나 지났는지 생각이나 했어?"

화가 풀리지 않은 목소리였다. 그녀는 약간 비틀거리며 데이비드에게 다가왔다.

"아, 그렇군요. 우리 도련님 젖 줄 시간이 지나 버렸네요. 자, 잡수세요 도련님. 엄마도 그 시간을 잊지는 않았다는 걸 우리 아가는 알지?"

그녀는 로버트를 받아 안고는 소파에 털썩 주저앉았다. 포도주 두 잔에 기분이 좋아져 버린 것이다. 데이비드가 무서운 눈초리로 노려보았지만, 그녀는 상관없다는 듯 블라우스 앞을 헤치고 아기에게 젖을 물렸다. 로버트는 젖을 움켜쥐고 힘차게 빨아들였다. 제니는 여전히 기분이 좋은 듯 로버트를 내려다보며 몸을 흔들어 댔다.

데이비드는 얼굴을 돌려 버렸다. 구역질이 날 정도로 비위가 상했기 때문이다. 그는 난로의 불을 휘젓는 척하다가 그녀 쪽으로 돌아섰다.

"똑똑히 기억해 둬!"

그는 낮은 음성으로 한마디 한마디에 힘을 주며 천천히 말했다.

"다시는 이런 일이 없도록 해 줘. 또 내가 없는 동안 로버트를 혼자 내버려 두고 나가는 일은 없게끔 해. 제발 부탁이야."

"그러겠어요."

그녀의 음성은 유순했다.

"다시는 이런 일이 없을 거라는 것을 당신도 아시면서……."

데이비드는 그 다음날 타인캐슬로 갔다. 그곳에서 곧 캐터릭 야영지로 이송되어 3개월이 지난 4월 5일 노오던블런드 뉴질리어 연대 제5대대 소속 야전병원으로 배속되어 프랑스로 떠났다.

엇갈린 연인

1919년 9월의 둘째 일요일, 헤티의 차는 집앞의 자갈이 깔린 차도 위를 신나게 미끄러져 들어왔다. 아더는 두 손을 주머니에 찌른 채 식당의 창가에 서서 헤티가 차에서 내리는 것을 지켜보았다. 그녀는 카키색 군복을 입고 있었다. 현관으로 명랑하게 걸어 들어오는 모습은 아름다웠다.

아더는 오늘 헤티가 집으로 찾아온다는 것을 미리 알고 있었다. 캐리 고모와 어머니가 이야기해 주었다. 토요일 점심식사 때에는 발라스까지 평상시와 달리 의미있는 미소를 띠며 그에게 헤티 이야기를 했었다.

"헤티가 내일 우리 집에 차를 마시러 온다는 전갈을 해 왔다. 특별히 휴가를 하루 얻었다는구나."

아더는 아무런 대답도 하지 않았다. 모두 자기를 바보 취급하는 것이 분명했다. 아버지의 특별히라는 말에도 기분 나쁜 조롱이 숨어 있는 것이 틀림없었다.

8개월 동안 헤티는 자주 발라스의 집을 드나들었다. 그녀는 최초로 부인 의용대에 참가한 사람들 중 하나였다. 그녀는 지금 타인캐슬 본부인 W·V·R에서 중요한 위원직을 맡고 있었는데, 이 위원회는 발라스와도 관계가 있었다. 헤티는 다분히 공적인 임무를 띠고 자주 오게 되었던 것이다.

그러나 오늘은 근무를 떠나 즐겁게 쉬기 위해서 찾아온 것이다. 아더는 사실 식구들이 모두 그 사실을 자기에게 떠들어대는 것에 분노를 느끼고 있었다. 단지 그는 헤티를 크게 비웃어 주고 싶은 마음뿐이었다.

헤티는 방으로 들어오다가 창가에 서 있는 그를 보았다. 그녀는 활짝 웃으며 손을 내밀었다.

"어머, 나를 기다리고 있었어?"

그녀의 목소리는 기쁨으로 떨리기조차 했지만 아더는 미소짓지 않았다.

"음, 기다리고 있었지.",

아더의 담담한 음성에 헤티는 좀 머쓱해졌다. 그러나 차분한 얼굴로 주위를 둘러보았다.

"다른 식구들은 어디 계시지요?"

"어디론가 사라져 버린 모양이야. 우리 둘만 있도록 일부러 꾸민 거지."

그녀는 아더가 통명스럽게 대하는 것이 재미있다는 듯 깔깔대고 웃었다.

"마치 우리 둘만 남은 걸 화내고 있는 것 같네. 그렇지만 아닐 거야. 난 자기 마음을 누구보다 잘 알아. 그렇지, 아더? 자, 뭘 할까. 오늘은 오랜만에 갖는 즐거운 휴일이야. 멋지게 지내고 싶어. 음, 뭘 하면 좋을까? 산보하겠어?"

그녀는 아더의 얼굴을 뚫어지게 바라보며 물었다. 그러자 아더는 얼굴을 붉히며, 애써 그녀의 눈길을 피하면서 대답했다.

"좋아, 산책하러 나가지."

그는 모자와 외투를 손에 들고 나왔다. 두 사람은 언제나 가던 길을 따라 걷기 시작했다. 오랜만에 함께 걷는 길이었다. 이 몇 개월 동안 두 사람은 이 길을 걸을 기회를 갖지 못했다. 슬루이스 계곡을 따라가는 좁은 길은 가을을 맞아 온통 단풍으로 물들어 여간 아름답지 않았다. 누렇게 시든 양치류들이 발에 밟혀 바삭바삭 내는 소리도 듣기 좋았다.

그들은 말없이 걸었다. 계곡 끝까지 와서는 땅에 앉았다. 언제나 와서 앉는 낯익은 자리였다. 멀리 아래로는 일요일의 한가로운 정적에 싸인 시내가 보였고, 바다가 시내 앞쪽으로 쭉 뻗어 수평선까지 잇닿고 있었다. 물결이 햇빛을 받아서 반짝거렸다. 넵튠 탄광의 높은 반출탑은 바다와 하늘을 배경으로 검은 괴물처럼 우뚝 솟아 있었다. 아더는 마치 교수대처럼 흉측하게 솟는 반출탑을 조용히 노려보고 있었다.

"아더, 왜 그런 눈으로 보지?"

"모르겠어."

그는 냉소를 지었다.

"경영은 잘 되고 석탄은 톤당 50실링에 팔리지."

"그런데 뭐가 못마땅하다는 거야, 응? 아더, 듣고 싶어. 요즘 왜 그래?"

헤티는 더 이상은 참을 수 없다는 듯 성급하게 물었다.

"자기는 요즘 많이 변했어. 왜 그래? 나한테라도 이야기하면 좋잖아. 내가 혹시 도움이 될지 알아?"

아더는 헤티를 바라보았다. 그녀의 마음 속에 있는 밝은 빛이 그에게로 옮겨져 오는 듯했다. 그는 갑자기 그녀에게 모든 것을 털어놓고 싶은 충동을 느꼈다. 그렇게 해서 지금 자기 영혼을 갈기갈기 찢어 놓고 있는 그 무서운 번민에서 벗어나고 싶었다. 그는 눈을 빛내며 떨리는 음성으로 말했다.

"난 넵튠 탄광에서 있었던 그 사건을 잊을 수가 없어."

그녀는 가슴이 철렁 내려앉는 것 같았다. 그러나 내색하지 않고 조용히 물었다.

"무엇 때문에?"

"난 그 재난을 막을 수 있었다고 생각해."

헤티는 머리가 아파 왔다. 그 문제에 대해 또 이야기해야 한다는 것이 견딜 수 없었다. 그러나 오늘은 그 정체를 꼭 알아내야 할 것 같았다. 그녀는 지루하다는 표정을 억누르면서 아더의 우울하게 굳은 얼굴을 다시금 바라보았다.

"무엇이 걱정되는 거야? 아더, 모든 건 밝혀졌잖아. 그런데 또 뭘 근심하는 거야. 어서 다 이야기해 봐."

그는 여전히 쓸쓸한 미소를 지으며 그녀를 보았다.

"그 사람들을, 죽음의 위험이 있다는 사실을 뻔히 알면서도 그대로 방치해 두었던 거야. 난 알아, 그래서 괴로운 거야. 헤티, 날 이해하겠어?"

아더는 그늘진 눈빛으로 헤티를 바라보았다. 그리고 마음 속으로는 고개를 내젓고 있었다. 그녀에게 이런 이야기를 하는 것이 무슨 의미가 있는가 하는 회의감을 느꼈기 때문이었다.

'이 여자는 절대로 자기를 이해할 수 없을 것이다.'

사실 헤티가 그의 마음속을 쥐어뜯고 있는 그 병적인 강박 관념을 모두 이해하기란 어려웠다. 그녀는 이런 문제에 대해서 너무 몰랐다. 그러나 그를 사랑하고 있는 예민한 감성이 그의 아픔을 막연하게나마 느끼고 있었다. 그녀는 자신도 깊은 어둠속으로 빠지는 듯한 절망감을 느끼며 그의 손을 살며시 잡았다.

"아더, 혹시 그게 사실이더라도 그런 건 잊어 버려. 그게 제일 좋은 방법일 거야. 그건 이미 지나가 버린 일이잖아. 이제 와서 돌이킬 수도 없는 일이야. 그리고 아더, 요즘 전쟁터에서는 수천, 수만 명이 한꺼번에 죽어 가고 있어. 탄광에서의 백 명쯤은 아무것도 아냐. 우리는 더 큰 불행과 맞부딪치고 있는 거야. 아더, 제발 과거만 보지 말고 현실을 좀 봐. 지금은 세계가 싸우고 있어. 서로 이유도 없이 죽이고 죽어 가고 있다구. 거기에 비하면 탄광의 그런 사건은 작은 불상사에 지나지 않는 거야."

"그렇지 않아! 그건 끔찍스러운 살인 행위였어. 아무리 어떤 구실을 갖다 붙여도 피할 수 없는 집단 살인이었어. 전쟁터의 군인들처럼 그들도 이유없이 죽어 간 거야. 그리고 지금도 죽어가고 있어. 끔찍스러운 살해가 아무렇지도 않게 계속되고 있어. 전쟁처럼 어쩔 수 없는 것이라는 이유로 말이야. 전쟁과 마찬가지로 이유없는 대량 학살일 뿐이야."

헤티는 이 화제에서 벗어나고 싶었다. 꼬불꼬불한 미로처럼 얽히고 설킨 아더의 정신 세계가 자신마저 끌어 들이려고 검은 손을 벌리고 있는 것 같았다. 그녀는 고개를 흔들었다. 좀 밝은 세계에 대한 이야기로 화제를 돌리고 싶었다.

'이렇게 아름다운 자연에 햇빛도 밝은데, 거기다 우리들은 얼마나 활기넘치는 젊은이들인가. 그런데 왜 이렇게 어둡고 무거운 관념에 끈질기게 매달려서 벗어나지를 못하는 걸까.'

그녀는 자신이 아더를 진정으로 사랑한다고 생각했다. 또한 그녀는 현실적인 여자였다. 부질없는 관념에 사로잡혀 뼈를 깎는 괴로움에 짓눌려 있을 사람이 아니었다.

헤티는 아더를 그 어두운 수렁에서 끌어내고 싶었다. 그녀는 자신의 사랑이 능히 그럴 수 있으리라고 믿고 있었다. 그녀는 다정한 눈길로 아더를 바라보았다.

"아더, 오늘 정말 기뻐. 자기가 솔직하게 다 말해 줬기 때문에 내 마음도 가벼워졌어. 나 요즘 좀 걱정스러웠어. 아더를 만날 때마다 내 마음이 얼마나 무거웠는지 알아? 아더의 마음속에 그런 무거운 고뇌가 있는지는 모르고, 난 나대로 고민했어. 좀 의심스러웠거든……."

그녀는 웃었지만 아더의 눈길은 다시 무감각해졌다.

"뭐가 의심스러웠어?"

"글쎄……"

그녀는 머뭇거리다가 말을 이었다.

"난 아더가 입대하는 것을 싫어해서 그렇게 우울해 있다고 생각했어."

"군대 이야기라면 다시 분명히 말하겠는데, 난 절대로 군인이 되지 않을 거야. 헤티가 실망한다고 해도 어쩔 수 없어."

놀랍도록 강경한 대답에 헤티는 당황했다.

"아니, 난 출정하는 것을 겁내는 줄 알았다는 것뿐이었어."

"무서워하는 것이 사실인지도 모르지. 난 형편없는 겁쟁이인지도 몰라. 말로만 큰소리 치는."

"아더, 제발 부탁이야. 자신을 자학하는 말은 그만해요. 날 실망시키지 말아 줘. 난 믿어. 용감한 사람들은 흔히 그런 관념에 잘 빠지나 봐. 앨른 오빠가 솔직히 말해 줬는데, 오빠도 참호에서 돌격을 해서 십자훈장을 타기 전까지는 완전히 겁에 질려 있었다는 거야. 그러니까 생각만 할 게 아니라 실제적인 행동이 필요한가 봐. 아더, 그렇게 생각되지 않아?"

헤티는 간절히 바라는 눈빛으로 아더의 굳은 얼굴을 올려다 보았다. 아더는 대답 하지 않았다. 그러나 헤티는 지치지 않고 말했다.

"자, 내 말을 들어봐, 아더. 타인캐슬에서의 주말 일 생각나? 우리가 약혼 이야기를 했을 때, 난 우리가 너무 어리다고 말했었지?"

"그랬지."

"난 그날을 늘 기억하고 있어. 잊을 수 없는 아름다운 날이었다고 생각해."

그녀는 눈을 내리깔며 그의 손 위에 자기 손을 얹었다.

"그래서 난 지금 이렇게 생각해. 만일 아더가 군에 입대한다면 우리가 성숙했다는 표시가 되지 않을까 하고 말이야."

아더의 몸이 빳빳하게 굳어 왔다. 역시 그가 두려워하고 불안을 느끼던 그 순간이 다가온 것이다. 가증스러운 애정의 가면 아래 강요당하고 있다는 느낌 때문에 구토가 날 지경이었다. 그러나 헤티는 자신의 이야기에 너무 열중해 있어서 아더의 이 급작스러운 혐오감을 느끼지 못했다.

헤티는 자기의 감정에 스스로 황홀해 하고 있었다.

'아아, 스스로 불행해 지려고 고집을 피우는 이 연약한 남자를 위해서 나는 무슨 희생이든 감수할 것이다!'

그녀는 자아 도취적인 황홀한 감정에 빠져 있었다.

"아더, 내가 얼마나 자기를 좋아하고 있는지 알고 있지? 아주 어렸을 때부터였어. 우리 약혼해, 응? 그래서 우리의 아름다운 사랑이 결실을 맺도록 하는 거야. 아더, 아버지가 얼마나 걱정하고 계시는지 알아? 아버지뿐이 아냐. 모든 식구들이 걱정하고 있어. 나도 얼마나 걱정했다고. 이제 다 털어 버리고 군대로 가는 거야. 그럼 훨씬 단순해 지고 행복을 느낄 수 있을 거야. 아더, 우리 함께 우리의 행복을 찾아, 응?"

그는 여전히 아무 말도 하지 않았다. 하지만 그녀가 그의 부드러운 금발머리를 호소하듯이 흔들면서 가까이 바라보았을 때, 그는 그녀를 딱딱하게 밀어냈다.

"물론 틀림없이 행복해 지겠지. 나도 그러리라 믿어. 하지만 난 불행하게도 군에는 절대로 가지 않겠다고 결심했어. 미안해."

"아더, 진심이 아니겠지? 그럴 리가 없어."

"진심이야, 맹세해도 좋아."

그녀는 몹시 당황했다. 당황하지 않으려고 노력한만큼 더욱 당황해서 어쩔 줄을 몰라 했다. 결국 그녀는 하지 않으면 좋을 이야기까지 다 해버리고 말았다.

"아니, 그럴 수 없을 거야. 이건 자기가 싫고 좋고의 문제가 아니야. 당국에서는 곧 영장을 발부할 거야. 난 다 알고 있어. 18세까지 특별히 면제된 사람 이외에는 다 가기로 돼 있단 말이야. 아더 역시 면제될 수는 없을 거야. 자기가 입대할.것인지 아닌지는 아버지께 달린 문제니까. 아버지는 꼭 보내고 싶어하시니까 틀림없이 가게 될 거야."

"그럼, 아버지 좋으신 대로 하게 난 가만히 있겠어. 하여간 헤티, 고마워. 모두 내 문제를 얼마나 걱정하고 있는지 다 알려 주었으니까 말이야. 이젠 나도.나 좋을 대로 하겠어."

"부탁이야, 아더."

그녀는 다시 애원했다.

"나를 위해서라도 제발 들어 줘."

"난 갈 수 없어. 누가 뭐라고 해도 그럴 수 없어."

너무나 단호한 어조였다.

헤티의 얼굴이 새빨갛게 물들어 갔다. 치욕감으로 떨리는 것을 필사적으로 누르고 있었다. 이 엄청난 분노는 아더 때문이라기보다 오히려 자기 자신 때문이었다. 그녀는 자기 손을 빼내며 주먹을 꼭 쥐었다. 그러나 그 이상의 감정을 보인다는 것은 자기 패배를 인정하는 것밖에 안 됨을 느꼈다.

그녀는 잠시 돌아서서 머리를 매만지는 척하며 격렬하게 일어나는 분노를 누르려고 애썼다. 그녀는 다시 천천히 돌아섰다. 그리고는 지금까지와는 너무나 다른 어투로 느리게 말했다.

"난 사실 놀랐어. 그렇다고 나를 이상하게 생각하진 말아 줘. 난 아더를 너무 믿었던 거야. 아더가 나를 사랑한다고 생각해 왔지. 그런데 아더는 내가 처음으로 한 부탁을 거절했어."

"미안해, 헤티."

그의 음성은 진심으로 떨리고 있었다.

"난 말이지………."

"듣고 싶지 않아. 난 내 일생에서 처음으로 모욕을 당한 거야. 그것도 나를 가장 사랑한다고 믿고 있었던 사람에게서. 난 더 이상 참을 수 없어. 내가 아더 앞에서 아양을 떨었다고 으스대지는 말아. 난 아다의 아버지를 위해서 했을 뿐이니까. 아더 아버지는 정말 훌륭하신 분이야. 누구처럼 의지가 없는 인간은 절대로 아니야. 물론 이제 우리 관계도 끝이야. 난 오히려 마음이 가볍고 유쾌해. 아더의 그 무겁고 침울한 얼굴이 사실은 내게 너무나 무거운 짐이었어."

"알겠어, 무슨 뜻인지."

아더는 기어들어가는 듯한 목소리로 겨우 중얼댔다.

헤티의 마음 속에는 그의 감정을 상하게 했다는 만족감이 흘렀다. 이것은 그녀가 그에게 거의 무릎을 꿇으려 했던 수치심을 보상해 주고도 남음이 있었다. 그러나 그녀는 거기에서 멈추고 싶지 않았다. 끝까지 그를 뭉개 버려서 자기 앞에 무릎을 꿇게 하고 픈 잔인함이 끓어 올랐다.

"내 결론은 오직 하나뿐이야. 자기가 너무 궁금해 할 것 같으니까 말하는데, 아더는 지독한 겁쟁이라는 거야."

그의 안색이 새파랗게 변했다. 그녀는 그가 큰소리로 고함이라도 지르기를 바랐다. 그러나 아더는 끝까지 입을 굳게 다물었다.

그녀가 그를 좀더 무시하려는 태도로 먼저 벌떡 일어났다. 그도 뒤따라 일어섰다. 두 사람은 한마디도 하지 않고 집으로 되돌아왔다. 그는 현관문 앞에 이르자 예의바르게 문을 열어 주었다. 그러나 일단 집 안으로 들어서자 그녀를 현관 홀에 버려 둔 채 인사도 없이 이층 자기 방으로 올라가 버렸다.

헤티는 분노와 자기 연민으로 왈칵 눈물이 솟아 나왔다. 그러나 울지 않았다. 결연한 표정으로 고개를 꼿꼿이 치켜들고 식당으로 들어섰다.

식당에는 발라스가 있었다. 그는 혼자 앉아서 국기가 꽂힌 맞은 편 벽의 지도를 조용히 바라보고 있다가 그녀를 보자 반가운 듯 벌떡 일어섰다.

"헤티. 즐거운 뉴스라도 있니?"

그순간 지금까지 몇 번이나 참았던 눈물이, 친절하고 부드러운 얼굴을 대하자마자 한꺼번에 터지고 말았다. 그녀는 어린아이처럼 큰소리로 울음을 터뜨리고 말았다.

"전, 정말 참을 수가 없어요. 오늘 지독한 모욕을 당했단 말예요."

그녀는 어리광이라도 부리듯 흐느껴 울었다.

발라스가 다가와 그녀를 잠시 내려다보다가 너그러운 아버지가 된 듯 어깨를 감싸안아 주었다.

"아니, 귀여운 헤티를 누가 이렇게 슬프게 만들었을까! 자, 그만 울음을 그치고 이야기해 봐요."

그는 부드럽게 어깨를 쓸어주며 더욱 포근하게 안아 주었다.

그러나 그녀는 자기의 패배를 털어놓을 수가 없었다. 단지 폭풍우 끝에 안식처를 찾은 듯한 안도감에 힘껏 매달릴 뿐이었다. 헤티는 발라스야말로 자기를 이해해 주는 따뜻한 사람이라고 느꼈다. 그래서 그의 힘찬 포옹이 조금도 어색하지 않고 기분 좋았다.

지금까지 아더에게서 받았던 딱딱한 고집과 거부에서 자기를 구출해 주는 것 같았다. 그런만큼 발라스의 따뜻한 마음이 더욱 진하게 느껴졌다. 그녀는 눈을 감은 채 보호받는 듯한 포근함과 아늑한 감정에 취해 있었다. 헤티는 새로운 행복감에 자신을 내맡겼다.

싹트는 야망

죠는 공장 지배인으로 임명되고 6개월 동안 눈코 뜰 새 없이 바빴다. 아침 일찍 프래트 소로에 나와서 저녁늦게야 돌아갔다. 그의 앞에는 언제나 산더미같은 일이 기다리고 있었고, 그 역시 지치지도 않고 그 일을 해나갔다. 그의 힘은 무한정한 듯했고, 이것은 신임을 받는 데 한몫을 하고도 남았다. 처음에 그는 아주 신중하게 행동했다.

죠는 사무 주임인 풀러나 설계 실장인 어빙, 회계 담당인 도비가 그의 승진을 달가워하지 않는다는 사실을 재빠르게 알아차렸다. 그들로서는 당연한 것이었다. 그들은 급작스러운 승진으로 27세의 젊은이가 갖는 권위를 불쾌하게 여기는, 나이 지긋한 착실한 사람들이었다.

특별히 도비는 더했다. 그는 지독한 말라깽이에다 네모진 얼굴을 한 인간 계산기 같은 인물이었다. 그는 늘 코끝에 안경을 걸치고 있었다. 도비는 목사처럼 칼러를 높이 세운 옷을 입고 세상 모든 일이 귀찮다는 듯 초처럼 시큼한 표정을 하고 있었다. 죠는 빈틈이 없는 사람이었다. 그는 어떤 타입의 사람이든 휘어잡아야 할 때가 온 것을 알았다. 그는 천천히 스탠리 사장의 비위를 맞추는 일을 계속했다.

죠는 어떤 일이든 귀찮아하지 않았다. 스탠리 밀링튼이 특별히 싫어하는 사소한 일들을 즐겁게 떠맡았다. 사실 이것이야말로 자기 직무의 범위를 넓혀나가는 좋은 기회가 되어 주는 것이었다. 3월이 되자 그는 새로운 제안을 지나가는 말로 슬쩍 던져 보았다. 매주 토요일마다 그 주간의 업무 계획을 자신과 함께 세워보면 어떻겠느냐는 것이었다.

이렇게 해서 죠는 그 달 말이 되자 여섯 개의 용광로를 증설하는 것을 강행하였다. 주비 작업에는 여공을 채용하도록 자기 소신을 관철시켰다. 그는 기계실의 감독을 빅 올리브에게,˙조장은 샘 더 블디 노인에게 맡겼다. 그들은 모두 그의 심복이었다. 4월에 클래그가 사망하자, 죠는 그의 장례식에 커다란 화환을 보내 주었다.

점차로 죠는 밀링튼 사장과 겨루게 되었다. 복잡한 사무 내용도 환히 알아갔다. 공장에서 올리고 있는 이익을 알고서 잠시 아연해졌다. 수류탄 한 개만 하더라도 정부는 개당 7실링 6펜스를 지불하는데, 그 원가는 평균 9펜스밖에 안 된다는 것이었다. 그런 것을 공장에서 몇만 개씩 생산하고 있는 것이다.

그는 이 너무나 엄청난 사실에 입이 다물어지지 않았다. 그 사실을 알고 난 후부터 연봉이 750파운드나 되는 자기 급료가 사실은 아무것도 아니라고 느껴지게 되었다.

죠는 더욱 노력했다. 스탠리와도 아주 친밀해졌다. 사무실에서 함께 샌드위치와 맥주로 점심을 나누기도 하고, 스탠리가 자주 드나드는 클럽에도 얼굴을 내밀었다. 스탠리가 자주 가는 카운티 클럽이나 센트럴 호텔의 로비에 자주 들렀던 것이다. 지방 군수공장 위원회의 첫 회식에도 둘이 나란히 출석했다. 이것도 다 우연인 것처럼 이루어진 일이었다. 스탠리가 없을 때는 죠가 아주 자연스럽게 그의 자리에 앉곤 했다.

"그 일이면 가우런 씨를 만나 보시오."

이 말은 짜증이 나도록 지루한 면담일 경우 스탠리가 써먹는 말이었다. 이렇게 해서 죠는 중요한 사업상의 접촉도 갖기 시작했다. 쇠나 납, 특히 안티모니 등의 상당량에 달한 구매까지 그가 맡아서 하기 시작했다. 안티모니의 값은 톤당 25파운드라는 등귀 현상을 나타냈다. 죠는 그 안티모니의 가격 문제로 인하여 처음으로 모슨과 회담을 했다.

짐 모슨은 관록이 있어 보이는, 살찐 얼굴이 두 개의 턱을 만들어 주는, 몸집이 큰 사나이였다. 그러나 몹시 지혜로운 눈빛을 하고 있는 그 사나이 역시 상당히 애매하게 오늘의 이 자리에 참석해 있었다. 이것이 죠와 같은 입장이었기 때문에 그들은 쉽게 의기투합 할 수 있었다.

모슨은 자기 직업을 상업 또는 청부 사업이라고 내세우길 좋아했다. 그 사업의 중심지는 맬모우 방파제에 있는 커다란 창고였다. 거기에는 지금은 다 지워져서 알아보기 힘들지만 다음과 같은 간판이 걸려 있다.

'짐 모슨 상회. 철강 및 금속류, 중고 로프, 범포, 수모(獸毛) 및 수지(獸脂), 고무 부스러기, 돈피(豚皮), 수골(獸骨), 걸레, 기타 도매업 및 일반 청부 무역거래.'

그러나 실제적인 그의 활동 범위는 더욱 넓었다. 신축하는 위틀리의 공장 청부도 하고, 타인캐슬 거래소에서도 그의 얼굴을 볼 수 있었다. 그도 전쟁을 이용하여 돈을 벌고 있는 인물들 중 하나였다. 그는 이미 돈이 많은 사람이라고 알려져 있었다. 그러나 그의 재산은 날로 불어 갔다. 모슨의 특수한 부업 중 하나에 대해 이야기를 들은 죠는 바짝 정신을 모았다. 그 내용이 상세히 알려짐에 따라 죠는 모슨의 수완에 새삼 감탄하지 않을 수 없었다.

당시 타인캐슬에서는 이미 종이가 부족해지고 있어 곤란을 겪고 있는 형편이었다. 이 상황을 재빨리 포착한 모슨은 당장 여자아이들, 맬모우 빈민굴의 아이들을 고용해서 헌 종이를 모으기 시작했다. 그는 아이들에게 매일 새벽 5시부터 읍내의 쓰레기통을 뒤지게 했다. 그리하여 보오드지를 모아 오면 한 사람 앞에 일주일에 2실링 6펜스를 주었다. 이때는 보오드지가 최고로 좋은 종이였다.

하루 종일 쓰레기통을 뒤져서 종이를 가져온 아이들에게 그 정도의 돈밖에 안 주면서도 그는 큰소리를 쳤다. 여자아이의 일로서는 너무 많이 주는 편이라는 것이었다. 물론 모슨은 그것으로 인해서 굉장한 수익을 올렸다. 죠는 그 같은 아이디어에 감탄하지 않을 수 없었다. 결국 쓰레기통에서 돈뭉치를 만들어 낸 것이다. 이 얼마나 놀라운 아이디어인가!

처음부터 죠는 짐 모슨과 자기는 혈연 관계를 맺은 형제 같은 기분이 들었다. 그가 모슨에게 교제를 청한 동기는 뻔했다. 그러나 모슨 편에서도 자기와 같은 목적에서 접근해 온 것이 아닌가 하고 그는 생각했다.

사업상의 교섭에서 처음으로 대면한 후 모슨은 죠를 피어터즈 풀레이스에 있는 자기 집으로 초대했다. 그 집은 크긴 했으나 몹시 지저분했다. 이것은 저당잡힌 집을 경매를 통하여 차지한 집이었다. 집 안에는 둔중한 황색 가구와 아무렇게나 깔린 카펫, 쓰레기 같은 물건 등이 마구 흩어져 있었다.

그집에서 죠는 모슨 부인을 만났다. 그녀는 나이가 지긋한게 빈틈이 없어 보이는 여자였다. 모슨은 한때 전당포를 경영한 적이 있다는 것을 자랑으로 여겼다. 죠는 특별히 모슨 부인에게 온 힘을 기울였다. 그녀의 환심을 사기 위해서 그는 내내 즐거운 표정으로 모슨의 이야기를 들어 주었다. 그리고 그녀의 집안일로 더럽혀진 손에도 서슴지 않고 입술을 대었다.

저녁식사도 그집에 어울리는 것이었다. 손님이나 주인이 다 함께 푸라이 팬에서 직접 접시에 덜어먹었다. 그들은 큼직한 비프스테이크와 양파를 먹고 거기에다 맥주를 곁들어 마셨다. 저녁식사 후 모슨은 죠에게 증권에 관한 예상을 살짝 귀띔해 주었다.

모슨은 넓다란 가죽 안락의자에 편안히 앉아서 조용히 이야기했다.

"맞아. 프랭크의 보통주를 조금 사 두는 게 좋을 거야. 전쟁 전에는 한 푼의 값어치도 없었지. 요즘은 그 회사가 형편없는 공장에서 곰팡이 투성이인 비스킷을 만들고 있어. 개에게나 먹일 만한 그런 과자이지만 참호 속에선 굉장히 맛있다 이거야. 그 주가 지금 15퍼센트까지 배당금이 예견되고 있다는 거야. 배당이 나오기 전에 사 두는 게 좋을 거야."

죠는 모슨의 이 지시에 따라 증거금으로 증권을 사서 300파운드를 벌었다. 그는 더욱 모슨을 신뢰하게 되어 미래를 함께 생각할 정도가 되었다. 증권을 사서 번 돈은 이제 출발일 뿐이었다. 전쟁은 오랫동안 계속될 것이다. 그리고 그 전쟁은 그에게 성공을 가져다 줄 것이다. 이렇게 멋진 전쟁은 정말 고마운 선물이었다. 그는 이 전쟁이 영원히 계속되었으면 하고 바라고 있었다.

단 한 가지만이 죠의 빛나는 미래를 막고 있었다. 그것은 로러였다. 죠는 로러에 대해 생각할 때는 언제나, 물론 가끔이었지만, 이마에 당혹감과 실망스런 주름살을 지어야 했다. 그는 그녀의 기분을 도저히 짐작할 수조차 없었다. 그는 현재의 자기 지위를, 잘은 모르지만 로러 덕분이라고 믿고 있었다. 사실 그는 그 이상의 것을 그녀에게 빚지고 있는 셈이었다. 그는 로러로부터 여러 가지 암시를 받고 있음을 발견했다.

그래서 죠는 어떻게 하면 좋아할까, 하면서 그녀를 파악하려고 애썼지만 소용이 없었다. 로러는 여전히 저 멀리서 싸늘하게 웃고 있는, 잡을 수 없는 신비로운 존재일 뿐이었다. 그는 여전히 무식 했지만 무례한 짓은 하지 않게 되었다. 로러의 아주 미세한 표정 의 움직임 하나하나에서 그녀가 싫어하는 것이 무엇인지 알게 되 었던 것이다.

죠는 점차 머릿기름을 지나치게 바른다든가 하는 일이 없어 졌다. 그리고 갈색 구두는 갈색 옷에만 맞춰 입는 법도 자연스럽 게 알아 갔다. 넥타이의 색깔도 야단스럽지 않은 것으로 바꾸었 고, 회중시계 줄도 겉으로 늘어뜨리는 버릇이 없어졌다. 또한 도 금한 번쩍거리는 반지와 진주 따위도 어느 날 밤 타인 강으로 내던 져 버렸다.

그 외에 그의 사소한 생활습관들이 자기도 모르는 사이에 로러 의 눈에 보이지 않는 감화를 받아 변해 갔다. 그는 힐톱의 저택에 서 목욕용 소금과 수정 유리, 화장실용 암모니아, 수세미, 향수 스 프레이 등이 갖추어진 목욕탕을 보았다. 그후 죠는 곧장 약방으로 달려가서 칫솔을 샀다.

그러나 여전히 기분나쁜 것은 로러가 조그마한 틈새도 보여 주 지 않는다는 것이었다. 그들은 자주 만났지만, 언제나 스탠리와 함께였다. 죠는 한 번만이라도 그녀와 단둘이 있고 싶었다. 그러 나 자신이 먼저 그런 기회를 만들기를 두려워했기 때문에 더욱 용 기를 가질 수 없었다. 그는 잘못해서 희망에 차 있는 미래까지 잃 게 될까 봐 두려웠던 것이다. 그는 감히 용기를 낼 수 없었다.

밤이면 그는 그녀의 환상을 그리며 시달려야 했다. 그러나 그것 은 언제까지나 환상으로만 남아 있을 모양이었다. 그는 어느 날 밤인가는 도저히 견딜 수가 없어서 공중전화가 있는 곳까지 달려 간 적이 있었다. 심장을 두근거리며 전화번호를 눌렀는데 들려 온 것은 스탠리의 목소리였다. 죠는 식은땀이 쭉 흐르는 공포감에서 수화기를 급히 놓았다. 그러고는 자기 방으로 도망치듯 되돌아와 버렸다.

그에게 있어서 로러는 알 수 없는, 안타까운 신비로움이었다. 그에게 있어서는 뭔가 이해할 수 없는 미경험의 것, 그가 알고 싶어하는 것 그 자체였다. 그녀는 그에게 있어서는 하나의 수수께끼였다. 그는 그녀의 성격을 탐색해 보려고 노력했다. 그리고 어떤 때는 막연하게나마 서광이 비쳐오는 듯도 했다.

죠는 로러가 무엇을 싫어하고 좋아하는지를 알 수 있었다. 로러는 스탠리의 감상벽, 즉 시도때도 없이 불평하는 것이나 최근에 와서 격렬해진 애국주의 등을 무척 싫어한다는 것을 추측할 수 있었다. 그의 관료적인 사고 방식과 현실에 맞지 않는 높은 이상 등도 맘에 들어하지 않고 있었다. 또한 스탠리가 아직도 어린애처럼 말하기를 좋아하는 것 등에도 싫증이 나서 남모르게 고독한 눈물을 흘리고 있을 것이었다.

그러나 죠가 로러를 이해할 수 없는 것이 있었다. 그것은 로러가 여러 가지 못마땅한 점이 있음에도 불구하고 스탠리에 대해 어떤 부인 못지않게 내조를 하고 있다는 것이었다. 죠는 바로 이점이 저주스럽도록 원망스러웠다. 그는 자기 자신을 지나치게 멋있고 씩씩한 인간으로 생각하고 있었다. 그러나 과연 로러 역시 그를 그런 식으로 보고 있을까?

로러는 죠에게 관심은 가지고 있는 것이 분명했다. 그녀는 그의 장래성을 인정했고, 냉소적이긴 하지만 자주 그를 주시해 보는 것 같았다. 그러나 그의 품행이 방정하다고 믿어 주지는 않는 것 같았다. 그녀의 차가운 미소는 그가 아무리 성실한 인간인 척하고 높은 이상을 가진 듯 암시를 해도 전혀 인정하지 않고 있음이 분명했다.

그래서 죠는 역반응을 기대하며 함께 차를 마실 기회가 있었을 때 천한 농담을 슬쩍 던져 보았다. 그러자 스탠리는 미친 듯이 크게 웃어제꼈지만, 로러는 아주 무표정하고 냉담한 얼굴빛으로 바뀔 뿐이었다. 그는 생전 처음으로 수치감을 느껴 얼굴을 붉혔다. 그 다음부터는 절대로 그런 천한 짓을 하지 않았다. 그녀는 어떤 타입의 여자라고 단정할 수 없는 그런 여자였다.

현실 문제에 대한 그녀의 초연한 태도 역시 괴팍한 인간성을 아주 잘 나타내 주었다. 애로우에 있는 모든 숙녀들은 모두 전쟁 문제에 열을 올리고 있었다. 여성들의 군복차림이 거리를 메우고, 무슨 단체, 위원회, 조합 등이 마치 유행처럼 생겨났다. 타인캐슬에 있는 로러의 누이동생인 헤티도 카키색 군복차림을 벗은 적이 없었다. 그러나 로러는 그런 것과는 상대도 하지 않았다.

로러는 매점도 새로 건립된 위틀리의 군수공장에 있는 매점에만 갔다. 그 까닭을 그녀는 죠에게 빈정대는 투로 말했는데, 먹이를 쪼아먹는 새들을 보는 것이 재미있어서라는 것이었다. 그녀는 거기서 공장 노동자들에게 커피나 샌드위치를 파는 일에 봉사하는 것 외에는 아무것도 하지 않았다. 로러의 자기 방어는 너무나 완벽하여 죠가 아무리 허우적거려 봐도 그녀에 대한 신비로움만 더해갈 뿐이었다.

6월이 되어서도 이와 같은 상황은 여전히 계속되었다. 6월 16일 스탠리는 죠에게 그의 생애에 있어 두 번째 충격적인 소식을 가져다 주었다. 12시 15분이 지났을 무렵, 오전 내내 외출 중이었던 스탠리가 죠의 사무실문으로 얼굴을 들이밀며 말했다.

"잠깐 만나고 싶은데, 가우런, 내 사무실로 오게나."

스탠리의 어조에는 뭔가 중대한 일이 있는 듯한 느낌이 들었다. 죠는 마음이 편치 못했다. 약간 죄를 지은 듯한 느낌을 애써 누르면서 사장실로 들어갔다. 스탠리는 의자에 털썩 주저앉아 책상 위의 서류들을 짜증스럽게 들쳐 보고 있었다. 그는 요즘 굉장히 불안스런 표정을 하고 있었다.

죠가 지금까지 함께 지내온 경험에 의하면, 스탠리는 지극히 평범한 인간이었다. 그의 정신 세계는 진부했고, 새로운 창의성이란 도무지 없는 사람으로 일상적인 평범한 일을 하는 것을 좋아했다. 그는 브리지와 골프를 좋아했고, 또한 탐정소설 따위를 좋아했다. 그러면서도 한 사람의 영국인이 다섯 명의 외국인보다 우수하다는 신조를 가지고 있었다.

스탠리는 평화 시대에는 자동차 전시회를 놓치지 않고 보는 습관이 있었다. 스탠리는 지루하게 같은 말을 몇 번이고 되풀이하는 나쁜 버릇을 가지게 되었다. 그래서 센트 비드 학교를 졸업하던 해의 축구시합에서 기글즈윅 팀을 이겼던 상황을 몇 시간이고 지껄여대는 것이었다.

이같은 모든 언행은 그의 이상스런 불만과 감추어진 현실 도피의 이상 심리를 보여 주는 듯했다. 스탠리는 월요일 아침이면 언제나 더욱 의기 소침해진 모습으로 사무실에 나오는 것이었다. 아아, 제기랄 또 이 짓을 계속해야 하나, 하는 듯한 귀찮고 괴로워 보이기까지 하는 모습으로.

그의 사업은 번창의 절정에 도달하고 있었다. 스탠리는 돈이 벌리는 것은 기뻐했다. 일주일에 1천 파운드의 이익이 쏟아져 들어오는 것을 바라보는 것은 실로 멋진 일이 아닐 수 없었다. 그러나 지금은 돈이 전부가 아니라는 것이었다. 그의 불만은 군수성(軍需省)이 설립된 이래 더욱 심해졌다.

그때부터 밀링튼 공장은 군부 계획의 일부가 되어, 위틀리에 새로 세워진 자재공장의 하청공장이 되고 말았다. 선구자로서는 이제 끝난 것이다. 모든 것은 통제되고 명령을 받아야 하며, 정부의 행정기관에 의해서 결정되었다. 스탠리가 할 일은 거의 없어진 것이나 다름없었고, 그는 일종의 휴식 상태에 들어간 것이다.

사실 그는 불평스럽게 조금 편히 있고 싶다는 이야기를 자주 했었다. 그러나 막상 실제로 그렇게 되고 보니 쉬는 것이 싫었다.

스탠리는 점점 더 회의와 절망으로 빠져들고 있었다. 특히 군악대가 그를 괴롭히기 시작했다. 군악대가 군가를 연주하며 시가행진을 할 때면, 스탠리는 흥분한 얼굴로 몸을 꼿꼿하게 세우곤 했다. 그러나 군악대의 음악소리가 사라지고 행진하는 군인들의 무거운 군화 소리만이 온 거리에 울릴 때면, 다시 권태로운 상태로 되돌아가 버리는 것이었다.

또한 여러 가지 공고들이 그를 괴롭혔다. 애로우 읍은 특별히 애국적인 열성이 넘치는 곳이어서 징집에도 잘 응했다. 그래서 애로우의 수많은 집들 창에는 '저희 집에서는 국왕과 국가를 위한 전쟁에 한 사람이 출정합니다'라는 패찰이 달려 있었다. 이 한 사람이라는 말이 그의 마음을 편치 못하게 했다. 밀링튼은 언제나 자신이 특별히 큰 인물이라고 자부하고 있었기 때문에 더욱 책임감을 느끼는 것이었다.

또한 벽에 붙은 포스터도 그를 괴롭히는 것 중의 하나였다. 그것은 키치너 원수(元帥)의 엄숙한 얼굴이 손가락을 쑥 내밀고 있는 그림이었다. 그는 이 그림을 볼 때마다 돈만 벌고 있는 자신을 책망하는 것 같아 두렵기까지 했다.

그래서 그는 그런 포스터 앞을 지나갈 때는 급히 가 버리는 것이었다. 스탠리는 파이프를 이빨로 깨문 채 자기는 언제까지 견디어 나갈 수 있을까 하고 걱정스럽게 생각하는 것이었다.

그러나 스탠리가 드디어 결행하겠다고 마음먹은 것은 키치너 원수의 손가락 때문이 아니었다. 그것은 센트 비드 공립학교 동창회의 만찬석상에서였다. 만찬회는 지난 밤 타인캐슬의 딜리즈 룸에서 있었다.

밀링튼은 테이블 건너로 죠를 바라보며 장엄하게 선언을 하였다.

"죠, 지금 프랑스에서는 대사건이 벌어지고 있어. 그런데 난 이곳에 이렇게 있어야 하는가 하는 것이 늘 의문이었네."

죠는 전혀 이해하지 못했다. 그의 머릿속에는 스탠리가 안티모니 계약에 대한 것을 알지 못하고 있다는 것에 대한 안도감만이 있었다.

"자네가 꼭 알아 둬야 할 것이 있네."

스탠리는 말을 이었다. 그의 목소리는 이상하게도 떨리는 고음이어서 몹시 불안하게 들렸다.

"난 군에 입대하기로 결심했네."

일순 강한 충격을 받아 모든 것이 정지해 버린 듯한 침묵이 흘렀다. 그 충격은 너무나 큰 것이었다. 죠는 완전히 제정신을 잃었다. 그는 얼굴이 창백해지며 큰소리로 외쳤다.

"그렇지만 사장님은 안 됩니다. 여긴 어떡하실 작정입니까?"

"그건 나중에 얘기하도록 하지."

스탠리는 그 이야기를 끊고 재빨리 자기의 말을 계속했다.

"정말이라고 믿어 주게. 난 가는 것일세. 지난 밤에 결정했다네. 지난밤 그 만찬회에서. 제기랄, 그런데 내가 어떻게 그 만찬회를 꾹 참고 끝마쳤는지 지금 생각해 봐도 상상이 안 간단 말일세. 이건 사실이야. 나만 빼놓고 모두 군복차림이었어. 동창생들은 모두 군복을 입었는데 나만 평복이더란 말일세. 완전히 국외자 같은 느낌이 들었지. 모두 나를 바라봤다네. 군수물자로 돈벌이하는 친구, 요즘 어때? 하는 식의 비꼬는 이야기를 던지면서 말일세. 동기 동창인 햄프슨은 진짜 부처 같은 놈이지. 그런데 그 녀석이 나 같은 사람과는 전혀 상대하지 않으려 할 정도였어. 그치는 지금 소령인데 공립학교 연대 소속이야. 그리고 로빈스라는 녀석이 있

는데, 이자는 축구 후보선수도 되지 못했던 키가 작은 놈이지. 그
런데 지금은 대위로 상이완장을 두 개씩이나 팔뚝에 감고 있는 거
야. 난 이제 참을 수가 없어, 가우런. 입대하지 않고는 못 견디겠
어."

죠는 혼란한 생각을 정리하려고 떨리는 숨을 몰아쉬었다. 그러
나 아무래도 믿을 수가 없었다. 만약 이것이 사실이라면, 이것이
야말로 저절로 굴러 들어온 엄청난 행운인 것이다.

"사장님은 현재 국가적인 중요한 일을 하고 계십니다. 그러니까
받아 주지도 않을 겁니다."

"아니, 그건 걱정말게."

스탠리는 신이 나서 외치듯이 말했다.

"이 공장은 그냥 내버려 둬도 잘 돌아갈 수가 있어. 계약은 자동
으로 되고, 회계는 도비가 하고 있고, 게다가 자네가 있잖아. 자네
는 뭐든지 다 알고 있으니까, 죠."

죠는 눈을 급히 아래로 깔았다.

"네, 그건 그렇습니다만……."

죠는 낮은 목소리로 말했다.

스탠리는 급히 일어서더니 사장실을 왔다갔다하기 시작했다.

"내가 별로 신앙심이 없는 인간이라는 것은 스스로도 알고 있
지. 그렇지만 군에 입대할 결심을 하고 나서는 마음이 높아진 듯
한 기분이 든단 말이야. 영국을 위해서 이바지한 성(聖) 조지의 정
신은 지금까지도 살아 있거든. 아직도 그는 살아 있는 거야. 절대
로 죽지 않았지. 우리는 정의를 위해서 싸우고 있는 거야. 요즘과
같은 공습과 잠수함 공격, 그리고 죄없는 여자들이 겁탈을 당하고
병원이 폭격당하며, 갓난아기마저 살해되고 있는 시국에 건전한
정신을 가진 인간이라면 어떻게 앉아 있을 수 있겠는가! 제기랄,
신문만 읽어도 사나이의 피가 끓어오르는 거야."

"사장님의 그 기분은 알겠습니다."

죠는 눈길을 마룻바닥에 던진 채로 말했다.

"이건 마치 지옥과 같습니다. 저도 무릎만 이렇지 않으면……."

그 무릎이라고 하는 것은 죠가 코커셜 로드에 있는 무명 진료소를 찾아가 7실링 6펜스를 내고 진단서를 받았을 때, 처음으로 발견한 병이었다. 그러나 세상이 전쟁에 휘말리게 되자, 일부러 굉장히 절룩거려 보이고 있는 중이었다.

그러나 스탠리는 왔다갔다하면서 자기 자신의 일에만 열중하여, 그의 무릎 같은 것에는 관심이 없었다.

"난 장교로 임명될 거야. 센트 비드 시대에 3년간 특수 부대에 입영했었지. 2,3주 있으면 준비가 다 끝나니까 공립학교 대대에 입영할 작정이야."

다시 침묵이 흘렀다.

"알겠습니다."

죠는 천천히 말하며 기침을 했다.

"그러나 사모님이 어떻게 생각하실까요?"

"아아, 물론, 그 사람은 내가 입대하는 걸 바라고 있지 않아."

스탠리는 소리내어 웃고는 죠의 등을 툭툭 두드려 주었다.

"힘을 내! 이 사람아, 나를 그토록 걱정해 주는 것은 고맙지만, 내가 군에 들어가기만 하면 이따위 전쟁은 당장 끝장이 날 거야."

그는 갑자기 말을 끊고 시계를 힐끗 쳐다보았다.

"난 지금부터 가서 햄프슨 소령과 점심을 같이해야 해. 약속을 했거든. 만일 3시까지 내가 돌아오지 않으면, 자네가 대신 러틀리 씨한테 가서 그 마지막 수류탄 건을 이야기하도록 하게나. 존 러틀리 노인과는 약속이 되어 있으니까 모든 걸 그대로 말해 주면 되네."

"알겠습니다."

죠는 슬픈 듯한 어조로 말했다.

"꼭 가겠습니다."

죠는 러틀리 공장에 가서 존 노인과 만나 기포가 생긴 주물 건으로 골치 아픈 이야기를 나누었다.

한편 스탠리는 흥분해서 햄프슨과 점심식사를 함께하러 달려갔다. 5시경 스탠리는 술을 몇 잔 들이켜서 기분이 좋아진 채 클럽의 의자에 버티고 앉아 있었다. 그는 햄프슨이 어느 술집에서 민난 어떤 아가씨 이야기를 해 주는 소리를 들으며 배꼽을 쥐고 웃고 있었다.

그 시간 죠는 러틀리와 힘차고도 정중한 악수를 나누고 있었다. 러틀리 노인은 이놈은 자기 처지를 분별할 줄 아는 녀석이구나, 하고 무뚝뚝한 얼굴 밑에서 생각하고 있었다.

그날밤 죠는 오늘 일을 알리려고 모슨에게로 갔다. 모슨은 죠의 이야기를 들으며 의자에 단정히 앉아 두 손을 꽉 쥐고 있었다. 그는 대머리가 벗겨지기 시작한 이마에 주름을 지운 채 죠를 세심히 바라보며 오랫동안 말이 없었다.

"음, 이건 도움이 되겠는걸."

그는 한참이 지나서야 이런 말을 했다. 그러자 죠는 자기도 모르게 싱긋 웃었다.

"이 기회를 이용해서 멋지게 해 나가야겠어, 죠."

모슨은 감정이 없는 낮은 목소리로 말했다. 그는 곧 안에다 대고 큰소리를 질렀다.

"여보, 우리를 위해서 스카치 한 병 갖다 줘."

그들은 스카치 한 병을 다 비웠다. 그러나 한밤중이 되어 하숙집으로 돌아오는 죠의 피를 끓게 한 취기는 위스키 때문이 아니었다. 그는 이제야 자기에게도 기회가 왔다는 느낌에 취하고 있었다. 드디어 자기도 짐이 말한 것처럼 완전히 정상 궤도 위에 올라서서 거물급과 어깨를 겨루게 된 것이다.

"아아, 이 얼마나 놀라운 일인가!"

타인캐슬은 위대한 고장이다. 앞으로 곧 자기도 거부가 될 것이라는 생각이 춤을 추듯 그의 온몸 구석구석까지 밀려들었다. 재산, 그것도 굉장한 재산을 갖게 될 것이다.

"정말 멋진 밤이 환하게 비치고 있는 저 달을 보라! 이 죠를 축복하고 있지 않은가!"

죠는 성큼성큼 앞으로 걸어갔다. 그는 로러를 생각했다. 그녀의 까다로운 취향과 싸늘한 매력을 생각하면서 히죽히죽 웃었다.

그 다음날 아침 정각 9시에 플래트 소로에 출근한 그는, 지난밤의 취기는 생각할 수 없을 정도로 싱싱하고 태연스러웠다. 스탠리에게는 전보다 더욱 정중하게 대했다. 처리해야 할 일들이 산더미같이 쌓여 있었지만, 죠는 그것을 처음부터 끝까지 주도 면밀하게 해치웠다. 그 어느 것도 놓치지 않았다.

"굉장한 일꾼이군, 죠."

두 시간 정도 열심히 일을 했을 때 스탠리가 하품을 하며 말했다.

"자네는 정말 굉장한 친구야. 세세한 곳까지 그토록 잘 볼 수 있다니, 정말 놀랍네."

그는 기분이 좋아져서 죠의 어깨를 두드려 주었다.

"난 매우 고맙게 생각하네."

스탠리는 다시 자리에서 일어났다.

"그럼, 남은 일을 부탁하겠네. 난 햄프슨과 약속이 돼 있어서 가보겠네."

스탠리의 모습이 활기차게 사라지자, 죠의 얼굴은 이상스럽게 변했다.

며칠이 지났다. 마지막 준비가 다 끝나고, 드디어 스탠리가 올

더쇼트를 향해 출발하는 오후가 닥쳐왔다. 그는 애로우에서 오는 느린 지방선 기차를 타지 않고, 카안튼까지 자동차로 가서 급행 열차를 직접 타게끔 주선을 해 놓았다. 그리고 특별한 호의를 베풀어 죠에게 로러와 함께 역까지 전송을 나오라고 했다.

비가 오는 오후였다. 죠는 힐톱에 너무 일찍 당도했기 때문에 로러가 들어올 때까지 응접실에서 10분 가량 기다려야 했다. 그녀는 소박한 청색 옷에 검은 빛의 보드라운 모피 외투를 입고 있었다. 검은 모피의 광택이 그녀의 창백한 얼굴에 이상한 아름다움을 더해 주고 있었다. 그 모습을 보자 그의 가슴은 또 괴롭게 뛰기 시작했다.

죠는 그녀를 보자 의자에서 벌떡 일어섰다. 그러나 그녀는 전혀 감정이 섞이지 않은 담담한 얼굴로 창가로 천천히 걸어왔다. 침묵이 흐르는 동안 죠는 그녀를 자세히 쳐다보았다.

"사장님이 이렇게 떠나시니 퍽 섭섭합니다."

그는 인사조로 말했다.

로러는 얼굴을 돌렸다. 그러나 어리둥절하게 만드는 이해할 수 없는 눈초리로 그를 자세히 훑어보기만 했다. 그녀는 좀 슬픈 것 같았고, 또 화가 난 것도 같았다.

바로 그때 스탠리가 마치 훈장이라도 몇 개 탄 듯한 활기찬 모습으로 들어와서는 즐거운 듯이 양손을 문질렀다.

"좀 칙칙한 날이군. 그렇지만 작별을 할 때는 날이 궂을수록 더 멋있는 법이지, 그렇지, 죠? 하하하……. 그런데 오늘따라 유난히 배가 고프군그래?"

로러가 초인종을 누르자, 배시가 샌드위치와 홍차의 쟁반을 가지고 들어왔다. 스탠리는 굉장히 기분이 좋아 보였다. 그는 배시에게 침울하다고 조롱하며 웃기기도 하고, 자기 스스로 위스키에 소다를 타서 마시기도 했다. 또 샌드위치를 먹고 이야기를 하기도 했다.

"샌드위치가 맛이 좋군. 로러, 이제 한두 주만 있으면 나도 이런 맛있는 음식을 먹는다는 것은 상상도 못 할 거야. 소포를 보내 줘야 해, 로러. 어젯밤에도 누군가 말했지만, 모두들 목을 빼고 소포를 기다린다더군. 당신이 직접 쇠고기와 햄, 사과 등 여러 가지를 보내 줘야 해."

스탠리는 웃었다. 베언즈파더의 만화에서 보는 것과 같이 껄껄 대는 웃음, 진짜 웃음을 웃을 수 있었다. 그는 다시 껄껄대며 말했다.

"햄프슨이 말이야. 그도 살짝 뺑소니치는 데는 선수지만……." 그는 또 웃었다.

"아일랜드 스튜를 배급 통조림깡통에 담는 연구를 했다는 거야. 졸병 중에 머리가 굉장히 좋은 놈도 있는 모양이야. 나도 재수가 좋아야 할 텐데. 이번주의 바이스탠더를 봤나? 재미있어. 굉장히 재미있어!"

스탠리는 다시 애국적이 되기 시작했다. 그는 방 안을 왔다갔다 하면서 소령으로부터 들은 이야기를 하기 시작했다. 반격, 가스마스크, 탄약상자, 신호탄, 소총, 설사약, 등등의 이야기를 하는 그의 얼굴이 빛나고 있었다.

스탠리가 신이 나서 지껄이는 동안 로러는 내내 창가에 앉아 있었다. 수심이 깃든 것처럼 보이는 그녀의 옆모습이 창 밖에서 물방울을 떨어뜨리는 월계수나무의 푸른 숲을 배경으로 더욱 또렷이 드러났다. 그녀는 스탠리가 지껄이는 애국주의에 충실히 귀를 기울이고 있었다. 스탠리는 한참을 떠들다가 갑자기 덜컹 하고 소리가 날 정도로 급히 술잔을 내려놓았다.

"자, 이제 출발하는 게 좋겠군. 기차를 놓치면 안 되니까."

그는 힐끗 창 밖을 바라보았다.

"여보, 레인코트를 입는 게 좋겠어. 비가 많이 올 것 같은데."

"내 염려는 마세요."

로러가 대답했다. 그녀는 지금까지 떠들어댄 스탠리의 이야기들을 완전히 무시해 버리는 태도로 자리에서 일어났다. 완전 무결하리만큼 냉담한 태도가 스탠리의 요란한 야단법석을 휘어잡는 듯했다.

"당신, 차 속에 실어야 할 것들은 다 챙겼어요?"

"물론."

스탠리는 문 쪽으로 앞장서서 나갔다.

그들은 차를 탔다. 그 차는 2년 밖에 되지 않은 새로운 것이었다. 스탠리가 스타터를 엄지손가락으로 누르고 기어를 넣자, 차는 가볍게 구르기 시작했다.

힐브라우의 교외에서 사뭇 오르막길을 지나 우뚝하게 서 있는 별장들 뒤로 넓은 전원의 벌판이 나왔다. 스탠리는 모퉁이마다 전환장치를 사용하며 피크닉이라도 가는 듯 상쾌하게 차를 몰았다.

"비행기처럼 신나게 달리잖아!"

그는 활기차게 말했다.

"난 비행대에 들어갔더라면 좋았을 것이라는 생각이 드는걸."

"조심하세요, 브레이크 거는 거 실수 않게요. 길이 꽤 미끄럽습니다."

죠가 말하자 스탠리는 웃었다. 죠는 뒷좌석에 혼자 앉아서 앞에 있는 로러의 조용한 옆모습만 바라보고 있었다. 그녀의 침착한 모습이 알 수 없으면서도 더욱 매력적으로 다가왔다. 스탠리가 공연히 흥이 나서 차를 난폭하게 몰아도 로러는 까딱하지 않았다.

차는 순식간에 고풍스러운 성(聖) 비드 성당 앞을 통과했다. 그 성당은 몇 개의 평평한 이끼가 덮인 묘석에 둘러싸여서 황야의 벌판 끝에 외로이 서 있었다. 모진 세월에 시달린 잿빛의 정적한 모습이 마음을 끄는 곳이기도 했다.

"정말 훌륭한 옛건물이야."

스탠리는 턱으로 그쪽을 가리키며 말했다.

"저곳에 들어가 본 적이 있나, 죠?"

"아뇨."

"멋있는 떡갈나무 좌석이 있지. 언젠가 한번 가 보라구."

차는 미끌어지듯 언덕길을 내려 캐더 촌과 그 주위의 농장을 몇 개나 지났다. 20분쯤 뒤에 그들은 카안튼 역에 도착했지만 급행이 연착한다고 했다.

열차가 연착하는 덕분에 스탠리는 수하물 점검을 마친 후, 로러와 플랫폼을 천천히 거닐 시간을 갖을 수 있었다. 죠는 짐꾼과 이야기를 나누는 척하면서 질투가 담긴 시선으로 그들을 바라보고 있었다.

'제기랄, 질투가 끓어오르는 군.'

죠가 속으로 투덜거릴 때 날카로운 기적소리가 계속 들려 오더니, 기차가 다가오는 우렁찬 소음이 들려왔다.

"열차가 도착했습니다요."

짐꾼이 알려 주었다.

"4분밖에 연착을 안 했구먼."

스탠리가 급히 이쪽으로 왔다.

"그럼, 죠, 이제 정말 이별이군. 그 짐은 일등칸 끽연실에 두어. 될 수 있는 대로 기관차 쪽을 향한 좌석이 좋겠어. 편지를 보내 줘. 이 사람아, 자네에게 모든 걸 맡기고 떠날 수 있어서 정말 마음이 놓이네. 자네 같으면 모든 걸 다 잘할 수 있을 거야."

그는 죠와 악수를 나누었다. 죠는 힘껏, 오래도록 손을 잡았다. 그리고 나서 스탠리는 로러에게 이별의 키스를 한 후 자기 좌석을 찾아 차 안으로 들어갔다.

스탠리는 원래 감상적인 인간이었다. 그러나 정작 출발의 순간이 다가오자 몹시 마음이 흔들리는 것 같았다. 그는 차창으로 몸을 내밀고, 똑바로 자기 아내와 죠의 얼굴을 바라보았다. 그는 이제야 자신이 전쟁터에 나가는 사람임을 느꼈다. 그의 눈에 눈물이 글썽거렸지만, 그는 애써 미소를 지으며 눈물을 감추었다.

"내 아내 좀 보살펴 주게, 죠."

"염려 마십시오, 스탠리 사장님."

"편지 잊지 말게나."

"걱정 마십시오."

잠깐 말이 끊겼다. 기차는 아직 움직이지 않았지만 어색하게 끊어진 대화가 오랫동안 다시 이어지지 못했다.

"비가 더 올 모양이군."

스탠리가 어색한 듯 말했다. 다시 공허로운 침묵 가운데 기차가 비로소 움직이기 시작했다. 스탠리는 외쳤다.

"자아, 이제 간다! 잘 있어, 로러. 잘 있게, 죠!"

열차는 움직이는 듯하다가 다시 멈추었다.

"급수를 하는 모양이군. 아직 2,3분 더 있을 모양인가?"

기차는 다시 움직여서 이번에는 미끌어지듯 차츰 속력을 내기 시작했다.

"자, 그럼, 안녕."

이제 진짜로 스탠리는 가 버렸다. 죠와 로러는 마지막 객차가 보이지 않을 때까지 플랫폼 위에 서 있었다. 죠는 힘차게 손을 흔들었으나, 로러는 전혀 흔들려고도 하지 않았다. 그녀는 여느 때보다 안색이 더 창백했고 눈시울도 젖은 것 같았다. 그들은 묵묵히 차가 있는 쪽으로 향했다.

그들이 정거장을 나와 자동차까지 왔을 때 다시 비가 오기 시작했다. 로러는 뒷좌석 쪽으로 향했다. 그러자 죠가 근심스러운 표정으로 한 손을 내밀며 말했다.

"사모님, 거기선 비를 몽땅 맞으시겠습니다. 비가 보통 심한 게 아닙니다."

그녀는 머뭇거렸다. 그러다가 말없이 운전석 옆자리로 들어 왔다. 그녀의 그런 행동은 자연스러웠다. 이번에는 죠가 핸들을 잡았다.

죠는 천천히 차를 몰았다. 비가 자동차 앞 유리를 흐리게 하기 때문이기도 했지만, 로러와의 동석 여행을 오래끌기 위해서 더욱 천천히 몰았다. 그의 태도는 겸손했고 존경을 나타내는 신중함이 깃들어 있었다. 그러나 로러와 단둘이 있다는 사실이 심장을 파열 시킬 것처럼 그를 흥분하게 했다.

스탠리는 어딘지 알지도 못하는 곳으로 떠났다. 그리고 지금 그 거리는 점점 멀어져만 가고 있는 것이다. 그런데 로러는 자기와 함께 자동차 안에 있다. 그는 그녀를 조심스럽게 쳐다보았다. 그 녀는 좌석 맨 끝에 도사리고 앉아 앞을 똑바로 바라보고 있었다. 그는 그녀가 근육 신경을 곤두세우고 있고, 빈틈없는 방어자세를 취하고 있음을 느꼈다.

'서둘러서는 안 된다. 이럴 때 함부로 접근해서는 더더욱 안 된다. 다른 방법이 필요하다. 아마 몇 주일, 아니 몇 달 동안 전략 을 짜서 천천히, 그리고 아주 조심스럽게 접근해야 되리라!'

그는 그녀가 자기를 미워하고 있다는 이상한 느낌을 떨쳐버릴 수가 없었다.

죠는 유감스럽다는 표정으로 이야기를 꺼냈다.

"사모님께선 저를 그다지 달갑게 여기시지 않는 것 같습니다."

대답이 없었다. 그녀는 줄곧 길만을 바라보았다.

"난 별로 그런 생각 해 보지 않았어요."

그녀는 조소하는 듯한 목소리로 한참 만에야 대답했다.

"네에, 알고 있습니다."

그는 쓸쓸하게 웃었다.

"별 다른 뜻에서 말씀드린 것은 아닙니다. 다만 제가 생각할 때 사모님께서 처음엔 저를 좀 도와 주셨다고 알고 있기에 감사드리고 싶었을 뿐입니다. 그런데 요즘엔 사모님께서는……아, 전 잘 모르겠습니다……."

"조금 더 빨리 몰아 주세요."

그녀는 그의 말은 무시하는 태도였다.

"여섯 시까진 바자 매점에 도착해야 되니까요."

"네, 염려 마십시오."

그가 액셀러레이터를 밟아 속력을 내자, 비가 앞 유리창을 후려치기 시작했다.

"전, 다만 사모님께서 제가 할 수 있는 것은 무엇이든 시켜 주시기를 바라고 있을 뿐입니다."

그는 한숨을 쉬었다.

"저에게 기회를 주신 분이니까. 전 사장님의 일이라면 무슨 일이든 하겠습니다, 무엇이든."

이야기를 하는 동안 비는 폭포수같이 쏟아졌다, 그들이 확 트인 벌판을 달리고 있을 때는 바람마저 심해졌다. 차는 엷은 뚜껑만으로 덮여 있고 양쪽은 툭 터져 있기 때문에 장대 같은 빗줄기가 그대로 좌석으로 쏟아져 들어왔다.

"아아, 정말 날씨가 좋지 않군요. 사모님께서 흠뻑 젖으셨으니 야단났습니다."

로러는 모피코트의 깃을 세웠다.

"괜찮아요."

"아니, 안 되겠습니다. 잠깐 차를 멈춰야겠습니다. 비를 피해야죠. 완전히 폭포처럼 쏟아져 내리는군요."

실제로 굉장한 호우였다. 로러는 레인코트를 입지 않고 있었기 때문에 완전히 다 젖었다. 그래도 그녀는 입을 열지 않았다. 죠는 왼편에 있는 옛성당을 확인하고는 차를 급히 그쪽으로 돌려 정차시켰다.

"빨리 안으로 들어갑시다. 정말 엄청나게 쏟아지는군요."

그는 무의식적으로 그녀의 팔을 잡고 억지로 차에서 끌어내렸다. 그러고는 넓은 길을 건너서 낡은 성당으로 들어섰다.

"이 속으로 들어가시지 않으면 감기 드십니다. 자, 안으로 들어가세요."

두 사람은 안으로 들어갔다.

그것은 작은 건물이었다. 살을 에는 듯한 바람을 맞고 난 다음이라 따뜻하고 아늑했다. 그 안에는 초와 향불 냄새가 은은히 풍기고 있었다. 어둠침침한 사이로 제단이 희미하게 보였고, 그 위에는 거대한 십자가가 걸려 있었다.

지난 일요일 미사의 잔영인 듯 두 개의 공 모양의 청동꽃병에는 하얀 꽃이 꽂혀 있었다. 사방은 고요한 게 소리 하나 없어 꼭 별세계에 온 것 같은 느낌이 들었다. 납으로 올린 지붕을 때리는 빗소리가 정적을 더욱 깊게 해 주었다.

죠는 호기심에서 사방을 두리번거리다가, 스탠리가 말한 육중한 조각이 새겨진 좌석을 주의해서 보며 통로를 따라 걸어 들어갔다.

"아주 괴상한 장소이긴 하지만 어쨌든 젖지 않으니까 걱정마십시오."

그는 걱정스런 목소리로 다시 말했다.

"얼마 안 있으면 비가 개일 겁니다. 바자회가 시작되기 전에 모셔다 드릴 테니까요."

그가 돌아다보았다. 로러는 좌석 하나에 기대어서서 두 손을 맞잡고 덜덜 떨고 있었다.

"아아, 이런!"

그는 당황한 얼굴로 그녀에게 다가갔다.

"이렇기 때문에 안으로 모신 겁니다. 코트가 흠뻑 젖었군요. 자, 벗으세요."

"안 벗겠어요, 괜찮아요."

그녀는 입술을 꽉 깨물었다. 그는 그녀의 내부의 측량키 어려운 곳에서 어떤 투쟁이 벌어지고 있음을 막연하게 느꼈다.

"벗어야 합니다, 사모님."

그는 겸손하고 존경에 찬 태도로 그녀의 코트에 손을 댔다.

"아니, 괜찮아요. 걱정 마세요."

그녀는 말을 더듬었다.

"그것보다 난 이런 곳이 싫어요. 이런 곳엔 오지 않는 건데…… 비 같은 건……."

그녀가 말을 뚝 끊자, 그가 재빨리 코트를 벗겼다. 그녀의 숨결은 고르지 못했다.

죠는 그녀의 얇은 블라우스까지 흠뻑 젖어 있는 것을 보았다. 그의 눈길을 따라 그녀는 점점 더 평정을 잃어가고 있었다. 그녀의 눈은 겁에 질려서 사방을 둘러 보았다. 죠는 그녀의 마음을 알 수 없어서 그저 멍하니 그녀를 바라다보았다.

로러는 다시 몸을 떨었다. 그때에야 비로소 그는 그녀의 마음을 들여다볼 수 있었다. 숨막히는 듯한 열기가 그의 전신을 휩쌌다.

"로러!"

그가 그녀 곁으로 다가섰다.

"안 돼요, 가까이 오지 마세요! 전 돌아가겠어요!"

그때 그가 그녀를 껴안았다. 그들의 입술이 닿았다. 죠는 그녀가 얼마나 오래 전부터 자신을 원하고 있었는지를 좀더 분명하게 알게 되었다. 그에게는 기쁨의 물결이 기세 사나운 파도처럼 밀려

들었다. 이 몇 개월 동안 그녀는 얼마나 처절한, 남이 알지 못하는 싸움을 해 왔을까. 두 사람의 포옹은 길었다.

성당 안의 어둠이 빨갛게 물들며 두 사람을 감쌌다. 둘은 스탠 리도, 엄청나게 쏟아지는 비도 잊었다. 또한 돌아가야 할 것도 모두 잊은 듯 열기에 휘말린 채 언제까지나 그대로 있었다. 십자가 위의 그리스도 상(象)이 두 사람을 내려다보고 있었다.

끝없는 갈등

더비 징병제도가 실시되었다. 이 일로 인하여 아더와 발라스 사이는 견딜 수 없는 지경에 이르게 되어, 서로에 대한 적대 감정을 감출 수 없게 되었다. 아더의 이름이 징병 등록부에 실렸고, 신 징병제도에 의한 서류도 받았다. 그러나 그는 징병에 응하겠다는 선서를 하지 않았다. 그리고 그가 선서를 하지 않았다고 해서 당장 어떤 소동이 일어나지는 않았다.

아더는 식사때마다 집에 늦게 들어옴으로써 가능한 한 아버지를 피하였다. 넵튠 탄광에서도 대부분의 시간을 지하에서 보냈고, 아침에도 일찍 현장에 도착하여 아버지가 탄광에 이르기 전에 허즈페드와 함께 갱내로 들어가 버리곤 했다. 그러나 이렇게 조심한다고는 하지만 우연히 만나게 되는 것까지 피할 수는 없었다. 마주칠 때마다 두 사람 사이에는 증오와 긴장감이 흘렀다.

하루 일이 끝나 탄가루투성이가 되어 지친 몸으로 사무실에 들어가면, 발라스가 사무실에 앉아 일하고 있을 때가 많았다. 그때마다 발라스는 모르는 체하며 일에만 열중하는 척했다. 그것은 아더가 이 탄광에서는 거의 필요없는 존재라는 것을 똑똑히 깨닫게 끔 해 주는 것이었다. 어쩌다가 산더미처럼 쌓인 서류더미에서 머리를 치켜들고 아더를 바라보는 때도 있었다. 그러나 발라스는 상을 찌푸리고는 왜 가지 않고 아직도 거기 있느냐, 하는 표정을 보일 뿐이었다.

아더도 이런 아버지를 완전히 무시해 버린 듯 말없이 돌아서 버렸다. 그러면 발라스는 모욕감을 느낀 것이 분명한 뻘건 얼굴로 불쾌한 기분을 억지로 누르는지 손가락으로 책상 위를 두들기는 것이었다.

아더는 아버지가 탄광에 출입하는 자기를 싫어하고 있음을 알고 있었다. 정월 초순의 어느 날이었다. 그는 제5구층의 갱목을 새 것으로 바꾸어야 했을 때, 너무 질이 나쁜 것을 사용하므로 하는 수 없이 아버지께 건의를 하지 않을 수 없었다. 발라스는 아들의 이런 태도에 벌컥 화를 냈다.

"넌 네 일이나 하고 광산 걱정은 내게 맡겨. 네 충고가 필요할 때는 내가 부탁하겠다!"

아더는 대답하지 않았다. 그는 그 갱목들이 얼마나 약하고, 또 그 몇 개는 완전히 밑바닥에서 썩어 버렸다는 것을 알고 있었다. 그는 아버지가 지나치게 싸구려 재료만 사용하는 데에 질려 버렸다. 탄값이 오르고 거기다가 탄도 날개 돋친 듯 팔리고 있었다. 그 덕분에 넵튠 탄광으로는 홍수라도 난 듯 돈이 쏟아져 들어오고 있었다. 그러나 그 무서운 재난이 지나간 후임에도 불구하고 탄광의 안전한 환경 개선을 위해서는 한 푼도 사용되지 않고 있었다.

그러던 어느 날 타인캐슬의 〈아거스〉신문의 석간에는, 징병 법안이 성문화되었음이 크게 보도되었다.

그 신문을 읽은 발라스는 만족감을 감출 길이 없었다.

"잘 됐어! 이렇게 되면 병역을 기피하던 썩어빠진 놈들도 좀

섬뜩해질 거야."

그는 식탁에 앉아서 큰소리로 말했다.

"이제 놈들을 이 잡듯이 잡아서 몰아낼 때가 온 거야. 지금까지 놈들은 병역 면제가 되는 직장에 너무 오랫동안 잘 피해 있었지."

그는 의기 양양해서 웃었다. 그러면서 덧붙였다.

"이렇게 되면 놈들도 이젠 뭔가 생각을 좀 하게 되겠지."

그때는 저녁식사 때였고 아더도 드문 일이었지만 함께 있었다. 발라스는 캐리 고모에게 그 말을 하고 있었지만, 그 말 속에 박혀 있는 가시는 아더를 향한 것임이 분명했다.

"참으로 쾌씸한 일이지, 캐럴라인."

그는 큰소리로 다시 말을 이었다.

"자기 조국을 위해 싸워야 할 피끓는 젊은 놈들이, 저희들이 없어도 얼마든지 해 나갈 수 있는 편안한 직장에서 지금까지 빈둥거리고 있었으니 말이야. 전쟁터로 나가야 하는 것을 피하고 있었다구. 군에 들어가면 어떻겠냐고 물어봐도 전혀 귀를 기울이려고도 안 했어. 그렇지만 지금이야말로 놈들을 군에 때려 넣어야 할 때가 왔어."

"네에. 그렇군요, 리차드 오라버님."

캐리 고모는 음식접시를 내려다보고 있는 아더 쪽을 떨리는 시선으로 바라보면서 중얼거렸다.

"물론 난 이렇게 될 줄 알고 있었다."

발라스는 음성이 변하지 않은 채 계속 말했다.

"그리고 나는 틀림없이 이 법안 실시에 한몫 거들게 될 거다. 우리들끼리니까 말이지만, 지방 징병면제심사국의 어떤 자리에 앉아 달라는 교섭이 와 있거든."

"심사국이라구요, 리차드 오라버님?"

캐리 고모가 말을 더듬거리자 리차드 발라스는 일부러 아더의 눈길을 피하며 말했다.

"암, 심사국의 요직이지. 나한테는 허튼수작은 일체 안 통해. 정말이다. 이제야말로 시국이 중대하게 되었고, 모두가 한시라도 빨리 이러한 사실을 이해하면 할수록 좋은 거야. 언젠가 헤티와 이런 이야기를 한 적이 있었지. 그애도 징병 기피자들의 눈을 뜨게 해 줄 때가 됐다고 아주 강하게 느끼고 있더구나. 그런 인간들은 완전히 잡초 뽑듯 뽑아내 버려야 한다는 이야기였어."

아더는 천천히 눈을 들어서 아버지를 바라보았다. 발라스는 새로 맞춘 재색 양복을 입고 있었는데, 그 단춧구멍에는 꽃이 꽂혀 있었다. 최근에 아버지는 아주 근사한 새 양복을 몇 벌 주문해다 입었다. 너무 멋있었기 때문에 그가 타인캐슬의 단골 양복점을 바꾼 것이 아닌가 하고 생각했을 정도였다.

거기에다 단춧구멍에 꽃까지 꽂은 것이다. 으레적으로 그러긴 했지만, 그 꽃은 언제나 온실에서 새로 기른 꽃나무에서 잘라낸 진홍빛 카네이션이었다. 지나치게 잘 꾸민 것이 그대로 드러나 있었다. 아버지의 눈빛은 빛났고, 무엇엔가 열중한 묘한 흥분을 나타내고 있었다.

"두고 보란 말이다, 캐럴라인."

그는 매우 만족스럽게 웃었다.

"심사국이 발족되면, 놈들은 앞을 다투어서 군대의 깃발 아래로 달려올 것이다."

모두 아무 말도 하지 않았다. 캐리 고모는 괴로워서 못 견디겠다는 얼굴로 식구들의 표정을 살피고 있었다. 발라스는 손목시계를 들여다보았다. 그것도 그의 습관 중 하나였다.

"자아!"

그는 무엇이 생각난 듯한 말투로 입을 열었다.

"난 가 봐야겠다. 캐럴라인, 누구도 나를 기다리느라고 자지 않고 앉아 있는 수고는 하지 말게 해 주렴. 난 늦게 돌아올 테니까 말이야. 헤티와 함께 킹즈극장에 가기로 약속했지. 아무리 전쟁 중이라지만, 할 것은 해야 하니까. '산(山)처녀'를 공연한다더구나. 런던 극단이 출연하는 것인데, 아주 좋다는 이야기를 들었어. 헤티가 매우 보고 싶다고 야단하길래 같이 가기로 한 거야."

발라스는 단춧구멍의 꽃을 만지작거리며 자리에서 일어섰다. 그러고 아더에게는 눈도 돌리지 않고 캐럴라인에게만 힘있게 고개를 끄덕여 보였다. 그는 힘찬 걸음으로 방을 나가 버렸다.

아더는 옴쭉달싹하지 않고 입을 다문 채 식탁 앞에 그대로 앉아 있었다. 새로 맞춘 옷과 단춧구멍의 꽃, 급작스럽게 꾸며진 우스꽝스러운 모습들은, 헤티와의 만남이 그렇게 단순한 것이 아님을 나타내 주는 듯했다. 처음엔 아픈 상처에 대한 보상이라는 훌륭한 구실이 되어 주었다. 사실 아더는 헤티를 모욕적으로 대접했던 것이다. 그러므로 헤티에게 그것을 메꾸어 준다는 의무감이 발라스에게 생긴 것이라 할 수 있었다.

그러나 아더는 그 관계가 그러한 단순한 보상의 경지를 뛰어넘어 더 깊게 진행되고 있음을 보고 있는 것이다. 그는 확실히 알지는 못했지만, 모든 것이 더욱 분명해지고 있었다. 아더는 무거운 한숨을 내쉬었다. 그 한숨 소리에 캐리 고모는 불안한 듯 몸을 움직였다.

"오늘 저녁엔 거의 아무것도 먹지 않는구나, 아더."

그녀는 포도주를 섞어 만든 케이크를 만지작거리며 중얼거렸다.

"이 트라이플 좀 먹어 보렴."

"먹고 싶지 않아요."

"얼마나 맛있는지 모른단다."

고모는 걱정스런 목소리로 자꾸 권했다. 그는 괴로운 생각에 잠겨서 그녀를 바라보며 말없이 고개를 내저었다. 그의 마음속에 있는 모든 고뇌를 고모에게 털어놓고 싶은 충동이 갑작스레 일었다.
그러나 아무런 소용이 없을 것이다. 그는 다시 꾹 참고 견디었다.

캐리 고모는 친절했고, 그녀 나름대로 아더를 사랑하고 있었다.
그러나 그녀는 겁이 많았고, 아버지에 대해서는 무조건 외경하는
마음을 갖고 있었다. 때문에 그에게는 별 도움이 안 될 것이었다.

아더는 식탁에서 일어나 식당 밖으로 나왔다. 현관에서 고개를
숙이고 서서 여러 가지 생각에 망설이고 있었다. 그의 선량한 본
성은 자신의 괴로움과 외로움을 달래 줄 대상을 갈구하는 것이
었다. 헤티가 여기에 있어 주었으면……, 그의 목구멍으로 덩어리
같은 것이 치밀어 올랐다.

아더는 어떻게 해야 좋을지 아무 생각도 떠오르지 않았다. 그에
게는 의지할 곳도 없었다. 그는 몸을 돌려서 천천히 이층으로 올
라갔다. 어머니의 방 앞을 지나가다가 갑자기 걸음을 멈추었다.
그리고 자기도 모르게 문을 열고 방 안으로 들어갔다.

"오늘밤엔 좀 어떠세요, 어머니?"

그는 조용히 물었다.

어머니는 휙 돌아보더니 베개에 몸을 지탱하며 몸을 바로했다.
그러나 창백하면서도 살이 찐 얼굴에는 싸움이라도 할 듯한 불쾌
한 표정이 어려 있었다. 그녀의 얼굴에는 뭔가 물어 보고 싶다는
표정도 함께 있었다.

"머리가 아프다."

그녀는 퉁명스럽게 대답했다.

"그리고 넌 왜 그렇게 문을 요란스럽게 열어서 남을 놀라게 하
니?"

"죄송해요, 어머니."

그는 침대 위에 조용히 앉으려 했다.

"아니, 아니, 아더."

그녀는 야단스럽게 손을 내저었다.

"거기 앉으면 안 된다. 이렇게 머리가 아플 땐 침대에 누가 앉으면 더 견딜 수가 없어진단다. 머리가 더 아파져. 그래서 누가 앉을까봐 큰 걱정이란다."

그는 얼굴을 약간 붉히면서 일어났다.

"죄송합니다, 어머니."

아더는 자기 감정이 다시 한 번 묵살되는 아픔을 느껴야 했지만, 어머니를 이해하려고 노력했다. 이 불쌍한 여인은 자기 어머니인 것이다. 지금까지 숨겨져 있던 어머니에 대한 애정이 갑자기 솟구쳐 올랐다.

다정스럽게 대해 주던 어릴 때의 추억이 생생하게 떠올랐다. 어머니는 그를 몹시 귀여워해 주었다. 어머니의 품에 안겨 부드러운 옷자락에 감싸였던 따뜻함이 지금도 그의 마음 속을 따뜻하게 덥혀주는 느낌이었다.

아더는 어머니의 사랑과 손길을 다시 한 번 느껴보고 싶었다. 그리고 지금이야말로 어머니의 그 따뜻한 사랑과 위로가 필요한 때였다. 그는 한마디 한마디를 주워 모으는 듯한 어조로 말했다.

"어머니, 제 이야기 좀 해도 되겠습니까?"

그녀는 아들을 멍한 표정으로 바라보았다.

"아더, 지금 난 머리가 몹시 아프단다."

"긴 이야기는 아닙니다. 전 지금 어머니의 조언을 받고 싶습니다."

"안 돼. 지금은 안 되겠다, 아더."

그녀는 아들의 진지한 모습을 보고 몹시 놀란 것처럼 눈을 감으며 거절을 했다.

"정말, 난 안 된다. 언젠가 다른 때에 하거라. 난 지금 머리가 아파서 정신이 없어."

그는 입을 다물었다. 그의 얼굴빛이 파랗게 질려 버렸다.

"왜 이렇게 머리가 아픈지 모르겠구나."

그녀는 눈을 감은 채 말을 이었다.

"이렇게 자꾸 머리가 아픈 것은 말이다. 이게 꼭 프랑스에서 쏘는 포격, 그 진동 때문인 것 같애. 그것이 공기를 통해서 내 머리로 울려오기 때문에 그런 것 같애. 물론 그 포격소리를 들을 수는 없어. 난 그걸 잘 알고 있지. 그렇지만 그 포탄 터지는 진동이 뭔가 내게 영향을 주고 있는 것이 아닌가 하는 생각이 자꾸 일어나는 거야. 물론 그런 일로 내 등이 아프다고 해도 누구 한 사람 곧이듣지도 않겠지만 말이다. 요즘은 등이 아픈 것도 점점 더 심해지고 있단다. 아더, 그 포격이 내게 무슨 영향을 주는 것은 아니겠지?"

"전 모르겠습니다, 어머니."

그는 무겁게 대답했다. 어머니의 이야기보다는 자신의 우울이 더욱 무겁게 밀려왔다. 그러나 어머니에게도 위로가 필요하다고 느끼자 다시 부드럽게 대답했다.

"그 때문에 어머니 등이 아플 리는 없어요."

"들어 봐라, 나는 내 등에 대해서는 될 수 있는 대로 불평하지 않으려고 하지만 말이다. 루이스 선생이 나한테 준 바르는 약은 굉장히 효과가 있단다. 아코니트, 벨라돈나, 그리고 클로르포름으로 된 거야. 난 처방지를 읽었단다. 그 세 가지 약은 무서운 독약이더구나. 그런데 그 독약이 또 병을 낫게 해 준다니, 이상하지 않니? 아 참! 내가 지금 무슨 말을 하고 있었지? 아, 그래, 포탄의 진동 소리였지. 난 겨우 어제야 신문에서 봤는데, 그 포탄 진동이 요즘에 내리는 큰 비의 원인이라더구나. 그렇게 되면 내가 생각하는 것도 일리가 있는 게 아닐까 한다. 그래, 분명히 그런 거야. 그리고 루이스 선생이 그러는데, 포탄 두통이라고 알려진 증상의 병도 있다는구나. 물론 그 근본 원인은 신경 과민이야. 그게 바로 내가 앓는 병이지. 아더, 난 다 알고 있단다."

"그렇습니다, 어머니."

그도 나지막한 음성으로 동의했다.

잠시 대화가 끊어졌다. 어머니는 다시 말을 시작했다. 30분 동안 자기의 증상에 대해서 이야기하다가 갑자기 한쪽 손을 머리 쪽으로 치켜들며 더 피곤해졌으니 어서 방을 나가 달라고 손짓하는 것이었다.

아더는 묵묵히 어머니의 말을 따랐다. 15분 후에 그가 복도를 따라 되돌아왔을 때, 어머니의 코고는 소리가 들렸다.

날이 갈수록 아더에게는 자기 고뇌 속에 외따로 혼자 틀어박혀 있다는 느낌이 자꾸만 커 갔다. 다른 사람들과 단절된 존재라는 느낌, 거의 저버림받고 있다는 느낌은 고통스러운 것이었다. 그는 자기의 활동 범위를 더욱 좁히기 시작했다.

아더는 단지 일을 할 때만 밖으로 나갔지만, 거기에서도 그는 자기에게 향하는 이상한 눈초리를 느꼈다. 암스트롱과 허즈페드, 그리고 일부 광부들이 그를 욕하고 있었다. 넵튠 탄광으로 오가는 길거리에서도 자주 자기에게 욕설이 퍼부어지는 것을 들었다. 사람들은 그가 자기 아버지와 여러 가지로 다르다는 것을 알고 있었다. 그러한 사실은 그가 군에 입대하는 것을 거절했다는 것과 합세되어 더욱 그를 이상한 사람처럼 보이게 하는 것이었다.

발라스는 자기의 견해를 공공연히 말하는 것을 서슴지 않았다. 그의 단호한 애국적인 태도는 모든 방면에서 갈채를 받았다. 그는 오늘날과 같은 국가적인 초긴급 사태에서 자기가 해야 할 의무감을 알고 있다는 것이었다. 그리하여 혈육간의 감정이 끼여들지 않게 하고 있는 훌륭한 인물이라고 인정받고 있었다. 아더는 모든 사람들이 인정하고 있는 그처럼 훌륭한 아버지와 자기 사이의 갈등을 주시하고 있음을 깨닫자, 마음이 더욱 혼란스러워졌다.

2월이 되자 사태는 더욱 악화되었다. 드디어 3월 중순에는 슬리스케일 병역면제심사국이 발족을 했다. 심사국은 다섯 명의 위원을 선출하였다. 제임스 라메지, 양복점의 베이츠, 머치슨 노인, 신 베들 가 교회의 이녹 로 목사와 리차드 발라스가 그들이었다. 그들은 만장 일치로 발라스를 의장으로 선출했다.

이 다섯 명의 위원 이외에 군부 대표인 타인캐슬 연대의 더글러스 대위가 군 당국을 대표하여 상임고문이 되었다. 그리고 슬리스케일 읍의회 서기인 러터가 심사국 서기를 겸임했다.

아더는 긴장과 괴로움 속에서 심사국의 초기 활동을 주시했다. 그 심사국은 무엇보다도 엄격하다는 것이 곧 드러나기 시작했다. 한건 한건의 사건마다 면제라는 것은 모두 거절되었다. 더글러스는 완강한 독재자였다. 그는 신청자를 위협하는 식으로 대하면서 다음과 같이 즉석에서 선언하는 것이었다.

"조국은 저 사람을 필요로 한다!"

그리고 라메지와 발라스는 두 사람이 다 뇌물 같은 것은 받지 않는다는 애국주의로 마음이 부풀어 있었기 때문에 극단적인 태도를 취했다. 그들 이외의 세 사람은 별로 실권이 없었다.

심사국은 원래 신청자가 전투에 나가 싸우는 것에 대해 이의를 제기할 때, 과연 그 이유가 타당한지를 논의하기 위한 곳이다. 그러나 위원들은 어떻게 해서라도 신청자를 전투에 나가 싸우도록 설득시키는 데에만 주력하고 있었다. 그러므로 전쟁터에 나가려 하지 않는 사람은 무조건 형무소로 보내지고 있었다.

날이 감에 따라 아더는 그 심사국의 독재와 횡포에 대해 분개하지 않을 수 없었다. 그는 분노를 억누른 창백한 얼굴로 아버지가 그곳에서 돌아오는 것을 매일 밤 지켜 보았다. 발라스는 언제나 기분이 매우 좋아서 아더에게 들으라는 듯이, 캐럴라인에게 심사국에서 일어난 사건들을 큰소리로 이야기하곤 했다. 3월 말까지 발라스의 그러한 모습은 변함이 없었다.

그날도 평사시보다 기분이 더 좋은 듯했다. 발라스는 저녁식사 시간에는 좀 늦었지만 집에 돌아와서 자리에 앉자마자 뜨거운 버터 토스트를 접시에 듬뿍 덜어서 먹기 시작했다. 식사가 어느 정도 끝나자, 그는 그날 오후 오랫동안 시간을 끌었던 심사건에 대해 이야기하기 시작했다. 그는 아더를 무시한 채 캐리 고모에게 말하고 있었다.

신청자는 젊은 신학대학생으로 종교상의 이유에서 면제를 신청해온 것이었다.

"라메지가 그 신청자에게 제일 먼저 한 질문이 무엇인지 알아?"

그는 물렁한 토스트를 입에 가득 문 채 말했다.

"그 사람에게 목욕한 적이 있느냐고 물었단다."

그는 음식을 씹느라고 말을 잠시 끊었다가 의기 양양하게 웃어 제낀 후 다시 말했다.

"그러나 더글러스는 그것보다 더 멋있는 질문을 했지. 더글러스는 나를 옆눈으로 바라보다가 그 신청자에게 이렇게 호령하더군. '병역 의무를 거역한 자는 총살당할 가능성이 있다는 사실을 아시오?' 하고 말이다. 바로 그 질문이 효력을 발생한 거야. 너희들도 그자의 움츠러들던 꼴을 구경할 수 있었더라면 좋았을 텐데…….그자는 3개월이 못 되어서 프랑스에 가 있게 되었단다."

그는 다시 크게 웃었다.

아더는 더 이상 참을 수가 없었다. 그는 식탁에서 벌떡 일어났다. 그는 얼굴은 물론 입술까지 새파랗게 질려 있었다.

"아버지는 그게 재미있다고 생각하시는군요. 원하지도 않는 사람에게 총을 손에 잡으라고 우격다짐하는 것이 그렇게도 기분이 좋으시다는 거지요? 아버지는 그 사람을 강제로 출정시켜 프랑스에서 그 누군가를 총으로 쏘아 죽이고 살해하도록 해 놓고는 기뻐하시는군요. 정말 멋있는 인생입니다 ! 전쟁터의 처참한 살인극들을 사진이라도 찍어서 그 심사국의 아버지 자리 바로 위에다 걸어두시지요. 그 사진들은 아버지에게 잘 어울릴 겁니다. 정말 잘 어울릴 거예요. 그러나 전 아버지와는 달리 인간의 생명에 대해 그어떤 존경심을 가지고 있습니다. 그러니 제발 저를 협박해서 그살인 행위를 하도록 강요하지 마시기를 부탁드립니다. 제발 그러지 마세요, 진심으로 부탁드립니다 !"

아더는 숨이 차서 말을 뚝 끊었다. 그리고는 더 바랄 것이 없다는 듯 급히 몸을 돌려 문 쪽으로 걸어갔다. 그러자 발라스의 음성이 그를 멈추게 했다.

"아더, 잠깐만 기다려라 !"

그는 곧 말을 이었다.

"너와 얘길 좀 나누고 싶다."

아더는 돌아섰다. 그는 캐리 고모가 숨을 몰아쉬고 있는 소리를들었다. 잠시 침묵이 흘렀다.

"좋습니다."

아더는 감정을 겨우 누르는 목소리로 말했다. 그는 돌아와서 다시 자리에 앉았다.

발라스는 다른 토스트를 들어 천천히 먹기 시작했다. 캐리 고모의 얼굴은 마치 병든사람처럼 잿빛으로 변했다. 그녀는 가슴이 터질 듯하게 심장이 뛰는 것을 얼마 동안 참고 있었다. 그러나 더 이상 견딜 수가 없었다. 그녀는 떨리는 목소리로 실례한다고 말하고는 재빨리 일어나서 방 밖으로 나가 버렸다.

발라스는 차를 다 마시고 입을 천천히 닦으면서 충혈된 커다란 눈으로 아더를 노려보았다.

"결론은 이렇다 !"

발라스는 의미 심장한 어조로 말했다.

"이제 마지막으로 묻겠는데, 넌 군에 입대할 마음이 있느냐?"

아더는 아버지의 모습을 똑바로 쳐다보았다. 그의 얼굴은 매우 창백했으나 결연한 빛이 어려 있었다. 어떤 위협에도 굴복하지 않겠다는 의지가 서린 음성으로 짧게 대답했다.

"없습니다!"

잠시 침묵이 흘렀다.

"똑똑히 말해 두고 싶은데, 넵튠 탄광에는 네가 필요없다."

"괜찮습니다!"

"그렇다 해도 넌 마음을 바꿀 수 없다는 거냐?"

"그렇습니다!"

다시 침묵이 흘렀다.

"그럴 경우……."

발라스는 천천히 말을 이었다.

"너에 대한 심사건이, 다음주 화요일에 심사국 앞으로 도착하게 된다는 것을 알아두는 것이 좋을 거다."

근심으로 인해 토하고 싶은 느낌이 아더의 온몸을 휩쓸었다. 그의 두 눈길이 방바닥으로 떨어졌다. 그는 마음속으로 아버지가 이렇게까지는 나오지 않으리라고 기대했던 것이다. 물론 그는 넵튠 탄광에서 공식적인 직책은 없었다. 그러나 자기는 현행 법령의 범위에는 저촉되지 않을 것이라고 나름대로 생각했던 것이다.

"내 아들이라는 것이 너를 보호해 주지 못한다는 것을, 이제는 너도 알아둘 때가 온 것 같다."

발라스는 무거운 어조로 말을 이었다.

"너는 젊고 군대에 나가야 할 사람이다. 너에겐 변명할 구실이 없다는 것을 분명히 알아 두어라. 이런 나의 생각은 변함이 없다. 난 이제 더 이상 너를 내 등 뒤에다 감추어 두고 싶지 않다."

"역시 그렇군요. 아버지는 그런 식으로 저를 강제 입대시킬 수 있다고 생각하시는군요."

아더는 떨리는 목소리로 말했다.

"그렇다. 그리고 그것이 너에겐 최선의 길이라고 생각한다."

"정말 잘못 생각하셨습니다."

아더는 내면에서부터 솟구쳐 오르는 떨림을 필사적으로 누르며 침착하게 말했다.

"아버지께선 제가 심사국 앞에 나가는 것을 겁내고 있다고 생각하십니까?"

발라스는 짧게 웃었다.

"암, 그렇고 말고!"

"그렇다면 아버진 역시 잘못 생각하셨습니다. 전 나가겠습니다. 얼마든지 나가겠습니다!"

발라스의 이마에 핏기가 올랐다.

"그럴 경우, 넌 보통 병역 기피자와 조금도 다름없이 다루어질 것이다. 난 더글러스 대위와 그 일에 관해서 이야기한 바가 있다. 특별 대우란 전혀 없을 것이다. 이미 내 마음은 결정되어 있다. 넌 군에 입대하지 않을 수 없게 될 것이다."

잠시 침묵이 흘렀다.

"아버지께선 저를 어떡하실 작정입니까?"

아더는 나지막한 목소리로 물었다.

"난 너의 의무를 행하게 해 주려는 것뿐이다."

발라스는 갑자기 자리에서 일어선 후 식기 선반 앞에서 잠시 가슴을 펴고 단정한 자세로 서 있었다.

"아더, 아비로서 마지막 충고이다. 내일 타인캐슬에 가서 입대해라! 네 자신을 위해서 말하는 거다. 강제 입대를 당하기 전에 입대해라. 이게 내 마지막 말이다."

그는 방을 나가 버렸다.

아더는 식탁 앞에 그대로 앉아 있었다. 그는 여전히 자기 몸이 떨리고 있는 것을 느꼈다. 그는 식탁 위에다 팔꿈치를 기대고 한 손으로 머리를 받쳤다.

캐리 고모는 10분 후에 식당 안으로 살금살금 들어오다가 앉아 있는 아더를 발견했다. 그녀는 앞으로 다가와 활처럼 휜 그의 어깨를 가볍게 껴안았다.

"아더,"

그녀는 속삭였다.

"아버지께 거역한다는 것은 절대 있을 수 없는 일이다. 정신을 차려라. 무엇보다도 너 자신을 위해서라도 넌 해야 한다."

그는 대답하지 않고 창백한 얼굴로 앞쪽을 계속 노려보고만 있었다.

"아더 …….."

캐리 고모는 마치 호소하듯이 말을 이어 나갔다.

"세상엔 거역할 수 없는 것들도 있는 거야. 그런 걸 나보다 더 잘 아는 사람은 없을 거다. 넌 네가 좋아하든 싫어하든 순응하기만 하면 되는 거야. 아더, 난 네가 무섭다. 네가 일생을 망치는 것을 난 볼 수가 없단다. 아버지가 원하시는 대로 해 드려라. 제발, 아더."

"못 하겠습니다!"

그는 마치 혼잣말처럼 중얼댔다.

"그러면 안돼, 아더."

그녀는 애원했다.

"그런 식으로 나가지 말아라. 제발, 제발 좀. 난 뭔가 무서운 일이 일어날 것만 같은 기분이 드는구나. 그리고 불명예, 그 무서운 불명예를 생각해 봐라. 얘야, 제발 아버지가 원하시는 대로 하겠다고 약속 해 다오.”

“못합니다.”

그는 여전히 작은 소리로 말했다.

“전 제 생각대로 끝까지 밀고 나갈 작정입니다.”

그는 일어서서 연민에 가득 찬 미소를 띠고 고모를 바라보다가 자기 방으로 올라가 버렸다.

그 다음날 아침, 아더는 심사국에 출두하라는 호출장을 받았다. 그 우편물이 도착했을 때 발라스도 집에 있었다. 그는 아더가 그 엷은 황색봉투의 봉을 뜯는 동안 살피듯 곁눈질로 바라보았다. 그는 아더가 무엇인가 말하리라고 기대했으나 그건 틀린 생각이었다. 그는 적이 실망했다.

아더는 편지를 호주머니에 집어 넣고는 그대로 방 밖으로 나가 버렸던 것이다. 아더는 아버지가 자기의 굴복을 계산에 넣고 있음을 분명하게 알고 있었다. 그러나 그는 어떤 일이 있어도 굴복하지 않겠다고 단단히 결심하였다. 그의 본성은 강하지 못했으나, 아버지에 대한 환멸이 그를 그토록 강하게 만들고 있었다.

드디어 화요일 아침이 되었다. 아더가 나가야 될 시간은 10시로 장소는 구 베들 가 국민학교였다. 심사국은 낡은 학교 강당을 사용하고 있었는데, 그 강당은 법정으로 꼭 알맞는 장소였다. 일반 방청인들을 수용하기 위하여 뒤편에는 방청석까지 마련해 두고 있었다.

서기인 러터가 테이블 한쪽 끝자리를 차지하고 있었고, 군부 대표인 더글러스 대위는 그 반대쪽 끝에 앉아 있었다. 뒷벽에는 커다란 영국 국기가 걸렸고, 그 밑에는 이젠 소용이 없는 흑판과 쓰다 남은 백묵이 있었다. 거기다가 컵을 뚜껑처럼 만든 가장자리가 떨어져 나간 물병이 하나 놓여 있었다.

아더는 10시 5분 전에 구 베들 가 국민학교에 도착했다. 당번 순경인 로딤 경사가 그에게 그의 심사가 제일 먼저라고 알려 주었다. 그리고는 퉁명스런 얼굴로 회전문을 열어 주어 심리 법정 안으로 들어가게 해 주었다.

아더가 들어섰을 때, 장내에서는 흥분된 수군거림이 일어났다. 그는 얼굴을 들고 방청석이 꽉 차 있는 것을 보았다. 탄광에서 온 해리 오글, 죠 킨치, 제이크 윅스라는 새로 채용된 탄량 기록계들과 기타 수십 명의 사람들이 와 있었다. 거기에는 여자들도 꽤 많았는데, 고지촌과 읍내에서 온 여인들로서 해리 브레이스, 리디 부인, 수전 콜더 할머니, 웹트 부인 등이 있었다. 신문기자의 좌석도 만원이었다. 두 사람의 카메라맨이 창에 기댄 채 함께 서 있었다.

아더는 재빨리 눈을 아래로 떨구었다. 이 심사가 비상한 관심을 끌고 있음을 느꼈다. 이미 극도로 긴장된 그의 신경이 더욱 팽팽해졌다. 그는 강당 복판에 주어진 의자에 앉아서 흥분된 몸짓으로 손수건을 찾기 시작했다. 그의 예민한 본성은 언제나 사람들의 눈초리를 받으면 몸이 움츠러드는 것이었다. 그런데 지금 그는 바로 그런 눈초리들의 한복판에 있는 것이다.

아더는 약간 몸을 떨었다. 자기를 여기까지 오게 한 것도, 그리고 끝까지 버티고 있게끔 결의를 굳게 해 준 것도 따지고 보면 다 자기의 약한 마음 탓이었다. 그러나 그는 뱃심이라고는 전혀 없는 인간이었다. 그는 자기 입장을, 그리고 군중의 집단적인 적의를 똑똑히 의식하고 있었다. 그는 지금 이 상황이 너무나 괴로웠고, 실제로 자기가 죄를 진 범죄자가 된 듯한 기분을 느끼고 있었다.

방청석에서 또 다른 소란이 어설프게 일어났다가 곧 조용해졌다. 심사국 위원들이 러터와 더글러스 대위의 수행을 받으며 옆 문에서 꾸역꾸역 들어왔기 때문이었다. 더글러스 대위는 안색이 빨갛고 약간 얽은 얼굴에 땅딸막한 몸집을 하고 있었다. 아더 바로 뒤에 서 있던 로덤이 말했다.

"기립하시오!"

아더는 일어섰다. 그리고 머리를 치켜들었다. 그의 눈은 마치 자석에 이끌리듯, 높은 의장석에 막 자리를 잡고 있는 아버지에게로 향했다. 아더는 재판관을 바라보듯 아버지를 바라보았다. 그는 눈길을 돌릴 수가 없었다. 그는 마치 거미줄에 얽힌 벌레나 최면술에 걸린 사람처럼 생각이 중단된 상태로 멍하니 서 있었다.

발라스는 테이블 앞으로 몸을 내밀어 더글러스 대위 쪽을 향했다. 그들은 오랫동안 회담을 나누었다. 그러자 더글러스가 찬성한다는 표정으로 머리를 끄덕이면서 어깨를 쭉 펴더니 주먹으로 책상을 요란스럽게 두드렸다.

방청석과 강당 중앙에 일고 있던 호기심에 찬 속삭임이 쥐 죽은 듯이 사라졌다. 그후 일종의 긴장된 침묵이 뒤따랐다. 더글러스는 잿빛 눈을 천천히 굴리며 방청석과 신문기자, 아더 등을 휘둘러보았다. 그리고 나서 위원들 쪽으로 얼굴을 돌렸다. 그는 누구나 다 들을 수 있게 큰소리로 이야기하기 시작했다.

"본 건은 이미 이 심사국에서 매우 놀라운 충성을 바쳐 오신 우리의 존경하는 의장의 자제분에 관한 것인 이상 특히 괴롭고 고통스런 심사가 되겠습니다. 그러나 명백한 것은, 아더 발라스는 사실상 넵튠 탄광에서 필요없는 인물이며, 또한 전투 요원으로 적격자라는 것입니다. 여러분이 이미 알고 있는 것을 본관이 되풀이할 필요는 없다고 봅니다. 그러나 본건의 심리를 시작하기 전에, 본관은 피심리자의 부친인 발라스 씨에 대한 찬양을 본관 개인으로서 피력하지 않으면 안 된다고 봅니다. 발라스 씨는 자신의 혈육이라는 당연한 인정에 직면하여서도 놀라운 용기와 감탄스러운 애국심에서 전혀 자기의 의무로부터 흔들리지 아니하였습니다. 본관이 생각하건대, 우리는 모두 이분이 행하신 일에 존경과 영예로운 찬양을 보내지 않을 수 없다고 봅니다. 이것은 감탄할 수밖에 없는 사실이기 때문입니다."

더글라스의 말에 방청석에서는 박수소리가 법정을 울릴 듯이 터져 나왔다. 그것을 제지하려는 사람은 아무도 없었다. 박수가 끝나자 더글러스는 계속했다.

"군 당국의 대표라는 본관의 위치에서 말한다면, 이 불행하고 난처한 심리에 있어 우리 당국 측에서도 어느 정도 양보할 용의가 있다는 것을 미리 발표해 두고자 하는 바입니다. 그러므로 이번 일은 본건 신청자가 다만 전투 근무의 의무를 승인하기만 하면 되는 것이며, 연대 편입과 훈련 등의 사항에 관하여는 충분한 고려가 베풀어지게 될 것입니다."

그는 아더를 날카롭게 힐문하는 듯한 눈초리로 노려보았다. 아더는 바싹 마른 입술을 축였다. 그는 자기가 어떤 대답을 할 것인가를 모두 눈여겨보고 있다는 것을 알 수 있었다. 그는 혼신의 힘을 다해서 말했다.

"본인은 전투 근무를 거부합니다!"

"이봐, 설마 진정으로 그런 말을 하는 것은 아니겠지?"

"진정입니다!"

장내는 찬물을 끼얹은 것처럼 조용해졌고, 긴장감은 더욱더 높아졌다. 더글러스는 자기로서는 더 이상 어찌할 수 없다는 듯이 발라스와 빠른 눈짓을 교환했다. 그러자 제임스 라메지가 이제는 자기 차례라는 듯이 머리를 앞으로 내밀며 말했다.

"그대는 왜 전투하는 것을 거부하는가?"

신문이 시작된 것이다.

아더는 목이 굵은 무식한 백정에게로 눈을 돌렸다. 그 백정의 좁은 이마와 조그맣게 움푹 들어간 두 눈알이 마치 소와 돼지의 모습을 하나로 섞은 것처럼 보였다. 아더는 겨우 들릴 만한 낮은 목소리로 대답했다.

"본인은 어떤 사람도 죽이고 싶지 않습니다."

"큰소리로 말해."

라메지가 갑자기 소리를 질렀다.

"그렇게 낮은 목소리로 말하면 아무도 들을 수 없지 않은가."

아더가 목이 쉰 채로 되풀이해서 말했다.

"본인은 어떤 사람도 죽이고 싶지 않습니다."

"그건 무슨 이유인가?"

라메지가 눈을 부라리며 큰소리로 물었다. 그는 평생 동안 수많은 생명을 죽인 자였다. 그에게는 이같은 정신 상태는 도저히 이해할 수 없는 것이었다.

"그건 제 양심에 위배되기 때문입니다."

한동안 침묵이 흐르고 나자 이윽고 라메지가 거칠게 말했다.

"그런 섬세한 양심을 지니고 있다는 것은 자네에게 불행한 거야."

이녹 로 목사가 말을 가로막았다. 그는 키가 크고 몸이 여위었는데, 무엇으로 꼭 찝은 듯한 우스꽝스러운 코 때문에 위엄이라고는 전혀 없어 보였다. 제임스 라메지는 그의 교회의 주요한 인물로 그의 봉급의 반을 내고 있는 형편이었다. 그래서 로 목사는 언제나 라메지를 지지했다. 또한 그의 어떤 결점이나 잘못도 다 덮어 주면서 그에게 매달려 살고 있는 처지였다.

"이봐!"

그가 아더에게 말을 던졌다.

"군은 기독교인인가? 그러나 기독교에서도 자기 조국에 봉사하는 합법적인 살인을 막는 법은 없네."

"합법적인 살인이란 존재하지 않습니다."

로 목사는 볼품없는 머리를 수탉처럼 추켜 세웠다.

"그건 무슨 뜻인가?"

아더는 재빨리 대답했다.

"본인은 종교를 가지고 있지 않습니다. 목사님께서 말씀하시는 견지에서의 종교 같은 것은 말입니다. 그러나 목사님은 기독교, 즉 그리스도교에 관해서 말씀하시고 계신 거겠지요? 그런데 예수 그리스도께서 총검을 손에 드시고 독일 군인이나 영국 군인, 그건 어느 쪽이라 해도 좋습니다만, 그 군인들을 함부로 찔러 죽인다는 것을 본인으로서는 도저히 상상도 할 수 없습니다. 그리스도께서 영국 기관총 뒤나 독일 기관총 뒤에 앉으셔서 아무 죄도 없는 사람들을 수십 명씩 마구 휘갈겨 죽인다는 것을, 본인으로서는 도저히 상상할 수가 없는 것입니다."

로 목사는 공포와 수치심으로 얼굴이 빨개졌다. 그는 말할 수 없을 만큼 충격을 받은 표정이었다.

"그건 하느님에 대한 모독이다!"

그는 라메지를 바라보며 중얼거렸다.

그러나 머치슨은 로 목사의 말을 그대로 내버려 두려고 하지 않았다. 그는 코담배를 피워 수염이 지저분한 키가 작은 식료품 상인이었다. 이 노인은 성서에 관한 자기 지식을 자랑하고 싶었다. 그는 몸을 앞으로 내밀며, 마치 햄 반 파운드를 저울에 달아 팔 때처럼 교활하게 내 뱉었다.

"예수 그리스도께선 눈에는 눈, 이에는 이라고 말씀하신 것을 모르는가?"

로 목사는 이제 더욱더 골치아프게 되었다는 표정으로 얼굴을 찌푸렸다.

"틀렸습니다."

아더는 외쳤다.

"그리스도께선 그런 말씀을 하신 적이 없습니다."

"말씀하셨어, 틀림없이."

머치슨은 늑대처럼 사납게 소리쳤다.

"성경에 써 있어!"

그는 자기 말이 맞아 이겼다는 듯이 어깨를 으쓱거리며 의자를 벌렁 뒤로 젖혀서 앉았다.

이번에는 양복점 주인인 베이츠가 말을 가로막았다. 그는 늘 보관하고 있는 질문이 하나 정도는 있어 언제나 그 질문을 꼭 하고 마는 것이었다. 그는 길게 드리워진 수염을 비틀면서 물었다.

"만일 독일 사람이 너의 어머니를 공격해 오면 어떻게 할 텐가?"

아더는 기가 막히다는 듯이 어깨를 들썩해 보이고는 대답하지 않았다. 베이츠는 한 번 더 수염을 비틀면서 같은 질문을 했다.

"만일 독일 사람이 너의 어머니를 공격해 오면 어떻게 할 텐가?"

아더는 떨리는 입술을 깨물었다.

"그따위 질문에 대한 대답으로 제 마음속에 있는 것을 설명할 수는 없습니다! 아마 독일에서도 그와 똑같은 질문을 하고 있을지 모르겠습니다. 아시겠습니까? 우리 나라 군인들에 관해서 그들도 그렇게 자기 나라 사람들에게 물어 볼 것이라는 말입니다."

"넌 독일 사람을 죽이겠느냐? 아니면 독일 사람이 너의 어머니를 죽이도록 내버려 두겠느냐?"

베이츠는 집요하게 질문에 매달렸다.

아더는 대답할 필요를 느끼지 않았기에 입을 다물어 버렸다. 그러자 베이츠는 자기가 이겼다는 어린애 같은 태도를 지으며 심사 위원들을 훑어보았다.

침묵이 흘렀다. 테이블 앞에 앉아 있는 모든 위원들은 발라스의 말을 기다리는 듯했다. 사실 발라스도 이제 자신이 말해야 될 때라고 생각하고 있었다. 그는 말하기에 앞서 한번 큰 기침을 했다. 그의 눈은 반짝였고, 높이 솟은 안골에는 약한 홍조가 떠올랐다. 그는 아더의 머리꼭대기를 뚫어져라 하고 노려보았다.

"아더, 너는 이 중대한 국가적 위기, 그러니까 국민 모두에게 희생을 요구하고 있는 이 무서운 세계 전쟁의 필연성을 인정하지 않을 작정이냐?"

아버지가 말을 시작하자, 아더는 다시 자기 자신의 몸이 떨리는 것을 느꼈다. 다시 한 번 자신의 약한 마음이 애처롭게도 자기를 꽁꽁 묶어 버리는 듯했다. 그는 침착하게 용기있는 웅변으로 자신의 심중을 말할 수 있는 힘이 있다면 얼마나 좋을까 하고 갈망했다. 그러나 그의 입술은 더욱 떨렸고, 말을 더듬거릴 뿐이었다.

"저는 인간들이 서로를 살육하도록 한 곳으로 몰아 넣는 것도, 또 온 유럽에서 여자와 어린애들을 굶겨 죽이는 것도 인정할 수 없습니다. 특히 그런 짓이 무엇 때문이냐 하는 것을 그 누구도 알고 있지 못할 때는 말입니다."

발라스의 얼굴이 더욱 빨개졌다.

"이 전쟁은 전쟁을 끝내기 위해서 하고 있는 것이다!"

"그건 늘 하는 이야깁니다."

아더의 목소리가 점차로 높아지며 외치듯이 말했다.

"다음 전쟁이 또 발생하면 역시 사람들로 하여금 서로 죽이도록 하려는 목적에서 되풀이될 것입니다."

라메지는 몹시 불쾌한 얼굴이 되었다. 그는 자기 앞에 있는 펜으로 테이블을 쿡쿡 찍기 시작했다. 그는 지금까지 심사국에서 이보다 더 강력한 조치를 해 온 것에 익숙해 있기 때문에 이같은 반항적인 사건 처리에 화가 난 것이다.

"입 닥쳐! 그 따위 우유 부단한 이야기는 집어치워!"

라메지는 화가 난 얼굴을 앞으로 쑥 내밀었다.

"빨리빨리 본론으로 들어가시죠."

발라스는 지금까지는 늘 라메지를 멸시하는 태도를 보였었다. 그러나 이번에는 그 같은 말참견에도 전혀 노하는 기색을 나타내지 않았다. 그의 표정은 석상처럼 굳어 있었고 무의식적으로 테이블을 손가락으로 톡톡 두들기고 있었다.

"입대하기를 거부하는 진짜 이유가 무엇인가?"

"이미 말씀드렸습니다."

아더는 급히 숨을 들이키며 대답했다.

"제기랄!"

라메지는 참을 수 없다는 듯 언성을 높였다.

"도대체 무슨 말을 하고 있는지 알아들을 수가 없군. 무엇 때문에 말을 빙빙 돌려서 지껄이는 건가? 솔직하게 말하든가 아니면 입을 틀어막든가 해야지."

"본인 스스로 설명을 하라."

로 목사는 보호해 줄 필요를 느낀 듯 연민에 찬 어조로 말했다.

"전 지금까지 말씀드린 것 외에 더 말씀드릴 것이 없습니다!"

아더는 이렇게 소리친 후 한결 감정을 억누른 목소리로 대답했다.

"저는 인간의 생명을 부정하고 불필요하게 희생시키는 것에 반대합니다. 그런 점에 있어서는 전쟁이든, 전쟁 아닌 그 밖의 경우든 똑같다고 생각합니다."

이 마지막 말을 할 때, 아더의 눈길은 아버지를 향해 날카롭게 던져졌다.

"저런 미친……!"

라메지는 다시 신음하듯 소리쳤다.

"저따위 어리석은 소리를 지껄이게 하다니!"

이때 뜻하지 않았던 음성이 방청석 가운데에서 들렸다. 키가 작

고 별 특징이 없었지만, 많은 관중을 의식하지 않는 듯 매우 침착
한 모습으로 서 있는 사람은 웹트 부인이었다. 그녀는 차분한 목
소리로 차근차근 이야기했다.

"청년의 말은 백 만번 지당합니다. 제 생각에도 심사원 여러분들
모두가 좀 잘못된 생각을 갖고 계신 것 같습니다. 세상 사람들이
'너희는 살생을 하지 말지어다'라는 말씀을 기억해 낸다면 전쟁은
내일이라도 당장 끝날 것입니다."

장내는 대번에 외쳐대며 항의를 퍼붓는 소음으로 가득 차 버
렸다. 몇 사람의 아우성치는 소리가 유난히 크게 울렸다.

"창피한 줄 알아라!"

"닥쳐!"

"저 여자를 끌어내!"

웹트 부인은 난폭한 사람들에 의해 문 쪽으로 끌려나가 심판정
에서 쫓겨났다. 이윽고 질서가 회복되자 더글러스 대위가 테이블
을 요란하게 두들겼다.

"또다시 이러한 소요가 발생하면 본관은 전원 퇴장시킬 것
이다!"

그는 심사 위원들 쪽을 바라보았다. 모든 심사건마다 회의가 옆
길로 빗나갔을 때는, 사태를 본론으로 재빨리 돌이키게 할 필요가
있었다. 그런데 이번에는 문제가 너무 지나치게 빗나간 것이 명백
했다. 더글러스는 경멸하는 빛을 감출 필요가 없다는 듯한 표정으
로 아더의 말을 듣고 있었다.

더글러스 대위는 하사관 출신이었다. 그는 오랫동안 하사관을
지내다가 운이 좋아 장교로 승진된 것이다. 그러므로 학력이 낮았
고, 이것 때문에 그는 지나칠 만큼 고집이 세고 남의 의견을 무시
해 버리는 태도로 일관해 온 사람이었다. 전형적인 독재자의 표본
이었다. 그는 지금 몹시 기분이 상해 있었으므로 말씨가 더욱 퉁

명스러워졌다.

"괜찮다면 문제를 다른 각도에서 생각해 보자. 군은 군대 복무에 반대한다고 했다. 그러나 그 다음에 오는 결과에 대해서도 생각해 보았는가?"

아더는 더글러스의 얼굴에 나타난 험악한 증오의 빛을 보자, 온몸이 얼어붙는 듯한 공포를 느꼈다. 그의 얼굴빛이 더욱 창백해졌다.

"그런 생각을 한다고 해서 저의 태도가 바뀔 수는 없습니다."

"좋다! 너는 2,3년 동안 형무소살이를 하겠다는 것은 아니겠지?"

장내에는 일순 죽음같은 침묵이 흘렀다. 아더는 자기에게 던져지는 군중들의 시선이 바윗돌처럼 무겁게 느껴졌다. 그는 정신이 혼란해졌다. 여기에 실제로 서 있는 사람은 자기가 아니라 어떤 환상인 것만 같았다.

이렇게 무서운 상황에 처해 있는 사람이 자기라는 사실은 생각할 수도 없었다. 그는 스스로 놀라면서 대답을 했다.

"제가 형무소에 가고 싶지 않은 것은, 대부분의 군인들이 참호 속으로 들어가고 싶어하지 않는 것과 마찬가지일 것입니다."

더글러스의 눈길이 더욱 사나워지며 더 큰 목소리로 외쳤다.

"군인들은 그것이 마땅히 행해야 할 자기의 의무라고 생각하기 때문에 출전하는 것이다."

"그렇다면 저는 형무소에 가는 것을 저의 의무로 생각하겠습니다."

방청석에서 한숨소리가 새어 나왔다. 더글러스는 분노를 억제하려는 듯 천정으로 잠시 시선을 돌렸다. 이윽고 그는 발라스 쪽으로 몸을 돌렸다. 그는 어깨를 으쓱해 보이면서, 미안하지만 이젠 가망이 없다는 듯한 표정을 보이더니 책상 위에다 그의 서류를 내

던졌다.

발라스는 의자에 깊숙이 몸을 묻고 굳어 버린 듯 꼼짝도 하지 않고 앉아 있었다. 그는 천천히 이마를 손으로 문질렀다. 자기 주위의 심사 위원들 사이에서 오가는 나지막한 소리에 귀를 기울이고 있는 듯했다. 그는 드디어 결정을 내린 듯 위엄있게 입을 열었다.

장내에는 숨막힐 듯한 무거운 침묵이 깔렸다. 그는 아더의 머리 위를 똑바로 바라보면서 마지막 판결을 내렸다.

"본 심사위원회는 이 사건을 신중히 고려한 결과……."

그는 명확하고 관례적인 형식의 말을 사용하여 선고했다.

"위원 일동은 병역 면제를 용인할 수 없다는 결론에 일치했다."

그러자 장내에는 요란한 박수소리와 환호성이 터져 나왔다. 서기인 러터도 이번에는 제지하는 명령을 내리지 않았다. 방청석에서 한 여인이 외쳤다.

"잘하셨습니다, 발라스 사장님, 정말 잘하셨습니다."

더글러스 대위는 테이블 넘어로 몸을 기울이며 손을 내밀었다. 심사국의 다른 위원들도 서로 다투듯이 손을 내밀었다. 그들 모두와 악수를 나누는 발라스의 표정에는 몹시 감격한 빛이 있었으나, 역시 뭔가 석연치 않은 빛이 보였다. 그는 박수소리와 그 여인의 목소리가 울리고 있는 방청석 쪽을 오랫동안 바라보았다.

아더는 핏기 잃은 얼굴을 깊이 숙인 채 법정 중앙에 그대로 서 있었다. 그는 어서 무슨 일이 일어나기를 기다리고 있는 듯했다. 그는 군중들의 흥분과는 전혀 반대인 공포와 괴로움으로 온몸이 찢기는 듯했다. 그는 아버지를 향해 머리를 치켜들었다. 온몸이 후둘후둘 떨렸다. 이윽고 그는 몸을 돌려서 법정 밖으로 나와 버렸다.

그날 저녁 발라스는 늦게 돌아왔다. 현관에서 그는 우연히 아더와 마주쳤다. 그는 잠시 발을 멈추고 반은 굴욕감, 그리고 반은 당황한 것 같은 묘한 태도로 급작스럽게 말을 내뱉었다.

"네가 원한다면 항소할 수 있다, 항소할 수도 있단 말이다!"

아더는 아버지를 조용히 바라보았다. 그는 이제 평정을 되찾은 자신을 느꼈다.

"저를 이 모양으로 만든 사람은 아버지입니다. 저는 항소하지 않겠습니다. 저는 끝까지 제 생각대로 하겠습니다."

침묵이 흘렀다.

"좋다!"

발라스도 체념했다는 듯 고개를 끄덕였다.

"그건 네 생각에 달렸으니까 좋도록 해야지."

그는 발길을 돌려 식당 안으로 들어갔다.

아더는 계단을 올라가면서 캐리 고모가 울고 있는 소리를 들었다.

그날밤 읍내는 커다란 흥분으로 휩싸였다. 발라스의 결단이 읍내 사람들의 애국심에 불을 붙인 것이다. 군중들은 깃발을 흔들며 모두 거리로 뛰쳐나와 승리의 노래를 부르면서 거리를 행진했다. 웹트 부인의 상점 앞을 지나던 군중들은 누가 시작했는지도 모르게 유리창을 부숴 버렸다.

그 다음엔 핸즈 메슈어의 가게로 향했다. 핸즈 노인은 지금까지 외국인이라는 의심을 받아 왔는데 흥분된 군중들에게는 그 의심이 확정적인 것이 되어 버린 것이다. 그의 상점은 순식간에 파괴되었다. 유리창은 산산조각이 나고 상점의 물건들도 성난 무리의 손길에 의해 사정없이 짓이겨졌다. 메슈어 노인이 언제나 자랑했던 적청(赤靑) 무늬의 기둥 간판도 땅바닥에서 밟혀 버렸다. 깜짝 놀라 침대에서 일어난 핸즈 노인은 항의할 사이도 없이 마룻바닥으로 굴러떨어져 버렸다.

법정에 섰던 이틀 후 아더는 체포되어 타인캐슬 병영으로 연행

되었다. 그것은 완전한 평정과 질서가 유지되는 가운데 일어난 일이었다. 모든 것이 평온하게, 그리고 자신의 자유 의사와는 전혀 상관없이 기계적인 조직 속으로 빨려들어가는 느낌이었다. 그는 병영에서도 군복을 입는 것을 거부했다. 그리하여 당장 군법회의에 회부되어 2년의 중노동형을 선고받고 벤튼 형무소에 수감되었다.

아더는 이 두 번째 법정에서 나올 때 마치 다른 사람에게 일어난 것처럼 생각되는 자신의 일을 생각했다. 그에게는 전혀 현실로서 다가오지를 않았다. 다만 아버지의 얼굴빛이 기묘하게 변했던 기억, 얼굴이 빨개진 채 당황하면서 어쩔 줄을 몰라하던 모습만이 뚜렷하게 떠오르는 것이었다.

고난의 감방 생활

죄수 호송마차가 벤튼 형무소 밖에서 삐걱하며 급정거를 했다. 그와 동시에 문의 바깥쪽 .빗장이 벗겨지는 요란한 소리가 들려왔다. 아더는 자신이 형무소로 호송되는 마차 안에 갇혀 있다는 사실을 다시 한 번 스스로에게 자각시키면서 어둡고 좁은 좌석에 꼿꼿이 앉아 있었다.

마차는 다시 앞으로 삐걱거리며 얼마쯤 나아가다가 멈추어 섰다. 그러자 자물쇠가 벗겨지고 마차 문이 확 열리면서 차가운 밤바람이 안으로 밀려들어왔다. 문 밖에서 간수의 목소리가 들려왔다.

"나와!"

아더와 다른 네 사람이 비좁게 칸막이한 자리에서 일어서서 밖으로 나갔다. 타인캐슬에서 벤튼까지는 길이 좋지 않아 몹시 흔들리며 와야 했다. 그것도 끝나 버리고, 이제 그들은 형무소의 안마당에 서게 된 것이다. 밤하늘엔 무겁게 구름이 드리워져 있는 사이로 비가 세차게 퍼붓고 있었다. 아스팔트의 우묵하게 패인 곳마다 검은 빗물이 고여 있는 것이 음산해 보였다.

아더는 잽싸게 주위를 둘러보았다. 급경사진 성곽 같은 지붕을 인 높은 재색의 담과 쇠창살이 박힌 창들의 행렬이 보였다. 또한 번쩍번쩍하는 비옷을 입은 간수들과 정적, 그리고 아무런 형태도 없는 주변이 아치형 통로 위의 가로등에서 발산되는 희미한 황색 불빛 아래에서 가까스로 그 윤곽을 드러내고 있었다.

다섯 명의 죄수는 개울물처럼 쏟아져 내리는 빗속에 서 있다가 간수가 구령을 붙이자, 행진하듯이 걸어서 하얗게 회칠을 한 방으로 들어갔다. 그 방은 불빛이 너무나 환했다. 때문에 오랫동안 어둡던 곳에 있다 들어온 그들은 몹시 눈이 부셨다. 아무런 가구도 없는 방 안에 테이블만이 하나 놓여 있었고, 그 앞에 관리 한 사람이 서류뭉치와 장부를 앞에 벌여 놓고 앉아 있었다. 그는 대머리가 벗겨진 번쩍이는 머리에 나이가 지긋해 보이는 사나이였다.

호송차에 동승해 왔던 간수가 그 관리에게 다가가서 무엇인가를 이야기했다. 그들이 말하는 동안 아더는 자기와 함께 호송차에서 동행해 온 그 네 사람의 죄수들을 바라보았다. 첫 번째 두 죄수는 몸이 작고 초라해 보이는 행색을 하고 있었다. 검은 넥타이를 똑같이 매고 있었으며, 얼굴은 길쭉하고 퀘이커 교도 같은 모습이 괴상하게도 닮아 있었다. 그들은 형제간임이 분명했다.

세 번째 사나이는 풀이 죽어 보이는 창백한 얼굴에 금테 코안경을 끼고 있었다. 그는 가난한 회사원 같은 모습으로 앞의 두 형제들과 같이 남을 해칠 것 같은 기미는 전혀 없어 보였다. 그는 몹시 불안한 안색으로 어쩔 줄을 모르는 듯했다. 네 번째 남자는 키가 크고 수염이 텁수룩한 것이 지저분해 보였다. 그는 자신이 이러한 곳에 와 있는 것은 아주 당연하다는 듯 여유 작작한 표정으로 서 있었다.

테이블 앞의 관리가 호송차의 간수에게 이야기하던 것을 멈추었다. 그는 펜을 집어들더니 소리를 질렀다.

"거기 한 줄로 서, 알겠나?"

그 관리는 형무소의 수용 담당관이었다. 그는 죄수 한사람 한사람의 형 판결장을 기계적으로 크게 낭독하면서, 성명과 직업, 종교와 각자가 소지하고 있는 현금을 장부에 기록했다.

지저분한 모습의 사나이가 첫번째로 호출되었다. 그는 돈이라고는 동전 한 닢 갖고 있지 않았다. 그는 폭행죄로 들어왔고 무직이며, 3년의 중노동형을 받고 있었다. 그의 이름은 힉스였다.

다음 차례는 아더였다. 아더는 정확히 4파운드 6실링 10펜스의 돈을 가지고 있었다. 수용관은 아더의 돈 계산을 끝내자, 지폐 위에 깔끔하게 쌓아 놓은 은전들을 바라보며 빈정대듯이 말했다.

"이 징병 기피자 새끼는 돈이 많은걸."

두 형제와 가난한 회사원이 그 다음 차례였다. 그들 셋은 모두 다 양심적인 전쟁 반대자들이었다. 그래서 수용관은 이따위 돼지 같은 비국민을 다루어야 하는 자신을 개탄하면서 투덜투덜 불평을 해대는 것이었다.

관리는 등록을 다 끝마치자 일어서서 안쪽 문의 자물쇠를 열었다. 그는 말없이 엄지손가락으로 들어가라는 신호를 했다. 그래서 죄수들은 양쪽에 조그마한 감방이 있는 긴 방으로 한 줄로 들어섰다. 이때 수용관이 소리쳤다.

"돼지 같은 새끼들, 입고 있는 것을 몽땅 벗어!"

그들은 옷을 다 벗었다. 퀘이커 교도인 형제는 사람들 앞에서 옷을 벗지 않으면 안 되는 것에 무척 당황스러워했다. 그들은 천천히 그리고 부끄러운 듯이 옷을 벗다가 맨살이 드러나자 수치심으로 몸을 떨며 내복바람으로 서 버렸다.

힉스는 그렇게 서 있는 그들이 우스워서 못 견디겠다는 얼굴이었다. 그는 완전히 발가벗고, 부스럼자리가 있는 더럽게 때가 낀

털이 숭숭 난 몸을 드러냈다. 그는 두 다리를 쩍 벌리고 서서 이빨을 드러내고 싱긋 웃으며, 퀘이커 교도들을 향해 천한 몸짓을 해 보였다.

"자자, 색시들, 우린 모두 새우잡이를 하러 가는 거야."

"닥쳐, 이 새끼!"

수용관이 말했다.

"넷!"

힉스는 알랑거리듯이 대답하고는 앞으로 걸어가서 저울대 위로 올라갔다.

죄수들은 모두 몸무게를 달고 키를 쟀다. 그것이 끝나자, 힉스는 형무소 내의 사정에 밝은 듯 앞장서서 콘크리트 바닥을 지나 목욕탕으로 갔다. 통속에는 때가 둥둥 뜬, 더럽고도 미적지근한 물이 반쯤 들어 있었고, 목욕탕 자체가 몹시 더러웠다.

아더는 그 더러운 목욕통 속에서 부스럼투성이인 몸을 박박 문지르고 있는 힉스를 바라보았다. 그는 수용관을 돌아보며 나지막한 목소리로 물었다.

"이 목욕통에 꼭 들어가야 합니까?"

수용관은 재미있다는 듯 아더를 바라보다가 천천히 고개를 끄덕이며 말했다.

"그래, 이 사람아."

그는 다시 덧붙여 말했다.

"아무 소리 말고 들어가!"

아더는 목욕통 안으로 들어갔다.

더러운 목욕이 끝난 후 그들은 죄수복을 받았다. 아더는 노란 프란넬 내의와 팬츠, 한 켤레의 양말, 그리고 검은 화살표의 커다란 무늬가 가득 찍힌 작은 카키색 제복을 받았다. 바지는 거의 무릎 밑에도 오지 않는 짧은 것이었다. 그의 시선이 꽉 죄이는 짧은 저고리에 멈추어지자, 그는 결국 카키복이구나 하는 생각을 하면서 자신도 모르게 웃어 버렸다.

안쪽 문이 열리면서 의사가 들어왔다. 의사는 빨간 색깔의 둥근 얼굴을 한 사나이로서 앞니가 온통 금으로 번쩍이고 있었다. 그는 귀에 청진기를 디룽거리며 팔팔한 자세로 들어와서는 재빠르게 그것을 사용했다.

그는 죄수들을 단숨에 훑어보더니 아무 감정도 없는 기계가 또 하나의 다른 기계를 다루듯 재빨리 두세 번 가슴을 두들겨 보는 것으로 진찰을 끝냈다. 그러고는 혹시 성병을 앓은 적이 있었느냐고 물었다. 그런 다음 곧 다른 사람에게로 옮겨갔다. 아더는 의사의 이러한 태도를 탓할 생각은 없었다. 만일 자신이 이곳의 의사라 해도 역시 이런 식으로 해치울 수밖에 없을 것이라고 생각했다.

아더는 모든 일을 공정히 판단하려고 애썼다. 그는 침착하게끔 얼마나 자신을 억제했는지 모른다. 그것만이 피할 수 없는 이 일을 조용히 받아들일 수 있는 유일한 방법이었기 때문이다. 그는 전날밤에 이 문제에 대해 여러 면으로 검토하며 생각했었다. 그렇게 미리 준비하지 않으면 자기는 대번에 미쳐 버릴지도 모른다는 두려운 예감을 느꼈던 것이다.

의사의 진찰이 끝나자, 대머리인 수용관은 죄수들을 새로 온 간수에게 맡기고 의사와 함께 밖으로 나갔다. 새로 나타난 간수는 말없이 방 안으로 들어와서 여전히 입을 다문 채 죄수들을 점검했다.

이 간수는 키가 작고 탄탄한 몸집에 머리가 납작한, 자신 만만해 보이는 기분 나쁜 사나이였다. 그는 윗입술이 짧을 뿐만 아니라 입술 전체가 지나치게 얄팍했다. 멋대가리없는 머리가 언제나 앞으로 쑥 내밀어져 있는 듯한 모양은, 오랫동안 감시만 해 온 자세에서 나온 버릇인 듯했다. 그의 이름은 콜린즈였다.

콜린즈는 말없이 조사를 다 하고 나더니 죄수들 한사람 한사람에게 수인 번호와 감방 번호를 알려 주었다. 아더의 수인 번호는 115였고 감방 번호는 273이었다. 콜린즈는 무거운 쇠문의 자물쇠를 열며 말했다.

"자, 나와라. 지금부터 활발하게 행진한다."

그들은 걸어나왔다. 콜린즈의 냉정한 눈 아래에서 한 줄로 서서 형무소의 본관으로 행진해 들어갔다.

형무소는 우물 형태로 건축되어 있었다. 사방에 감방이 붙어 있어 소리가 쾅쾅 울리는 거대하고도 깊은 우물과 같았다. 그리고 감방의 회랑(廻廊)들이 굉장한 높이까지 층층을 이루며 빙 둘러 있었다. 그 회랑 하나하나는 무겁게 잠겨져 있어, 서로 연결된 회랑 전면이 어마어마한 동물우리 모양을 하고 있었다. 공기는 차가웠고 소독약 냄새와 함께 차가운 흙감방의 냄새가 물씬풍겼다. 아더는 그 냄새에 몸이 떨리는 것을 느꼈다.

콜린즈는 아더를 273호 감방까지 데리고 갔다. 그것은 제3회랑 안에 있었다. 아더는 273호 감방 안으로 들어갔다. 그곳은 넓이 6피트에 길이가 13피트로 천정이 지독하게 높았다. 사면의 벽은 벽돌로 되어 있었는데, 그 하반부는 황갈색, 상반부는 백색으로 페인트칠되어 있었다.

한쪽 벽 높다란 곳에 육중하게 격자를 박아 넣은 작은 창이 하나 달려 있었지만, 사실 창이라고 부를 만한 것이 못 되었다. 햇빛이 아주 밝게 빛나는 대낮에도 조그마한 광선조차 거의 새어 들어오지 않았다. 철사로 덮인, 외부에서 켜고 끄게 되어 있는 전구 하나만이 감방에다 희미한 빛을 비춰 주고 있었다.

감방 바닥은 시멘트로 만들어져 있었고, 그 시멘트 바닥 구석에 에나멜 칠을 한 주전자와 변기가 놓여 있었다. 이 수백 개의 변기들로부터 풍기는 냄새가 바로 형무소 냄새였다.

침대는 6피트 길이에 2피트 반 넓이의 판자로, 그 위에 담요가 한 장 있을 뿐 매트리스는 없었다. 침대 바로 위에 에나멜 칠을 한 컵 하나와 접시, 주석으로 만든 스푼과 나이프들이 놓여 있는 선반이 달려 있었다. 그 외에도 작은 칠판 하나와 분필이 선반 위에 달아매여 있었고, 그 칠판 아래엔 읽을 것을 유혹하듯 기대어 세워놓은 조그마한 성경책이 한 권 있었다.

아더는 감방 안에 있는 모든 것을 둘러본 다음 눈을 돌려 문간에 서 있는 콜린즈를 보았다. 그는 마치 감방에 대한 아더의 감상을 듣고 싶다는 듯 그때까지 서 있었다. 그의 입술은 약간 아래로 처졌고, 머리는 역시 앞으로 내밀고 있었다.

아더가 아무 말도 하지 않자 그도 한마디의 말도 없이 몸을 돌려 묵묵히 걸어나가 버렸다. 조그마한 격자들이 박힌, 내다보는 구멍이 달린, 육중한 문이 쾅하고 닫히자 아더는 자기의 침대인 나무 판자 가장자리에 앉았다. 그는 이제 형무소 안에 갇힌 것이다. 그는 이제 아더 발라스가 아니고 115호 죄수였다.

단단히 결심하고 있었음에도 불구하고 냉혹한 절망감이 그를 엄습했다. 그것은 지독한 것이었다. 예상했던 것보다 몇 배나 더 지독한 상황이었다. 형무소라는 곳이 어떤 곳인지 전혀 모를 때는 그곳에 대해 이야기하는 것이 매우 쉬웠다. 그러나 실제로 안에 갇히게 되자 이곳에 대해 말한다는 것은 그다지 수월한 것이 아니었다. 형무소란 무서운 곳이었다. 그는 컴컴하고 작은, 굳게 문이 닫혀 있는 독방을 휘이 둘러 보았다.

7시가 되자 저녁식사가 배급되었다. 그것은 물기가 많은 죽 한 사발로 새로 수감된 죄수용의 특별 저녁식사였다. 구역질나게 만드는 음식이었지만, 아더는 선 채로 억지로 다 먹었다. 먹고 나서는 다시 침대 가장자리에 걸터앉았다. 그는 아무리 많이, 그리고 깊이 생각한다 해도 아무 소용이 없는 곳임을 알았다. 그렇지만 생각이나 할 밖에 다른 할 것이 없었다. 성경을 읽고 싶은 마음도 생기지 않았다. 칠판에다 무엇을 써 보고 싶은 생각도 전혀 없었다.

아더는 자신이 왜 여기에 와 있는가를 다시 생각했다. 자기는 사람을 죽이는 것을 거부했기 때문에 여기에 와 있는 것이다. 군대에 입대하여 프랑스의 어느 황량한 진흙탕에서 다른 사람의 몸뚱이에 총검을 찔러 죽이는 일을 거부했기 때문에 영어의 몸이 된 것이다. 그가 여기에 와 있는 것은 살인을 했기 때문이 아니라 살인을 거부했기 때문이었다.

그것은 괴상한 일이었다. 또 흥미있는 일이기도 했다. 그러나 그런 것에 대해 생각하면 할수록 흥미스런 마음도 사라져가는 것이었다. 곧 손바닥에서 땀이 솟아나기 시작했다. 그가 노이로제에 걸려 있다는 생리적인 징후가 나타나기 시작한 것이다. 땀이 손바닥 밖으로 샘처럼 솟아 절대 멈추지 않을 것이라는 생각이 들기 시작했다.

그때 갑자기 어떤 소리, 마치 개가 짖는 듯한 소리가 들려 왔다. 그는 깜짝 놀랐다. 그것은 형무소의 우물 밑바닥이라고 할 수 있는 가장 낮은 회랑에서 들려 왔다. 적막한 독방에서 들려 오는 것 같았다. 사람이 아닌 짐승의 목소리로 누구도 막을 수 없는 격렬한 것이었다.

아더는 벌떡 일어섰다. 그의 마음은 바이올린 현처럼 팽팽히 긴장되어 그 무서운 울부짖음을 따라 몹시 떨렸다. 그는 바짝 긴장하여 귀를 기울였다. 그 울부짖음은 견딜 수 없는 높은 울림으로 온 감옥으로 퍼져 나가고 있었다. 그러다가 갑자기 그 소리가 뚝 끊어졌다. 마치 어떤 무섭고 강력한 것에 의해 갑자기 꽉막혀 들려 오지 않는 듯했다. 정적이 계속되었다. 그러나 그 정적은 마치 그 울부짖음이 어떻게 뚝 끊어지게 되었는가를 소곤거려 주는 것만 같았다.

아더는 감방 안을 왔다갔다했다. 그는 천천히 발걸음을 떼었으나 차츰차츰 그 걸음걸이가 빨라졌다. 그는 그 울부짖는 소리가 다시 시작되기를 줄곧 기다렸으나 다시는 들려 오지 않았다. 그가 감방의 콘크리트 바닥을 거의 달리다시피하면서 왔다갔다하고 있을 때였다. 갑자기 벨소리가 울려 퍼지더니 전등불이 일제히 꺼져 버렸다.

아더는 감방 한복판에 막대기처럼 뻣뻣하게 서 있었다. 그는 화살표 무늬가 찍힌 카키복을 어둠 속에서 천천히·벗어버리고 판자 침대 위에 드러누웠다. 그러나 잠을 이룰 수가 없었다. 그는 자기가 도저히 잠을 이룰 수가 없을 것이라고, 그러나 시간이 흐르면 이 판자 침대의 딱딱함에 익숙해질 것이라고 혼자 말하고 혼자 대답했다.

그러나 그러는 사이에 괴로운 생각들이 거대한 수레바퀴처럼 머릿속에서 빙빙 돌며 번쩍번쩍하다가 차츰 더욱 커져서 드디어 독방을 꽉 채워버렸다. 선회하는 수레바퀴 속에서는 여러 사람들의 얼굴과 온갖 장면들이 빙빙 돌아가고 있었다.

아버지, 헤티, 라메지, 심사국, 넵튠 탄광, 탄갱 속에서 죽은 광부들, 눈을 부릅뜬 채 전쟁터에서 죽어 나둥그러지고 있는 군인들, 그러한 모든 모습이 한데 뒤섞여 더욱 빠르게 도는 것이었다. 그는 이 같은 혼돈 속에서 자기를 지탱하기 위해 판자 침대의 가장자리를 땀이 흐르는 두 손으로 꼭 잡았다. 그러는 사이에 밤이 어느새 지나갔다.

아직도 어두운 새벽 다섯시 반에 기상을 했다. 형무소의 벨소리가 울리자 아더는 일어났다. 그는 세수를 하고 옷을 입은 다음 담요를 개고 감방을 청소했다. 그 일이 거의 끝나기도 전에 열쇠로 자물쇠를 비트는 소리가 들렸다. 감방의 자물쇠를 비트는 열쇠소

리는 특별했다. 두개의 금속이 서로 싫은데 강제로 엇물려서 돌아
가는 것처럼 덜그럭, 끼익하는 요란한 소리를 냈다. 그것은 사람
의 골수까지 파고드는 기분 나쁜 소리였다. 콜린즈가 우편부대를
몇 개 방 안에다 집어던져 넣었다.

"그걸 기워."

그 말을 하는 순간 덜컹하고 문이 다시 닫혀 버렸다.

아더는 그 우편부대를 집어 들었다. 그것은 허연 갈색 빛이 나
는 조잡스런 자루들이었다. 그러나 그것들을 어떻게 기워야 하는
지 알 수가 없었다. 그는 부대들을 내려놓고 앉아서 형태가 이루
어지게 재단된 그 캔버스 천의 자루를 7시가 될 때까지 바라보고
만 있었다.

그때 열쇠소리가 들리며 아침식사가 들여 놓아졌다. 아침식사도
역시 물기가 많은 죽 한 그릇과 갈색 빵덩어리 하나뿐이었다.

아침식사가 끝나자 콜린즈의 단단한 머리가 구멍 속으로 거의
들어오다시피해서 감방 안을 들여다보았다. 그는 만들지 못한 우
편부대를 바라보다가 이상한 표정으로 아더를 바라보았다. 그러나
잔소리는 하지 않았다. 그는 부드럽게 말했다.

"나와서 운동을 해."

운동은 형무소 안마당에서 하는 것이었다. 마당은 미끌미끌한
아스팔트였는데 굉장히 높은 담으로 둘러싸여 있고, 한쪽 끝에는
높은 단이 하나 만들어져 있었다. 그 단 위에는 다른 간수가 서서
죄수들이 원을 그리며 빙빙 돌고 있는 것을 보고 있었다. 그는 죄
수들이 서로 말하지 못하도록 입을 감시하다가 가끔 소리를 질
렀다.

"조용히 해!"

오래 된 죄수들은 입을 벌리지 않고도 묘하게 서로 말을 통하는
듯했다.

마당 한복판에는 변소가 하나 있었는데, 나지막한 기둥 위에다 둥근 금속의 벨트 같은 것을 얹어 놓았다. 죄수들은 마당을 빙빙 돌다가 간수에게 손을 들어 변소에 가도 좋으냐고 허가를 얻어야 했다. 그래서 죄수들이 변소로 들어가면 그들의 머리는 금속의 벨트 같은 것 위로 드러나 보이게 되어 있고, 다리는 그 아래로 보이도록 되어 있었다. 그 변소 안에서 오래도록 앉아 있는 것은 굉장한 대접을 받는 것으로, 간수의 마음에 든 죄수에게만 허용되는 특권이었다.

아더도 다른 죄수들과 함께 빙빙 돌았다. 새벽의 어스름한 속에서 다리를 질질 끌며 빙빙 도는 모습은 인간의 이성으로는 이해할 수 없는 일이었다. 말하자면 미치광이의 서커스와 같은 괴상망측한 것이었다.

죄수들의 얼굴은 모두 비굴해 보였고, 뚱한 표정에서는 희망의 빛을 찾아볼 수 없었다. 그들의 몸에는 형무소의 고약한 냄새가 배어 있었는데, 팔이 불필요한 물건처럼 대롱대롱 매달려 있었다. 아더는 두 사람 앞에 힉스가 있는 것을 보았다. 그는 어깨 넘어로 아는 체를 하며 눈을 찡긋했다.

"담배 피우고 싶지 않나?"

힉스는 입 가장자리로 말을 걸었다.

"말을 하지 말아!"

단 위에서 호올 간수가 소리쳤다.

"너 514호, 말하지 말아, 인마!"

수레바퀴마냥 빙빙 도는 가운데서, 아더는 머릿속이 더러운 변소를 초점으로 빙빙 돌아가는 것같이 느껴졌다. 호올 간수의 직책은 그렇게 빙빙 도는 것을 감시하는 것인 듯했다. 그의 목소리는 마치 회초리처럼 팩팩 소리를 내며 죄수들 머리 위로 떨어졌다.

"말을 말아, 말하지 말아!"

운동은 마치 미치광이들이 회전목마놀이를 하는 것과 같았다.

9시가 되자 죄수들은 공장으로 들어갔다. 아무것도 없는 길쭉한 작업장인데, 여기에서 그들은 우편부대를 꿰매게 되어 있었다. 아더는 다시 몇 개의 우편부대를 배당받았다. 작업 감독관인 비비 간수가 아더에게 우편부대를 주었다. 그는 아더가 처음 들어온 신참자임을 알자, 캔버스 천의 부대를 내주다가 허리를 굽히면서 설명을 해 주었다.

"이봐, 멍청이. 이것들은 이렇게 꿰매는 거야."

말은 거칠었지만, 커다란 바늘로 두터운 캔버스 천을 두 겹으로 접힌 곳을 꿰뚫어 꿰매는 방법을 보여 주는 태도는 제법 상냥하기까지 했다. 그는 다시 덧붙이듯 큰소리로 말했다.

"우편부대를 많이 꿰매면 밤에 코코아를 마시게 된다. 알겠나, 멍청아? 아주 맛이 좋은 뜨끈뜨끈한 코코아가 한 사발이다!"

비비 간수의 목소리에 깃든 친절미가 아더에게 새로운 힘을 불어넣어 주었다. 아더는 우편부대를 꿰매기 시작했다. 약 백 명 가량의 죄수들이 모두 우편부대를 꿰매고 있었다. 아더 옆에 있는 사람은 늙어 보였는데, 수염이 허옇게 나고, 꿰매는 것도 기술적이며 속도가 빨랐다. 그는 틀림없이 코코아를 마실 수 있을 것 같았다.

노인은 우편부대를 바꾸어 들 때마다 겨드랑이 밑을 벅벅 긁으면서 아더를 슬쩍 쳐다보곤 하였다. 그러나 그는 아무 말도 하지 않았다. 만일 그가 말을 하게 되면 코코아를 놓칠 것이 분명하기 때문이다.

12시가 되자 다시 벨이 울렸다. 그들은 일을 중지하고 점심을 먹기 위해 열을 지어 독방으로 돌아갔다. 그 유난스러운 열쇠소리가 다시 들려왔다. 점심식사로는 수프와 빵, 냄새가 고약한 마가린이 전부였다. 점심식사가 끝나자 콜린즈 간수는 들여다보는 구멍을

덜컥 닫아 버렸다. 그 문을 닫기 전 그는 무서워 보이는 눈망울을 굴리며 말했다.

"네놈은 아무것도 안 하려고 여기에 온 것이 아니야. 빨리빨리 그 우편부대를 꿰매란 말이다!"

아더는 우편부대 꿰매는 일을 시작했다. 그의 부드러운 손은 두 터운 캔버스 천에 바늘을 찌를 때마다 차차 아픔을 느끼기 시작했다. 한쪽 엄지손가락에는 물집이 생겼지만 그저 반사적으로 일을 했다. 자기가 무엇을 하고 있는지, 그리고 왜 이런 일을 하고 있는지 알 수가 없었다. 어느새 그의 동작은 자동적이 되어 그저 우편부대를 꿰맬 뿐이었다.

다시 열쇠소리가 들려 왔다. 콜린즈가 물기 많은 죽과 빵 한덩어리를 저녁식사로 들고 들어왔다. 그는 먼저 우편부대를 바라보고, 다음에는 아더를 바라보다가 짧은 윗입술을 젖히며 이빨을 드러냈다. 무슨 까닭에서인지, 콜린즈 간수는 아더에 대해 뭔가 앙심을 품고 있는 것 같았다.

그러나 그는 별로 서두르지 않았다. 앞으로 얼마든지 괴롭힐 건 덕지가 많았고, 또 오랜 경험으로 미루어 봐서 시간을 질질 끌며 더욱더 재미있는 방법을 짜낼 수 있다는 것을 알고 있었다. 그는 뭔가를 생각하는 듯한 얼굴로 말했다.

"겨우 이것밖에 못 했나? 여기는 게으름 피우는 놈을 기르는 곳이 아니야."

"전 아직 익숙하지 못해서……."

아더가 대답해다. 무의식적이었지만 상대방의 기분을 맞추는 투의 어조였다. 그는 우선 콜린즈에게 잘 보여야 한다는 사실을 깨달은 것 같았다. 아더는 눈을 들었다. 그의 눈에는 콜린즈가 마치 갑작스럽게 커다랗게 변한 것같이 보였다. 특히 그의 만들어지다 만 듯한 납작한 머리통이 터무니없이 커지면서 위협하는 것처럼 느껴졌다.

아더는 콜린즈를 보고 싶지 않았기 때문에 어서 빨리 가 버렸으면 싶었다. 그러나 그는 아더에게 더욱 얼굴을 가까이 내밀면서 말했다.

"어서 익숙해지도록 하는 것이 좋을 게다."

말은 부드러웠지만 눈길은 험악했다.

"여기서 게으름이나 부리면서 병역을 기피하려고는 생각도 하지 말아. 벨이 울릴 때까지 쉬지 말고 주머니를 꿰매."

아더는 벨소리를 들을 때까지 작업을 계속하다가 8시에 벨이 울리는 소리를 들었다. 벨소리는 굉장히 큰 음향으로 형무소의 깊은 구석구석까지 가득 채우는 듯했다. 그는 이제부터 날이 밝을 때까지 혼자 있어야만 한다는 것을 생각했다.

아더는 침대에 앉아서 카키색 바지에 찍혀 있는 커다란 검은 화살표시를 응시했다. 그리고는 집게손가락으로 그 화살무늬를 더듬기 시작했다. 왜 자신에게 이 화살무늬가 찍혀 있어야만 하는가? 그는 온몸이 온통 화살무늬에 박혀 있는 것처럼 느껴졌다. 멍하니 마비된 것 같은 몸 전체가 날아온 커다란 화살에 찔려 꼼짝도 할 수 없을 것 같았다.

아더는 이제 자신은 존재하지 않게 된 것 같은 이상한 기분이 들었다. 정신적으로 완전히 말살당한 것 같은 느낌이었다. 이 화살들이 자기를 죽여버리고 말았다는 생각이 점점 더 현실처럼 확대되었다.

9시가 되자 불이 나가 버려서 다시 캄캄해졌다. 그는 바보처럼 옷을 벗고 기절이라도 한 것처럼 판자 침대 위에 드러누웠다.

그러나 아더는 오래도록 잠들지 못하고 있었다. 한밤중이 지나자, 지난밤에도 괴로움을 당했던 그 울부짖음 소리에 다시 눈을 떠야 했다. 그러나 이번에는 한 번 일어난 후에 잊혀져 버린 것처

럼 언제까지나 계속되었다. 그것은 사나운 야수의 울부짖음이
었다.

아더는 침대에서 벌떡 일어났다. 지금까지 자고 있었기 때문에
기분은 가뿐했다. 그는 다시 생기를 회복했다. 그러나 그것은 무
섭고 고통스러운 생기였다. 그는 그 울부짖음 소리도, 암흑도, 그
리고 이 외로움도 견딜 수가 없었다. 그는 소리를 높여 외쳤다.

"소리지르지 말아! 소리지르지 말아! 제발 소리지르지 말아!
소리지르지 말란 말이다!"

아더는 두 주먹을 불끈 쥐고 감방의 문을 두드리기 시작했다.
미치광이처럼 소리지르며 문을 마구 두들겨댔다. 그러자 다른 죄
수들도 곧바로 함께 외치며 문을 두드려대는 소리가 들렸다. 캄캄
한 지하 묘지를 닮은 회랑으로부터 외치고 두드리는 거센 소리가
물결처럼 일어났다. 그러나 아무도 신경을 쓰는 사람이 없었다.
거대한 외침과 두드리는 소리는 차츰차츰 암흑과 정적 속으로 다
시 사라져 버렸다.

아더는 한동안 가슴을 두근거리며 양팔을 쫙 폈다. 그는 굳게
닫힌 차가운 문의 쇠창살에다 자기의 뺨을 꽉 눌러대고 서 있
었다. 이윽고 그곳에서 떨어져서 바닥 위를 걷기 시작했다. 움직
이며 돌아다닐 여지도 없었지만, 그래도 그렇게 하지 않고는 견딜
수가 없었다. 도저히 가만히 있을 수가 없었다.

아더는 여전히 주먹을 꽉 쥔 채, 몸의 긴장을 풀 수가 없었다.
가끔 판자 침대 위에 몸을 던졌지만 소용없었다. 고통과 긴장으로
꽉 조인 신경은 풀리지를 않았다. 다만 걷는 것만이 그를 구원해
주는 것 같았기 때문에 쉬지 않고 방 안을 걸어다녔다.

열쇠소리가 났을 때도 아더는 여전히 걸어다니고 있었다. 그 열
쇠소리로 또 하루를 시작하는 것이었다. 그는 그 소리를 듣자 소
스라치게 놀란 듯 감방 한복판에 서서 콜린즈의 얼굴을 똑바로 바

라보았다.

"전, 그 울부짖는 소리 때문에 잠을 잘 수가 없었습니다. 그 소리 때문에 잠을 잘 수가 없었습니다."

"못난 녀석같이 ······."

콜린즈는 냉소를 던졌다.

"전 잘 수가 없었습니다. 전 잘 수가 없었습니다. 그 울부짖는 소린 뭡니까?"

"입 닥쳐!"

"그 울부짖는 소리는 대체 뭡니까? 그건 뭡니까?"

"입 닥치라고 했잖아. 그건 정신이 돈 놈의 소리야. 알고 싶으면 가르쳐 주지. 정신병자가 이 형무소 안에 있단 말이다. 알았으면 이젠 입을 다물어. 쓸데없는 소린 그만해!"

콜린즈 간수는 이렇게 말하고 나가 버렸다.

아더는 얼굴을 두 손으로 감싼 채 가만히 서서 진정해야 한다고 생각했다. 그러나 다리가 후들후들 떨려오고 온몸에는 식은땀이 흘렀다. 그는 죽을 것만 같았다. 콜린즈 간수가 질그릇 사발에다 떠놓고 간 고기 수프도 먹을 수가 없었다. 수프의 냄새만 맡아도 메스꺼웠다. 그는 그 고기 수프를 옆으로 밀어 놓고 판자 침대 위에 앉았다.

갑자기 열쇠소리가 들리며 콜린즈 간수가 다시 들어왔다. 아더를 바라보는 그의 얼굴에 싸늘한 비웃음이 떠오르는가 싶더니 얇은 입술이 뒤틀렸다.

"왜 아침식사를 안 했지?"

아더는 둔한 표정으로 그를 바라보았다.

"먹을 수가 없어요."

"내가 너에게 말하고 있을 때는 서 있어야 해."

아더는 일어섰다.

"아침식사를 해!"

"먹을 수가 없어요."

콜린즈의 입술이 제자리로 되돌아왔다. 굉장히 얇고 시퍼런 색깔이었다.

"입에 맞지 않는다는 건가? 징병 기피자의 구미에는 맞지 않는다는 말씀이야? 어서 아침을 먹어, 이 징병 기피자야!"

아더는 둔한 음조로 되풀이해 대답했다.

"먹을 수가 없습니다."

콜린즈 간수는 자기 턱을 부드럽게 톡톡 쳤다.. 일이 잘 되어 가기 시작하는구만, 하는 태도였다.

"이러면 네가 어떻게 되는지 아나? 정신을 바짝 차리리 않으면 강제로 먹일 수도 있지. 네 목구멍에다 튜브관을 쑤셔 넣어서 그 수프를 위 속에다, 네 위 속에다 쏟아 넣는 거야. 알겠나? 난 전에도 그걸 해 봤는데, 다시 해야겠군."

"미안합니다."

아더는 방바닥에 눈을 던진 채 말했다.

"저걸 먹으면 당장 토할 거라는 사실을 전 알고 있습니다."

"그 사발을 손에 들어."

콜린즈가 명령했다. 간수는 아더가 하는 행동을 바라보았다. 처음부터 콜린즈는 아더가 좋은 집안에서 훌륭한 교육을 받고 자랐다는 것에 대해 강렬한 혐오감을 갖고 있었다. 그 외에 이유가 또 있었다. 콜린즈는 그 다른 이유를 다음과 같이 천천히 설명했다.

"난 네놈을 잘 보아 왔다. 난 누구보다도 징병 기피자를 미워한다. 난 네놈이 수감되던 순간부터 눈독을 들이고 있었단 말이다. 내 아들은 지금 일선에 가 있다. 알겠나? 그만하면 무슨 뜻인지 잘 알 것이다. 이만하면 네놈이 왜 그 아침밥을 꼭 먹어야 하는지도 알겠지? 어서 그 수프를 건방진 네 입속에다 처넣어, 이 비겁한 돼지새끼야!"

아더는 하는 수없이 고기 수프를 먹기 시작했다. 그는 그 물기 많은 음식의 반을 마신 후에 힘이 드는 목소리로 말했다.

"도저히 먹을 수가 없습니다."

그 말을 하는 순간 그의 내장이 뒤틀렸다. 아더는 콜린즈 간수의 구두 위에다 윅 하고 토해 버렸다.

콜린즈 간수는 납덩이처럼 안색이 변했다. 그는 아더가 고기 수프를 자기 구두 위에다 일부러 토했다고 생각했다. 그는 느닷없이 아더의 얼굴을 정통으로 후려갈겼다.

"이런 쌍놈의 새끼!"

아더는 얼굴이 부서져 나가는 듯했다. 분노가 치밀어 콜린즈 간수를 노려보며 소리쳤다.

"이렇게 할 권리가 당신에게는 없습니다."

그는 고통스럽게 숨을 헐떡이며 말했다.

"전 당신이 저를 구타했다는 사실을 보고하겠습니다."

"보고하겠다고?"

콜린즈 간수는 조소하듯 그의 윗입술을 잔뜩 위로 말아올렸다.

"그렇다면 이것도 보고해라."

그는 주먹을 힘껏 휘둘러서 아더를 때려눕혔다.

아더는 감방의 콘크리트 바닥에 넘어져 쭉 뻗고 말았다. 그는 힘없이 신음소리를 냈다. 바로 그 소리를 들으며 콜린즈는 전선의 참호 속에 있을 자기 아들을 생각하며 빙그레 웃는 것이었다. 그는 아더의 옷으로 자기의 더럽혀진 구두를 문지르고 나서 얇은 윗입술을 위로 젖힌 채 감방을 걸어나갔다. 소름끼치는 열쇠소리가 감방을 울렸다.

야망의 발판

세상은 불공평하다. 참으로 ……. 아더가 감방의 시멘트 바닥 위에서 고기 수프의 웅덩이에 잠겨 정신을 잃고 뻗어 있던 그날, 죠는 타인캐슬의 센트럴 호텔에서 굴요리에 맛을 들이기 시작하고 있었다. 굴요리는 정말 맛이 있었다. 그 맛은 놀랄 만한 것이었다. 얼마든지 먹을 수 있다는 점에서 감탄할 만했다.

죠는 기분이 좋을 때는 한 접시가 넘는 굴을 거뜬히 먹어 치웠다. 그리고 그는 언제나 기분이 좋았다. 그렇기 때문에 굴요리는 언제나 기가 막히게 맛이 좋았다. 그 중에서도 크고 살찐 굴에 터배코 소스를 쳐서 레포쥬를 끼얹어 먹는다면 별미 중의 별미였다.

어떤 음식, 이를테면 쇠고기와 닭고기는 점점 귀해져 갔다. 그러나 요령이 있는 사람들은 굴이 나는 철이면 언제나 센트럴에서 굴을 먹을 수 있었다. 죠도 센트럴에서 잘 통하는 인사 중의 하나가 되었다. 그는 그동안 너무 자주 그곳을 드나들었기 때문에 모르는 사람이 없었고, 특히 급사들은 굽실대며 그를 모시곤 했다.

급사장인 수 영감은 누구보다도 죠를 친절하게 맞아 주었다. 수 영감의 본 이름은 수처드였지만, 죠는 남의 이름을 제멋대로 부르는 버릇이 있었다.

"자네도 크로커와 디킨즌을 좀 사 보지, 그래?"

죠가 몇개월 전에 수 영감에게 넌지시 한 말이었다.

"하하……. 그렇게 질린 표정일랑 하지 말아요. 자네는 그런 모험을 할 사람이 아니라는 것을 다 알고 있다고. 가정에 충실한, 뭐 그런 사람이지. 안 그래, 수? 그렇지만 이건 의미가 다르단 말씀이야. 한 번 재미로 백 주쯤 사 보는 것도 좋다 이거야."

일주일 후에 수는 식당 입구에서 죠를 기다리고 있다가 그를 보자 아주 고마워서 어쩔 줄 몰라했다. 그는 거의 무릎을 꿇는 시늉까지 하면서 식당 안에서 최상급의 식탁으로 그를 안내했다.

"아, 다 알고 있어. 수, 일부러 설명해 줄 필요가 없다구. 그것 사서 얼마나 벌었어? 60파운드? 뭐, 담배값쯤 되겠구먼. 그렇지, 수? 하하……! 됐어. 내 뒤만 따라다녀 봐요, 알겠지? 그러면 내가 뒤를 봐 줄 테니까."

'돈이 왕이다!'

죠는 마지막 굴을 포크 끝으로 찔러 솜씨 좋게 입 속으로 슬쩍 삼키면서 생각했다. 급사가 흩어진 굴껍질을 치우고 스테이크를 가지고 올 동안, 그는 식당 안을 기분 좋은 시선으로 쭉 훑어보았다. 센트럴 호텔 식당은 요즘 와서 더욱 성황을 이루었다. 전쟁 통에 돈푼이나 벌었다는 사람들은 으레 이곳으로 모여들기 때문이었다.

이곳은 언제나 사업에 바쁜 수완좋은 장사꾼들로 가득했다. 빙엄과 하워드, 그 두 사람은 군수공장 위원회의 위원들이었다. 또 변호사인 스내그, 잉그램 공장의 경영주인 잉그램, 양조장의 톡우드, 타인캐슬 상공 회의소의 거물인 웨인라이트 등도 그가 아는 사람들이었다. 게다가 마멀레이드 제조업자로 유명한 페닝튼도 알고 있었다.

죠는 그들과의 접촉을 용의 주도하게 진행시켜 나오고 있었다. 돈이 많은 인간들 중에 자기에게 유용하리라고 생각되는 자와는 그 누구든 교묘히 접촉을 시작했다. 그에게 있어서 인간적으로 좋아한다는 것은 아무런 의미가 없었다. 그는 오직 자기의 위치를 높여 줄 수 있는 인간들과만 교제를 했다. 그리고 그의 태도는 너무 성실하고, 교제술이 있었기 때문에 어느 곳에 가든 매우 훌륭한 인물로 대우를 받았다.

창가에 앉아 있던 두 사람과 그의 눈이 마주쳤다. 그는 고개를 끄덕여 인사를 했고, 그들도 친밀한 표정으로 손을 흔들어 주었다. 죠는 만족한 미소를 띠었다. 그들 역시 수완이 좋기로 이름난 보스톡과 스토크스였다. 그렇다, 그들은 둘다 세상일에 훤한 수완가였다.

보스톡은 전쟁이 발발하기 전에는 조그마한 구둣방 주인으로서 이스트 타운에 작은 기성품 구두공장을 가지고 있었다. 그런데 2년 반 동안에 그는 무수한 군납 계약을 다 받아들일 만큼 성공을 했다. 그것은 물론 굉장히 좋은, 여느 계약과는 전혀 다른 것이었다. 즉 구두의 품질이 문제였던 것이다.

보스톡의 구두에는 가죽이라고는 조금도 사용되지 않았다. 아무리 눈을 닦고 보아도 가죽은 일 인치도 보이지 않는 것이었다. 보스톡은 어느 날 밤 카운티 클럽에서 술이 취했을 때 죠에게 그 내막을 아주 조금 누설한 일이 있었다.

보스톡이 자기네 군화에다 사용하는 것은 모종의 나무껍질인데, 그것의 내구성은 전혀 보장할 수 없다고 했다. 그러나 그 군화를 신고 있는 불쌍한 군인들보다도 그 군화의 생명이 더 오래 가고 있으니, 가죽 군화와 나무껍질 군화의 우열의 차가 무엇이겠느냐는 것이었다. 그는 그 비밀을 눈물을 흘리다시피 하면서 털어놓았다.

"애석한 일이야! 아, 정말 가련한 일 아닌가?"

보스톡은 일종의 애국적인 열정에 사로잡힌 듯 느닷없이 훌쩍거리면서 그렇게 말했던 것이다.

스토크스의 사업 계통은 양복점이었다. 지난 몇 개월 사이에 그는 군복 납품의 모든 권리를 다 사들여, 이제는 '내 공장' 하고 이따금씩 말할 정도가 되었다. 그는 크로커즈타운 전체에서 가장 열렬한 애국자인 것처럼 처신했다. 그는 언제나 '국가적 필요'를 운운하며, 자기의 모든 여공원들에게 무보수의 과외 작업을 강요하여 공원들의 점심시간을 줄였다. 또한 일요일에도 밤 8시까지 혹사시키는 것을 당연하게 여겼다.

그렇게 말하면서도 그의 작업의 대부분은 근처의 셋방살이하는 사람들에게 하청으로 내주고 있었다. 그는 바지 한 벌에 7펜스, 군복 상하복에 1실링 6펜스를 지불했다. 카키색 셔츠는 한 다스에 2실링을 주었다. 그러나 그나마 실값이라 하여 그 액수에서 한 다스 당 2펜스 4분의 3을 빼고 주었다. 군인 바지는 하나에 1펜스 4분의 1, 그리고 밴드는 한 다스에 8펜스로 청부를 주었지만, 거기에 소요되는 바늘과 실값은 여직공들이 떠맡는 것이었다.

그렇게 하여 얻는 이익은 그의 주머니 속에 차곡차곡 쌓이는 것이었다. 죠는 부러운 듯이 입술을 빨았다. 밴드의 예를 들면, 확실한 것은 아무도 모르고 있지만, 죠는 이미 '군수 기관'이 스토크스로부터 한 다스에 18실링씩을 주고 사 간다는 사실을 알고 있었다. 그런데 스토크스가 지불하는 원가는 모두 합쳐서 2실링 10펜스밖에 안 되는 것이다. 이 얼마나 놀랄 만한 벌이인가.

실제로 어떤 사회주의 신봉자가 이에 대해 문제를 일으킨 적이 있었다. 내용인즉 스토크스가 셋방살이를 하는 하청인들에게 시간 당 평균 1펜스를 지불하고 있다는 것에 분격하여, 노동 착취라고

국회에 문제를 제기했던 것이다. 그러나 그런 것은 조금도 문제가
되지 않았다.

'병신같이! 노동 착취라니, 말도 안 되는 소리가 아닌가! 그
여직공들은 일을 얻으려고 혈안이 되어 있다. 그리고 그러한 인간
들은 얼마든지 있다. 마가린의 배급을 타려고 줄을 지어 서 있는
무리들을 보란 말이다. 그리고 지금은 전쟁 중이 아닌가!'

죠는 문제를 제기한 사회주의 신봉자를 경멸했다. 죠의 경험으
로 미루어 볼 때, 권세와 부를 얻기 위해서는 전쟁보다 더 좋은 방
법이 없을 것 같았다. 사실 죠가 이 정도까지 된 것도 따지고 보면
전쟁 덕분인 것이다. 밀링튼 공장에서의 그의 세력은 대단했다.
지금은 모든 종업원이 모건, 어빙, 게다가 잔소리꾼인 도비 영감
도 마찬가지로 그를 두려워했다.

죠는 싱긋 웃었다. 그는 의자에 몸을 기대며 특별한 맛이 있는
시가의 띠를 조심스럽게 깠다. 스토크스와 보스톡은 띠가 둘려 있
는 채로 시가를 피울지 모른다. 그 녀석들은 굉장히 많은 돈을 버
는 놈들이다. 그렇지만 자기는 놈들보다 더 멋있는 것을 알고 있
지 않은가.

죠의 미소 띤 얼굴은 마치 꿈을 꾸는 듯한 표정이 되었다. 그러
나 짐 모슨이 가까이 오는 것을 보자, 갑작스럽게 아부하는 미소
를 띠며 자세를 고쳐 앉았다. 모슨은 일요일에는 점심식사를 자기
집에서 하는 버릇이 있었다. 죠는 그가 2시경이 되면 이곳에 들
른다는 사실을 알고 그를 기다리고 있었던 것이다.

짐은 혼잡한 홀 안을 몸을 옆으로 세우며 뚫고 들어와 죠의 테이
블에 앉았다. 무겁게 눈두덩이가 처진 그의 눈이 죠를 향해 치켜
들어졌다. 죠도 그에 대한 대답으로 묵묵히 고개를 끄덕였다. 두
사람에게만 통할 수 있는 인사 방법이었다. 모슨이 지겨운 표정으
로 식당 안을 두리번거리는 동안 두 사람 사이에 침묵이 흘렀다.

"위스키로 하겠소, 짐?"

이윽고 죠가 묻자 짐은 머리를 흔들고는 하품을 했다. 또다시 침묵이 흘렀다.

"경기가 어때?"

"그다지 나쁘진 않아."

죠는 별로 중요하지 않다는 태도로 조끼주머니에서 종이쪽지 하나를 꺼냈다.

"지난 주의 생산고는 유산탄 2백 톤, 수류탄이 1만 톤, 그리고 봉탄, 그러니까 탄이 1천 개, 거기다가 18파운드 짜리 포탄이 1,500개였어."

"제기랄!"

짐은 작은 유리 접시에서 이쑤시개를 집어들면서 덤덤한 표정으로 말했다.

"자네가 좀더 신중하게 하지 않는다면 자네 회사의 그 무지한 생산량만으로도 이 빌어먹을 전쟁을 끝내게 될 판이겠네."

죠는 조심성있게 싱긋 웃었다.

"너무 안달하지 말아요, 짐. 이 포탄 가운데는 코코넛 열매도 깨뜨리지 못하는 포탄도 있으니까. 지난주에 우리가 받은 주물엔 왜 그렇게 속에 구멍이 뚫린 것들이 많은지, 원. 그게 다 당신이 마지막으로 납품해 준 것이라고요. 기가 막혀서. 그 덕택에 포탄의 절반이 마치 그뤼이에르 치즈처럼 되어 나왔지. 다 불발탄이야. 그 구멍들을 메꾸느라고 페인트 칠을 두 번이나 했어요."

"아니, 정말 불발탄이란 말인가, 응?"

짐이 한숨을 쉬면서 말했다.

"그렇다고 해서 전혀 사용할 수 없는 것은 아니야, 짐. 포의 몸통에서 나가기만 하면 어디론가 날아갈 테니까."

"그거 안 됐군그래."

짐은 이쑤시개를 아직도 입에 문 채 머리를 끄덕였다.

"이번 주에는 얼마쯤 가지고 갈 수 있나?"

죠는 목을 수탉처럼 쭉 뽑으며 생각에 잠기는 척하다가 말했다.

"150톤만 보내 주게."

모슨은 고개를 끄덕였다.

"그런데, 짐."

죠는 말을 이었다.

"송증은 금주엔 350톤이라고 해서 보내 줘. 이젠 200톤을 더 붙여 주게. 조금씩 떨어먹는 것에는 지쳤어."

짐의 수수께끼 같은 눈이 물었다.

"그래도 안전해?"

그는 이렇게 묻고 나서 천천히 생각에 잠기며 말했다.

"너무 급하게는 하지 말게. 도비 놈이 있으니까 말이야."

"아아, 그 새끼가 어떻단 말인가? 송증이 온대도, 그 새낀 주조장에서 무엇을 어느 정도 사용하고 있는지 전혀 모른다구. 장부상의 숫자만 맞으면 총계가 틀림없다고 생각하는 새끼니까."

죠는 그렇게 말은 했으나 아무래도 속이 편치 않았다. 도비, 그 고집세고 까다로운 코안경쟁이를 매수해 보려고 무던히 애를 썼었다. 그러나 지금까지 성공을 거두지 못했다. 하나 다행히도 도비는 무슨 일에든 간섭을 했지만 속여먹기는 쉬웠다. 그는 자기가 해야 하는 수익 보고서를 세밀히 조사하는 일에만 몰두하고 있었기 때문이다. 그리고 실제적인 작업면에는 완전히 백지였던 것이다.

지난 몇 개월 동안 죠는 모슨과 잔재미를 보는 거래를 계속 해오고 있었다. 이를테면 오늘처럼 그는 부스러기 쇠를 150톤 주문했지만, 서명을 하는 송증에는 350톤이라고 기록하게 되는 것이었다. 도비는 그 350톤에 해당하는 가격을 지불하게 될 것이고, 모슨과 죠는 톤당 7파운드로 200톤을 갈라먹게 되는 것이었다. 즉 1,400파운드라는 적지 않은 수입을 잡은 셈이었다.

그것은 짐과 죠가 서로 합작 활동을 벌여서 얻는 부수입이었다. 그것으로도 그들은 전쟁이라는 상황에 충심으로 감사할 수 있었던 것이다.

거래가 만족스럽게 결정되자, 모슨은 가슴을 쓸면서 의자 깊숙이 묻혀 앉았다. 한동안 침묵이 흘렀다.

"저기 두 놈이 오는군."

모슨이 말을 내뱉었다.

스토크스와 보스톡이 일어나서 이쪽으로 오더니 그들의 식탁 옆에 섰다. 둘은 술에 취해 기분이 좋아 보였다.

그 가운데 잘난 체하는 태도가 여실히 드러나고 있었다. 스토크스는 자기의 시가통을 죠와 모슨에게 내밀었다. 죠는 반쯤 피운 자기의 하바나를 집어 치우고 금테두리를 한 악어껍질의 담배케이스 위로 담배를 고르기라도 하듯 몸을 굽였다. 그러자 스토크스가 공연히 눈을 껌벅거리며 말했다.

"이건 냄새를 맡아 볼 필요도 없는 거야. 한 개에 반 달러씩 주었으니까."

"농담 아냐. 요즘 물가를 생각해 봐."

보스톡이 아주 엄숙한 표정으로 말했다. 그는 브랜디를 겨우 넉 잔 마셨을 뿐이었다. 그래서 약간 흔들거렸지만, 아직은 멀쩡했다.

"달걀 한 개가 5펜스 한다는 것 알고 있잖나?"

"그것쯤이야 당신네들은 얼마든지 사 먹을 수 있잖소."

죠가 말했다.

"난 달걀은 안 먹어."

보스톡이 말했다.

"달걀을 먹으면 담즙 과다가 되고, 게다가 나는 너무 바쁘단 말일세. 난 이번에 켄트에다 굉장한 대저택을 사기로 했지. 여편네도 원하고 딸년이 그러자고 야단이어서 말이야. 아아 참, 여자, 여자가 다 뭐냔 말이야. 그러나 내가 하고 싶은 말은 달걀 한 개에 5펜스나 되고, 도대체 이놈의 전쟁은 앞으로 어떻게 될 것인가 이 말씀이야."

모슨이 시가를 자르면서 말했다.

"거기다 보험을 걸면 되잖아, 난 이미 그렇게 했다구. 15퍼센트야, 금년 내에 전쟁이 끝난다는 보증으로 말이야. 그만한 값어치는 충분히 있거든."

보스톡은 아주 진지한 어조로 논쟁을 벌이기 시작했다.

"난 달걀 얘길 하고 있는 거야, 짐."

스토크스가 죠에게 눈짓을 보내더니 말했다.

"왜 암탉이 대로를 활보하겠나?"

보스톡이 스토크스를 바라보며 아주 진지한 태도로 말했다.

"무슨 엉뚱한 소릴 지껄여대는 건가?"

"너야말로 엉뚱한 소릴 하고 있어."

스토크스는 그렇게 대답하면서 보스톡의 어깨에 다정스럽게 몸을 기대었다. 그러자 죠와 모슨은 경멸하는 시선을 교환했다. 스토크스와 보스톡은 돈 같은 것을 지닐 위인들이 아니었다. 허풍이나 떨고 다니는 그들은 이 돈벌이의 전쟁에서 오래 버티지 못할 것이다. 두 인간들은 곧 연기처럼 사라지고 말 것이 틀림없었다.

죠는 모슨과 말없이 그들을 멸시하는 시선을 교환하는 동안 자기가 더욱 높아지는듯한 의기 양양한 기분을 느꼈다. 실제로 그는 스토크스와 보스톡을 경멸하고 있었다. 자기는 어느 면으로 보나 그들 두 사람보다는 윗길에 들어서고 있다고 생각하는 것이었다. 그는 득의 만면한 얼굴로 시가를 물고는 조소하는 듯 담배연기를 시원스럽게 뿜어냈다.

"오늘 오후엔 뭘 할 작정인가 짐?"

스토크스가 호의에 찬 목소리로 모슨에게 물었다.

모슨은 죠에게 문의라도 하는 듯한 눈길을 보냈다.

"카운티 클럽에나 가 볼까?"

"그거 좋겠군. 우리 다 함께 그 클럽에나 가세그려."

보스톡이 말했다.

죠와 모슨이 일어났다. 그리하여 그들은 한덩어리가 되어 어슬 렁거리며 식당문 쪽으로 나아갔다. 제복을 입고 안내하는 여자가 이 네 명의 의기 양양한 남성들, 마치 이 우주의 주인들이나 되는 것처럼 보이는 그들에게 공손히 절하며 문을 열어 주었다.

센트럴 그릴의 돌층계 위에 서 있는 그들의 모습은 그야말로 사 람들의 눈길을 끌고도 남음이 있었다. 죠는 청색 명주 스카프를 고쳐 두르려고 약간 뒤켠에 서 있었다. 그때 모슨이 다정스럽게 뒤를 돌아보며 말했다.

"아, 죠, 우리 넷이 꼭 맞는구면. 푸울을 하는 데는 네 사람이 안성맞춤 아닌가."

죠는 아무래도 사양해야겠다는 태도로 화려한 플라티노이드 손 목시계를 들여다보았다.

"미안하지만 짐, 난 일이 있어."

보스톡이 살찐 집게손가락을 내저으며 말이 히힝거리듯 웃어제 꼈다.

"그건 여자 때문이지. 브라운이라는 부인과 약속이 있는 게 지?"

죠는 머리를 내저으며 점잖게 말했다.

"용무가 있어."

"한바탕 전쟁을 하는 것일 게지."

스토크스가 상스러운 곁눈질로 은근히 이상한 뜻을 비쳤다.

"전쟁도 아주 괴상한 전쟁 말일세."

그들은 부러운 듯이 죠를 바라보았다.

"그럼, 잘 해 보게. 우리와 같이 가기는 다 틀린 것 같고, 자 어서 가라구."

보스톡이 말했다.

그들 셋은 클럽으로 들어가 버렸다. 죠는 그들의 뒤를 바라보다가 포도로 걸어나와, 자가용을 세워 놓은 곳으로 활기차게 걸어갔다. 그는 차에 엔진을 걸어 워틀리를 향해 달렸다. 로러를 매점에서 만나 차에 태우기로 약속했던 것이다.

조용한 일요일의 거리를 달리는 그의 머릿속은 모슨이 계획하고 있는 일, 즉 돈과 일과 포탄, 강철 등으로 가득 차 있었다. 그는 맛있는 음식과 술로 포식을 하여 최상의 만족감을 느끼고 있었다. 앞으로 일어날 오후의 일을 생각하자 더욱 큰 희열로 빠져들어 갔다.

죠는 싱긋이 미소를 지었다. 그것은 기름기가 흐르는 자기 만족의 미소였다. 로러는 여자로서 그만이었다. 뿐만 아니라 그가 그녀에게 은혜를 입고 있는 것도 사실이었다. 로러는 그에게 여러 가지를 가르쳐 주었다. 예복의 넥타이 매는 방법으로부터, 전세든지 이미 반 년이 되는 그 작은 비밀 아파트에 이르기까지, 모든 것이 다 그녀 덕분이었다. 하여 그도 신사다워지고 촌티나던 옛모습을 찾아볼 수 없게 되었다.

로러는 그를 카운티 클럽의 회원이 되게 해주었을 뿐만 아니라 조심스럽게 손을 써서 하워즈 가와 페닝튼 가, 심지어는 존 러틀리 부인의 저택에까지 초대를 받도록 해주었다. 그러한 여러 가지 일들을 해주는 것이 그녀에게도 꽤 기쁜 모양이었다.

로러는 이제 완전히 그에게 사로잡혀 버린 것이다. 그리고 자기도 로러를 완전히 알고, 이해하고 있다고 생각했다. 그는 그전부터 여자들에 대해서라면 환히 알고 있다는 것을 언제나 자랑으로 여기고 있었다. 이를테면 겁을 집어먹는 여자들과 냉정한 여자들이 있는데, 이들은 가장 평범한 여자들인 것이다. 물론 척하는 여자들도 있다.

그러나 로러 같은 스타일은 그가 한 번도 만난 적이 없던 터였다. 그녀가 죠에 대해서, 아니 그녀 자신에 대해서 어떻게도 저항할 수 없었다는 것은 너무나 당연한 일이었다.

차가 워틀리 군수공장 아래의 광장 안으로 미끄러져 들어갔다. 그들은 공공연한 여러 가지 이유로 인해 언제나 여기서 만나는 것이었다. 로러는 이미 모퉁이를 돌아 걸어오고 있는 중이었다. 그녀가 늘 시간을 잘 지킨다는 것도 그가 기뻐하는 일 중에 하나였다. 그는 모자를 벗으며 인사했으나 차 밖으로는 나가지 않고 문을 열어 주었다. 로러는 차에 올랐다. 그들은 아무 말도 나누지 않은 채 아파트를 향해 차를 몰았다.

그들은 서로 말을 건네지 않았다. 그러나 그것은 완전히 서로를 알고 있다는 친숙한 관계에서 오는 침묵이었다. 죠는 자기 옆에 로러가 있는 것을 좋아했다. 그녀의 옷차림이 멋있었다. 지금 입고 있는 해군복장 빛깔의 옷도 그녀에게 꼭 어울리는 것이었다. 그녀에 대한 그의 느낌은 아내를 사랑하는, 그리고 무척 자랑스러워하는 남편의 기분과 비슷한 것이었다. 그러므로 언제나 당연하게 생각되어 그녀와 같이 있어도 그다지 흥분하지 않았다. 오히려 조금 시들해지는 느낌마저 들었다.

"어디서 점심 드셨어요?"

그녀가 물었다.

"센트럴."

그는 아무렇게나 대답했다.

"당신은?"

"전 매점에서 베이컨 샌드위치로 간단하게 먹었어요."

그는 다정스럽게 웃었다. 이 여자는 음식엔 관심이 없다는 것을 알고 있었기 때문이다.

"아직도 그런 장소에 염증을 느끼지 않는가 보군. 카나리아에게 모이를 주는 일 말이야."

"네."

그녀는 어떤 생각에 잠긴 어조로 말했다.

"전 아직도, 저에겐 타락하지 않은 우아한 곳이 있다고 생각하고 싶은 거죠."

"으하하하……."

그는 소리내어 웃으면서 그 얘기는 그것으로 끝냈다. 그들은 사소한 일들에 관해 다시 이야기하기 시작했다. 이윽고 노던 로드의 끝까지 왔다. 그 뒤편에 죠의 아파트가 있었다. 사실은 다른 사람이 이미 살고 있는 아파트의 아래층만을 빌리고 있는 것이었다. 그러나 두 사람에게는 꽤 쓸만했다.

천정이 높은 방들과 아담즈식 난로, 장식쇠고리가 있었다. 또 앞뒤가 확 트인 정원이 아름다운 집이었다. 비치된 가구들은 안목이 높은 로러가 자기 취향을 따라 구입한 것들이었다. 로러는 그러한 일에도 재치가 있는 여자였다. 두 사람이 만나는 데에도 방해될 것이 없는 조용한 집이었다.

여자 한 사람이 오전 중에 와서 일을 해 주었다. 또 애로우와도 5마일이라는 충분한 거리를 두고 있기 때문에 그들 두 사람의 은밀한 관계도 절대 안심할 수 있었다. 혹시 로러가 그 집에 오가는 것을 본 사람들에겐 가장 쉬운 말로 누이동생 집이라고 소개해 두었다.

죠는 열쇠로 문을 열고 로러와 함께 안으로 들어갔다. 그는 거실의 전기 히터 스위치를 틀고는 앉아서 구두를 벗기 시작했다. 로러는 우유를 한 잔 따라서 선 채로 마시며 죠의 등을 바라보았다.

"위스키 소다 한 잔 드시겠어요?"

그녀가 나직히 말했다.

"아니, 마시고 싶지 않아."

그는 테이블 위에 놓인 일요일 신문을 손에 들고 경제란을 펼쳤다.

그녀는 말없이 한동안 그를 자세히 바라보면서 우유를 다 마셨다. 2, 3분 동안 그녀는 그가 자기에게 이야기를 걸기를 기다리는 듯이 물건들을 정리하면서 방 안을 왔다갔다했다. 그러다가 눈에 띄지 않게 옆의 침실 안으로 들어갔다.

죠는 로러가 옷을 벗으면서 움직이는 소리를 들었다. 그는 그제야 신문을 내려놓으면서 이빨을 드러내고 싱긋 웃었다. 그들은 마치 사람들이 교회에 예배드리러 가듯, 일요일 오후면 조용하고 점잖게 잠자리에 드는 것이었다.

그러나 최근에 와서 죠는 그녀에게 별로 열을 올리지 않게 되었다. 하여 로러에게 조금 약을 올리는 것을 재미로 삼고 있었다. 지금도 그는 공연히 꾸물거리며, 신문을 읽는 체하다가 속이 뻔히 들여다보이는 하품을 길게 한 다음 침실로 들어갔다.

로러는 새하얀 잠옷을 걸치고 침대 위에 반듯하게 누워 있었다. 그녀의 머리는 멋지게 손질되어 있었고, 옷들은 착착 개키어 의자 위에 놓여 있었다. 그녀의 몸에서 풍기는 은은한 향기가 마치 마법이라도 불러일으킬 듯이 온 방에 출렁거렸다.

죠는 그녀에게 품위가 있다는 것을 인정하지 않을 수 없었다. 일주일 전에 그는 워틀리 공장의 여공 하나와 놀아 본 적이 있었다. 사실은 그녀의 방까지 따라갔었다. 그녀도 아주 멋진 여자로서 로러와는 전연 다른 새로운 느낌을 주어 신선했다.

그렇지만 여공의 야한 잠옷이라든가, 초라한 침대 같은 것이 그에게는 별로 기분 좋지 않았다.

죠는 여공과의 불쾌한 정사를 떠올리며 생각했다.

'신사의 매너를 배우는 최선의 방법은 상류층의 여자와 함께 자는 것이야.'

죠는 로러가 자신을 빤히 바라보고 있다는 것을 의식하면서 천천히 옷을 벗었다. 그리고는 열쇠와 순금 담배케이스, 흩어진 잔돈 따위를 장롱 위에다 나란히 놓았다. 그는 속옷바람으로 서서 남은 잔돈까지 계산한 다음에야 비로소 침대 모서리에 걸터 앉았다.

"나에게 돈을 얼마나 지불하면 좋을까 하는 것을 계산한 거예요?"

그녀가 나직한 목소리로 묻자 그는 방이 떠나갈 듯한 요란한 소리로 웃어제꼈다.

"으하하하하……."

"사실은 말이에요, 죠."

그녀는 여전히 빈정대는 태도로 말을 이었다.

"난 당신에게 거의 모든 것을 다 주어 버렸어요. 아주 소소한 담배케이스, 시계, 커프스 버튼 같은 것부터 시작해서 자가용까지 다 주어 버렸지요. 여기 있는 집안 살림도 모두 나에게서 뺏은 거잖아요. 아니, 나도 당신이 늘 내게 수표를 끊어 주겠다고 말하는 건 잘 알아요. 그렇지만 주건 안 주건 난 그런 것은 전혀 상관하지 않겠어요. 난 그렇게 째째한 여자가 되고 싶지는 않거든요. 다만 내가 당신을 위해서 한 일을 당신이 알고라도 있는지 가끔 그게 궁금할 뿐이에요."

그는 유쾌한 기분으로 자신의 팔뚝을 어루만졌다.

"글쎄, 그것들은 당신이 좋아서 준 것들 아냐?"

"그런 식으로 생각하는군요."

그녀는 한동안 말을 끊었다가 다시 이었다.

"그 시초를 생각해 보면, 그날 아침, 당신은 서류 때문에 우리 집에 왔었죠? 그 당시 당신은 아주 어리석고 무식한 사람이었어요. 그런데 지금은 이렇게 변했군요."

"아! 아!"

그는 부끄러움을 감추려는 듯 이빨을 드러내며 싱글거렸다.

"좌우간 결과는 이렇게 됐으니까. 당신은 내게 미쳐 버렸어."

"정말 뻔뻔스럽군요. 이봐요, 죠, 솔직히 말하지만 당신은 이제 나에 대해 싫증을 느끼고 있다는 것을 나도 알고 있어요. 결국 나를 이용했을 뿐이라는 것도 알아요. 자기에게 이롭도록 잘 이용했죠. 그저 출세의 길에 오르려고……."

"그리고 당신도 이렇게 나를 이용하고 있는 것 아닌가?"

침묵이 흐른 후에 그녀는 천천히 말했다.

"어쨌든 당신은 고마운 사람이에요. 내게 이토록 자기 혐오를 일으키게끔 하는 사람을 다시는 만날 수 없을 테니까……."

"이봐, 지금은 그런 이야기가 알맞지 않아. 더 기분 좋은 이야기를 하자구."

그는 속옷을 벗어 던지고 침대 속 그녀 옆으로 미끄러져 들어갔다. 그녀는 자신의 어리석음과 욕정이 슬퍼지는 듯 깊은 한숨을 쉬었다.

그들은 약 한 시간 가량 함께 잠을 잤다. 그러나 죠는 뭔지 모르게 불편스러웠다. 그녀가 자기에게 달라붙어 누워 있는 것이 언제나 그를 지루하게 만드는 것이었다. 그들이 처음 만났을 때는 그녀에게 자기의 남성다움을 과시하고픈 허세에, 즉 스탠리와는 비교도 안 되는 자신의 멋진 육체에 대한 만족감으로 자랑스럽기만

했다. 그러나 이제는 아무런 흥미도 없었다. 그녀가 눈을 떴을 때, 그는 베개 넘어로 약간 조소하는 듯한 시선으로 그녀를 바라보았다.

"나를 이젠 사랑하지 않죠, 죠?"

"사랑한다는 걸 알고 있잖아."

그녀는 한숨을 쉬었다. 그녀의 눈길이 아래로 떨어졌다.

"아아, 당신."

"왜 그래?"

"아무것도 아녜요. 사랑을 느끼든 싫증을 느끼든 모두 당신의 자유니까. 당신은 인정이라곤 조금도 없는 사람이에요. 가끔 그런 생각을 하면 소름이 쫙 끼쳐요."

잠시 침묵이 흘렀다.

"정말 무서워요. 하지만 어쩔 수 없는 일이에요."

죠는 그녀가 그러면 그럴수록 자기 안에서 일어나는 비밀스러운 웃음이 터져나올 뿐이었다. 그는 싱글거리면서 그녀를 바라보았다. 그는 그녀의 얼굴 위를 지나가는 복잡한 감정의 기복에서 쾌감 비슷한 만족감을 느끼는 것이었다.

그렇다, 자기는 이제 당당히 그녀의 바깥 양반인 것이다. 물론 죠도 여전히 그녀가 좋았다. 가끔 가다가 그녀가 자기에게 의존해 살고 있다는 느낌을 갖게 해 주는 것도 좋은 일이었다. 그는 지금 로러의 기분이 몹시 가라앉은 것을 알고 일부러 자기 기분은 좋은 척했다.

"차나 한 잔 마시면 어때? 난 목이 타는걸."

그가 이빨을 드러내며 싱긋 웃었을 때 갑자기 전화벨이 울렸다. 그는 여전히 싱글거리며 그녀의 몸 위로 몸을 굽혀서 수화기를 들었다.

"여보세요, 네. 가우런입니다. 모건, 모르겠는데, 아니, 전혀 알 수 없어요. …… 뭐라고!"

죠의 목소리가 약간 바뀌었다. 긴 침묵이 흘렀다.

"그래요? 맙소사! 설마 그럴라구, 사무실에 그게 왔단 말이지? 응, 응, 모건…… 물론이지. 내가 곧 거기로 가지. 그래, 내가 직접 갈게."

죠는 수화기를 놓고 천천히 몸을 일으켰다. 다시 긴 침묵이 흘렀다.

"무슨 전화예요?"

"그러니까……."

죠는 헛기침을 했다.

"그게 말이야……."

"그래서, 뭐예요?"

그는 시트의 가장자리를 잡아당기면서 머뭇거렸다.

"사무실로 전보가 왔대."

로러는 침대에서 몸을 일으켰다. 급작스럽게 그녀가 말했다.

"스탠리의 전보지요?"

"별일은 없을 거야."

죠는 성급하게 말했다.

"그 사람은 아주 무사하다는군. 다만 포탄 쇼크를 받았다는 거야."

"포탄 쇼크!"

그녀의 입술이 새하얗게 질렸다.

"그것뿐이야. 그 일밖에 다른 것은 없대."

로러는 손을 이마로 가져갔다.

"이걸 어쩌면 좋죠?"

그녀는 꺼져 가는 듯한 목소리로 말했다.

"뭔가 이런 일이 일어날 줄 알았어요. 난 알고 있었어, 알고 있있다구."

"아무것도 아니라니까."

그는 되풀이했다.

"정신차려, 그치는 찰과상 하나 입지 않았대. 포탄 세례를 받고 땅에 파묻혔을 뿐이야. 그래서 당국은 그걸 치유하려고 그를 귀향케 한 것뿐이지. 상처를 입은 것도 아니야."

그가 그녀의 손을 잡으려고 했으나, 그녀는 뿌리쳤다.

"내버려 둬요!"

그녀의 눈에서 눈물이 쏟아지기 시작했다.

"나를 혼자 내버려 두란 말이에요……."

"그 사람은 멀쩡하다는데 왜 이러는 거야?"

그러나 로러는 몸을 돌려 침대에서 벌떡 일어나더니, 흐느껴 울면서 잠옷을 벗어 던졌다. 그러고는 의자 위를 더듬거리면서 재빨리 옷을 주워 입기 시작했다.

"그렇지만 로러."

그는 로러를 만류하는 듯이 말했다. 죠는 그녀가 우는 것을 한번도 본 적이 없었다.

"시끄러워요!"

그녀가 소리쳤다.

"당신이 하는 말은 무엇이든 사태를 더 악화시킬 뿐이에요. 당신 때문에 난 머리가 돌아 버렸어요. 당신 때문에 내가 이렇게 된 거예요. 그런데 이제는 스탠리마저……, 이 일을 어떻게 하면 좋아!"

로러는 옷을 걸쳐 입고 모자를 집어 들고는 흐느끼면서 밖으로 나갔다.

죠는 한동안 팔꿈치를 세우고 그대로 있다가 아무것도 걸치지 않은 어깨를 한번 으쓱해 보였다. 그리고는 침대 옆 테이블 쪽으로 손을 뻗쳤다. 그는 길게 하품을 하면서 태연스럽게 담배를 빼어 불을 붙였다.

그레이스의 결혼

1916년 봄, 힐다와 그레이스가 런던에서 간호사가 된 지도 거의 14개월이 지났다. 힐다는 지금 자신의 생애 중 가장 행복한 시기를 보내고 있었다. 아버지의 급작스럽고도 걱정스러운 변화, 넵튠 탄광의 재난 사건이 남긴 괴로운 여운, 아더가 형무소에 투옥된 일 등이 캐리 고모의 슬픈 편지를 통해 모두 전해지고 있었다. 그러나 그것들은 그녀에게 거의 아무런 영향도 끼치지 못했다.

그레이스는 이 소식을 듣고 힐다에게 매달렸다.

"힐다 언니, 오빠를 구하기 위해 뭔가 해야겠어. 그런 고생을 하도록 그냥 내버려 둘 수는 없잖아? 어떻게 할까, 응, 언니?"

그러나 힐다는 칼로 베듯 딱 잘라 말했다.

"우리가 뭘 할 수 있다고 그러니? 우린 아무것도 할 수 없어. 그런 사건에서 피하는 일 외에는."

그레이스는 좀 놀라는 듯했지만 힐다는 조금도 자신의 태도를 바꾸지 않았다.

퀠 경의 저택은 벨그레이브 광장에 있는 아무런 장식도 하지 않은 대저택이었다. 아름다운 유리 세공의 샹들리에와 몇 개의 그림을 제외하고는 거의 장식이 없었다. 그러나 그 저택은 병원으로는 아주 알맞게 개조되어 있었다.

여섯 개의 방이 모두 어마어마하게 컸고, 높다란 천정과 반짝이는 떡갈나무 바닥으로 되어 있어서 병실로 사용하기에 알맞았다. 집 뒤에 있는 커다란 온실은 수술실로 꾸며져 있었다. 힐다가 그처럼 행복한 순간들을 보내는 곳은 바로 이 수술실이었다.

힐다는 이 벨그레이브 광장으로 옮겨 온 후로 모든 것에 놀랄 만한 진보를 했다. 6개월 동안 그녀는 보통 사람이 3년간 훈련을 쌓아야 습득할 수 있는 것을 모두 익힐 수 있었다. 이에 감탄한 간호부장 미스 깁스가 그녀를 가장 고참 간호사만이 갈 수 있는 수술실 근무로 추천해 주었다.

수술실 근무는 힐다의 괴팍한 성격에 꼭 알맞는 곳이었다. 침울한 성격에 남에게 전혀 의존하지 않는, 매사가 정확한 그녀는 수술실에서 곧 놀라운 솜씨를 드러내기 시작했다. 그녀는 사람들과는 별로 사귀려 들지 않았다. 실수라고는 전혀 없이 완전하게 자기 임무를 수행할 뿐이었다. 쉬는 시간에는 열심히 공부를 했다.

힐다의 학구열은 대단했고 범위도 넓었다. 그녀는 원래 그러한 사람이었다. 자신을 방해하고 억제하는 것이 없어지고, 본 모습이 드러남으로 해서 지금까지와는 전혀 다른 사람으로 보이게 하는 것이다. 외모만 보아도 조금도 빈 구석이 없어 보였다.

수술실 담당의사 네스는 경력이 짧은 이 새로운 간호사를 별로 달가워하지 않았다. 그는 원래 무뚝뚝한 사람이었다. 그러나 그녀에게는 더욱 자주 의심스러운 눈길을 보내면서 좀더 엄격하게 대했다. 그러나 힐다는 처음 수술 때부터 놀라울 정도로 잽싸게 움직였다. 의사가 무엇을 원하는지 한 번도 틀린 적이 없었다.

네스는 현역 군의관은 아니라 명예직이었다. 키가 작고 적황색

의 머리칼을 가진 사나이로 수술할 때마다 땀을 비오듯 흘리는 것
이 특징이었다. 그러나 그의 복부 수술 솜씨는 따를 사람이 없
었다. 몇 주가 지나지 않아 그는 미스 깁스에게 힐다의 간호사로
서의 뛰어난 자질을 칭찬 비슷하게 말했다. 이 말은 곧 힐다에게
전해졌다. 그러나 그녀는 조금도 동요되지 않았다.

미스 깁스는 좀 과장된 표현으로 눈부신 명예라고 그녀를 치켜
세웠지만, 힐다는 무관심하기까지 했다. 마음 속으로는 만족과 약
간의 흥분을 느꼈지만 곧 억제하였다. 이러한 성공은 그녀가 지금
까지 지녀온 결심을 더욱 공고히 해 주었고 더 높은 야망을 갖게
해 주었다.

네스의 절개, 봉합, 그리고 접합 등을 하는 능숙한 솜씨를 바라
보는 그녀의 마음 속에는, 수술실 간호사에서 머물 수 없다는 야
심이 꿈틀대는 것이었다. 자기도 네스처럼 그러한 수술을 하게 될
때가 오리라! 그때까지 끊임없이 노력해야 한다고 다짐했다.

힐다의 최상의 꿈은 외과의사가 되는 것이었다. 자기는 그 출발
이 좀 늦었는지도 모른다. 그러나 아직 젊지 않은가. 자기는 이제
스물다섯 밖에 되지 않은 것이다. 그리고 이제 그 무서운 아버지
의 영향에서 완전히 해방되었으니, 다른 어떤 난관이 있더라도 꼭
목적을 달성하고 말 것이다. 이러한 생각을 하면서 힐다는 행복해
했다. 그녀에게는 원대한 포부가 있으며, 또한 귀여운 동생 그레
이스가 있는 것이다.

그레이스는 힐다처럼 두드러지게 성공을 하지 못했다. 아니, 그
레이스에게는 성공이라고 할 만한 것이 전혀 없었고 또 그런 기미
도 보이지 않았다. 언제나 단정치 못한 옷차림에 시간 관념이 없
고 매사가 정확하지 못했다. 딱해 보이기까지 하는 그레이스에게
는 성공이란 까마득한 것이었다.

힐다가 그처럼 찬사를 받으면서 수술실에서 일에 열중하는 동

안, 그레이스는 마룻바닥을 닦고 지하실의 세면기나 청소해야
했다. 그러나 그레이스는 그런 것에는 전혀 개의치 않았다. 오히
려 그 일에 만족하고 있었다. 그녀는 지나친 열심 때문에 두 번이
나 미스 깁스에게 불려가 꾸중을 들었다. 병동 부엌에서 환자 아
내들에게 차를 끓여 주었던 것이다. 또 간호사를 모욕했기 때문에
근신처분을 받은 하사관에게 고급 담배를 몰래 주었던 일이 화근
이었다.

미스 깁스는 조금도 주저함이 없이 그레이스를 무능한 여자, 곧
어떻게 손을 쓸 수 없는 어리석은 사람이라고 했다. 자신을 좀더
잘 알아 개선하지 않는다면 평생 그 보조 간호사 자리를 떠날 수
없을 것이라고 단정지어 말했다. 그러나 그것이 바로 그레이스의
진면목이었다. 그리고 힐다와 미스 깁스를 빼놓고는 그레이스의
그 태도를 고치기를 바라는 사람은 아무도 없었다.

병원에서 그레이스를 싫어하는 사람은 없었다. 모두들 그녀를
사랑했다. 아니, 사랑할 수밖에 없었다. 간호사 기숙사는 그 병원
에서 1마일쯤 떨어진 슬로몬 가에 위치해 있었다. 이곳에 있는 그
레이스의 작은 방은 어떤 사람에게나 친절하게 개방되어 있었다.
별로 잘 정돈된 방은 아니었으나, 누구나 마음 편하게 드나들면서
담배나 잡지 또는 레코드판, 전쟁의 부산물인 과자, 초콜릿 등을
주고받을 수 있었다.

그레이스는 언제나 약속이 많았다. 많은 사람들이 서로 다투어
차를 마시러 가자고 하거나 영화 구경을 가자고 했다. 심지어는
휴가차 잠시 귀국한 오빠를 소개시켜 준다고 끌고 나가는 열성파
도 있었다. 그레이스는 이 모든 제의를 유쾌하게 받아들였다.

힐다는 그레이스와는 정반대였다. 그 누구와도 사귀지 않았다.
언제나 잘 정돈된 그녀의 방에는 한 명의 친구도 찾아오는 일이 없
었고, 그녀 또한 그것을 바라지 않았다. 다만 그레이스만이 드나

들 뿐이었다. 힐다는 그레이스만을 원하고 있었다. 그 아이만 옆에 있어 주면 행복했다. 그래서 그레이스가 너무 여러 사람과 어울리는 것을 좋아할 수 없었다. 더구나 남자들과 스스럼없이 다니는 것은 어떤 혐오감까지 일으키게 했다.

힐다는 좀처럼 자신의 감정을 드러내지 않았지만, 이런 것만은 참지를 못해서 자주 화를 냈다. 3월도 다 가던 어느 날, 그레이스와 만난 자리에서 힐다가 조심스럽게 충고를 했다.

"그레이스, 그런 천한 남자들하고 어울려다니는 짓은 그만해."

그레이스의 천진스러운 얼굴이 의문의 표정을 지으며 힐다를 바라보았다.

"언니는 왜 그 사람들을 경멸해? 얼마나 착한 사람들인데…….난 그들이 외로워하니까 같이 차를 마시러 갔을 뿐이야."

"그렇게 간단한 것이 아니야. 너도 이젠 얌전할 나이가 됐잖니? 나가고 싶을 땐 내가 같이 가 줄게. 다른 사람과는 약속하지 말아."

그레이스도 힐다의 지나친 간섭과 독선을 잘 알고 있었지만, 언니의 말을 잘 들었다. 언제나 언니를 온순하게 따랐다. 그것이 그레이스의 천성이기도 했다.

그러나 이러한 그레이스도 힐다에게 굽히지 않고 강경하게 맞설 때가 있었다. 그것은 편지에 관한 것이었다. 그레이스는 어떤 사람에게서 자주 편지를 받고 있었다. 힐다가 그 편지를 가장 못마땅하게 여긴다는 것을 알면서도 계속 편지 교환을 했고, 그 일에 대해서는 말도 하지 않으려 들었다.

그 편지는 매주 한 번씩, 어떤 때는 두 번 올 때도 있었다. 전쟁이 격렬히 벌어지고 있는 프랑스 전선에서, 야전 우체국 소인이 찍힌 이 편지는 언제나 같은 사람에게서 오고 있었다.

4월로 접어든 어느 날 저녁, 두 사람은 일을 끝내고 기숙사로 돌

아가고 있었다. 어느새 거리는 어둠에 휩싸이고 있었다. 잠잠히
걷고 있던 힐다가 갑자기 이야기를 꺼냈다.

"너 오늘 또 편지 받았지? 프랑스에서 오는 편지."

"응."

그레이스는 아무렇지도 않게 대답했다. 힐다는 공연히 화가 나
서 얼굴이 굳어졌다.

"그 편지를 보내는 사람이 도대체 누구냐?"

어둠 속에서 그레이스의 얼굴도 붉어졌다. 대답하고 싶지 않
았다. 그러나 대답을 회피하거나 이야기를 묘하게 돌려 버리는 술
책을 부릴 줄 모르는 그레이스는 솔직하게 대답했다.

"댄 티즈데일."

"댄 티즈데일이라구!"

힐다의 음성은 경악과 경멸로 자기도 모르게 떨려 나왔다.

"네가 티즈데일하고……, 그 천한 빵집 아들하고……?"

그러나 그레이스는 태연했다.

"맞아, 바로 그 티즈데일이야."

"아니, 얘가?"

힐다는 걸음을 멈추었다. 평소의 힐다답지 않게 몹시 흥분하고
있는 모습이 그레이스의 눈에는 좀 우스꽝스러웠다. 힐다 자신도
그렇게 느꼈지만 억제할 수가 없었다.

"너 지금 제 정신이니? 그런 멍청한 얘길 하고 있다니……."

"그게 왜 멍청한 얘기야? 난 진실을 말하고 있을 뿐이야."

힐다의 입술이 보기 흉하게 비뚤어졌다.

"그 천한 빵집 아드님하고의 교제가 진실이라구? 그레이스, 우
리 집안의 가문을 생각해 본 일이 있니? 부끄럽지도 않니?"

그레이스의 얼굴이 하얗게 질렸다. 그러나 조용하고 힘이 있는
목소리로 똑똑히 말했다.

"언니가 아무리 멸시하고 빈정댄다고 해도 나나 티즈데일은 조금도 부끄러울 것이 없어. 이 세상에서 댄처럼 아름답고 진실한 편지를 쓰는 사람은 없어. 우리는 천할 것도 부끄러울 것도 없다구."

"그래, 네 마음대로 생각하렴. 하지만 나도 천하고 비열하다는 생각은 바꾸지 않겠다. 그리고 난 네 언니야. 또 지금 이곳에 있는 한 너의 유일한 보호자이기도 하지. 난 네가 얼빠진 아이처럼 그 따위 천한 짓을 하지 못하도록 하는 것이 내 의무라고 생각해. 어리석은 생각 때문에 일생을 망친 여자들은 네가 아니라도 너무 많아. 그 여자들이 사랑한 사람들이 뭐 전쟁 영웅이라고! 당치도 않아. 그 편지 교환은 당장 그만둬."

그레이스는 머리를 흔들었다.

"미안해, 언니."

"미안할 건 없어. 그만두면 일은 간단하니까."

"그럴 수 없어!"

그레이스는 울고 있었다. 그러나 쇳소리처럼 퉁겨져 나오는 짤막한 거부의 외침은 그레이스의 말이라고 믿을 수 없을 만큼 단호했다.

힐다는 어색해져 버렸다. 더 이상 말을 할 수 없는 장벽 같은 것이 두 사람 사이를 막아 버린 느낌이었다. 그러나 그녀는 물러서지 않았다. 그녀의 강한 자만심이 물러설 수가 없었고, 또 그레이스에 대한 편협한 애정이 더욱 그녀를 누르고 있었다. 그래서 힐다는 자신의 행동 방향을 정하고 그 방향대로 그레이스를 강제로 끌고갔다.

지금까지 볼 수 없었던 엄격하고도 단호한 태도로 명령하는 식이었다. 그녀의 행동 속에는 경멸감이 숨어 있다는 것을 분명히 느낄 수 있었다. 그러나 그레이스에게는 아무런 변화가 없었다.

여전히 편지를 받는 즐거움을 누렸으며, 언니의 눈을 상관하지 않았다. 힐다의 위압적인 태도 역시 오래 가지 못했다. 그녀는 그레이스를 너무나 좋아하고 있었다. 그 문제 또한 힐다로서도 계속 고집하기가 어려운 문제이기도 했다.

힐다는 다시 예전처럼 상냥해졌다. 우선 용서를 청하면서 다가왔다. 그러나 댄과의 관계를 허락할 수 없다는 고집은 여전히 풀리지 않았다. 그리고 기회가 있을 때마다 신분에 맞지 않는 교제를 끊을 것을 종용하고 설득시키려 했다. 그러나 이때만은 어린아이처럼 온순한 그레이스도 여전히 강경했다.

힐다는 혐오스러운, 끊임없이 날아오는 편지를 늘 감시했다. 6월의 어느 날 아침 일찍 그녀는 우편함이 있는 곳으로 내려가서 편지들을 조사하였다. 그러고는 그 편지의 소인이 프랑스가 아닌 러프버러인 것을 보고 다시 한 번 놀랐다.

그녀는 아침식사가 끝나자마자 그레이스를 불렀다. 여전히 조소하는 빛으로 이야기를 꺼냈다.

"그 사람 주소가 바뀌었더구나."

"응."

그레이스는 관심없다는 듯 눈길을 다른 곳으로 돌렸다.

"부상당했니?"

"응."

"중상이니?"

"아니."

"그럼, 그곳에 입원해 있겠구나."

"그렇겠지."

힐다는 속으로 안도의 숨을 쉬었다. 이곳과는 멀리 떨어진 러프버러 병원이라니 얼마나 다행스러운 일인가. 중상이 아니라니까 곧 회복되는 대로 프랑스의 전선으로 돌아갈 것이다. 그러나 입술

242 · 별이 내려다본다

을 비쭉거리며 또 빈정대었다.

"안 됐구나, 이곳에 오지 못해서. 통속 소설이 더 멋있어질 뻔했는데 말야."

그레이스는 휙 몸을 돌렸다. 그러나 힐다의 조롱은 계속되었다.

"마취에서 깨어날 때 곁에서 울고 있는 너를 발견한다면……, 참으로 근사하지 않겠니?"

힐다의 목소리는 떨렸고 얼굴도 붉어졌다. 이렇게 저속한 야유를 던지고 있는 자신이 너무나 불쾌하고 혐오스러웠기 때문이었다. 자신은 질투를 하고 있다니, 이 얼마나 부끄러운 일인가!

그레이스는 아무 말도 못들은 것처럼 걸어갔다. 그녀는 앞치마 주머니 속에 들어 있는 편지를 손으로 꾹 눌렀다. 그녀는 근무 중에 그 편지를 몇 번이나 읽었다. 댄은 소므의 대공격에서 왼팔과 손목에 부상을 입었다. 그러나 가벼운 것이어서 곧 회복될 것이라며 걱정하지 말라는 말을 되풀이하고 있었다. 아프지는 않으며, 다만 팔을 쓸 수 없을 뿐이라고 했다.

그런데 댄의 편지가 7월 말이 되면서 뚝 끊어졌다. 궁금증이 계속되던 7월의 마지막 날이었다. 일을 끝내고 기숙사가 있는 슬로몬 가로 걸어가던 그레이스는, 기숙사 바로 맞은편에 팔을 붕대로 어깨에 걸쳐맨 군복차림의 남자가 서 있는 것을 보았다.

그레이스는 혼자 돌아오는 길이었고 천천히 걷고 있었다. 몸이 피곤할 뿐만 아니라 아더의 일 이후로 점점 더 엉망이 되고 있는 집안의 일들이 유난히 마음을 편치 못하게 했기 때문이었다. 하나가 잘못되기 시작하니 모든 것이 잘못되는 듯한 느낌이었다. 또 미스 깁스는 단정치 못하다고 매일 잔소리를 늘어놓았다.

별로 관심을 두지 않았던 그 소리도 자꾸 듣게 되니 유쾌하지 못했다. 그러나 무엇보다 가장 중요한 것은 댄의 편지가 끊어졌다는 것이었다. 댄의 편지가 자신의 생활에서 이렇게 큰 자리를 차지하고 있었다니 새삼 놀라웠다. 그의 편지가 오지 않는 이 며칠 동안 얼마나 어둡고 지루한 시간들을 보냈던가. 마음은 방향을 잃은 채 갈팡질팡했고 모든 것이 재미가 없었다.

그런데 눈앞에 웬 군복차림의 남자가 서 있는 것이다. 그레이스는 무의식적으로 걸음을 멈추었다. 저 사람이 도대체 누구일까! 순간 그녀의 심장이 크게 고동치기 시작했다. 댄 티즈데일, 바로 그였다. 그는 천천히 길을 건너왔다. 멍하니 서 있는 그녀 앞으로 와서 상관에게 하듯 어색하게 거수경례를 했다.

"아, 댄! 당신인 줄 알았어요. 난 이렇게 찾아올 줄 알았다고요."

지금까지 어둡고 불쾌하던 기분이 거짓말처럼 사라져 버렸다. 감당할 수 없는 기쁨이 그녀를 쓰러뜨릴 것처럼 밀려왔다. 그레이스는 천천히 손을 내밀었다.

그녀의 손을 잡는 댄은 떨지 않으려고 노력했다. 그러나 소용이 없었다. 그녀 앞에 설 때마다 느끼게 되는 부끄러움은 고통스러울 정도였다. 그는 그녀를 바라볼 수가 없었다. 순박하고 천진스러운, 어린시절의 눈빛 그대로인 커다란 눈을 바라보는 것이 왜 이렇게 두려운지 자신도 알 수 없었다.

그레이스는 이제까지 자신을 두려워하는 사람을 만나 본 적이 없었다. 그래서 댄을 만날 때마다 신기했다. 지금도 쩔쩔매는 그의 모습에 웃음이 터지려고도 하고 또 울어 버릴 것 같기도 했다. 그녀는 그 바보 같은 발작을 눌러 버리기 위해 재빨리 이야기를 시작했다.

"언제부터 기다리고 있었어요? 왜 기숙사 응접실에서 기다리지 않았어요, 댄?"

그는 고개를 저었다.

"난 폐를 끼치고 싶지 않았어. 그저 그레이스가 지나가는 것을 보고 잠깐 인사만 하고 가려고 ……."

댄은 다시 얼굴을 붉혔다.

"잠깐만이라구요?"

그녀는 섭섭한 듯 웃어 보이다가 거북하게 올려맨 팔을 보았다.

"댄, 팔은 좀 어때요?"

"손목이 좀 상했어……. 힘줄이 잘못 됐다는군."

그는 걱정스러운 눈빛인 그레이스에게 처음으로 밝게 웃어 보였다.

"오히려 감사해야지. 이 팔목을 정형하기 위해서 랭엄 요양소로 오게 된 거야. 전기 치료도 하고 새 운동 기구도 사용하면서 6주쯤 치료하면 원상 복귀된대. 그럼, 다시 전선으로 가야하지."

"6주 동안이나!"

그레이스가 기뻐서 어쩔 줄을 모르자 댄은 좀더 기운을 얻은 듯 보였다. 그러나 역시 어색하게 머뭇거리다가 시간이 없음을 알고 겨우 말을 꺼냈다.

"그러니까 말야, 혹시 괜찮다면, 아직 다른 약속이 없다면……."

"다른 약속 같은 건 없어요. 혹시 있다고 해도 그게 무슨 상관이에요. 내 옛날 친구가 왔는데……. 댄, 지금 내 마음이 얼마나 기쁜지 알아요?"

그녀는 말을 뚝 끊고 눈이 부시다는 듯 이제는 완전히 어른이 된 댄을 올려다보았다. 그녀는 여전히 단정한 차림이 아니었다. 아무렇게나 빗어올린 머리는 모자 밖으로 한움큼이나 밀려나와 있고, 뺨에도 열심히 청소를 한 표시를 내는 듯 더러운 얼룩이 묻어 있었다. 그렇지만 댄에게 그런 것은 상관이 없었다. 댄은 다시 용기를 내어 말을 이었다.

"난 내일 두 시쯤 시간을 낼 수 있어. 차 마시러 갈까?"

그는 웃었지만 눈은 여전히 땅바닥을 보고 있었다.

"좋아요."

그녀는 아무런 꾸밈 없이 활짝 웃으며 고개를 끄덕였다.

"댄이 청하지 않았으면 내가 청할뻔 했어요. 그러나 여자가 먼저 그런 부탁을 하면 부끄러운 일이죠."

그녀의 솔직한 말에 댄도 웃으며 고개를 들었다.

"6주 동안이나 매일 만날 수 있다니……, 정말 꿈을 꾸고 있는 것 같아요."

그녀는 말을 끊고 다시 그를 올려다보았다.

"그렇지만 또 만나야 할 여자 친구가 있는 거 아녜요?"

댄은 몹시 놀란 듯 고개를 번쩍 들었다. 얼굴이 부끄러움 때문인지 붉게 물들었다. 그 모습은 본 그레이스는 행복하게 웃었다. 댄을 다시 만나다니 정말 즐거운 일이었다. 댄은 가로수가 늘어선 길을 마차에 태우고 달리던 그 옛날부터, 빵 광주리에서 제일 맛있는 크림빵을 골라 주던 그때부터 지금까지 그녀에겐 가장 멋진 친구였다.

버드나무에 물이 오르기 시작하면 그 잔가지를 꺾어 피리를 만들어 주었었다. 또 슬루스 모래언덕에서 금빛굴뚝새 둥지를 가르쳐 주기도 했었다. 그리고 에이버리 농장에서 밀짚모자를 가져다 주기도 했는데, 그 댄이 지금 변함없이 자기 앞에 서 있는 것이다.

육군 중위의 차림으로 몸은 훨씬 건장해졌고, 한 팔은 붕대로 묶여 있지만 그 옛날과 조금도 다름이 없었다. 그는 엄격한 군대 생활에서 많은 것을 배우고 얻었을 것이다. 그러나 그레이스가 변할 수 없는 것처럼 그 역시 완벽한 군인으로 변모될 수는 없는 모양이었다. 군복은 입었지만 여전히 소박하고 수줍어하고 있는 것이었다.

그레이스는 댄을 사랑하고 있다고는 감히 생각하지 못했다. 다만 그를 만난 순간, 집을 떠난 이후 가장 기쁘다고 느낄 뿐이었다. 그녀는 손을 내밀었다.

"내일 3시에 만나요. 밖에서 기다려 줘요. 댄, 너무 소문나게 하지 말아요. 난 일자리를 잃게 될지도 모르니까."

그녀는 그가 대답할 사이도 없이 돌층계를 뛰어올라가 버렸다.

다음날 그들은 약속대로 3시에 만났다. 그들은 옥스퍼드 가에 새로 문을 연 해리스 다방에 마주 앉았다. 둘은 오랫동안 이야기를 나눴다. 아무리 이야기를 해도 끊이지가 않았다. 댄은 어색한 수줍음을 벗어나자 놀랍도록 이야기를 잘 했다. 그레이스도 그러한 댄이 만족스러웠다.

그러나 댄은 자기의 이야기만 늘어놓는 사람이 아니었다. 그레이스의 이야기를 무척 듣고 싶어 했고 열심히 귀기울여 주었다. 그레이스는 자기의 이야기를 이렇게 열심히 들어 주는 사람은 만난 적이 없었다. 댄이 그러한 태도에 힘을 얻은 그레이스는 지금까지 마음속에 뭉쳐 있던 이야기들을 모두 털어놓았다. 아더와 아버지에 관한 이야기였다. 댄은 묵묵히 심각한 얼굴로 그녀의 이야기를 들어 주었다.

"그 탄광 재난 사건 이후 우리 집 안은 이상하게 뒤틀리고 있는 느낌이에요. 집에 대한 애착이 점점 없어져요. 이젠 집에 돌아가고 싶지도 않아요."

그는 근심과 연민이 담긴 눈빛으로 고개를 끄덕였다.

"나도 이해가 가는군. 정말 그럴 거야."

그의 따뜻한 위로의 말을 듣자, 그레이스는 금세 마음이 평온해졌다. 그녀는 진지한 표정으로 그를 바라보았다.

"댄, 넵튠으로 다시 돌아갈 거예요?"

"글쎄?"

"댄이 그 넵튠 탄광으로 다시 간다는 건 생각하고 싶지도 않아요."

댄은 고개를 숙였다.

"나도 넵튠에 너무 오래 있었다는 생각이 들어. 장래에 대한 생각도 많이 해 봤어. 솔직히 말해서 난 탄광일 같은 것은 좋아하지 않아. 그렇지만 이런 말이 무슨 소용 있겠어? 그런 끔찍한 사건은 언제나 있어 온 거고 조금 떠들다간 잠잠해져 버리지. 어쩔 수 없는 일이야."

그는 잠시 말을 끊었다가 다시 이었다.

"만약 내가 전쟁에서 살아 남는다면 농사를 짓고 싶어."

"정말 그게 더 어울릴 것 같아요, 댄에게는."

그레이스는 눈을 빛내며 댄에게서 눈을 떼지 않았다. 그들의 이야기는 끝이 없었다. 심부름하는 여자가 두 번씩이나 다가와 무엇을 더 들겠냐고 채근을 하는 바람에, 두 사람은 겨우 자리에서 일어났다.

다방을 나와서는 하이드 파크를 산보했다. 서팬타인 연못을 돌아 하이드 파크 모퉁이로 다시 돌아오는 동안, 시계는 5시를 가리키고 있었다. 간호사 기숙사 앞까지 오자 그레이스는 댄을 올려다보았다.

"나와 만나는 것이 싫지 않다면 댄, 내일 다시 만나요."

그레이스와 댄은 매일 만났다. 만나서는 좀 괴상한 곳을 찾아다니면서 두 사람만의 시간을 즐겼다.

그들은 첼시 제방을 걸었고, 푸트니까지 기선을 타고 갔다가 리치먼드까지는 버스를 타고 가기도 했다. 아주 초라한 작은 다방에도 들어가 보고 소호에서 마카로니와 미네스트라를 먹기도 했다. 그건 별로 돈이 많이 들지 않는 평범한 것이었으나, 이들에게는 가장 아름다운 일이 되었다. 그런 일들은 이 세상에서 이미 수없이 되풀이되었을 것이다. 그러나 이들에게는 전혀 새롭고 소중한 것들이었다.

켄징튼 공원에 갔다가 돌아오던 어느 날 저녁이었다. 기숙사 앞에서 두 사람은 힐다와 정면으로 마주쳤다. 힐다는 그들의 일을 모두 알고 있었다. 다만 우연히 만날 기회를 기다리고 있었을 뿐이었다. 일부러 만난다는 것은 치사한 일처럼 생각되었던 것이다. 힐다의 표정이 싸늘하게 굳어졌다.

"안녕하세요?"

상냥했지만 정면으로 도전하는 태도가 분명했다.

"안녕하십니까, 발라스양."

댄도 팽팽한 긴장감을 느꼈다.

"댁은 전쟁을 아주 잘 이용하고 계시는군요."

이 말에 그레이스가 참을 수 없다는 듯 끼여들었다.

"언니, 그렇게 함부로 말하지 마. 댄이 일부러 부상이라도 당했다는 거야?"

"그게 아니지."

힐다는 참기 어려운 불쾌감이 담긴 목소리로 말을 이었다.

"난 이 전쟁이 끝나기를 기다릴 뿐이야. 이 전쟁만 끝난다면 혼란스러운 것도 끝이 나서, 우리 모두는 다시 자기 위치를 찾아 안정된 삶을 시작할 수 있을 테니까."

그녀의 말뜻은 분명했다. 댄의 얼굴빛이 창백해졌다. 모욕감을 느꼈음이 분명했다. 그는 재빨리 냉정한 작별 인사를 하고 그레이스에게 눈길도 주지 않은 채 획 돌아서서 가 버렸다.

기숙사로 들어오자, 힐다는 여전히 경멸하는 빛을 그레이스에게 돌렸다.

"너도 잘 기억하고 있겠구나. 우리가 소꿉놀이할 때, 그 빵집 아들이 말랑말랑한 빵을 자주 갖다주곤 하던 일 말이다."

힐다는 차갑고도 신랄한 미소를 띤 채 계단을 천천히 오르기 시작했다. 그때 그레이스가 사납게 다가와 팔을 꽉 잡았다.

"한 번만 더 내게 그런 말을 하면……."

그녀는 숨을 헐떡거렸다.

"댄에게도 마찬가지로 그런 말을 하면, 난 언니와 절교해 버리 겠어. 잘 기억해 둬."

두 사람의 시선이 불꽃이 튀는 것처럼 격렬하게 오랫동안 마주 쳤다. 이윽고 힐다가 먼저 시선을 돌려 버렸다.

드디어 댄과의 마지막 날인 목요일이 다가왔다. 다음주 월요일 이면 댄은 멀리 프랑스의 자기가 소속해 있는 대대로 돌아가야만 했다. 손목의 부상은 깨끗이 나았다. 붕대를 풀어 버린 지도 이미 오래였다.

그들은 이 마지막 날을 큐 가든즈에서 지내기로 했다. 식물원에 대한 정열이 대단한 댄이 이 식물원을 몹시 보고 싶어했기 때문이 었다. 그래서 마지막 산책 장소로 큐 식물원을 남겨 두었던 것 이다. 그러나 그날의 산책은 별로 재미가 없었다. 아침부터 날씨 가 좋지 않았다. 구름이 잔뜩 낀 하늘은 금방이라도 비를 뿌릴 것 같았다.

두 사람의 기분도 좋을 수가 없었다. 마지막이라는 것뿐만 아니 라 힐다의 조소어린 비난이 두 사람을 늘 쫓아다니는 것만 같았기 때문이다. 댄은 말이 없었다. 그런 댄의 모습을 보는 그레이스의 마음은 슬퍼지기까지 했다. 이 몇 주 동안 그레이스는 자신이 댄 을 사랑하고 있음을 분명하게 깨달았다. 그러나 댄은 그렇지 않을 것이 분명했다.

그의 마음을 알 수 없는 상태에서, 그가 프랑스로 되돌아가야 한다는 것은 견딜 수가 없었다. 그레이스는 댄이 자기를 그렇게 깊이 생각하고 있을 리가 없다고 단정짓고 있었다. 겨우 친구 정 도일 것이다.

'도대체 누가 나 같은 여자를 사랑하겠는가?'

슬픈 일이지만 자신처럼 바보 같고 경솔하고 예쁘지 않은 여자를 진정으로 좋아할 남자는 없을 것이라고 일찍부터 생각하고 있었다.

그러나 알고 싶고 확인하고 싶었다. 댄은 끝내 말 한마디 없이 떠나가 버릴 것처럼 입을 꾹 다물고 있었다. 그런 댄의 옆에서 같이 걷는 그레이스의 마음은 점점 더 어두워졌다.

두 사람은 수선화가 가득 핀 숲의 바로 위에 있는 작은 호숫가로 올라갔다. 물오리들이 맑은 물에서 헤엄을 치며 놀고 있었다. 그 풍경은 그림을 보는 듯했다. 댄은 감동한 얼굴로 오래도록 물오리들을 바라보고 있다가 처음으로 입을 열었다.

"나도 가능하다면 물오리도 키우고 싶군."

그레이스는 고개를 끄덕였다. 그것이 나와 무슨 상관이 있을까, 라고 생각하면서도 이렇게 대답했다.

"아주 좋을 거예요, 댄."

그레이스는 더 이야기를 하고 싶었다. 자기 마음의 의문과 슬픔 모두를 이야기하고 싶었지만, 목구멍이 막힌 것처럼 아무 말도 나오지 않았다.

둘은 물가에 버려진 사람들처럼 오래도록 서 있었다. 즐겁게 날개를 푸드덕거리는 새들을 멍하니 바라보면서 자신들의 슬픔을 확인하려는 사람들처럼.

그때 갑작스럽게 비가 쏟아지기 시작했다. 걷잡을 수 없이 거센 빗발이었다.

"큰일났네!"

그레이스는 소리쳤지만 오히려 다행이다 싶었다. 숨이 막히는 듯한 답답함이 시원한 빗발에 씻기는 느낌이었다. 당황하며 사방을 둘러보던 댄이 그레이스의 손을 잡았다.

"우리 뛰자! 저기 보이는 온실로 가는 거야."

그들은 줄기차게 퍼붓는 빗속을 달렸다. 보통때 같으면 몹시 재미있었을 달리기였다. 그러나 지금은 전혀 즐겁지가 않았다. 난초를 가꾸고 있는 그 온실 안은 스팀까지 들어오고 있었다. 그레이스는 청색 군인 레인코트를 입고 있었으나, 댄은 아무것도 입고 있지 않았기 때문에 웃도리가 흠뻑 젖었다. 우선 숨을 돌린 그레이스가 근심스러운 눈빛으로 댄을 쳐다보았다.

"옷이 너무 젖었어, 댄."

주위를 둘러보았다. 난초들의 탐스러운 푸른 줄기들 옆에 있는 자신들이 너무 초라해 보였다. 스팀의 굵다란 파이프들이 눈에 보였다.

"셔츠를 벗어요. 잠깐만 말리면 될 거예요."

댄은 귀찮았다. 젖은 옷 때문에 불쾌하긴 했지만, 그대로 가만히 있고 싶었다. 그러나 지금까지 그레이스의 어떤 말도 거절해본 일이 없는 그는, 이번에도 아무 소리없이 셔츠를 벗었다. 그레이스가 셔츠를 걸칠 곳을 찾는데, 다른 쪽 문이 열리며 늙은 정원지기가 들어왔다. 그는 두 사람이 비를 피해 뛰어오던 것을 본 듯 친절한 미소를 띠었다.

"이쪽으로 와서 말리시오. 이쪽 파이프가 더 뜨거워요."

그레이스는 정원지기 노인에게 감사하며 그가 가리키는 움푹 들어간 곳으로 갔다. 그곳에는 뜨거운 파이프들이 여러 개 연결되어 있었다. 그녀는 물기가 번쩍이는 셔츠를 뒤집어서 파이프 위에 널었다. 그레이스는 파이프 바로 위에 걸린 거울을 바라보았다. 볼썽 사나운 여자의 얼굴이 보였다. 뛰어오는 바람에 머리가 모자 안에서 이상하게 헝클어져 흘러내리고 있었다. 게다가 얼굴 역시 푸르죽죽하게 생기를 잃고 있었다.

'맙소사! 이런 몰골이 내 모습이란 말인가?'

그녀는 비참한 생각이 들어 고개를 돌렸다. 댄에게 이 보기 흉한 몰골이 어떻게 보일까 생각하니 웃음이 나왔다. 댄이 자신을 좋아하지 않는 것은 너무나 당연한 일이라고 다시 다짐을 했다.

그레이스는 댄의 셔츠가 마르기를 기다리며 벽에 몸을 기대었다. 댄이 있는 곳이 보이지 않는 것이 오히려 다행스러웠다. 말이 많은 늙은 정원지기의 이야기가 좀 귀찮았지만, 귀를 기울이는 척했다. 정원지기 노인은 전쟁 때문에 점점 더 석탄을 구하기가 힘들어진다고 불평을 하고 있었다. 이제 곧 가을이 올 것이고, 그러면 온실용 연료가 점점 더 양이 늘 텐데 아무 대책도 없다는 것이었다.

옷은 금방 말랐다. 따뜻한 셔츠를 들고 움푹한 곳에서 나오니, 댄은 비가 줄기차게 쏟아지는 밖을 뚫어지게 내다보고 있었다. 그레이스를 돌아보는 얼굴이 몹시 어두웠다.

"주말에도 비가 오겠지?"

"그럴 것 같애요."

그레이스는 대답하면서 두 손을 벌려 그에게 셔츠를 내밀었다. 바람에 헝클어진 머리가 이마 위에 흩어진 창백한 얼굴로 두 손을 힘없이 벌리고 서 있는 그녀의 모습이 몹시 처량해 보였다. 댄은 정신이 나간 사람처럼 그녀를 바라보았다. 얼마동안이나 바라보고 있었을까. 댄은 그녀가 너무 불쌍해 보여서 견딜 수가 없었다. 그는 신음소리처럼 중얼거렸다.

"사랑해, 그레이스!"

그레이스의 눈이 커다랗게 열렸다.

"사랑해, 그레이스!"

셔츠가 바닥으로 떨어졌다. 두 사람은 누가 먼저랄 것도 없이 서로 끌어안았다. 그레이스의 가슴은 행복감에 다시 고동치기 시작했다.

"아아, 댄."

"말하지 않을 수 없었어, 그레이스. 말하지 않고 이대로 돌아갈 수는 없었어."

그레이스는 울었다.

"지금 우리는 꿈을 꾸고 있는 게 아니죠? 댄, 모든 게 현실이죠? 맞죠?"

그는 크게 고개를 끄덕였다. 그레이스는 다시 댄의 가슴에 얼굴을 묻었다.

"언제까지 돌아가야 해요?"

댄은 오랫동안 대답을 하지 않았다가 겨우 입을 열었다.

"월요일."

"오늘이 무슨 요일이죠?"

"목요일이야."

그레이스는 다시 그를 바라보았다.

"제가 무슨 말을 하더라도 화내지 말아요."

댄은 빙긋 웃으며 머리를 흔들었다.

"내가 왜 화를 내?"

그레이스는 입술을 깨물었다. 그러나 결심한 듯이 빠르게 말했다.

"댄, 우리 토요일에 결혼해요."

댄의 얼굴이 하얗게 질려 버렸다. 도무지 믿을 수 없다는 듯 그녀의 얼굴을 뚫어지게 쳐다보았다. 그의 눈빛 속에 담겨 있는 영혼의 빛을 보는 듯했다.

"그레이스!"

그는 속삭이듯 이름을 불렀다.

늙은 정원지기가 난초들 뒤에서 이 광경을 바라보고 있었다. 그는 석탄의 부족 같은 것은 새까맣게 잊어버렸다. 그저 넋나간 사감처럼 이 젊은이들을 바라보고 있었다.

그들은 토요일에 결혼을 했다. 그레이스는 주말 휴가를 얻기 위해 미스 깁스를 설득시키느라 진땀을 뺐다. 그 주말 여행은 두 사람의 신혼 여행이었다. 그들은 브라이튼으로 갔다. 댄이 말한 것처럼 비가 몹시 쏟아지는 주말이었으나, 둘은 전혀 개의치 않았다.

추악한 욕망

그해 8월 하순의 어느 오후였다. 넵튠 탄광의 파라다이스 갱구로부터 승강기가 천천히 올라왔다. 발라스는 암스트롱, 허즈페드와 함께 그 승강기에서 나와 탄갱 구내 마당 안으로 들어섰다. 발라스도 광부의 작업복을 입고 있었다. 검은 노어포트 형의 저고리와 반바지를 입고 머리에는 가죽으로 된 둥근 스컬캡을 쓰고, 손에는 튼튼한 지팡이를 들고 있었다. 그는 마치 막이 오르기 전 무대에 서 있는 배우 같은 자세로, 갱내 감독들의 시선을 느끼면서 암스트롱과 허즈페드에게 말을 건네고 있었다.

"아무래도 신문사에 알리는 것이 좋겠군. 〈아거스〉지가 제일 낫겠지? 이 사실을 알면 기뻐할 거야."

"알겠습니다, 사장님. 내일 전화해 놓겠습니다, 틀림없이."

암스트롱이 말했다.

"신설 도로의 공사비 견적서를 상세하게 잘 보여 주도록 해."

"네, 알겠습니다."

"아, 암스트롱, 이런 계획을 하게 된 중대한 이유는 무엇보다 애국적인 견지에서라는 사실도 알리도록. 우리가 파라다이스 갱구에 다시 들어가게 될 때, 생산고는 배가 될 터이고 그것은 국가적으로도 이익이 될 수 있을 테니까."

발라스는 고개를 끄덕여 보이고는 구내의 문 쪽으로 갔다. 자신이 입고 있는 광부 복장이 의미하는 절대적인 권위를 의식하면서 자기의 집 쪽으로 걸어갔다.

거리에서도 그는 많은 사람들에게 존경이 넘치는 인사를 귀찮을 정도로 받아야 했다. 그러나 발라스는 온화한 미소와 겸손한 태도로 일일이 응답하였다. 주민들 사이에서 그의 인기는 이제 믿을 수 없을 정도로 높아졌다. 그의 애국적인 여러 활동들은 확실히 범인으로서는 따를 수 없는 비상한 점이 있었기 때문이다. 그리고 이상하게도 아더가 형무소로 갔다는 것이, 그의 비상한 활동을 더욱 격화시키고 있는 듯했다.

처음에는 발라스 자신도 자기의 설득 방법이 가지고 온 뜻밖의 결과에 상당히 당황하였다. 그러나 그러한 당황함에 붙잡혀 있을 그가 아니었다. 그리고 너무나 많은 일들이 쉴 사이 없이 자꾸 밀어닥치고 있었기 때문에 형무소에서 고통당하고 있을 아더를 생각할 여유도 없었다. 그러므로 그는 아무런 괴로움도 느끼지 않은 채 아더의 복역을 공공연하게 인정하며, 호연스러운 유감의 뜻을 공석상에서도 피하는 행동을 취할 수 있었다.

누구나 다 발라스의 영웅적인 태도에 감복되지 않을 수 없었다. 그 사건은 신문을 통해서 널리 보도되었다. 〈아거스〉지는 스파르타식 아버지라는 표제 아래 2단 기사로 보도했는가 하면, 〈선데이 에코〉지에서는 '애국자에게 모자를 벗어라'라는 제목의 특종 기사로 다루었다. 그것은 슬리스케일뿐만 아니라 타인캐슬에서도 굉장한 센세이션을 일으켰다.

발라스는 거대한 영광의 빛 속으로 빨려들어갔으며, 그것은 그에게 절대로 불쾌한 것이 아니었다. 그는 헤티와 센트럴에서 가끔 식사를 하고 있을 때, 자신이 만인의 관심을 받고 있다는 것을 깨달을 수 있었다. 이 사실은 그에게 억누르기 힘든 만족감을 주는 것이었다. 그가 관계하는 것이 점점 더 많아지고 있었다. 그리고 가는 곳마다 존경의 감탄 속에 파묻히는 것이었다.

그 결과 발라스는 자기의 행동은 언제나 영웅적이라는 이상한 심리 상태에 빠지고 있었다. 처음엔 주위의 반응에 대해서 상당히 조심하면서 방어하는 자세를 보였지만, 이제는 모든 것이 당연하게 생각되어 버렸다. 발라스는 이제 자기를 조용히 되돌아보거나, 자기 생각을 짚어볼 시간을 가질 수 없게 되었다. 너무나 바쁘고 항상 할 일이 많았다. 숨까지 헐떡이며 얼굴을 상기시킨 채 여러 가지 일에 몰두하게 되었다.

그러나 그러한 그의 모습은 그렇게 보기 좋은 것이 아니었다. 그는 점점 더 외면적인 일과 공적인 사업과 명성에만 매달리기 시작했다. 그는 소란과 갈채와 군중들에게만 마음을 빼앗기고 있었다.

심사위원회에 있어서의 그의 활약은 더욱 눈부시게 되었다. 발라스가 그 자리에 있는 한, 어떠한 정당한 이유가 있는 신청자라도 병역 면제를 얻기는 거의 불가능하게 되었다.

그는 공평 무사하다는 태도로 짜증스럽게 테이블을 톡톡 두드리면서, 이치가 맞지 않는 논의나 흥분된 항의에도 조용히 귀기울이는 자세를 하고 있었다. 그러나 그는 사실상 그 사건의 논리 같은 것에는 주의를 기울이지 않았다. 그의 결정은 이미 끝나 버린 것이었다. 병역 면제란 있을 수 없었다.

시간이 흐르고 그의 편협적인 결정도 지칠 때가 되면 슬며시 방법을 바꾸었다. 사건들의 심사를 놀랍도록 빨리 진행시킴으로써 한 번의 심문회에서 처리된 놀라운 건수를 자랑하는 것이었다. 그

섯이 잘된 날 밤에는 자기 만족감과 동료들의 찬사를 가득 안은 채
집으로 돌아가는 것이었다.

지금 카우펀 가를 걸어가고 있는 그의 얼굴에는 어느 때보다 더
욱 짙은 만족감이 흐르고 있었다. 오늘 넵튠 탄광에서 결정한 것
은 그의 명예를 더욱더 빛내 줄 것이 틀림없었기 때문이었다.

그는 지난 몇 개월 동안 어쩔 수 없이 파라다이스 광구를 폐쇄해
왔다는 것을 늘 못마땅하게 여겨 오고 있었다. 내려앉은 현무암을
꿰뚫어 새로운 도로를 만들기 위해서 들여야 할 막대한 비용을 생
각하면 어찌할 도리가 없었던 것이다. 그러나 이제는 당국의 현명
한 조치에 의하여, 도로 개설에 필요한 비용을 정부에다 파라다이
스에서 채굴한 석탄을 납품하는 것으로 상쇄할 수가 있게 된 것
이다. 그리고 착공에 앞서 그는 예산을 미리 융자받을 수 있게 된
것이다.

전시(戰時)라는 세계의 불행을 이용하여 얻는 이익이 많아지면
많아졌지 줄어들 수 없다는 것을 이러한 수단에 의해 더욱 굳게 믿
게 되었다. 석탄 가격은 톤당 20실링을 훨씬 더 상회했다. 그래서
넵튠 탄광에서만도 믿을 수 없을 정도로 엄청난 돈을 벌고 있는 중
이었다. 발라스는 자기 재산에 대해 생각하기만 해도 미칠 지경으
로 기뻤다. 마치 마약에 취한 듯한 황홀감을 느낄 정도였다.

그는 결코 수전노가 아니었다. 다만 돈이라는 것이 얼마나 귀중
한 것인지를 잘 알고 있을 뿐이었다. 자기는 돈을 마음대로 쓸 수
가 있다는 것이 그를 대단히 만족스럽게 해 주었다. 거의 어린애
처럼 즐거워지는 것은, 가령 5파운드가 자기에겐 5펜스처럼 적은
돈으로 생각되는 바로 그런 것이었다. 그리고 현재 그를 흥분케
하는 것은 돈을 쓰고 싶다는 욕구를 느낀다는 점이었다.

얼마든지 돈을 쓸 수 있는 여력이 있는데도 그 기회를 놓쳐 버
린다는 것이, 그에게는 너무나 어리석고 재미없는 일로 여겨졌다.

그는 보다 좋고 보다 새로운 여러 가지를 원하고 있는 자신의 마음을 막지 않았다. 그는 자신의 집에 놀랄 만한 변화를 시도하고 있었다.

새로운 가구와 카펫, 새로 산 축음기와 자동차, 사치스러운 안락의자, 특수 정수장치, 전기 피아노, 즉 자동 피아노를 구입했다. 그림을 더 사지 않은 데에는 다른 뜻이 있었다.

그림 수집은 그의 소유욕을 억제했던 예전의 일에 속했다. 그리고 예술 작품이 보물이라고 생각하는 마음은 아직도 그에게 위안을 주었다. 즉 그는 자주, 나는 내가 수집한 그림 속에다 많은 재산을 저장하고 있지! 하고 만족스럽게 말하고 있는 것이다. 그러나 그는 전쟁이 계속되는 동안에는 그 수집을 계속할 필요를 느끼지 않았다.

그의 도락은 이제 더욱 화사하고 임의적이며 변칙적이 되었다. 그는 일시적인 기분에 따라 물건을 사게 되었다. 그는 우연히 싼 물건을 손에 넣는 것에 대한 기쁨을 더욱 많이 누리고 싶어했다. 그는 타인캐슬 아케이드의 계속적인 단골손님이 되었는데, 그곳에는 잡동사니와 골동품 가게들이 즐비하게 늘어서 있었다. 그는 그런 곳에 가면 반드시 물건들을 사 가지고 의기 양양해서 돌아오는 것이었다.

발라스가 헤티에게 준 선물들도 다 그러한 타성을 보여 주는 것들이었다. 그것들은 전처럼 아버지와 같은 애정에서 우러나오는 소박한 물건들이 아니었다. 사탕이나 향수 또는 손수건을 넣은 리본달린 상자 따위가 아닌 색다른 심리 상태에서 고른 선물들이었다.

이러한 점에서 발라스는 의식적으로 미소를 띠우는 것이었다. 자신도 거의 느끼지 못하는 사이에 그는 헤티를 자기의 강인한 활동에서 오는 긴장 해소를 위한 탈출구로 생각하게 되었다. 헤티는 인제나 그를 기쁘게 해 주었다.

헤티는 열두 살의 어린 소녀였을 때 곧잘 그의 무릎에 껑충 뛰어 올라 앉았었다. 그녀가 무릎 위에서 페퍼민트 껌을 달라고 조르던 때에도, 그는 헤티에게서 이상한 감촉을 경험했었다. 그 당시 그 는 껌과 같은 알약들을 늘 조끼주머니에 가지고 다녔었다.

그녀의 비누냄새가 섞인 청결한 향기가 그의 후각을 자극시켰던 것이다. 헤티는 아더의 아름답고 귀여운 동반자가 될 만하다고 생 각했었다. 그러나 지금은 아더의 어리석은 행동 때문에 모든 것이 바뀌었다. 그 변화는 헤티가 눈물을 흘리면서 자기 집의 식당 안 에서 발라스에게 매달리던 바로 그 일요일부터 시작되었다.

그 순간부터 발라스는 아더의 결함을 보완시키기 시작했다. 분 명 그 동기는 연민으로부터 시작되었다. 그는 그 당시 헤티를 위 로해주어 다른 쓸데 없는 잡념을 갖지 못하게 해야 한다고 생각하 였다. 더군다나 아더가 형무소로 들어가는 불경스런 사태가 발생 했을 때는, 그녀가 그것을 잊어버리도록 하기 위해 더 큰 위로가 필요하다고 생각하였다. 그러므로 자신의 태도가 조금도 양심에 거리끼지 않았고, 그것이 불편을 주지도 않았다. 이제는 그러한 새로운 불안스런 사건이 자꾸 발생함으로써 자신의 행동이 더욱 자연스러워질 수 있는 것이 내심 유쾌하기조차 했다.

발라스는 눈에 뜨일 정도로 멋을 부리기 시작했다. 고급 양복점 으로 단골을 바꾸고, 꼭 명주 넥타이와 명주 양말을 신었다. 그레 인겨 가 근처의 스티록스 이발소에도 자주 가서 얼굴 마사지를 하 였다. 뿐만 아니라 머리 손질에도 여간 신경을 쓰는 것이 아니 었다. 발라스는 헤티와 동반하는 것에도 좀더 다른 기쁨을 느끼기 시작했다. 오늘밤에도 그들은 새 레뷔 지그잭(시사풍자의 익살극)을 구경하러 킹극장에 가기로 약속했던 것이다.

발라스는 차도를 걸어 집 안으로 들어가면서 어떤 기대감에 흥분을 누르기가 어려웠다. 그는 곧장 이층으로 올라가 목욕을 하였다. 그는 뜨거운 물 속에서 몸을 쭉 뻗고 누워 남성으로서의 자기를 의식해 보는 것이었다. 그는 정성을 다해서 옷을 입고 아래층으로 내려와 단춧구멍에 꽃을 꽂을 잘랐다.

온실에는 캐럴라인이 나와 있었다. 그녀는 해리어트의 등을 반시간 동안이나 문질러 주고 나서 아스파라거스를 좀 자르려고 막 채소밭으로 가는 길이었다. 캐리는 이 전쟁 동안에 특히 채소밭을 가꾸는 데 정성을 쏟았다.

채소뿐만 아니라 닭과 오리까지 길렀다. 그녀는 점점 물자가 모자라는 때인데도 그것들이 아무 부족없이 먹을 수 있도록 손을 썼다. 감자나 고기, 마가린을 사지 못해 소란을 피우는 사람들로 식품점 앞은 장사진을 이루곤 했다. 그러나 발라스 집의 식탁에는 언제나 먹음직스러운 음식이 풍족하게 놓여 있었다. 리차드가 들어서자, 캐리는 존경에 찬 눈길을 치켜들었다. 그녀는 작은 목소리로 중얼대듯 말했다.

"오늘도 수고가 많으셨죠, 리차드 오라버님."

그는 기분이 좋은 얼굴로 그녀를 돌아보았다.

"파라다이스 탄광 속으로 신작로를 뚫을 생각이야, 캐럴라인."

"어머, 리차드 오라버님!"

그녀는 그에게서 은밀한 이야기를 들은 것이 너무나 좋아 가슴이 설레었다.

"그것 정말 잘 하시는 일이에요."

"그렇게 되면 그 행방 불명된 열 명의 광부도 찾아낼 수 있겠지. 내가 그것을 얼마나 바라고 있는지 사람들은 모를 거야."

"그렇고 말고요, 오라버님."

"그들의 장례식은 사회장(社會葬)으로 거창하게 치러 줄 생각이야. 경비는 물론 내가 다 담당해야지. 훌륭한 사람들이었으니까 그만한 대우는 해 주어야지."

캐리는 다시 머리를 끄덕였다. 잠시 침묵이 흐른 뒤에 그녀는 문 쪽으로 걸어갔다.

"오라버님 저녁 상에 놓으려고 아스파라거스를 좀 잘라오려고 나왔어요. 벌써 베어 먹을 철이 되었어요."

그녀는 열심히 그의 대답을 기다렸다. 리차드는 언제나 그녀의 아스파라거스 요리솜씨가 좋다고 칭찬했기 때문이다.

그는 고개를 끄덕끄덕해 보였다.

"오늘밤엔 샌드위치를 좀 남겨 둬, 캐럴라인. 내가 좀 늦을지도 모르니까 말이야. 헤티를 극장에 데리고 가기로 했거든."

캐럴라인의 얼굴이 붉어졌다. 그녀는 자신이 퇴색한 낡은 블라우스에서부터 다 해진 헌 발갈이용 신발 속으로 가라앉는 기분이었다. 그녀는 떨리는 목소리로 대답했다.

"알겠어요, 오라버님."

그녀는 밭으로 나가 버렸다.

캐럴라인은 불안한 마음으로 아스파라거스를 잘랐다. 아더의 불행이 절정에 달하면서, 그의 투옥 판결을 이처럼 막연한 말로 부드럽게 생각하는 것은 과연 캐리다운 것이었다. 어쨌든 아더의 불행한 판결 이후, 헤티와 리차드 사이의 상황이 그녀를 무섭도록 괴롭혔다.

물론 리차드를 나무랄 이유는 없었다. 그러나 헤티에 대해서는 자신이 서질 않았다. 최근에 리차드가 헤티에게 보낸 선물을 보고 그녀는 더욱 불안을 느끼지 않을 수 없었다. 캐리 고모는 웬지 헤티가 증오스러울 정도로 미웠다.

그날 밤 캐리 고모는 내내 걱정이 되어 리차드가 돌아올 때까지 잠자리에 들 수가 없었다.

발라스가 집으로 돌아온 것은 거의 11시가 가까워서였다. 헤티도 함께 따라왔다. 그들은 극장이 너무 더웠기 때문에 시원한 드라이브나 하자고 하여 집에까지 함께 온 것이었다. 바틀리가 그녀를 다시 집까지 태워다 주기로 했기 때문에 두 사람은 유쾌한 기분으로 응접실로 들어갔다.

"이제 돌아가야죠, 이 집에서 잘 수는 없으니까."

헤티가 밝은 목소리로 말하며 발라스가 주는 담배를 받아 들고 의자 팔걸이에 올라앉았다. 날씬한 발목이 유난히 드러나 보였다.

"샌드위치 먹겠어?"

발라스가 수줍은 듯한 미소를 지으며 물었다. 그는 식당으로 들어가서 캐럴라인이 마련해 놓은 접시를 찾았다.

그는 그녀를 보내고 싶지 않은 것이 분명했다. 발라스는 그 이유를 따져 보려고도 하지 않았다. 그는 언제나 자기 자신을 도덕적인 인간으로 생각해 왔다. 때문에 그런 질문은 필요치 않았던 것이다. 물론 그 재난 사건 이래 그는 자신이 달라졌음을 느끼기도 했다. 자신 안에 새로운 젊음이 찾아온 듯한 흥분이 자주 자기 자신을 괴롭히고 있음을 알고 있었다.

발라스는 그것이 자신의 건강을 의미하는 것이라고 생각했다. 두 번쯤 심한 현기증 발작 증세가 일어나 비틀거린 적도 있었으나, 그런 것은 염두에 둘 것이 못 된다고 생각했다. 그는 자신의 건강한 육체에 대해 언제나 감탄하고 있었던 것이다.

그는 응접실로 되돌아왔다.

"자, 여기 샌드위치가 있어."

그녀는 말없이 닭고기 샌드위치를 받아 들었다.

"갑자기 조용해졌구나."

그는 그녀의 매혹적인 옆얼굴을 몇 번이나 곁눈질하면서 말했다.

"그래요?"

그녀는 먼 곳으로 시선을 보내며 대답했다.

그의 얼굴에 나타난 이상한 찬탄의 빛이 그녀를 조금 불안스럽게 했던 것이다. 그의 마음 속에 어떤 변화가 일어나고 있음이 분명하게 느껴졌다. 그리고 지난 몇 주 동안의 일이 뭔가 심상치 않은 무엇이 가까이 오고 있음을 느끼게 해 주고 있었다. 발라스의 태도와 끊임없이 보내는 선물들이 그것을 말해 주고 있었다. 이런 분위기는 헤티에겐 전혀 흥미가 없는 것이었다. 그녀는 이런 분위기가 마음에 들지 않았다. 그녀는 배짱 좋게도 아무런 대가없이 계속 그러한 친절과 호의가 주어지기를 바라고 있었다.

사실 헤티에겐 윤리의식이란 것은 희박했다. 그녀는 순결을 중요시했지만, 그것은 어디까지나 자신의 주가를 올리려는 얄팍한 계산에 의한 것이었을 뿐이었다. 그녀에게는 좋은 신랑감을 만나는 것, 자기에게 돈과 지위를 가져다 줄 결혼을 하는 것이 중요했다. 이 목적을 달성하기 위해서는 자기의 처녀성을 지킨다는 것이 얼마나 중요한 일인가를 잘 알고 있었던 것이다.

또한 그녀에게 있어서 그것은 그렇게 어려운 일이 아니었다. 그녀의 행동 가운데는 가끔 유혹적인 것이 보이긴 했지만, 그녀의 내면에는 어떤 욕정 같은 것이 전혀 개입해 있지 않았다. 그런 것은 이미 그녀의 언니인 로러가 다 유전으로 받아 버렸는지도 모른다.

처음부터 자신을 칭찬하고 부드럽게 쓰다듬어 주는 발라스의 친절이나 상냥함이 싫지는 않았다. 아더의 투옥 사건은 그녀의 허영심에 무서운 충격을 주었다. 그리고 그녀의 장래에 대한 여러 가지 즐거운 계획에서 아더를 제외시키도록 만들었다. 절대로 그러한 아더와 결혼할 수는 없다고 생각했던 것이다.

그들은 절대로, 절대로 안 될 일이었다. 그러므로 자기가 발라스의 측은한 연민을 받아들이는 것은 그것과는 관계없이 당연한 것이라고 생각하였다. 여러 사람들 앞에서 발라스와 함께 있는 자신을 보여 준다는 그 단순한 사실만으로도 자기의 체면을 세우는 일에 굉장히 도움이 되었기 때문이다. 발라스와 헤티는 비참하고도 절망적인 입장에 놓이게 하는 약한 마음을 쫓아내는 데에 힘을 합했을 뿐이다.

응접실은 여러 개의 새로 사들인 전등갓이 덮인 등불로 밝혀져 있었다. 그 등불은 카펫 위에 둥근 불빛의 웅덩이들을 만들어 놓으면서 천정을 신비한 어둠으로 감싸이게 해 주었다.

"정말 예쁘군요!"

헤티는 일어나서 등불로 인해 생긴 그늘 쪽으로 다가가, 그 가장자리를 손가락으로 더듬으며 말했다. 그런 후 그녀는 밝은 표정으로 고개를 돌렸다.

"담배, 왜 안 피워요?"

그녀는 이 늙은 남자가 담배라도 피운다면, 숨막힐 것 같은 무거움이 좀 가벼워질 것 같은 생각이 들었던 것이다.

"담배를 피우고 싶은 마음이 없어."

발라스는 어떤 생각에 잠긴 듯이 말했다. 그러나 그의 눈길은 내내 그녀의 얼굴을 떠나지 않았다.

헤티는 마치 그가 농담이라도 한 것처럼 가볍게 웃어댔다.

"전 담배를 한 대 더 피우고 싶은데요."

그가 담뱃불을 붙여 주자, 헤티는 축음기 쪽으로 가서 '그대가 이 세상의 유일한 아가씨라면'이란 노래를 틀었다.

"전 내일 딜리에서 딕 퍼브즈와 그의 누이동생을 만나 차를 마시기로 했어요."

그녀는 뚱딴지 같은 소리를 했다.

발라스의 얼굴색이 싹 바뀌었다. 그는 어느새 질투를 느낄 만큼 감정의 진전을 보았던 것이다. 그는 그 젊은 퍼브즈라는 작자를

뱀처럼 싫어했다. 딕 퍼브즈 공군 중위는 헤티와 어릴 때부터 비
교적 눈에 띄지 않게 놀던 친구로, 지금은 시대의 영웅처럼 인기
를 끌고 있는 사람이었다. 최근 동북지방에는 공습이 심했다. 그
런데 퍼브즈가 단기(單機)로 쩨펠린 상공을 날아가 암흑 같은 하늘
에서 폭탄을 투하하여 적의 비행선을 침몰시켰던 것이다.

타인캐슬은 딕 퍼브즈의 이름으로 발칵 뒤집혔다. 소문에 의하
면 그는 빅토리아 십자훈장을 받았다고 했다. 그런 까닭으로 그가
레스토랑에 얼굴만 내비쳐도 영웅 숭배의 미친 듯한 소란이 일곤
하는 것이었다.

이 모든 것이 발라스의 머리에 다시 떠올라, 그는 몹시 퉁명스
럽게 대답할 수밖에 없었다.

"그러니까 너도 그 퍼브즈란 놈의 뒤꽁무니를 쫓아다니고 있는
모양이구나."

"그런 건 아니에요."

그녀는 항의했다.

"전 그런 사람이 아니란 걸 아시잖아요? 그가 현재 인기가 있
기 때문에 만나는 것이 더 재미있는 것만은 사실이에요. 그와 함
께 앉아 있으면 모두 우리 쪽만 부럽게 쳐다보거든요. 그러면 기
분이 나쁠 것도 없죠."

발라스는 가까스로 끓어오르는 분노를 진정시켰다. 그는 긴 의
자로 가서 앉았다. 그의 얼굴은 벌겋게 상기되어 있었고 숨소리도
무거웠다. 그는 천천히 말했다.

"이리 와 앉지, 헤티."

"전 서 있는 게 좋아요."

그녀는 경쾌한 어조로 대답했다.

"극장에서 너무 오래 앉아 있었잖아요."

"이곳에 와서 앉아!"

그의 말투가 강압적으로 변했다.

헤티는 지금 그의 기분을 상하지 않게 하는 것이 좋겠다고 생각했다. 그래서 될 수 있는 대로 밝게 웃으면서 긴 의자의 한쪽에 걸터앉았다.

"오늘 밤엔 기분이 안 좋으신가 봐요."

"내가?"

발라스의 퉁명스런 말에 헤티는 머리를 끄덕였다. 그녀는 좀더 장난기를 부려 분위기를 바꾸고 싶었지만 잘 되지를 않았다. 그녀는 가까이에 있는 그가 불편하게 여겨졌다. 그의 충혈된 눈초리와 투박한 어깨, 그리고 조끼의 굵은 주름까지 자꾸 마음에 걸렸다.

"내가 준 이 팔찌, 마음에 드니?"

그는 그녀의 손목에 둘린 가느다란 순금 팔찌에 손을 댔다.

"네, 아주."

그녀는 빠르게 말했다.

"그렇지만 이런 비싼 선물, 자꾸 주지 마세요. 좀 짐스러우니까요."

"그런 걱정은 말아라. 난 좀더 돈을 쓸 생각이야. 앞으로 네게 더 멋진 것들을 주고 싶은데 ……."

역시 경험이 없는 말투가 매우 어색했다. 그는 이럴 때 여자에게 어떻게 해야 하는지를 몰라 점점 더 어색해졌다.

"언제나 제게 너무 잘해 주셨어요."

헤티는 눈을 아래로 내리깔았다.

발라스가 손을 뻗어서 그녀의 한 손을 잡았다. 그때 축음기가 멈추었다. 그녀는 살았다는 듯이 벌떡 일어나 축음기 쪽으로 갔다.

"뒤판도 들어 볼까요?"

그녀는 그 레코드를 다시 틀었다.

발라스는 여전히 그녀를 바라보았다. 그의 호흡이 더욱 가빠지면서 아랫입술이 앞으로 쑥 내밀어졌다.

"아름다운 음악이에요, 아주 경쾌하고 부드럽군요."

헤티는 가볍게 박자를 맞추며 긴 의자로는 가지 않기로 작정한 듯 음악 리듬에 맞추어 이리저리 걸어다녔다. 그녀가 발라스 옆을 지나가려 할 때였다. 발라스가 급작스럽게 손을 뻗어서는 그녀의 가냘픈 손목을 잡아 자기 무릎 사이로 끌어당겼다.

너무나 자연스럽게 일어난 일이었기 때문에 두 사람 다 멍해졌다. 헤티는 고함을 쳐야 할지 가만히 있어야 할지조차 분간이 서질 않았다. 그녀는 손을 뺄 생각도 하지 못했다. 그저 멍하니 발라스를 쳐다볼 뿐이었다.

바로 그때 뒷문이 살며시 열리면서 캐리 고모가 방 안으로 들어왔다. 밤이 이토록 늦었는데 시끄러운 소리가 들려서 아래층으로 내려왔던 것이다. 그러나 긴 의자 위의 광경을 보자 마치 화석처럼 그 자리에 서 버렸다.

그녀의 눈은 놀라움으로 튀어나올 것 같았고 얼굴은 잿빛으로 변했다. 지금까지 평생에 그렇게 놀라운 것을 본 일이 없었던 것 같았다. 소름이 끼치는 순간이었다. 그녀는 죽을 힘을 다 해서 몸을 돌려 그 방을 나와 마치 신들린 사람처럼 와들와들 떨면서 이층으로 올라갔다.

발라스도 헤티도 캐리 고모가 경악하는 표정으로 자기들을 보았다는 사실을 알지 못했다. 발라스의 눈에는 헤티 이외의 것은 전혀 보이지 않고 있었다. 그녀의 날씬한 몸에서 풍겨 나오는 향긋한 냄새, 자기 허벅지에 닿는 부드러운 감촉에 거의 제정신을 잃고 있었다.

"헤티, 내가 널 얼마나 좋아하는지 알고 있지?"

그의 애절한, 그러나 몹시 투박하고 어색한 사랑의 고백은 그녀를 아득한 황홀 상태에서 정신이 번쩍 나게 해 주었다.

"이러지 마세요!"

그녀는 차갑게 몸을 비틀었다.

"어서 손을 놓으세요. 누가 날 좋아하든 말든 난 생각해 본 일이 없으니까요."

그는 껴안았던 팔을 늦추었다. 그렇지만 그의 손은 그녀의 무릎으로 올라갔다.

"안 돼요!"

그녀는 날카롭게 외치며 반항했다.

"정말 신사가 아니시군요."

"그렇지만, 헤티!"

그는 거칠게 숨을 내쉬었다.

"안 돼요! 말씀도 하지 마세요! 듣고 싶은 이야기도 없으니까요. 저를 우스운 여자로 보셨겠지만, 그렇지 않다는 것을 보여 드리죠."

헤티는 몸서리를 치도록 그가 싫어졌다. 친절하고 자애스러운 미소로 온갖 선물을 가져다 주던 아버지 같던 사람인데……, 결국 이렇게 추한 몰골을 보이면서 비참하게 끝내 버리다니. 투박하고 벌겋게 상기된 얼굴, 주름살이 늘어진 작은 눈과 뭉툭한 코가 갑자기 그렇게 추해 보일 수가 없었다. 게다가 퍼브즈의 신선하고도 맑은 젊음이 넘치는 모습과 대조되어 그의 얼굴은 더욱 흉측해 보였다. 그녀는 날카롭게 소리질렀다.

"어서 놓으세요! 더 붙잡으시면 소리를 치겠어요!"

그는 대답 대신 그녀를 꼭 껴안고 목덜미에다 얼굴을 파묻었다. 헤티는 소리를 지르지는 않았다. 그러나 몸을 비틀어 마치 고양이 새끼처럼 빠져 나가서는 그의 뺨을 후려갈겼다. 그런 다음 그녀는 벌떡 일어서서 옷매무새와 머리를 만지면서 내뱉듯이 말했다.

"짐승 같은 사람! 당신은 비열한, 당신 아들보다 훨씬 더 비열하고 추한 인간이에요. 다시는 만날 생각도 하지 말아요. 당신의 이 추행을 소문내지 않는 거나 고맙게 생각하세요!"

발라스는 더듬거리면서 변명하려고 했으나, 혜티는 그대로 방을 뛰쳐나가 버렸다. 방 안에 혼자 남은 그는, 한동안 마치 그녀를 여전히 못나가게 만류하는 듯 한 손을 그대로 내뻗은 채 서 있었다. 그의 심장은 망치로 내려치는 것처럼 요란스럽게 쿵닥거렸고, 머리는 몹시 어지러웠다.

발라스는 심하게 얻어맞은 기분이었다. 수치감 같은 것은 없었다. 그녀를 놓쳐 버린 것은 나이 탓이라는 생각만이 아픔처럼 떠올랐다. 텅빈 방 안에 부드러운 불빛들이 가득했다. 그것들은 심하게 흔들리고 있었다. 어쩌면 자기는 뇌빈혈로 쓰러지기 직전인지도 모른다는 생각이 떠오르자, 날카로운 공포감이 뇌리를 쑤시면서 지나갔다. 그는 뻐개질 듯한 통증이 느껴지는 머리에 손을 얹으며 긴 의자에 무너지듯 주저앉았다.

어떤 살인

캐리 고모는 캄캄한 방 안에 앉아 헤티를 태운 차가 떠나가는 소리를 들었다. 흡사 도깨비 눈처럼 강렬한 두 개의 빛줄기가 자신의 방을 위협하듯 훑으며 지나갔다. 다시 암흑과 침묵이 그녀를 휩쌌다. 몸이 몹시 떨리고 있었다. 방금 응접실에서 본 그 광경은 그녀가 지금까지 지녀왔던 거룩한 믿음을 갈기갈기 찢어 놓았다. 리차드가 그런 사람이라니, 생각할 수록 몸이 더욱 떨렸다.

캐리 고모에게 믿음이 있었다면 그것은 리차드에 대한 것이었다. 15년 동안 그녀는 자신이 리차드에게 바칠 수 있는 모든 존경과 사랑을 다 바쳐 왔다. 그녀는 감히 리차드에게 가까이 갈 수가 없었다. 항상 멀리 있어야 했다. 그러나 그것이 리차드를 흠모하고, 그 흠모하는 마음을 깊숙이 간직하며 키워오는 것을 방해하는 일은 없었다.

캐리 고모에게 다른 남성은 없었다. 굳이 꼽아 본다면 한때 죽은 앨버트 전하에 대해 애정을 느낀 일이 있기는 했다. 그녀의 눈에는 그 전하가 매우 훌륭하게 보였다. 그러나 리차드에 비하면 아무것도 아니었다.

캐리 고모는 리차드라는 존재 때문에 자신의 삶도 의미를 느낄수 있었다. 그에게서 나오는 따뜻한 빛 때문에 그녀의 폐쇄된 삶은 모든 가치와 의미를 찾고 살아갈 의욕까지 느끼는 것이었다. 그런데 이제는 그 모든 것을 잃어버렸다.

캐리 고모는 15년 동안 하루도 빠짐없이 그의 갈아 입을 옷을 챙겨 주고, 음식을 만들고 빨래를 해주었다. 그녀는 그러한 생활 속에서 기쁨을 누렸었다. 그런데 그 생생한 기쁨 속에서 살게 해 주던 화려한 우상이 너무나 어이없게 쓰러지고 만 것이다. 떨리던 것이 진정되면서 막혔던 눈물이 흐느낌과 함께 터져 버렸다. 그것은 처절한 통곡이었다.

그때 해리어트의 지팡이 소리가 들려왔다. 해리어트는 누구를 부르고 싶을 때는 언제나 침대 옆에 놓아 둔 지팡이로 벽을 두드렸다. 분명히 그녀를 부르는 소리였다. 그러나 지금은 해리어트에게 가 보고 싶지 않았다.

눈앞에 어른거리는 리차드의 무서운 모습이 그녀를 그 자리에 결박이라도 해 둔 느낌이었다. 그녀가 말하는 변해 버린 리차드란 언제나 위선의 탈을 쓰고 있는 그의 본 모습이었는데도 캐리 고모는 이해할 수가 없었다. 리차드라는 사람 속에 음흉스럽게 숨어 있던 악의 씨앗에서 드디어 싹이 돋아났다는 것은 상상도 할 수 없는 일이었다.

캐리 고모는 다만 리차드가 여러 가지 일 때문에 잠시 제정신을 잃었던 것이라고 생각하였다. 지팡이 소리가 다시 커졌다. 그녀는 잠시 자기 생각에 몰두해서 그 소리를 잊고 있었다. 꼴사나운 모양이긴 하지만 해리어트에게 가야 한다고 생각했다. 그렇지 않으면 해리어트는 더욱 무서운 발작을 일으켜서 온 집안을 소란케 할 것이다.

캐리 고모는 일어섰다. 다리가 휘청거리고 눈앞이 잘 보이지도 않았다. 그러나 될 수 있는 대로 이상한 모습은 보이지 말자고 스스로를 타이르면서 해리어트의 방으로 들어갔다. 방 안이 어두워서 다행이었다. 침대 옆의 푸른 전구가 희미하게 방 안의 윤곽을 밝혀 주고 있었다. 늘 머리가 아픈 해리어트가 강한 불빛을 싫어하는 까닭이었다.

캐리 고모는 살찐 암소를 연상시키는 해리어트의 몸이 침대 위에서 몹시 떨고 있는 모양을 보았다. 몹시 화가 났을 때 보이는 증세였다.

"왜 이렇게 늦었어, 캐럴라인? 30분 이상이나 벽을 두드렸어. 듣지 못했다는 말은 하지도 말아요."

"죄송해요. 물론 들었어요. 그런데 빨리 올 수가 없었어요. 정말 죄송해요. 약을 드릴게요."

그러나 해리어트는 쉽게 넘어가려 하지 않았다. 기다리는 동안 너무 화가 치밀어서 그대로 억제할 수가 없는 모양이었다. 창백하게 질린 얼굴이 부들부들 떨렸다.

"오기 싫어서 늦은 것이라고 솔직히 말하는 게 어때? 이젠 나도 싫단 말야. 머리가 빠개지는 것처럼 아파서 불러도 와 주지도 않고……. 그만둬! 혼자서 죽어 버릴 테니까, 어서 가 버려!"

캐리 고모는 새로운 공포에 침을 삼키며 고개를 들었다.

"그게 아녜요, 해리어트. 자, 진정해요. 약을 드릴게요."

그녀는 해리어트의 손을 잡았다가 놓으면서 얼른 돌아섰다. 그러나 점점 더 눈앞이 희미해지고 어지러웠다. 절대로 쓰러져서는 안 된다고 입술을 깨물며 무작정 약병들이 즐비한 작은 테이블 앞으로 갔다.

"발레리언 진정제를 드릴까요?"

"그건 싫어!"

조금 풀린 목소리로 해리어트가 말했다.

"전에 먹던 브롬칼리를 줘. 루이스 선생이 주신 그 냄새 좋은 것 말이야. 그게 제일 효과가 있는 것 같아. 저 구석 선반에 있어."

"알았어요."

캐리 고모는 상냥하게 대답하면서 선반 쪽으로 가서 약병들을 더듬었다. 그러나 약병들이 너무 많아서 어떤 것인지 알 수가 없었다.

"어느 것이죠, 해리어트?"

"그쪽에 있잖아?"

해리어트는 또 화가 나는 듯 목소리가 거칠어졌다.

"오늘밤엔 아무래도 고모가 좀 이상해. 바보같이 그 약병 하나 못 찾다니……. 바로 고모 손 밑에 있는 거야. 저번에 마시고 나서 분명히 내가 그곳에 놓아 두었으니까 어서 가져와."

"이거예요?"

캐리 고모는 이 방을 나가기까지 제발 쓰러지지 않게 해 달라고 속으로 빌면서 약병을 집어들었다.

"그게 아니라니까. 바로 그 옆에 있는 것이야. 그 옆에 푸른 병, 그래, 그거야. 도대체 오늘은 왜 저렇게 멍청이같이 굴까?"

캐리 고모는 휘청거리면서 그 약병을 집어 들고 작은 테이블 쪽으로 돌아섰다. 손이 너무 떨려서 약을 따를 일이 두려웠다.

"분량이 어떻게 돼요, 해리어트?"

"병에 써 있는 글도 안 보여? 두 스푼 가득히 줘요."

사실 캐리 고모는 글을 읽을 수가 없었다. 그녀는 다만 시키는 대로 했다. 그녀는 어서 자기 방으로 돌아가 눕고 싶은 생각뿐이었다. 두 스푼 정도의 약을 간신히 컵에 따랐다. 약 냄새가 좀 독하다고 느껴졌다. 그러나 자기 정신이 이상해서 그런가 보다고 생각했다.

해리어트는 무얼 꾸물대느냐고 독촉이 심했다. 캐리는 정신없이 침대 앞으로 다가가 될 수 있는 대로 얼굴을 보이지 않으려 하면서 약을 내밀었다. 일어나 앉았던 해리어트가 못마땅한 얼굴로 유리 컵을 빼앗듯이 받았다.

"정말 병신이 돼 버렸나 봐. 갑자기 꾸물거리면서 말귀도 못 알아듣고. 고모를 보니까 내 머리가 더 아파요."

해리어트는 말을 끝내자마자 눈을 딱 감더니 그 약을 대번에 꿀꺽 마셔 버렸다. 방 안이 갑자기 조용해졌다. 해리어트는 약의 효과를 기다리는지 잠시 눈을 감은 채로 있었다. 그러다가 비명을 지르며 컵을 내던졌다.

"이건 그 약이 아니야!"

캐리 고모의 온몸이 공포로 얼어붙었다. 그녀는 화석처럼 섰다가 겨우 몸을 움직여서 전기 스위치를 올렸다. 환한 불빛 아래에서 그녀는 미친 듯이 그 약병을 주워 들었다. 그녀는 날카로운 비명을 질렀다. 약병에는 바르는 약이라고 씌어 있었다.

해리어트는 배를 움켜잡고 버둥거리고 있었다. 침대에 누운 이래 처음으로 진짜 고통을 당하는 것이었다. 그녀의 얼굴이 점차 퍼렇게 질리고 입술은 검은 색으로 타들어갔다.

"물!"

해리어트는 배를 움켜잡은 채 겨우 입술을 움직였다.

"물 좀 줘. 불이 나는 것 같아."

캐리 고모는 세면대에 있는 물병의 물을 급히 들고 왔다. 그러나 물은 넘어가지 않았다. 물이 부어오른 입술 위로 흘러내려서 시트를 적실 뿐이었다. 그러나 해리어트는 이미 감각을 잃은 듯 여전히 허덕이는 목소리로 물을 찾았다. 그러나 아무리 애를 써도 물은 목구멍으로 넘어가지 않았다.

그때야 캐리 고모의 정신이 조금 맑아졌다. 의사를 불러야 한다는 생각이 번개처럼 떠올랐다. 그녀는 물컵을 내던지고 방 밖으로 뛰쳐 나갔다. 염증이 생겨 언제나 다리 한쪽을 끌고 다니던 그녀는 아픈 것도 잊은 듯 계단을 구르듯이 내려갔다. 이층 침실로 올라오려던 앤과 계단 아래에서 부딪쳤다.

캐리 고모는 앤을 꽉 움켜잡았다.

"의사! 의사를 불러! 빨리! 어떤 의사든 당장 오라고 해요. 빨리빨리!"

앤은 놀란 표정으로 캐리 고모를 바라보았다. 앤은 곧 중대한 일이 일어났음을 깨닫고 전화기 앞으로 달려갔다. 그녀는 평소에는 늘 조용하고 침착했다. 루이스 의사가 전화를 받고 곧 달려오겠다고 했다. 그러나 혹시 늦을 경우를 생각해서, 앤은 자기 담당인 프록터 의사에게도 전화를 걸어 곧 와 줄 것을 부탁했다.

그 동안 캐리 고모는 호분을 찾으러 부엌으로 달려갔다. 호분이 해독제라는 것을 알고 있었던 것이다. 그녀는 호분봉지를 들고 나오다가 응접실에서 나오는 리차드를 보았다. 리차드는 집 안이 너무 소란스러워 방에서 나온 듯했다.

"무슨 일이야?"

"해리어트 언니가……."

그녀는 말을 잇지 못했다.

호분봉지를 너무 꽉 쥐었기 때문에, 봉지가 터져 하얀 가루가 마루 위로 흘렀다.

"해리어트가?"

그는 무거운 음성으로 되물었다. 캐리 고모는 어느새 이층으로 달려 올라가고 있었다. 발라스는 그 뒤를 천천히 따라갔다.

밝은 불빛 아래에서 해리어트는 조용히 누워 있었다. 약병들의 행렬이 이상하게 더 드러나 보였다. 그녀의 몸은 괴상하게 뒤틀려진 채 신음소리도 그쳤다. 고무같은 끈끈한 점액이 새까맣게 타서 벌어져 있는 입술에 엉겨 있었다.

가끔가다 다리를 약간 실룩거렸고, 그 실룩거림과 함께 코고는 듯한 숨소리도 높아지곤 했다. 캐리 고모는 급히 호분가루를 물에 개어 부풀어 터진 입 안으로 넣으려고 애썼다. 리차드가 방으로 들어왔다. 그는 넋이 나간 듯 멍하니 그 처참한 모습을 내려다보았다.

"아니, 여보."

잔뜩 목이 쉰 음성이었다. 해리어트는 대답 대신 입 안으로 흘러 들어간 호분가루를 내뱉었다.

리차드는 좀더 앞으로 다가서며, 술에 취한 사람처럼 다시 무어라고 중얼거렸다.

그때 루이스 의사가 빠른 걸음으로 들어왔다. 그는 까만 손가방을 들고 호기스럽게 걸어 들어왔다. 그러나 해리어트를 보자 안색이 대번에 질려 버렸다. 그는 캐리 고모에게 어서 스코트 의사를 오시도록 하라고 성급하게 말했다. 캐리 고모는 말이 떨어지기가 무섭게 쏜살같이 달려가자 리차드는 창가의 움푹 들어간 곳으로 물러섰다.

스코트 의사가 바쁘게 들어오는 것과 동시에 슬리스케일에서부터 걸어온 프록터 의사도 도착했다. 의사 셋이서 머리를 맞대며 해리어트를 들여다보았다. 그들은 해리어트를 소생시키기 위해 모든 수단을 다 써 보았다. 작은 주사기들로 연거푸 주사를 놓아 주고, 이제는 반응이 없어진 눈꺼풀을 뒤집어 보며 소생할 기미가 보이는지 살폈다. 때가 늦었다고 생각하면서도 위 세척을 시작했다.

해리어트의 위에서는 어마어마한 양의 음식이 나왔다. 그들은 해리어트가 먹은 저녁이 얼마나 맛있고 풍부한 것이었는가를 알 수 있었다. 그녀가 먹은 아스파라거스의 양은 믿을 수 없을 정도었다. 그러나 정작 해리어트는 그것을 볼 수 없었다. 이제는 아무 것도 볼 수 없는 저 세상으로 가 버린 것이다.

해리어트를 소생시키기 위한 최후의 시도가 끝나자, 드디어 의사들은 손을 떼었다. 루이스 의사가 이마의 땀을 닦으며 리차드에게 다가갔을 때까지 그는 여전히 창가에 뻣뻣이 굳은 자세로 서 있었다.

"유감스럽습니다, 발라스 사장님."

그는 진심으로 슬퍼하는 표정이었다.

"죄송하게도 이젠 더 이상 어쩔 도리가 없는 것 같습니다."

발라스는 아무 말도 하지 않았다. 루이스 의사는 발라스의 관자놀이의 정맥이 세게 꿈틀거리고 그의 이마가 검푸르게 충혈되어 있는 것을 보았다. 그는 슬픔의 충격으로 혈압이 올라갔구나 하고 생각했다.

"우리는 가능한 일을 다 해 보았습니다."

그는 동정어린 목소리로 다시 덧붙여 말했다.

"네에."

리차드는 이상스런 목소리로 겨우 대답을 했다.

루이스는 슬픈 눈빛으로 발라스를 바라보았다. 물론 그곳에 모여 있던 사람들은 이 사나이가 해리어트의 진짜 살인범임을 알 수 없었다.

슬픈 잉태

힐다마저 비탄에 잠겼다. 그녀는 그레이스와 함께 어머니의 장례식에 참석했다가 병원으로 돌아와, 몇 주일이 지나도록 침울해진 안색으로 말을 하지 않았다. 그녀 역시 자기 집안의 심상치 않은 분위기를 인정하지 않을 수 없었다. 마음속의 이러한 번민들 때문에 그녀는 환자들에게 불친절했고, 네스에게도 무례하게 굴었다. 그러나 일만큼은 지칠 줄 모르는 열성으로 무섭게 해냈다. 그레이스에게는 다시 독점적이고도 질투에 찬 애정을 보였다.

휴무인 어느 날 오후, 두 사람은 천천히 리전트 가를 걸어서, 나이츠브리지발 버스를 타기 위해 옥스퍼드 서커스 쪽으로 걸어가고 있었다. 힐다는 집안의 여러 가지 복잡한 이야기를 신랄한 어조로 끝내면서 빈정대는 눈초리로 그레이스 쪽을 힐끗 쳐다보았다.

"넌 무슨 일이든 간단하게 처리해 버리는 기질이니까 이제 집으로 돌아가는 게 어떻겠니?"

"글쎄."

그레이스는 조용히 말했다.

"난 아마 별로 쓸모가 없을 거야."

"그건 무슨 뜻이니?"

그때 그들이 탈 버스가 요란한 소음을 내며 정거장으로 들어섰다.

그레이스는 버스에 올라 자리를 잡을 때까지 기다렸다가 자신이 임신한 사실을 처음으로 털어놓았다.

힐다는 대번에 얼굴이 빨개졌다. 그녀의 표정은 마치 열병에라도 걸린 사람 같았다. 그녀는 너무나 기가 막혀서 말이 나오지 않는 모양이었다. 차장이 와서 요금을 받아갔다. 이윽고 참을 수 없는 듯 힐다가 낮은 음성으로 입을 열었다.

"넌 마치 결혼한 것이 큰 자랑거리이기나 한 것처럼 생각하는 모양이구나. 넌, 네가 잘 해서 내가 아무 소리도 안 한다고 생각하는 모양이지? 넌 바보야, 너같은 바보는 이 세상에 또 없을 거야."

"난 그렇게 생각하지 않아!"

그레이스도 지지 않고 대꾸했다.

"넌 틀림없는 바보야."

힐다는 얼굴이 새파랗게 질려서, 이제는 더 참을 것도 없다는 듯 속에 찼던 분노를 쏟아 놓았다.

"난 전쟁이 만들어 준 아기 같은 것에는 아무 흥미도 없어."

"나도 그래, 전쟁통에 낳은 아기들에게 흥미가 있을 리 없지. 그렇지만 내 아기만은 달라."

"이 바보!"

힐다는 정면을 노려보면서 분통을 터뜨렸다.

"넌 그 티즈데일 집안에 미쳐서 결국 이렇게까지 된 거야. 병원도 당장 그만두도록 해. 정말 구역질이 난다. 이젠 나도 상관 않겠어. 난 지금까지 집안의 복잡한 일에 한 번도 휘말려든 적이 없었어. 앞으로도 그럴 거야. 더군다나 이렇게 지저분한 얘기는 정말 듣고 싶지도 않고 입에 올리기도 창피해. 못생긴 간호사들이 얼마나 많이 이런 짓을 저지르고 있는지, 참 기가 막힌 이야기야. 그런데도 전쟁 영웅들에게 아기를 낳아주는 것이 큰 애국이라도 되는 것처럼 뽐낸단 말야. 아, 구역질나. 그레이스, 분명히 말해 두겠는데 나하곤 상관없는 일이니까 네가 어디에 가서 아기를 낳든지 말든지 내게 이야기도 하지 말아 줘. 그 불결한 이야기는 지금부터 듣지 않았던 것으로 할 테니까."

그레이스는 아무 말도 하지 않았다. 아무 말도 하지 않는 것이 이 세상에서 가장 좋은 대답일 때도 있다는 것을 깨달았기 때문이었다. 힐다와는 댄과 교제한 이래 의견이 일치된 적이 없으니까 새삼스럽게 동정이나 이해를 바라지도 않았다. 그러나 지금 이야기는 너무 지나친 모욕인 것 같았다.

그러나 힐다 편에서는 조금도 지나칠 것이 없었다. 얼마나 귀여워하고 사랑하던 그레이스인가. 그런데 그 아이가 너절한 사람의 아기를 가진 것이다. 더군다나 전쟁에 나가 생명이 위험한 군인의 아기를. 힐다로서는 그 일을 돕는다는 것은 상상할 수도 없는 일이었다. 가장 큰 죄악에 동조하는 듯한 역겨움이 그녀의 마음을 굳게 닫아 버렸다.

버스가 해러드 상점 앞에서 멈추었다. 힐다는 그레이스에게 눈도 주지 않고 먼저 버스에서 내렸다. 그러나 힐다의 두 눈에는 눈물이 핑 돌고 있었다.

그레이스는 혼자서 모든 것을 준비하지 않으면 안 되었다. 다음 날 아침 우선 깁스 간호부장을 만나러 갔다. 깁스 간호부장은 그레이스에게는 언제나 친절하지 못했다. 그러나 오늘 아침의 태도는 너무 지나쳤다. 힐다 이상으로 격분한 얼굴을 해 가지고는 그레이스를 죄인처럼 다루었다.

"난 그런 일에는 정말 넌더리가 나요. 발라스 간호사, 당신이 여기에 온 것은 무엇 때문이었지요? 부상자들을 간호하기 위해서였나요, 아니면 그런 것 때문이었나요? 우리는 당신을 이 전시에 보다 유용하고 쓸모있는 간호사로 키우기 위해 시간과 돈을 들이면서 훈련과 교육을 시켰던 거예요. 그런데 그 보답이 고작 이건가요? 정말 실망했어요. 물론 지금까지 당신은 우리를 한 번도 흡족하게 해준 일은 없었지만 이번 일은 너무나 큰 과오예요. 당신 언니를 보세요. 그 훌륭한 모범을 가장 가까이에서 보면서 왜 조금도 본받지를 못합니까? 당신은 언제나 조심성이 없고 간호사답지 못한 실책만 저질러 왔어요. 이제는 나의 인내에도 한도가 있다는 것을 말씀드릴 때가 온 것 같군요. 더 이상 참을 수가 없습니다."

그레이스는 얼떨떨해졌다. 자신이 무슨 큰 잘못을 저질렀다고 이러는가? 힐다나 깁스가 결혼이 굉장히 추한 일이나 되는 것처럼 떠드는 것이 이상스러웠다. 그러나 그레이스는 쉽사리 넘어지는 사람이 아니었다.

그녀는 단순하고 고지식하며 조심성이 없는, 자기 주장도 없는 어리석은 사람이었다. 미스 깁스가 말하듯 난처한 일만 저지르는 그런 사람이었다. 그러나 그녀에게는 남이 알 수 없는 단단함과 현명함이 있었다.

그레이스는 누가 무엇이라고 하든 상관하지 않기로 했다. 그리고 곧 자기가 세운 계획대로 추진해 나가기로 했다. 어머니까지 계시지 않는 고향집은 이제 아무런 매력도 없었다. 그녀는 캐리 고모에게 편지를 냈고, 곧 회답도 받았다. 캐리 고모는 당황하고 있음이 분명했다. 종잡을 수 없는 장황스런 내용이 캐리 고모의 혼란한 정신 상태와 함께 집안의 음울한 분위기를 잘 반영해 주고 있었다.

그레이스는 좀더 빨리 자기의 방향을 결정지었다. 새삼스럽게 슬프거나 괴로울 것도 없었다. 그녀는 단념이 빠르고 현실적이었다. 자신의 정열을 지나간 사건들에 매달리기보다 새로운 앞날을 시작하는 데 쏟을 줄 알았다. 그것은 자기 자신에 대해서 무관심할 수 있는 관대함 덕분이기도 했다. 그레이스가 그렇게 빨리 자신의 일을 결정할 수 있었던 이유는 이러했다. 그녀는 자기가 당한 괴로움이나 어려움보다 장차 태어날 아기를 위해서만 마음을 기울였던 것이다.

1월의 첫 토요일, 그레이스는 하루 휴가를 얻어 기차를 타고 서섹스 지방으로 갔다. 그곳은 낯선 곳이었으나, 웬지 그 지방이 자기에게 맞을 것 같은 예감을 느껴 곧 가 보기로 한 것이다. 서섹스 지방은 북쪽에 위치하고 있어 북쪽지방 특유의 황량한 기후 가운데에 끼어 있었으나, 그 지방만은 따뜻한 햇빛이 쪼이는 곳이라는 생각이 들었던 것이다.

그레이스는 서섹스 지방에 대해서 간호사 친구에게 이야기를 들었을 뿐이었다. 그 간호사 친구는 바넘 역 근처의 윈러시라는 곳에서 주말을 보냈는데, 그때 함께 있었던 케이스 부인에 대해서 자주 그레이스에게 이야기해 주었었다. 그것이 그 지방과 함께 깊은 인상을 남기고 있었다.

기차는 서섹스 지방으로 들어가 바넘 역 플랫폼에 그녀를 내려놓았다. 그곳은 생각보다 쓸쓸한 곳이었다. 생철지붕의 초라한 집 몇 채와 텅 빈 소 외양간과 우유 깡통더미가 그곳 풍경의 전부였다. 별로 마음에 드는 곳이 아니었으나 그레이스는 실망하지 않았다. 그녀는 윈러시라고 씌어져 있는 도로표지판을 바라보았다. 그 표지판에는 윈러시까지 1마일이라고 표시되어 있었다.

그녀는 걷기로 했다.

날씨는 바람이 불어 시원하면서도 생생한 활기를 느끼게 해 주

었다. 불어오는 바람 속에는 바다 소금냄새에 뒤섞여 습기찬 흙냄
새가 물씬거렸다. 그 바람을 쐬면서 걷자니 자연의 아름다움이 새
삼스럽게 가슴을 꽉 채웠다. 이같이 아름다운 땅에서 왜 사람들은
전쟁을 일으켜 자연을 파괴하고, 사람들의 생명까지 앗아가고 있
는지 알 수가 없어졌다.

　걸어갈수록 걸음은 활기에 넘쳤고, 젊음이 넘치는 얼굴에도 오
랜만에 생기가 돌았다.

　윈러시는 신기한 곳이었다. 아주 자그마한 마을로서 한편은 널
따란 시골의 들판이고, 한편은 바다를 낀 길이 외줄로 길게 뻗어
있는 재미있게 생긴 곳이었다.

　그 작은 길거리 중간쯤에 상점이 하나 있었다. 그 상점 앞에는
가게 주인이 손수 만든 것이 틀림없는 페인트로 칠한 간판이 붙어
있었는데, 그 간판에는 '미시즈 케이스―잡화, 의복, 약품류'라
고 씌어 있었다. 그러나 쇼 윈도 안에는 해열제와 편두통 치료약
인 살리실산 상자가 하나 있을 뿐 약품 같은 것은 별로 눈에 띄지
않았다.

　그레이스는 첫눈에 그 상점이 무척 마음에 들었다. 오랫동안 쇼
윈도 안을 들여다보며, 어렸을 때 보았던 낯익은 물건들을 하나하
나 찾아보았다. 약간 가느다래진, 배급 물품이 확실한 슬립 짐이
라는 사탕과자와 곱 스토퍼즈라는 과자가 있었다. 그것을 보자,
아름다운 적백색이면서 크고 예쁘지만, 속은 텅 빈 것이어서 아쉬
웠던 기억이 떠올랐다.

　그레이스는 이렇게 실컷 즐긴 다음, 만족한 숨을 쉬고 나서 그
상점 안으로 걸어 들어갔다. 그러나 너무나 감정에 도취되어 안을
잘 살펴볼 겨를이 없었기 때문에 발을 헛딛고 말았다. 그리하여
하마터면 나동그라질 뻔했다. 계단 하나를 내려가야 하는데 가게
안이 캄캄해서 미처 보지 못했던 것이다. 그레이스는 멋있게 생긴

감자의 종자를 넣어 둔 통에 가서 쾅 부딪치며 겨우 멈춰섰다. 그
때 카운터 뒤에서 어떤 목소리가 들려 왔다.

"아이 어쩌나! 아가씨……, 그 계단이 언제나 말썽이랍니다."

그레이스는 통에 매달린 채 자기를 아가씨라고 부른 여자를 바
라보았다. 그녀가 케이스 부인인 것 같았다.

"괜찮아요. 전 언제나 이 모양이랍니다. 통이나 상하지 않았다
면 다행이겠어요."

케이스 부인은 그레이스의 재치있는 대답이 마음에 들었는지 더
욱 친절한 미소를 띠었다.

"아가씨도 별 말씀을, 아가씨야말로 다치지 않았어요?"

그레이스도 미소를 지었다. 케이스 부인을 만난 사람은 누구든
미소짓지 않을 수 없을 것이다. 케이스 부인은 유난히 맑게 빛나
는 작은 눈이 인상적이었는데, 거기에다 꼽추등이어서 아주 기묘
해 보이는 모습이었던 것이다.

케이스 부인의 꼽추등은 조금도 흉해 보이지 않았다. 로맨틱
하다고 말하면 실례가 될지 모르지만 그렇게 보이는 것을 어쩔 수
없었다. 그녀의 등은 어릴 때 척추 카리에스를 앓아 휘어 버렸다.
그녀의 머리는 지나치게 몸통 안으로 달라붙었고, 눈은 둥그런 구
슬처럼 반짝거렸다.

그녀의 이러한 모습은 꼭 달걀 위에 앉아 있는 늙은 암탉처럼,
그것도 갈색의 암탉처럼, 희극적인 인상을 풍겼다. 케이스 부인의
피부는 아주 검어진 코 밑 부분을 제외하고는 온통 주름진 적갈색
으로 보였던 것이다. 코 밑의 까만 자국은 그녀가 코담배를 즐길
거라는 상상을 하게 해 주었다. 그리고 실제로 그녀는 코담배를
즐겼다.

"하숙을 좀 할 수 있을까 해서 들렀어요. 몽고메리 간호사의 소
개를 받아서 온 사람입니다."

"아아, 알겠어요."

케이스 부인은 겨우 기억이 나는 듯 두 손을 비볐다.

"기억이 나는군요. 몽고메리 양은 아주 활발한 아가씨였지요. 그런데 이번 여름에 하숙을 하시겠다는 건가요?"

"아니에요, 봄에 오고 싶어요. 전 좀 사정이 있답니다. 곧 아기를 낳게 될 예정이거든요."

"알겠어요."

케이스 부인은 한참 후에 대답했다. 그러나 허락한다는 뜻인지, 아니면 거절하는 것인지를 알 수 없어서 그레이스는 조금 초조했다.

"그런 사정인데, 괜찮으시겠어요?"

"네, 알겠어요, 아가씨. 정말 좀 특별한 사정이군요. 잘 알겠어요."

그레이스는 마침내 참았던 웃음을 터뜨리고 말았다. 케이스 부인과 그녀는 말을 하면서 자꾸 서로의 얼굴을 들여다보고 있었다. 그런데 그게 바로 이 작은 집이 너무 어두워서 그렇다고 생각하니 자기도 모르게 웃음이 터진 것이다. 케이스 부인도 덩달아 웃었지만, 석연치 않은 것이 있는 듯 그레이스를 다시 들여다보았다.

"아가씨는 농담을 좋아하시는 모양이군요. 그런데 이런 말씀 드려도 좋을지 모르지만, 혹시 남편이 전쟁터나 다른 곳에 가 계시는 게 아닌가요?"

그레이스는 크게 고개를 끄덕였다. 그녀의 의심이 조금도 불쾌하지 않았다. 그레이스는 댄과 자기 집안에 관해서 간단하게 이야기해 주었다. 케이스 부인은 다시 다정스런 표정이 되었다. 이제 안심이 되는 모양이었다.

"사실은 다 알고 있었어요. 난 얼굴만 봐도 그가 어떤 사람인지 알 수 있지요. 그렇지만 독일 사람 이야기가 자주 나오고 버터값

도 오르는 판국이니 좀 조심해야 한다는 생각이 들어서 ……. 그
럼, 하숙방을 구경해 볼래요?"

하숙방은 그레이스가 생각했던 대로 멋있었다. 방이 두 개인데
서로 연결되어 있었고 이층이었다. 바닥은 고르지 못했다. 그리고
천정도 엉뚱하게 툭 불거져 나와 있어서 침대 쪽으로 가려면 허리
를 반쯤 굽혀야 했다.

거실은 이들보다 더 형편없었다. 겨우 몸을 세울 수 있을 정도
여서 사실 방이라고 할 수도 없었다. 그러나 놀랍도록 깨끗했다.
또 새 것이 분명한 머슬린 천 커튼이 걸려 있을 뿐만 아니라 빅토
리아 여왕 대관식 장면의 멋진 사진까지 걸려 있었다. 그리고 케
이스 부인의 조카가 모아 온 새알을 담은 상자와, 철도국 직원이
었다가 유주신장염(流注腎臟炎)으로 죽었다는 남편의 커다란 사진
이 걸려 있었다.

뒤뜰도 내려다보였는데, 역시 아름다웠다. 기다란 모양의 뜰에
는 벚꽃나무가 꽉 들어차 있었다. 그레이스는 봄이 되어 나무들이
꽃을 활짝 피우고, 산들바람에 그 꽃잎들이 날리는 모양까지 보는
듯했다. 담 넘어로는 들판의 소들과 느릅나무들이 줄지어 선 것도
보였다. 창가에 서자 웬지 눈물이 핑 돌았다. 경치가 너무 아름다
워 약간 감상적이 되면서 댄 생각을 하게 된 것이다.

그녀는 케이스 부인에게로 돌아섰다.

"마음에 꼭 들어요. 빌려 주신다면 이 방들을 다 쓰겠어요."

기분이 좋아진 케이스 부인은 고개를 끄덕였다.

"마음에 든다니 저도 기쁘군요. 아가씨, 내려가서 차라도 한 잔
들면서 이야기합시다."

그들은 아래층으로 내려왔다. 케이스 부인은 계단 난간을 붙들
며 내려갔는데, 한쪽 다리도 절고 있었다. 두 사람은 몇 잔인지도
모르게 차를 마셔 가며 이야기를 나누느라 시간 가는 줄도 몰

랐다. 케이스 부인은 전혀 숨기는 것 없이 이야기를 털어놓았다. 그녀는 욕심이 없는 사람이었다.

"주당 15실링이라면 ……."

케이스 부인은 암탉을 연상케 하는 머리를 한쪽으로 갸우뚱하며 말했다.

"집세가 너무 비싼 걸까요?"

"천만에요, 그렇지 않아요."

그레이스는 고개를 흔들며 급히 말했다. 그래서 아무런 논쟁없이 가장 중대한 문제도 해결되었다.

그들은 이야기를 하는 동안 서로를 점점 더 잘 알게 되었다. 케이스 부인은 실제적인 일들을 많이 가르쳐 주었다.

이 마을에는 퍼셀 노인의 농장에 전화가 있는데, 그 노인은 전화를 기꺼이 빌려 줄 것이라는 말 등을 했다. 그리고 여기서 3마일 밖에 떨어져 있지 않는, 파틀햄프튼에는 훌륭한 의사들이 많이 있으니 그 점도 안심할 수 있다는 것 등이었다. 케이스 부인은 마지막으로 자기 남편이 왜 신장염에 걸려 죽었는지에 대한 이야기까지 해 주었다. 그들은 서로 마음이 통하는 따뜻한 정을 느꼈다. 그것은 아주 유쾌하고 기쁜 것이었다.

바넘 역으로 다시 나와 4시 10분 기차를 탔을 때, 그레이스는 오랜만에 아주 즐거운 기분이 되었다. 그녀는 본래 약지를 못했다. 힐다와 미스 깁스가 본 대로 그녀는 무척이나 어리석었다. 오늘의 결정을 안다면 그들은 또 호들갑을 떨며 야단을 쳤을 것이다.

그들이라면 임산부에게 알맞는 침대와 샤워 설비가 완비된 일류 산부인과 병원을 택했을 것이기 때문이다. 그들이 만일 그레이스가 바넘 역을 향해 떠나는 모습을 보았다면 틀림없이 미쳤다고 말했을 것이다. 그리고 약간 들창코인 코를 케이스 부인 가게의 유리창에다 꾹 눌러대고 안을 들여다보던 광경을 보았더라도 마찬가지 반응을 나타냈을 것이다.

그레이스는 기숙사로 돌아와서도 여전히 기분이 좋았다. 힐다와
도 화해하고 싶었다. 그래서 얼굴을 밝게하고 힐다의 방문을 두드
리며 문턱에 섰다. 뺨은 신선한 밤공기로 상기되어 있었고, 눈은
희망의 빛으로 반짝였다.

"힐다 언니, 나 멋지게 결정했어. 서섹스 주에서 제일 아름다운
곳을 찾아냈어."

"어련하실라구!"

힐다는 차갑게 말했다. 그녀는 그레이스가 어디에 가서 어떻게
준비를 '하고 왔는지 알고 싶어 안달이 나 있었다. 그러나 아직도
너무 감정이 상해 있었고, 그러한 호기심을 보이기에는 그녀의 자
존심이 허락하지를 않았다.

그레이스의 얼굴에서 빛나던 생기가 점점 사라져 갔다.

"언니, 듣고 싶지 않아?"

그녀는 풀이 죽은 목소리로 물었다.

"다음에 들을 기회가 있겠지."

힐다는 잡지를 집어들고 페이지를 넘기기 시작했다.

그레이스는 돌아서서 방을 나왔다. 문이 닫히는 순간, 힐다는
벌떡 일어나 그레이스 뒤를 쫓아가려고 했다. 그러나 그녀는 다시
주저앉았다. 어떤 사람의 뒤를 쫓아간다는 것은 힐다에게는 있을
수 없는 일이었다.

힐다는 고통스러운 마음을 억눌렀다. 그러다가 들고 있던 잡지
를 사납게 방구석으로 집어던졌다. 바로 그날 밤 런던에는 적기의
공습이 있었다. 적기가 날아오는 밤이면 그레이스는 힐다의 방으
로 와서 침대 옆으로 파고들곤 했다. 그러나 그날 밤 힐다는 애타
게 기다렸으나, 그레이스는 끝내 오지 않았다.

해산할 때가 점점 다가왔다. 토요일마다 그레이스는 자기에게

필요할지도 모르는 자질구레한 것들을 사러 돌아다녔다. 아니, 어쩌면 그녀가 사는 물건들은 소용이 없을지도 모른다. 어쨌든 그녀는 그런 식으로 특히 싸구려 백화점에서 물건을 사들이는 데에 대단한 즐거움을 느꼈다.

댄은 일주일에 두 번씩 편지를 보내 왔다. 그는 아기를 낳는 그때에 날짜를 맞추어 휴가를 얻을 수 있었으면 좋겠다고 몇 번이나 똑같은 말을 되풀이했다. 그는 어떻게 해서라도 휴가를 얻겠다고 했다. 안 되면 남의 휴가를 빌려 보고, 그것도 안 되면 휴가 용지를 훔쳐서라도 오겠다고 했다. 댄은 탈영을 해서 도버해협을 헤엄쳐서라도 오고 싶다는 것이었다. 물론 그런 것도 다 공격 여하에 따라 할 수 있는 것이었다. 도버해협을 헤엄쳐 건너는 것 역시, 앞으로 전선에서 공격이 있게 되느냐 없느냐에 달려있었다.

댄의 편지들은 그레이스에게 전보다 더욱더 큰 위안이 되었다. 그녀는 여전히 힐다와의 화해를 바라고 있었다. 병원을 나서던 마지막 날, 그녀는 작별 인사를 하려고 힐다의 방으로 올라갔다. 그러나 힐다는 수술실에 가고 없었기 때문에 그레이스는 슬펐지만 그대로 떠나지 않을 수 없었다.

악마의 웃음

1917년 4월 16일에 스탠리 밀링튼은 타인캐슬로 돌아왔다. 그 동안 로러는 스탠리가 입원해 있던 오윅셔 주의 소브리지에 내려가 있었다. 죠는 아무런 소식도 듣지 못하고 있다가 그들이 돌아온다고 힐톱으로 보낸 소식을 가정부를 통하여 간접적으로 들었다.

죠는 로러가 울면서 아파트에서 뛰쳐나갔던 그날 저녁 이후 편지 한 장도 받아 보지 못했다. 그렇지만 나와 달라는 초대를 받지 못했다고 해서 가만히 앉아 있을 죠가 아니었다. 그는 정거장에 나가지 못할 이유가 전혀없다고 생각했다.

죠라는 인간의 특징은 바로 어떤 미묘한 입장에 처해 있어도 간단히 해결해 버리는 점에 있는 것이다. 뿐만 아니라 그는 그 사장 부부가 자기가 나타나기를 바란다는 사실을 알고 있었다.

'왜 바라지 않겠는가?'

죠는 로러가 멋지게 연출할 장면도 관대히 보아 줄 만반의 각오가 되어 있었다. 어떤 태도를 보여도 놀라지 않을 것이다. 자기도 스탠리의 영웅적 행위를 열렬히 찬양하고, 스탠리가 회복한 것에

대해 기쁨을 표시할 만반의 준비가 되어 있는 것이다. 그는 환영
하는 마음과 동정심에 스스로 감동되어 벅찬 마음으로 정거장으로
차를 몰았다.

그러나 기차가 들어왔을 때, 스탠리를 발견한 죠의 빛나던 미소
는 사라졌다.

"마침내 오셨군요, 사장님."

그가 정중하게 인사하자, 스탠리는 손을 내밀었다. 그러나 전혀
생기가 없는 손이 죠의 손 안에서 축 늘어진 채로 있을 뿐이었다.

"난, 포탄으로 생매장당했었소."

그가 내뱉은 첫마디였다.

죠는 로러의 완전히 무관심한 표정을 힐끗 쳐다보았다. 플랫폼
은 매우 혼잡해서 승객들이 그들을 밀치며 지나갔고, 짐꾼들도 빠
져 나가느라 부산을 떨고 있었다. 그 혼잡한 가운데서 막대기처럼
굳어 있는 스탠리를 빨리 움직이게 하는 일은 쉽지 않았다. 로러
는 죠의 눈길을 피한 채 스탠리의 팔을 부축하여 개찰구 쪽으로
갔다. 개찰구를 나오면서 스탠리는 다시 죠에게 다정스럽게 말
했다.

"난, 포탄으로 생매장당했었소."

그들은 자동차에 올랐다. 센트럴 정거장에서 힐톱까지 가는 동
안 죠는 스탠리에게 자주 곁눈질을 했다. 그러면서 속으로 혀를
차지 않을 수 없었다. 그는 정말 스탠리가 이런 정도라고는 생각
지도 못했었다.

죠는 스탠리가 같은 말을 다시 하지 않기를 바랬다. 그러나 스
탠리는 같은 말을 또 했다.

"난, 포탄에 생매장당했었소."

죠는 울화가 치미는 것을 가까스로 누르며 정중하게 맞장구를
쳤다.

"맞습니다, 사장님. 사장님은 포탄에 생매장당하셨던 겁니다."

스탠리는 아무 대답도 하지 않았다. 그는 마치 뻐개놓은 장작개비처럼 뒷좌석 가장자리에 앉아 앞을 멍하니 바라보고 있었다. 무표정한 얼굴과 몸이 그전의 모습을 찾아볼 수 없도록 변해 버렸다. 스탠리는 마치 떨어지지 않으려는 듯 두 손으로 잔뜩 자동차 시트를 잡고 매달려 있었다. 너무나 초라하고 비참한 모습이었다.

"이제 거의 다 왔습니다."

죠는 용기를 북돋아 주려는 듯이 말했다. 그는 스탠리가 찰과상하나 입지 않은 싱싱한 건강 상태려니 생각하고 있었다. 그러나 이 모양이 돼 버린 것이다. 죠는 다시 혀를 차면서 로러를 슬쩍 훔쳐보았다. 그녀는 아까와 같은 무표정한 얼굴로 스탠리를 부축하고 있었다.

차가 힐톱에 닿자 죠가 먼저 뛰어내렸다. 그는 자기만이 도울 수 있는 사람인 것처럼 뽐내기까지 하면서 스탠리를 부축했다.

"자, 이쪽입니다 사장님. 계단을 조심하세요. 자아, 조심하세요."

스탠리 사장은 너무나 조심스러웠다. 차에서 내려서도 손을 꼭 붙들고 포도 위에 겨우 서 있었다. 그는 몹시 경계하는 듯한 표정을 하고 있었다. 특히 머리가 금방 어떤 것에라도 얻어맞을 듯 불안으로 가득 차 있었다.

그는 머리를 곧추세우고 천천히 걸었다. 마치 목이 딱 굳어 버린 사람같았다. 그러나 굳은 곳은 목뿐만이 아니라 몸 전체가 굳어 있었다. 그의 몸뚱아리는 어떤 충동의 연속으로 작동되고 있는 것 같았고, 그 동작은 흡사 해체된 기계처럼 각기 따로따로 이루어지고 있었다. 그것은 아주 완전에 가까운 기계 인간의 동작과 같은 것이었다.

"손을 잡아 드릴까요?"

죠의 이 말에 스탠리는 대답하지 않았다. 그는 대답을 하지 않는 습관이 들어 버린 듯했다. 그러나 그가 곧 말했다.

"다리는 괜찮아. 그런데 이 머리가 문제야. 난 입원하고 있었지. 난, 포탄으로 생매장당했었거든!"

로러가 대문 앞에 서서 운전수에게 짐을 나르도록 지시하는 동안, 죠는 스탠리를 데리고 집안으로 들어갔다. 배시가 문턱 돌계단에 서서 그들이 들어오기를 기다렸다. 스탠리 사장을 본 배시의 눈이 튀어나올 듯이 휘둥그래졌다. 죠는 아주 정다운 목소리로 말했다.

"스탠리 사장님이 돌아오셨어, 배시."

스탠리는 배시에겐 전혀 눈길도 주지 않고 똑바로 응접실 안으로 들어가 의자에 걸터 앉았다. 아주 불안한 자세였다. 집주인이 돌아왔다고 볼 수가 없었다. 그 집은 이제 스탠리의 것이 아니라는 생각이 들게 하는 어설픈 동작이었다. 그는 자기의 조끼 단추를 손가락으로 만지작거리다가 배시를 바라보았다. 그제야 배시를 알아보았는지 그녀에게 반가운 미소를 띠어 보였다.

배시는 느닷없이 울음을 터뜨렸다. 죠는 스탠리 사장의 모자를 벗겨 주면서 유쾌하게 이야기를 시작했다.

"자아! 사장님은 점심을 드시면 좀 나아지실 거야. 배시, 그렇게 보이지 않아?"

그는 배시를 향해 싱긋 웃어 보였다. 그러면서 배시는 정말 멋있는 아가씨라는 생각을 다시 한 번 해 보는 것이었다. 그는 언제나 배시에게 다정했다.

배시는 점심을 준비하기 위해 밖으로 나갔다. 죠는 그녀가 부엌에서 흐느끼며 찬모에게 이야기하는 소리를 들을 수 있었다.

스탠리는 응접실을 두리번거렸다. 그러나 응접실을 두리번거리기 위하여 머리를 돌리는 것이 아니었다. 그냥 의자 가장자리에 앉아서 몸뚱아리 전체를 천천히, 그리고 조심스럽게 돌리는 것이었다. 그렇게 하고 있는데 로러가 들어왔다.

"돌아오신 것을 뵙게 되어 매우 기쁩니다, 사장님."

죠는 두 손을 비비며, 마음에서 진정으로 우러나는 듯한 태도로 말했다.

"그렇지 않습니까, 사모님?"

"그래요."

로러는 스탠리에게로 다가갔다. 그녀의 얼굴에 숨길 수 없는 긴장감이 어렸다.

"이제 이층으로 가시지 않겠어요?"

그녀가 물었으나 스탠리는 가지 않겠다고 했다. 그는 로러에겐 그다지 관심이 없는 듯했다. 그뿐만 아니라 이상하게도 로러가 자기에게 관심을 표하는 것에 화를 내는 듯했다.

스탠리는 계속해서 응접실을 두리번거렸다. 그렇게 둘러보는 그의 눈빛에는 묘한 저류(底流)가 담겨 있었다. 어두운 빛의 엷은 막으로 가려진 듯 전보다 더 검게 보이는 눈속에 무엇인지 모를 저류가 흐르고 있는 것이었다.

그 저류가 눈의 표면 가까이로 와서 움직일 때, 스탠리의 얼굴에 감정이 나타나는 것 같았다. 그러나 그 감정을 알아보기는 매우 어려웠다. 그것은 너무도 갑작스럽게 표면에 나타났다가 빠르게 사라져 버리기 때문이었다. 그것은 틀림없이 공포와 관계된 감정임을 알 수 있었지만, 무슨 특정한 공포심이 아니라 그저 두려워하는 공포로 보였다.

스탠리는 그 어떤 것이 두려운 것이 아니라 그저 무서운 것이었다. 그는 응접실을 두리번거리는 동작을 끝내고 말했다.

"유쾌한 여행이었어."

"그럼요, 멋있었습니다!"

"소음은 제외하고."

"소음이라니요, 사장님?"

"기차바퀴 소리 말이야. 터널 속에서 말이야."

'제기랄!'

죠는 속으로 투덜거렸다.

"난 말이야……."

"말씀하세요."

죠는 재빨리 말했다. 열두 시를 알리는 사이렌. 소리가 부드럽게 들려 왔다.

"자아, 점심식사를 드셔야지요. 점심을 잡수시고 나면 훨씬 좋아지실 겁니다. 그렇지 않습니까, 사모님? 기운을 회복하는 데는 점심을 드시는 것이 제일 좋습니다."

"점심을 먹은 다음에 좀.누워야겠어. 의사가 그렇게 하라고 일러 주더군. 내가 떠나기 전에 꼭 그렇게 하겠다고 약속하라고 하더군."

그들은 점심을 먹으러 들어갔다. 로러는 식당 문턱에서 잠깐 발을 멈추었다.

"가우런 씨, 공장으로 가셔야 하지 않아요?"

그녀는 죠를 바라보지도 않고 쌀쌀맞은 목소리로 물었다.

"아니, 그럴 필요가 없습니다."

죠는 정중한 태도로 로러를 보았다.

"공장은 제가 없어도 잘 돌아가고 있습니다. 염려 마세요."

"제 생각엔, 저 양반도 이젠 가우런 씨가 돌아가기를 원하실 거예요. 안 그래요, 여보?"

스탠리의 얼굴에 짜증스런 표정이 드러났다.

"아냐, 아냐. 죠를 계속 있게 해요."

짧은 침묵이 흘렀다. 죠는 상냥하게 미소지었다. 로러가 어쩔 수 없이 그 자리를 뜨자 두 사람은 점심을 먹기 시작했다.

수프를 다 들고 나자, 스탠리는 자기가 의사의 지시를 잊지 않았다는 것을 보이기 위함인 듯 다시 죠에게 말했다.

"난 점심을 먹고 나서 좀 누워야겠어. 의사들이 그렇게 하라고 했거든. 그리고 일어나면 뜨개질을 할 거야."

죠의 입이 딱 벌어졌다.

'이건 웃을 일이 아니다. 정말 이건 웃을 일이 아니다.'

그는 아주 존경스러움이 담긴 태도로 물었다.

"사장님이 뜨개질도 하신다구요?"

로러가 이야기를 가로막으려는 듯이 몸을 움직였다. 그러나 스탠리는 계속해서 그것에 대한 설명을 했다. 그는 자신에 대해 이야기할 때 몹시 즐거워지는 모양이었다.

"뜨개질을 하면 머리가 맑아져. 병원에서 난 뜨개질하는 것을 배웠지. 포탄으로 생매장을 당한 후에."

죠는 스탠리의 얼굴에서 시선을 성급히 돌렸다. 뜨개질이라……. 그는 과거를 생각했다. 지난날의 스탠리를 회상해 보았다. 겨우 일 년 전 바로 이 방에서 떠들던 스탠리 사장을. 성 조지와 영국을 위하여 독일놈들을 한 방 콩 먹이고 싶다고 뻐기던 그였다. 그러기 위해서 공군에 입대하고 싶다고 열망하던 순수한 영국인…….

그 위대한 모험이 어떻게 됐다는 것인가? 베리 신호탄, 공립학교 대대, 육군 군의관……, 전쟁을 단순히 멋진 게임으로만 생각하던 위대한 스탠리 사장.

'제기랄! 이자가 지금은 전쟁에 대해서 어떤 생각을 가지고 있는지 궁금하군.'

죠는 갑자기 폭소를 터뜨리고 싶었다.

그러나 그때 스탠리는 거의 울상이 되어 입을 열었다.

"아, 안 되겠어. 난, 안 되겠어."

로러가 몸을 앞으로 내밀며 나지막한 목소리로 물었다.

"뭐가 잘못됐나요, 여보?"

스탠리의 얼어붙은 듯한 표정이 이상하게 찌그러졌다.

"겨자통을 닫을 수가 없어."

그는 겨자통을 닫으려고 애썼지만 그것을 할 수 없었다. 그는 온몸을 사시나무 떨듯 떨고 있었다.

죠가 벌떡 일어섰다.

"자아, 제가 사장님 대신 닫아 드리겠습니다."

그가 스푼을 들어 잘못 들어박힌 뚜껑을 빼내자 겨자통 뚜껑은 저절로 닫혔다. 그는 자신의 냅킨을 들어 스탠리의 턱에 묻은 육즙을 닦아 주었다.

로러는 비참한 표정을 지으며 벌떡 자리에서 일어섰다.

"전, 잠깐 밖에 좀 나갔다 와야겠어요."

그녀는 얼굴을 돌리며 나가 버렸다.

침묵이 흐르는 몇 분 동안 죠는 마음 속으로 여러 가지 일들을 생각했다. 이윽고 그가 입을 열었다.

"사장님이 돌아오셔서 얼마나 기쁜지 모르겠습니다. 최근에 와서 공장은 더욱 활발해져서 막대한 이익을 보고 있는 중입니다. 지난달은 정말 굉장했습니다."

그러나 스탠리의 얼굴에는 기뻐하는 빛이 없었다. 그저 알았다는 표정이었다. 죠는 계속 이야기를 해 나갔다.

"그런데 사무실에서 일하는 도비를 기억하십니까? 요즈음 와서 그자는 점점 더 무능함을 드러내고 있습니다. 전혀 도움이 안 되고 있어요. 사장님께서 돌아오셨으니까, 지금이야말로 그자를 파면시켜야겠습니다."

스탠리는 건성으로 고개를 끄떡거렸다.

"사실은……, 이달 말엔 그자에게 통고를 해야겠다고 혼자 생각하는 중이었습니다. 그렇게 해도 사장님께선 괜찮으시겠습니까?"

스탠리는 다시 고개를 끄떡거렸다. 그리고는 아직 죠가 디저트를 끝내지도 않았는데, 식탁에서 장작개비 같은 몸뚱이를 급작스럽게 일으켰다.

"난 좀 자야겠어."

"네, 그렇게 하십시오, 사장님."

죠는 얼른 따라 일어섰다. 그는 스탠리를 정성스럽게 부축했다. 로러는 한 손에 눈물에 젖은 손수건을 꽉 움켜쥐고 계단 밑에 서 있었다. 그녀가 스탠리의 한쪽 팔을 잡아 주려고 했으나, 죠가 비켜 주지 않았다. 그리고 스탠리도 죠에게 몸을 기대며 그에게 의지하고 싶어했다. 그는 퉁명스럽게 로러를 뿌리쳤다.

"뇌, 로러."

죠는 그를 도와 이층 침실로 데리고 올라갔다. 그리고는 그가 옷을 벗는 것을 도와 주었다.

옷을 벗은 스탠리의 몸뚱이는 그야말로 뼈와 가죽뿐이었다. 발가벗은 채 서 있는 스탠리는 인간이라기보다 기계로 만든 로보트 같았다. 그는 침대에 누울 준비가 다 되었으나 침대 안으로 들어가지를 않았다. 마치 무슨 경건한 의식을 행하는 듯이 바닥에 꿇어앉아 침대 아래를 바라보았다. 그리고는 일어나서 베개 밑을 들여다보았다.

그런 다음 두 개의 식기 찬장 안을 들여다보고 양쪽 창문의 커튼도 들춰 보았다. 그런 연후에야 침대 안으로 들어가서 사지를 쭉 뻗고 아주 반듯하게 누웠다. 죽은 것같이 크게 뜬 두 눈은 천정을 뚫어지게 바라보았다. 죠는 조용히 방을 나왔다.

로러는 계단 밑 응접실에서 빨갛게 부어오른 눈을 하고 그를

기다리고 있었다. 그녀는 죠가 너무도 잘 알고 있는 화가 났을 때
의 버릇대로 아랫입술을 꼭 깨문 채 그를 정면으로 바라보았다.

"한 가지만 말씀드리겠어요."

심장이 심하게 뛰는 것이 겉으로 보일 정도로 그녀는 흥분하고
있었다.

"이 집에서 빨리 나가 주세요. 그리고 다시는 오지 마세요."

"아니, 이럴 필요는 없잖아, 로러."

그는 부드럽게 말했다.

"로러, 당신은 스탠리 때문에 몹시 마음이 아프겠지. 당연해.
난 좀 돕고 싶다는 마음뿐이야. 그리고 내 도움이 필요한 것도 사
실이고."

"그걸 도움이라고 말하다니!"

"왜 도움이 아니라는 거야? 나도 놀랐어. 아마 내가 제일 놀랐
을 거야. 그렇지만 우리는 좀더 침착하고 신중하게 앞으로의 일을
의논해야 돼. 공연히 흥분하지 말아요."

그는 가장 너그럽고 현명한 사람이 타이르듯이 말했다.

"스탠리는 군인으로서의 임무를 훌륭히 끝내고 돌아왔어. 이젠
공장일을 생각해야 할 때야."

"어련하시겠어요."

그녀는 싸늘하게 빈정대었다.

"진심이야."

그는 오해하지 말라는 듯 고개를 흔들며 말했다.

"로러, 나를 좀 믿어 달란 말이야. 난 당신들 두 사람을 도와 주
고 싶은 거요. 난 스탠리를 공장으로 데려 가서 다시 일에 흥미를
갖도록 해 줄 거야. 어떻게 해서든 재기할 수 있도록 해 주고 싶은
거라구!"

"내가 당신을 몰랐다면 당신의 그 말을 정말 고마워했을 거예

요."

"진정이라니까. 우린 이것에 관해서 서로 협조해야 할 거야. 하느님께 맹세하지만, 로러, 내가 할 수 있는 일은 무엇이든 다 하겠어."

침묵이 흘렀다. 그녀의 충혈된 눈은 그의 얼굴 위에 못박힌 듯 움직이지 않았다. 그녀의 호흡은 더욱 가빠지고, 얼굴은 괴로움으로 보기싫게 일그러졌다.

"당신이 뭘 해 줄 수 있겠어요?"

그녀는 목이 메이는 듯이 말했다.

"난 당신이 미울 뿐이야. 내 자신이 미운 것처럼 당신도 미울 뿐이에요."

그녀는 휙 몸을 돌려서 빠른 걸음걸이로 응접실을 나가 버렸다.

죠는 한 손으로 턱을 슬슬 만지며 그 자리에 그대로 서 있었다. 이윽고 빙그레 웃으면서 그 집을 나왔다.

다음날 아침, 죠는 스탠리를 공장으로 데려 가겠다는 약속을 지키기 위해 11시경에 다시 스탠리의 집에 나타났다.

로러는 외출하고 없었다. 스탠리는 외출복을 입고, 응접실의 의자 끝에 불안하게 걸터앉아 축음기를 듣고 있었다. 물론 음악을 듣는다는 것은 좋은 일이었다. 그러나 그가 듣고 있는 음악의 어두운 가락에 죠의 얼굴은 금방 찌푸려졌다. 죠는 항의하듯 말했다.

"뭔가 활발한 걸 들으세요, 사장님. 빙 보이즈 중에 유쾌한 것이 많지 않습니까?"

스탠리는 고개를 흔들었다.

"난 이 곡이 좋아."

스탠리는 같은 곡을 다시 틀었다.

"내가 좋아하는 건 이 곡뿐이야. 아침 내내 이 곡을 듣고 있었어."

죠는 그 음악과 그 음악을 듣고 있는 스탠리가 무시무시하게 느껴졌다. 레코드판을 가까이 들여다보았다. 쇼팽의 '장송 행진곡'이었다. 죠는 몸을 획 돌렸다.

"오오, 맙소사! 사장님, 왜 이런 걸 듣고 계세요? 자, 힘을 내십시오. 제가 문 앞에 차를 세워 놓았습니다. 어서 공장으로 가십시다."

죠는 공장으로 차를 몰아 곧바로 용광소로 들어갔다. 죠는 미리 그 순서를 다 짜 놓았다. 공장 안에 있던 모든 영국 국기가 다 내걸렸고, 죠가 준비한 커다란 플래카드가 공장 마당의 이쪽 끝에서 저쪽 끝까지 걸려 있었다. 거기에는 '환영'이라는 글자가 커다랗게 씌어져 있었다.

스탠리가 죠와 함께 공장 안으로 걸어 들어가자, 일손을 멈추고 기다리고 있던 모든 사람들이 소리를 높여 만세를 불러 주었다. 공장 안에는 굉장히 많은 여공들이 있었다. 죠는 여공들이 나이 많은 남자들보다 훨씬 임금이 싸고 또 일솜씨도 빠르다는 사실을 발견했던 것이다. 이 여공들은 미친 듯이 만세를 외쳐댔다.

스탠리는 만세를 부르는 그 여공들을 바라보았다. 작업복 차림인 그녀들은 유산탄용의 산탄을 만드는 여자들이었다. 그는 여공들 앞에서 좀 당황해 하는 것 같았다. 그의 태도가 점점 불안해지고 있을 때 죠가 옆에서 소곤댔다.

"사장님, 뭐라고 한 말씀하세요. 하고 싶은 말씀은 무엇이든 하세요."

죠는 손을 번쩍 들어서 모두 침묵하도록 했다. 스탠리 사장은 여공들 쪽으로 얼굴을 돌렸다.

"나는 포탄으로 생매장을 당했었습니다. 나는 지금까지 입원하고 있었습니다."

다시 만세 소리가 일어났다. 그 만세 소리에 파묻힌 가운데에서 죠는 재빨리 다음에 해야 할 말을 일러 주었다.

"나는 생산고가 증가하고 있는 것을 기쁘게 생각합니다. 그리고 여러분은 여러분이 하고 있는 그대로 계속 분발하기 바랍니다, 라고 하세요."

스탠리 사장은 커다란 목소리로 시키는 대로 반복했다.

"나는 생산고가 증가하고 있는 것을 기쁘게 생각합니다. 그리고 여러분은 여러분이 하고 있는 그대로 계속 분발하기 바랍니다."

또다시 환성이 높아졌고 그것은 오랫동안 계속되었다. 그러자 죠는 손을 번쩍 들어 다시 대중을 조용히 하도록 했다. 그는 모자를 머리 뒤로 꾹 눌러쓰며 엄지손가락을 조끼 옆구리 위쪽에다 집어 넣고는 일동에게 빛나는 미소를 던졌다.

"여러분들 모두 스탠리 사장님을 뵙고 기뻐하고 있습니다. 본인도 마찬가지입니다. 사장님께서는 지금까지 경험하신 일을 말씀하시기를 좋아하지 않습니다. 그래서 본인이 사장님 대신 조금만 말씀드리겠습니다. 여러분은 조국을 위해서 수행해야 할 일, 하지 않으면 안 될 일을 계속하셔야 합니다. 또 그 누구의 이야기에 끌려 손을 쉬게 해서는 안 되겠기에 본인은 긴 이야기는 하지 않겠습니다. 그러나 이 말만은 해야겠습니다. 즉 우리는 스탠리 사장님을 자랑으로 여기고 있다는 것을 바로 이 자리, 사장님 면전에서 말씀드리고 싶습니다.

본인은 사장님과 공동으로 사업을 추진하고 있음을 영광으로 생각하고 있습니다. 그리고 여러분도 사장님을 위하여 이 과업을 수행하고 있음을 영광으로 여기고 있다는 것을 본인은 알고 있습니다. 스탠리 사장님과 본인은 여러 가지 계획을 짜고 있습니다. 그런데 사장님께서는 사장님이 프랑스에서 미력하나마 국가를 위해서 하셨던 것과 똑같이 여러분 모두도 계속해서 미력하나마 조국을 위하여 일해 주실 것을 희망하고 계십니다. 여러분도 다 아 시고 계시겠지만, 생산고를 올리기 위해 결사적으로 일을 수행해 야겠습니다. 이것으로 본인의 말을 마치겠습니다.

그리고 여러분이 작업장으로 되돌아가시기 전에, 여러분들은 애 국가를 봉창해 주시고, 스탠리 사장님을 위해 이 공장의 지붕이 날아갈 만큼 우렁찬 소리로 다시 한 번 만세를 외쳐주시기를 부탁 드립니다."

잠깐 침묵이 흘렀다. 이윽고 아주 감정 깊은 목소리로 일동은 '하느님이 국왕을 보호하소서'를 노래했다. 여성들의 목소리였기 때문에 감정이 깊을 수밖에 없었다. 애국가 봉창이 너무도 감격적 이어서, 죠의 두 눈에도 눈물이 맴돌고 있었다.

여공들은 애국가를 부르고 난 다음 스탠리 사장 만세를 부르고, 죠를 위한 만세를 불렀다. 그리고는 마지막으로 모든 사람을 위한 만세를 불렀다. 그리하여 거의 종교적인 열광 속에서 일동은, 유 산탄과 수류탄, 18파운드 포탄 제조소로 되돌아갔다.

죠와 스탠리는 길을 따라 사무실 쪽으로 걸어가기 시작했다. 그 러나 그들은 얼마 못 가고 말았다. 그 중간에 거대한 포탄이 하나 놓여 있었기 때문이다. 스탠리를 환영하기 위한 그 포탄은 죠가 만든 것은 아니었지만, 그가 굉장히 만들고 싶어하는 것이기도 했다. 그 포탄은 애로우의 존 러틀리 노인이 죠에게 보낸 선물이 었다.

존 러틀리 영감은 군수품제조위원회에서 죠와 같은 위원이었고, 그의 공장은 대공장으로 거대한 대포탄을 생산해 내고 있었다. 죠 는 여러 가지 일을 생각케 해 주는 그 아름다운 17인치 포탄을 장 식해 놓는 것에 굉장한 의미를 담고 있었던 것이다.

그 포탄은 죠가 멋지게 만든 목제대 위에 올려놓게 했다. 그것 은 어떤 황홀감마저 나타내며 허공으로 주둥이를 향한 채 거인처럼 번쩍거리는 모습을 드러내고 서 있었다.

그 포탄을 보자, 스탠리의 걸음이 멈추어졌다. 그는 얼어붙은 듯한 눈초리로 번쩍거리는 큰 포탄을 노려보았다.

죠는 포탄의 주둥이를 다정스럽게 두드렸다.

"얼마나 아름답습니까? 전 이걸 캐티 아가씨라고 부릅니다!"

스탠리 사장은 아무 말도 하지 않았다. 그의 눈의 엷은 막 아래에서 검은 빛이 점점 더 검어지고 있었다.

"저는 우리도 이런 큰 포탄을 만들었으면 합니다."

죠는 계속 말했다.

"큰 포탄은 굉장히 수지가 맞거든요. 아참, 자, 사무실로 들어가시죠. 모건과 도비를 거기에서 기다리게 했습니다. 그 사람들에게도 한 말씀하셔야 합니다."

그러나 스탠리 사장은 움직이지 않았다. 그는 그 포탄 옆을 지나갈 수가 없었다. 그는 포탄을 노려볼 뿐이었다. 이러한 포탄이 바로 자기를 날려보낸 것이었기 때문에 그 포탄은 그의 영혼까지 얼어붙게 하는 것이었다.

"사장님, 갑시다."

죠는 재촉하듯이 말했다.

"모두가 사장님을 기다리고 있습니다."

"난 집으로 가겠어!"

스탠리의 목소리는 아주 괴상했다. 그는 몸을 꼿꼿하게 세운 채 포탄으로부터 떨어지며 뒷걸음질치기 시작했다.

'이치가 또 발작이군.'

죠는 스탠리의 팔을 꽉 움켜잡고 포탄을 지나가려고 했다. 그러나 스탠리는 한사코 몸을 버텼다. 그의 이마의 살갗이 뒤틀렸다. 그리고 눈에서는 매장되었을 때의 그 공포의 고뇌가 엷은 막 아래로 생생하게 퍼져 나왔다. 그는 숨을 헐떡거렸다.

"날 가게 해 줘. 난 집으로 가겠네."

"사장님, 괜찮습니다. 마음을 푹 놓으세요. 이제 사장님은 다
나으셨어요. 저 포탄은 사장님을 해치지 않습니다. 저건 탄약도
채워 있지 않은 가짜예요. 정신 차리세요, 스탠리 사장님."

그러나 스탠리의 마음은 이미 분별을 잃고 있었다. 스탠리의 훌
륭했던 분별력은 프랑스에서의 이와 같은 포탄에 의해 그의 육신
으로부터 날아가 버리고 만 것이다. 이제는 스탠리의 얼굴 전체가
뒤틀리기 시작했다. 그의 눈에 나타나고 있는 공포는 바라보는 사
람마저 얼어붙게 했다.

"난 집으로 돌아가야 해."

이젠 그 말도 가까스로 했다. 죽은 듯한 차가운 얼굴 아래로 견
디기 힘든 고뇌와 흥분이 솟구치고 있었다.

죠는 체념한 듯 신음소리를 냈다.

"좋습니다! 그렇다면 사장님께선 집으로 돌아가십시오. 제발
야단법석은 떨지 마세요."

지금까지 만사가 잘 되어 가고 있었다. 그런데 공장에서 거북한
광경이 발생한다면 안 될 일이었다. 그는 급하게 스탠리를 부축하
고 요령있게 공장에서 데리고 나갔다. 죠의 미소는 누가 보더라도
만사가 순조롭게 잘 됐다는 것을 알 수 있게 하는 태연스럽고도 유
쾌한 것이었다.

스탠리 사장은 아직 업무 파악에 익숙하지 못했다. 병원에서 갓
퇴원했기 때문에 당연하다고도 할 수 있었다.

자동차는 뒷좌석에 스탠리를 똑바로 앉힌 채 힐톱을 향해서 떠
나갔다. 죠는 마지막으로 친근스럽고 안심시키는 듯한 미소로 그
를 전송하고 자기 사무실로 돌아왔다. 그는 사무실문을 닫고 앉아
서 시가에 불을 붙이고 담배의 맛을 깊이 음미하는 듯 유쾌한 표정
을 지었다. 그러나 물론 그 담배맛을 생각하는 것이 아니었다. 그

는 스탠리에 대해 생각하고 있었다.

스탠리가 완전히 폐인이 되었다는 것은 틀림없는 사실이었다. 스탠리가 돌아오던 날 정거장에서 그의 눈과 마주쳤을 때, 죠는 이미 그 사실을 알았다. 포탄 충격이라는 것은 그가 상상했던 것보다 훨씬 무서운 것이었다.

스탠리가 정상으로 되돌아오자면 수십 개월이 걸릴 것이었다. 그것도 회복하게 된다는 가정 하에서의 이야기이다. 그 동안에 밀링튼 공장을 지금까지보다 더욱 요령있게 이끌어 가야 할 것이다. 그리고 지금까지 착복해 온 것보다 약간 더 많은 돈을 빼내야 한다. 만약 그러지 못한다면, 그것이야말로 어리석은 일이 될 것이다.

'아무렴, 어리석은 일이고말고.'

죠는 타들어가는 담뱃불을 유심히 바라보면서 마음속으로는 빈틈없는 계산을 하고 있었다. 현재는 짐 모슨의 말에 의하면 통틀어서 일년에 약 2000파운드쯤 해 먹고 있는 것이다. 그러나 그건 아무것도 아니다. 문제는 장래이다.

오오, 하느님! 스탠리의 증세는 장래를 굳히기 위해, 아니 인생 최대의 거물이 되기에 그 얼마나 고마운 기회인가. 죠는 흡족한 한숨을 내쉬었다. 밀링튼 공장에서도 일종의 재조정이 있어야겠다고 생각했다.

"바로 그거야, 아주 좋은 생각이야."

죠는 이렇게 중얼거린 다음에 입술을 촉촉이 적시면서 전화기로 손을 뻗었다. 그는 짐 모슨에게 전화를 걸었다. 모슨을 알게 된 것이, 그리고 그와 협동하고 있다는 것이 이처럼 즐거워 본 적은 처음이었다. 짐은 머리가 좋은 사람이어서 일에 손대는 방법을 정확히 알고 있엇고, 또 사고를 막아내는 요령도 잘 알고 있었다.

"여보세요, 짐, 짐형이오?"

죠는 모슨에게 사태를 보다 정확히 설명해 주려고 무척 애를 썼다. 그리고는 스탠리를 생각해 주는 듯한 말투로 이야기했다.

"그 불쌍한 인간을 보면 정말 가슴이 아프단 말씀이야, 짐. 사장의 정신은 아주 말짱해, 당신과 나처럼 말이야. 그런데 문제는 그의 신경이거든. 포탄 충격이야, 알겠지. 그래, 정말이야. 포탄 충격, 바로 그거야. 짐, 알겠지?"

모슨이 전화로 대답하는 동안 아무 말이 없던 죠는 다시 말했다.

"그럼, 내일 밤 당신 집에서. 그래, 알았어. 서둘 필요는 없다고 봐. 스내그라는 자라면 잘 알고 있지. 보스톡의 사무실에서 만나서 그 계약을 맺었던 자 아닌가? 아, 알겠어. 제기랄, 짐 대체 날 뭘로 보는 거야. 이봐, 아아, 알았다니까. 전화로 말할 문제가 아니네. 알았다니까, 참, 부인께선 안녕하신가? …… 거 좋군그래, 짐. 그것 정말 좋아. 알았어, 이 사람아. 그럼 그때 만나지, 잘 있어."

죠는 수화기를 놓았다. 그러나 곧 그의 큰 손은 다시 앞으로 뻗어 나가 힐톱의 로러에게 전화를 걸었다. 그의 목소리는 조용하고 동정적이었으며, 신중하였다.

"만나서 이야기 좀 해야겠어, 로러. 솔직히 말해서 꼭 만나야겠어. 아아, 그렇게 나간다고 무슨 소용이 있나? 그 기분은 알고 있어. 당신 말은 모두 옳아. 하지만 우린 인간이란 말이야, 안 그래? 이제 우린 최선을 다할 수밖에 없어. 좋아, 좋아! 나를 뭐라고 해도 괜찮아. 난 원래 그런 놈이니까 말이야. 그렇지만 제발 일은 똑바로 해놓잔 말이야. 난 당신을 만나야겠어. 그렇게 하지 않으면 안 되겠어. 뭐라구! 좋아, 좋아. 로러, 안 오겠다면 억지로 나를 만나 달라는 것은 아니야. 안 오겠다면……. 그렇지만 마음이 돌아서서 오게 되면, 저녁 내내 아파트에서 기다리고 있을 테니까 ……."

죠는 2,3분 동안 계속해서 이야기를 하다가 나중에야 그녀가 전화를 끊어 버린 사실을 깨달았다. 그는 싱글거리며 수화기를 놓고 유쾌한 기분으로 일을 시작했다. 그날 밤 그는 카운티 클럽에서 항상 저녁을 들던 것을 그만두고 6시까지 귀가했다.

그는 휘파람을 불면서 위스키에 차가운 머턴 파이를 곁들여 먹었다. 다시 세수를 하고 머리를 빗었다. 그런 후 새로 산 체크무늬의 실내복을 입고 의자에 앉아 신문을 읽으며 로러가 오기를 기다렸다.

가끔 그의 눈은 시계 쪽을 힐끔거렸다. 몇 번인가 밖에서 들려오는 자동차 소리에 혹시나 하고 의자에 앉은 채 몸을 긴장시켰다. 시계바늘이 돌아감에 따라 이마의 부드러운 표정이 점점 찌푸려지기 시작했다. 그러나 9시 정각에 벨이 울리자, 그는 벌떡 일어났다.

로러는 사나운 태도로 들어왔다. 레인코트를 입고 머리에 꼭 끼는 갈색 모자를 썼는데, 구두에는 물이 튀긴 흔적이 있었다. 그녀가 힐톱에서부터 이곳까지 걸어왔음을 알 수 있었다. 그녀의 창백한 얼굴은 금방 울음이라도 터뜨릴 것 같았다.

"자, 왔어요."

그녀는 신랄한 적개심이 담긴 어조로 선언하듯 말했다.

"도대체 할 말이란게 뭐죠?"

그는 그녀에게 다가가지 않고 줄곧 방바닥만 내려다보았다.

"와 줘서 기뻐, 로러."

"그래서요?"

그녀의 목소리는 여전히 신경질적이고 갈라져 있었다.

"빨리 말씀하세요. 난 오래 기다릴 수가 없어요."

"우선 앉아요."

그는 마치 아내를 대하듯 다정한 목소리로 말했다.

"이래 가지곤 이야기를 할 수 없잖아. 피곤한 것 같군. 완전히 지친 모습인데 ……."

그는 난로 쪽으로 가서 불을 휘저어 새 불길이 일어나게 했다. 그녀는 조소가 담긴 표정으로 그를 노려보았다. 그리고는 피곤한 한숨을 내쉬면서 의자에 털썩 주저앉았다.

"난 이 저주스러운 방을 나간 그때부터 단 일 분도 마음이 편치 못했어요."

"알고 있어."

죠는 의자에 돌아와 앉아, 마치 후회하는 듯한 조용한 얼굴로 난롯불을 바라보았다.

"그러나 이렇게 될 줄은 우리 둘 다 몰랐지. 로러, 어떻게 우리가 알 수 있었겠어?"

"난 그이를 볼 때마다 ……."

드디어 그녀는 참지 못하고 울음을 터뜨렸다.

"온종일 단 일 분도 그 생각에서 떠날 수가 없어요. 그이는 이제 나를 보는 것만도 역겨워하고 있어요. 당신도 그걸 보셨죠? 그인 내가 옆에 있는 것조차 증오스러운가 봐요. 그이는 번마우드로 갈 거예요. 거기에 있는 요양소로요. 그런데 나에게는 따라오지 말라는 거예요. 난 그런 죄를 받아 마땅하다고 생각해요. 마땅하고 말고요. 아아, 정말, 싫어요. 내 자신이 얼마나 역겹고 증오스러운지 모르겠어요."

"로러, 그렇게 자책하진 말아. 제발 ……."

그가 동정하는 듯한 말을 중얼거리자 그녀가 소리쳤다.

"닥쳐요 난, 당신도 내 자신 이상으로 역겹고 증오스러워요."

그러나 그는 태연스러웠다.

"스탠리에게 우리들 일에 관해서 조금이라도 알릴 필요는 없다고 생각해."

죠는 사리를 잘 분별해야 한다는 듯이 중얼거렸다.

"그렇지, 그럴 필요는 전혀없는 거야."

"나도 그러길 바래요."

그녀는 사나운 조소의 눈초리를 그에게 던졌다.

"그이에게 당신이 말해 버리겠다는 뜻은 아니겠죠?"

"그럼, 천만에."

죠는 묘한 목소리로 대답했다. 그는 일어나 식기장 쪽으로 가서는 강한 위스키 소다를 만들었다.

"당신이 나를 방해하지 않는다면 말이야. 말하지 않지, 로러. 자, 이거나 한 잔 들어요. 아주 완전히 녹초가 된 표정이구먼."

로러는 기계적으로 술잔을 받아 들면서 여전히 그를 노려보았다.

"그게 무슨 뜻이죠, 당신을 방해한다는 게?"

"그러니까 이제 우리는 서로 다정하게 지내야 한다 이거지, 로러."

그는 자기 술잔을 빨면서 우울한 표정으로 말을 이었다.

"주위의 모든 사람들과 친구로서 다정하게 지내자, 이게 바로 내 인생의 철학이야. 난 지금까지 언제나 누구와도 다정하게 지내 왔지. 서로 감정을 터뜨리면 무슨 일이든 별로 좋은 일이 아니란 말씀이야. 스탠리에게도 좋지 못하고, 그렇게 되면 우리에게도 다 재미가 없지. 스탠리는 지금 사업을 해 나가는 데 있어서 절대 내가 필요해. 난 지금 회사를 확장한다거나, 아니면 병합한다거나 하는 여러 가지를 생각하고 있는 중이야. 이봐, 바로 얼마 전에도 난 타인캐슬의 짐 모슨에게 이야기한 바가 있지만, 모슨 알지? 타인캐슬에서 일류 사업가 중의 한 사람이지. 그러니까 모슨과 스탠리와 내가 합동을 하면, 우리 셋이서 공장을 어떻게 재구성해 나갈 것인지 아마 당신은 꿈에도 생각할 수 없을 거야. 우린 공장을 완전히 금광으로 만들어 버리는 거야."

"알겠어요."

그녀는 속삭였다.

"당신이 뭘 원하는가를 알겠어요. 어찌 되었든 당신은 나에게 싫증을 느끼고 있어요. 그런데 지금 당신은 날 이용하려고만 하는 거죠? 우리들 사이에서 일어난 그 모든 것을 다 이용해 먹자……."

"제발, 로러, 그러지 말고 힘을 내. 이건 정말로 솔직한 이야기야. 우리가 회사를 만든다, 그러면 그 속에는 우리 모두를 위한 황금단지가 들어 있다, 이 말일 뿐이야."

"돈, 당신은 돈 이외에는 아무것도 생각하지 않는군요? 당신은 천한 사람이야."

"난 인간일 뿐이야, 로러. 우린 모두가 인간에 불과해. 그래서 난 당신에게 반했지."

"입 닥쳐!"

그녀는 사납게 말했다.

침묵이 흘렀다. 위스키를 마신 그녀의 얼굴에 생기가 돌았다. 죠는 박력이 넘치는 남자였다. 그녀는 그러한 그를 밉살스럽다는 듯이 보았다. 이 몇 주 동안 그녀는 그의 천박함, 야비한 거동, 끝없는 탐욕스런 이기심, 그리고 그의 육체적인 둔감성 등을 사뭇 증오해 왔다. 그러나 그는 둔감한 사람이 아니었다.

로러는 그러고 싶지 않았지만, 그의 넘치는 매력을 인정하지 않을 수 없었다. 그는 멋쟁이였다. 그것도 보통 멋쟁이가 아니었다. 그의 몸은 아름다웠으며 근육은 탄탄했다. 그 중에서도 갈색 눈빛이 가장 매력 있었다.

로러 자신은 그에게 많은 것을 가르쳐 주었다. 옷 입는 법, 몸치

장하는 법. 그러니까 어떤 의미로 보면 죠라는 인간은 자기가 창
조해낸 걸작품이라고도 할 수 있었다.

"아직도 내게 화를 내고 있나, 로러?"

그의 음성은 낮았다.

"난 당신 같은 사람, 생각하고 있지도 않아요."

그녀는 말을 끊어 버렸다. 그러다가 난폭한 태도로 빈 술잔을
앞으로 내밀었다.

"자아, 한 잔 더 줘요."

그는 급히 술을 따르며 한숨을 내쉬었다.

"난 이 몇 주 동안 내내 당신 생각만 했지. 당신이 보고 싶어서
견딜 수가 없더군."

그녀는 짧게 웃고는 쓴 약이라도 마시듯 술을 꿀꺽 삼켰다.

"거짓말. 내가 없는 사이에 당신은 다른 여자하고 지냈다는 것
을 다 알고 있어요. 내가 나를 싫어하는 사람, 포탄에 날려서 말도
못 하게 된 폐인을 간호하는 동안 당신이 무슨 짓을 했는지 다 알
고 있다구요. 더 이상 거짓말하지 말아요. 속을 사람도 없으니
까."

"난 사실을 말하고 있는 거야."

그는 지치지 않고 열심히 거짓말을 꾸며댔다.

"난 아무것도 믿지 않아요."

말은 이렇게 했으나, 그녀의 가슴은 다시 뛰기 시작하고 있
었다. 그녀는 자신을 누르며 조용히 말했다.

"어쨌든 그런 건 내가 알 바 아니에요. 난 이제 다시 내 자신으
로 돌아왔어요, 고맙게도. 이제 당신이 어떤 생활을 하건, 당신은
나하곤 상관이 없는 사람이에요. 이제 스탠리에게만 정성을 다 바
칠 거예요."

"알고 있어, 로러. 난 다만 친구사이로 지내자는 거야."

그는 그녀의 빈 술잔을 받으려는 체하며 손을 뻗쳤다. 그리고는 술잔 대신 그녀의 손을 잡았다.

"여전하군요. 어쩌면 이렇게 뻔뻔스러울까 ! "

그녀는 손을 획 뿌리쳤다. 그 순간 그녀의 눈에는 눈물이 가득 차오르더니 갑작스럽게 엉엉 울기 시작했다.

"그냥 친구사이일 뿐이야. 로러, 가장 친한 친구사이로 지내자는 거야."

그는 변명처럼 중얼거렸다.

"당신은 어쩌면 이렇게 나를 불행하게만 만들려고 하죠? 그만하면 충분하지 않아요? 나 가겠어요……, 가겠어요……."

그녀는 일어섰다. 그 순간 그의 두 팔이 그녀를 휘감았다. 그는 그녀를 부드럽게, 자신만만한 태도로 힘있게 껴안았다.

"이렇게 갈 수는 없어, 로러."

"아, 놓으세요. 제발 날·보내 줘요."

그녀는 그의 품 안에서 몸부림치며 다시 복받치는 울음을 터뜨렸다.

"이러지 마, 로러. 진정해요."

로러는 안감힘을 쓰면서도 자기가 떨고 있음을 느꼈다. 그의 몸이 닿자 자기 몸이 떨린다는 것이 너무나 굴욕적이었지만, 어쩔 수 없는 일이었다.

"아아, 어쩌면 당신은 이럴 수가 있어요? 어쩌면 당신은 이렇게 무례하냐구요?"

"로러 ! "

그는 그녀에게 키스를 했다.

"안 돼요, 죠. 싫어요 ! "

그녀는 힘없이 속삭였다. 그러나 그의 입술이 다시 그녀의 말을 막아 버렸다. 그녀는 죠가 자기 옆에 가까이 있다는 감각 이외에는 다른 무엇도 느낄 수가 없었다. 그녀의 육체는 어쩔 수 없이 그를 원하고 있었다.

소브리지에서의 답답했던 몇 주 간의 고독감은 지독한 것이었다. 매일 보아야 하는 스탠리의 퉁명스러운 표정, 즉 프랑스의 그 어떤 포탄구멍에 남성의 기능까지 매장하고 만 기계 같은 인간의 무서운 단조로움. 그녀는 그런 것을 생각하며 스르르 눈을 감았다. 그녀의 온몸에 전율이 일었다.

'죠가 나를 사랑하고 있지 않다는 것은 분명하다. 그는 다만 나를 이용하고 있을 뿐이다. 곧 이제 나를 저버릴 것이다. 그러나 그렇다고 해서 내가 어떻게 할 수 있단 말인가?'

아무 소용이 없는 노릇이었다. 그녀는 그가 자기를 침실로 안고 가는 것을 느꼈다. 그리고 자기 옷이 벗겨지는 것도 알았다.

로러가 힐톱으로 돌아왔을 때는 거의 10시가 가까워져 있었다. 존 러틀리 부인이 응접실에서 그녀를 기다리고 있었다.

"어머나, 부인."

존 부인은 일어서면서 로러의 두 손을 꼭 잡았다.

"부인께서 바람을 쐬러 나가셨다는 이야길 들었지만, 그냥 기다리고 있었어요. 바깥 양반이 그렇게 되셨다니 정말 딱하군요, 부인. 전 그만 가봐야겠어요. 부인께선 여전히 정신이 없으신 모양이군요. 당연하죠. 난 우리 집 영감에게 늘상 말했지만, 두 분께서는 정말 너무나 다정한 한 쌍의 귀여운 원앙새였는데……. 그러나 너무 염려하지는 마세요, 부인. 곧 회복되시겠죠."

로러는 그 나이 많은 여인을 뚫어지게 바라볼 뿐이었다. 로러의 얼굴에는 일그러진 미소가 번지고 있었다.

미망인의 슬픔

진눈깨비가 퍼붓는 1919년 11월 중순경, 마사는 애니 메이서에
관한 소문을 들었다. 그 추운 겨울 아침에 마사에게 이 소문을 전
해 준 사람은 바로 해리 브레이스였다. 해리 브레이스는 애니같은
얌전한 아가씨에게 그런 불행이 닥쳐 올 줄 누가 알았겠느냐면서
마음아파했다.

그녀는 갈색 머리털을 앞창이 달린 모자 밑에 남자처럼 둘둘 말
아 넣고 있었다. 그녀의 코는 추위로 시퍼렇게 얼어 있었고, 몸도
앞으로 구부정하게 굽어 있었다. 마사가 현관의 신발털개를 들고
나와서 먼지를 막 털려던 때였다.

"나는 아주 까무라칠 뻔했어요. 애니를 봤을 때 말이예요."

해리의 사람 좋아 보이는 얼굴에는 낙심스런 표정이 가득했지
만, 마사의 얼굴 표정은 조금도 변하지 않았다. 아무 변화가 없었
을 뿐만 아니라 해리 부인의 다음 말도 더 듣고 싶지 않다는 듯 돌
아서서 들어가 버렸다. 그렇지만 자기 말이 효과가 있었다는 것을
안 해리 부인은 의기 양양해 있었다.

마사는 식탁 앞에 앉아서 손마디가 굵은 주먹으로 턱을 고인 채 해리가 방금 한 말에 대해서 생각해 보았다. 비꼬인 미소가 그녀의 입술 위에 감돌았다. 자기는 늘 그렇게 말해 오지 않았던가, 애니는 좋지 못한 아이라고. 이제 애니가 좋지 못한 아이라는 사실이 증명된 것이다. 자기, 마사 펜윅의 말이 들어맞은 것이다.

물론 샘에게 책임이 있었다. 샘은 떠나던 마지막 며칠 동안 거의 밖으로만 나돌아다녔다. 그녀가 불쾌감을 느낄 정도로 주말을 밖에서 보내고 집에 돌아오지 않을 때도 있었다. 그런데 이제 그 결과가 나타난 것이다. 그렇다, 샘에게도 책임은 있다. 그러나 그것은 아무것도 아니다. 마사의 생각으로는 절대 사내를 탓할 것이 못 되었다.

마사는 은근히 기뻤다. 사태가 이 모양으로 되어 버린 것이 즐거웠다. 이렇게 되면 샘도 이제 애니를 높이 평가할 수 없을 것이다. 절대로! 사내들이란 본래 여자가 사고를 저지르는 것을 싫어하는 법이다. 게다가 샘은 멀리 프랑스에 가 있지 않은가. 샘이 제대해서 돌아오면 자기, 즉 마사는 샘을 타이를 수 있을 것이다.

자기는 샘을 잘 타일러서 애니 메이서로부터 떼어 놓을 것이다. 마사는 자기가 어떻게 하면 되는가를 알고 있었다. 그녀에게는 세밀한 계획이 세워져 있었다.

물론 그 첫 단계로는 해리 브레이스의 말이 틀림없는지의 여부를 알아내야 했다. 그날 오전 11시에 마사는 외투를 걸치고 카운펀가를 천천히 걸으면서, 애니가 흔드는 그 유명한 종소리가 나지 않나 하고 귀를 기울였다.

지금 애니 메이서의 집안은 생활고로 허덕이고 있었다. 퍽은 군대에 끌려갔고, 메이서 영감은 해변에 부설한 수뢰 때문에 바다로 나갈 수가 없었다. 거기다가 류머티즘이 점점 더 심해져 해변 근처에서 대구 낚시로 생계를 잇고 있는 형편이었다. 애니도 아버지

를 도와 손낚시를 같이 하면서 밀물일 때에는 낚싯밥의 갯지렁이
를 파내기도 했다.

애니 메이서는 병든 아버지를 도와 남자가 해야 하는 일도 하지
않으면 안 되었다. 새벽에는 보트를 어깨로 밀어내야 했고, 잿빛
바다로부터 새벽 먼동이 천천히 밝아 오면 항구 넘어로 아버지와
함께 나가기도 했다. 그러다가 시내가 모두 잠을 깨면, 오전 중에
생선 광주리를 등에 메고 조그마한 주석 방울을 흔들면서 생선을
팔러 다니는 것이었다.

그날 오전에 마사는 애니의 방울소리를 카우펀 가의 언덕길 밑
에서 들었다. 마사는 애니의 방울소리를 들으면 늘 화가 치밀
었다. 그러나 오늘만은 그 방울소리에 대해 전혀 아무런 감정이
일어나지 않았다. 마사의 눈에는 독수리 눈빛같은 사나운 빛이 번
뜩이고 있었다. 그녀는 무엇보다도 해리 브레이스의 이야기가 사
실인지를 분명히 확인할 필요가 있었던 것이다. 그녀의 말은 사실
이었다.

마사는 무서운 얼굴 표정을 짓고 천천히 걸어내려가 애니와 나
란히 섰다. 애니는 미들리그 우유점 주인인 데일 부인의 주문을
받아 포도 위에다 생선바구니를 내려놓고 있는 참이었다. 마사가
그녀를 살피는 동안, 애니는 몹시 거칠어진 손으로 내장을 말끔하
게 훑어낸 생선을 데일 부인 댁의 접시 위에다 담았다.

그러나 마사가 아무리 사나운 눈으로 본다 해도 애니가 말쑥한
아가씨임을 인정하지 않을 수 없었다. 그녀의 얼굴은 바닷바람에
까칠까칠했지만 윤기가 날 정도로 깨끗했고, 청색 앞치마는 빳빳
하게 풀을 먹여 다리미 자국이 선명했다. 팔꿈치까지 드러난 팔뚝
도 싱싱한 젊음이 넘쳤고, 무엇보다도 눈빛이 맑고 부드러웠다.

마사는 애니가 이처럼 말끔하여 흠잡을 데 없는 여자라는 것을
인정하지 않을 수 없었다. 때문에 마사의 기분은 더욱 거칠어

졌다. 그녀는 입을 꼭 다문 채 애니가 데일 부인과의 거래를 끝낼 때까지 서서 기다렸다.

이윽고 애니가 생선바구니에서 몸을 일으켜 세웠다. 그녀는 마사를 보자 더욱 얼굴이 밝아졌다. 그러나 눈에 띄게 드러나지는 않았다. 애니의 표정은 대번에 바뀌는 법이 없었다. 언제나 조용하면서도 평온한 표정을 지니고 있었는데, 지금은 좀더 밝은 표정이 되었다는 것을 느낄 수 있을 뿐이었다.

애니는 마사가 자기의 생선을 사려는 줄로 생각했던 것이다. 그것은 마사가 한 번도 베풀어 주지 않은 영광스러운 것이었기에, 애니는 멋쩍은 듯한 미소를 띠었다.

"대구가 싱싱합니다. 펜윅 부인."

애니는 상냥하게 말했지만 아무 대답이 없었다. 그녀는 자기가 너무 주제넘었나 하는 생각에 얼른 덧붙여서 말했다.

"보통 것보다 더 크고 아주 좋은 것이랍니다."

그러나 마사는 계속 애니를 바라보기만 했다.

애니는 아직도 마사의 속마음을 짐작할 수 없었다. 몸을 굽히고 생선바구니를 번쩍 들어올려서 마사에게 싱싱한 생선이 더 잘 보이도록 했다.

"아버지와 제가 낚았어요. 바다에 안개가 낄 때 가장 잘 물린답니다. 지나가면서 현관 계단에다 한 마리 들여놓아 드리겠어요. 들고 가시기가 힘드실 테니까요."

애니로서는 최선을 다한 친절이었다. 그녀는 어떻게 해서든 마사를 기쁘게 해 주고 싶었던 것이다.

그러나 마사는 여전히 말이 없었다. 그러다가 애니가 생선에서 눈을 돌려 그녀의 얼굴을 보자, 마사는 거만하고도 얼음같이 차가운 눈초리로 똑바로 노려보는 것이었다. 애니도 그 시선이 무엇을 말하고 있는지 겨우 알 수 있었다. 애니가 몸을 움츠리자 마사가 처음으로 입을 열었다.

"네 생선은 필요없어. 생선뿐만 아니라 네가 갖고 있는 것은 무엇이나 내게 아무 소용도 없는 것뿐야."

그녀는 큰 키를 뻣뻣이 세우고, 애니의 대답을 기다린다는 얼굴로 서 있었다. 애니는 아무 말도 하지 않았다. 그녀의 눈길은 모욕을 당한 슬픔을 감추지 못하고 생선바구니 쪽으로 떨어졌다.

마사는 이겼다는 표정이 역력한 얼굴로 좀더 기다렸다. 그러다가 오만하게 머리를 꼿꼿이 세운 채 발길을 돌려 버렸다.

애니는 눈을 들어서 멀어져 가는 마사의 뒷모습을 바라보았다. 그 순간 애니의 얼굴에 어떤 숭고한 빛이 감돌았다. 모욕을 당했다는 노여움도, 그렇다고 창피한 빛도 없었다. 비록 바닷바람에 거칠어졌으나 너그러운 기품이 흐르는 얼굴에는 막연한 슬픔만이 어리고 있었다.

애니는 한동안 그대로 서 있다가 생선바구니를 어깨에 메고 길을 걸어 올라갔다. 그녀가 흔드는 방울소리는 조용히, 그리고 맑게 다시 울리기 시작했다.

그후로 마사는 계획적인 새로운 습관을 실천하기 시작했다. 애니에게 공공연한 모욕을 주기 위하여 나들이를 시작한 것이다. 그녀는 고지촌에서 애니에게 어떤 평판이 돌아갈 것이 뻔한 행동을 하는 것을 서슴지 않았다.

마사는 본래 절대로 쓸데없는 이야기를 지껄이는 사람이 아니었다. 예를 들어서 남의 뒷소문 같은 것에 대해서는 그 뒷소문이라는 말조차 비웃고 멸시했다. 그러나 지금 그녀는 애니가 처녀로서 임신했다는 소문을 퍼뜨리면서 은밀한 쾌감을 느끼고 있었다.

마사는 될 수 있는 대로 자주 애니를 길가에서 만나도록 했다. 그리고 만날 때마다 몸을 위축되게 만드는 싸늘한 경멸의 눈초리를 던졌다. 말은 한마디도 하지 않았다. 언제나 그런 시선만을 보내었다. 그녀는 애니가 즐겨 걷는 산보길을 알아냈다. 애니가 자유롭게 즐길 수 있는 유일한 시간인 저녁에 혼자서 걷는 그 길은, 해변을 지나 가파른 언덕을 올라가서는 스누크 탄광 넘어로 뻗어 있었다.

마사는 읍내의 고지촌 넘어로는 한 번도 가 본 적이 없기 때문에 이 길은 처음 걷는 길이었다. 애니는 언제나 벼랑 위에 서서 먼 바다 쪽을 물끄러미 바라보곤 했다. 때로는 마사가 먼저 도착해 있을 때도 있었다. 그러나 어느 쪽이 먼저 오든간에 마사는 언제나 애니에게 그 지독한 시선을 던졌다.

가끔 애니는 마사에게 말을 걸고 싶은 듯했으나, 마사의 눈초리에 모든 말이 얼어붙어 버리는 모양이었다. 이 몇 년 동안 마사는 애니 때문에 얼마나 속을 썩었던가. 그런데 이제는 애니가 애를 태우게 된 것이다. 마사는 샘에게 이와 같은 상황을 조금도 비치지 않았다. 샘에게 보내는 편지에 이에 관해서는 한마디도 하지 않았다.

마사는 현명했다. 아들에게 전보다 더 많은 위문품을 보냈다. 그렇게 함으로써 샘에게 자기 어머니의 존재와 정을 더 깊이 느끼도록 했다. 그녀는 샘이 충실하게 보내 주는 가족 수당을 타고 있었기 때문에 자기 하고 싶은 대로 할 수 있었다. 그녀는 실제로 샘이 보내 주는 가족 수당으로 생활을 꾸려 나가고 있었다.

여러 날들이 흘러갔다. 슬리스케일에서는 별다른 사고가 없는 평온한 날들이었다. 넵튠 탄광에서는 파라다이스 광구까지 새 도로를 뚫는 작업이 순조롭게 진척되고 있었지만, 제니는 여전히 타인캐슬의 친정에서 지내고 있었다. 마사는 그녀에 대해서는 아무런 소식도 듣지 못했다. 톰 오글 노인의 아들인 해리 오글이 읍의 원에 선출되었다.

핸즈 메서는 교외 병원에서 적국인 수용소로 옮겨졌다. 웹트 부인은 일주일에 이틀씩 파이 가게를 정기적으로 열었다. 잭 리디는 심한 독가스를 마신 까닭에 전선에서 귀환했다. 데이비드에게서는 한 달에 한 번씩 규칙적으로 편지가 도착했다. 삶은 이런 식으로 여전히 계속되고 있었다.

애니 메이서는 여전히 아버지와 함께 검푸른 안개로 덮인 새벽에 낚시질을 해서 잡은 생선을 가지고 다니며 팔았다. 사람들은 애니가 생선을 팔러 다니는 것은 창피스러운 일이라고 말했지만, 애니는 달리 어쩔 도리가 없었다. 오빠인 픽은 가족 부양 수당을 보내 줄 위인이 못 되었기 때문에 그들로서는 생선을 팔아야 생계를 꾸려 나갈 수 있었다. 애니는 창피함을 무릅쓰고 생선 장사를 계속할 수밖에 없었다.

그러나 3월 22일, 애니는 생선을 팔러 나가지 않았다. 마사는 애니를 찾았으나 허사였다. 해산일이 닥쳐온 모양이라고 생각하니 더욱 화가 치밀었다.

저녁때가 되자 마사는 산책을 나섰다. 해변을 따라 스누크를 지나고, 그 넘어 벼랑 위로 올라갔다. 애니가 혹시 그곳에 와 있을지도 모르겠다고 생각했기 때문이다. 그러나 애니는 그곳에도 없었다. 마사는 역시 자기 짐작대로 해산 준비로 나오지 못하는 것이라고 생각을 굳혔다. 그 얌전하던 아이가 이제 사생아를 낳는다고 생각하니 어떤 쾌감마저 느껴졌다.

그러나 마사의 표정은 이내 굳어졌다. 벼랑 길 아래 기슭에 서 있는 애니를 보았기 때문이다. 애니는 그 길을 올라오기 시작했다.

애니는 천천히 오솔길을 올라왔다. 마사는 험악한 눈초리로 그녀가 가까이 오기를 기다렸다. 애니는 올라오기가 좀 힘이 드는 듯 꽤 오래 걸렸다. 그녀는 마치 큰 짐이라도 진 사람처럼 힘겨워하면서 천천히 올라왔다. 마사의 눈초리 따위는 안중에 없는 듯했다.

애니는 마사 앞에서 걸음을 멈추었다. 올라오기가 힘이 들어서 그런지 얼굴이 유난히 창백했고, 숨까지 헐떡이고 있었다. 그녀는 몹시 지쳐 보였다. 애니는 마사를 바라보다가 바다 쪽으로 시선을 돌렸다. 그것은 그녀의 버릇이었다. 애니는 샘이 있을 먼 그곳을 언제나 바라보는 것이었다. 그렇게 서 있다가 대수롭지 않은 듯이 이야기를 시작했다.

"샘과 저는 지난 8월에 결혼식을 올렸답니다."

마사는 마치 무엇에 찔리기라도 한 듯 뒤로 물러섰다. 그러나 곧 정신을 차리고 차갑게 말했다.

"거짓말 말아!"

그러나 애니는 샘이 있을 바다 건너 먼 곳에 시선을 둔 채 슬픈 목소리로 이야기를 계속했다.

"저희들은 분명히 결혼했습니다. 그이가 지난 8월에 휴가 왔을 때였습니다."

"아냐, 그럴 리가 없어. 지금까지 샘의 가족 수당은 나 혼자만 타고 있었어."

애니는 여전히 바다 건너편을 바라보면서 말했다.

"저희들은 어머님께서 가족 수당을 타시도록 하고 싶었어요. 샘과 제가 똑같이 원했기 때문에 끝까지 어머님께서 혼자 타실 수 있도록 해 놓았습니다."

마사의 얼굴이 분노로 무섭게 일그러졌다. 어쨌든 위신은 잃지 말아야 한다는 자존심이 튀어나오려는 난폭한 욕설을 겨우 막았다.

"난 그따위 말을 믿을 수 없어. 절대로 믿지 않겠다."

애니는 천천히 아득한 바다 저쪽으로부터 시선을 거두었다. 그녀의 눈에는 아무런 표정이 없었고, 얼굴 위에는 짙은 그림자가 드리워져 있었다. 너무 어둡고 너무 메말라 보이는 얼굴이었다. 그녀는 마사에게 손에 쥐고 있던 전보를 건네 주었다.

마사는 전보를 받아 들었다. 그것은 애니 펜윅 부인에게 온 것이었다. 전보의 내용은 다음과 같았다.

〈귀하의 남편 사무엘 펜윅 병장은 3월 19일 전투에서 전사했음.〉

깨져 버린 약속

1919년 4월 24일, 아더의 형기가 만료되었다. 오전 9시에 아더는 사복으로 갈아입고 형무소를 나왔다. 그는 머리를 푹 숙인 채 잿빛석조 아치형 길을 조심스럽게 걸어나왔다. 잔뜩 흐린 날씨에 습기가 찬 아침이었다. 그는 햇빛과 공간에 대한 의식이 전혀 느낄 수 없도록 무감각해져 있었다. 그에게는 갑자기 부딪치게 된 바깥의 사물이 모두 이상하게만 느껴졌다.

아더는 자기 기분을 어떻게 표현할 수가 없었다. 눈을 조심스럽게 깜빡거렸다. 과연 내가 그 어두운 감방과 언제나 나를 가로막고 있던 형무소 담을 빠져 나온 것인가? 그는 점점 걸음을 빨리 했다. 형무소의 벽돌담이 자기 뒤에서 점점 멀어지고 있다는 사실을 깨달을수록 조금이라도 더 멀어지고 싶었다. 이같은 잠재적인 두려움이 그의 걸음을 무작정 서두르게 했다.

그러나 곧 걸음의 속도를 늦추지 않으면 안 되었다. 빠른 걸음 속도를 몸이 따라 주지 못할 정도로 그는 허약해져 있었다. 그의 모습은 마치 병원에서 중병을 앓다가 막 퇴원한 사람 같았다. 너무 쉽게 피곤을 느꼈고, 기운이 빠져서 휘청거렸다.

아더는 머리도 빡빡 깎여 있었다. 콜린즈 간수가 이삼 일 전에 마지막으로 짓궂은 장난을 친 것이다. 덕분에 아더는 마치 뇌수술을 받은, 그러니까 큰병원에서 대수술을 받고 막 퇴원한 사람처럼 보일 수밖에 없었다.

아더는 무엇보다도 자신의 이상한 모습에 쏟아질 사람들의 시선을 견뎌내야 하는 것이 괴로웠다. 그는 초조한 표정으로 주위를 힐끔힐끔 보았다. 약 1마일쯤 걸어서 벤튼 교외까지 왔다. 그곳에서 노동자들이 드나드는 허술한 커피 파는 집을 발견하고 안으로 들어갔다. 바깥에 '화물자동차 휴게소'라는 간판이 붙어 있었다.

아더는 빡빡 깎은 머리를 감추기 위해 모자를 그대로 쓴 채 심부름하는 사람이 다가와서 물어도 쳐다보지도 않은 채 달걀을 주문했다. 그는 음식을 날라다 줄 때도 얼굴을 들지 않았다. 그 사람의 신발과 더러운 앞치마, 노랗게 니코틴이 물든 손가락 등을 볼 수 있었다. 심부름꾼은 커피와 달걀을 앞에 놓자마자 돈부터 달라고 했다.

아더는 커피와 달걀을 먹었다. 형무소의 주석 나이프만 사용하던 손은 튼튼한 나이프와 포크가 몹시 어색했다. 어색한 것은 그 것만이 아니었다. 그의 헐렁한 옷차림은 더욱 남의 시선을 끌었다. 형무소에 있는 동안 몸이 몹시 말랐기 때문이었다.

아더는 생각했다, 이제 형무소에서 나왔다는 것과 자유롭다는 것에 대해서. 아아, 드디어 형무소에서 나온 것이다.

커피와 달걀을 먹고 나니 기분이 훨씬 좋아졌다. 그래서 그는 문 쪽에 있던 가게 주인의 얼굴을 바라보며 담배를 한 갑 달라고 청할 수 있었다.

머리털이 빨간 사나이는 무례한 호기심을 얼굴 전체에 내보이고 있었다.

"스무 개짜리 말이오?"

아더는 급히 고개를 끄덕이며 카운터에다 한 실링짜리 동전을 내놓았다. 그러자 그 사나이는 다 알고 있다는 표정을 지었다.

"오래 있었소?"

그제야 아더는 이 사나이가 자기가 형무소에 있었다는 것을 알고 있구나 하고 깨달았다. 대부분의 죄수들이 석방되자마자 바로 이곳에 들르는지도 모른다. 아더의 핼쑥한 얼굴은 창피스러움으로 붉어졌다. 그는 아무 대답도 하지 않고 급히 그집을 나와 버렸다.

처음으로 피워 보는 담배맛은 그다지 좋지 못했다. 그러나 약간 아찔한 기분, 즉 사람의 시선에 대한 예민한 불안을 많이 가라앉게 해 주었다. 학교에 가고 있던 한 아이가, 담배갑을 뜯고 있는 그를 보고는 뒤따라와 담배카드를 달라고 졸랐다. 아더는 무감각한 뻣뻣한 손가락으로 담배카드를 열심히 찾아 꺼냈다. 그것과 더불어 어린아이가 말을 걸어 왔다.

잠깐이지만 소년의 따뜻한 손길을 감촉할 수 있었다는 것이 놀라울 정도로 마음을 푸근하게 해 주었다. 그는 갑자기 자기가 인간이라는 사실을 새삼스럽게 느꼈다.

아더는 벤튼 종착역에서 타인캐슬행 전차를 탔다. 전차 안에서도 그는 바닥만 내려다보고 앉아서 생각에 잠겨 있었다. 그는 형무소에 있었을 때에는 형무소 밖의 세계만을 생각했다. 그런데 이제 바깥 세계에 나오니까 자꾸 형무소 생각이 났다. 형무소 소장과 목사의 마지막 말이 귓속에서 쟁쟁 울렸다.

"이 생활이 자네를 새 사람으로 만들어 주었으리라고 믿네."

또 형무소 전속 의사가 검진을 하면서 하던 소리도 울려 왔다.

"셔츠를 걷어 올려. 바지를 내려!"

운동 시간 때 어깨 넘어로 속삭이던 힉스의 그 마지막 농담도 잊을 수가 없었다.

"오늘밤엔 그 계집애에게 가겠지, 이 기피자야?"

콜린즈 간수가 마지막 보여주던 태도도 지독한 것이었다. 그가 마지막으로 열쇠소리를 내면서 문을 열었을 때, 아더는 자기도 모르게 한 손을 내밀었다.

"병신 취급 말아, 이 기피자야!"

콜린즈 간수는 이렇게 말하는 것과 동시에 아더의 손에다 침을 탁 뱉어 버렸다. 그 일이 떠오르자 그는 본능적으로 손바닥을 바짓가랑이에다 닦았다.

전차는 덜커덩거리며 타인캐슬 시내 안으로 들어갔다. 낯익은 혼잡한 거리를 지나 드디어 중앙 역 앞에서 멈추었다. 아더는 전차를 내려 정거장 안으로 들어섰다. 그는 슬리스케일행 차표를 살 작정이었다. 그러나 매표구에 다가갔을 때 도저히 용기가 나질 않아서 역원에게 다가갔다.

"슬리스케일행의 다음 열차는 언제 있나요?"

"11시 55분."

아더는 매점 위의 큰 시계를 쳐다보았다. 기차를 타려면 서둘러야 했지만 그는 멍청히 서 있었다. 집에 가고 싶은 생각이 나질 않았다. 어머니의 죽음도 잘 알고 있었다. 그는 자신이 이렇게 망설이는 것은 어머니가 안 계시기 때문이라고 생각하고 싶었다. 그러나 그것은 핑계일 뿐이었다.

아더는 매표구에서 물러나 '대공격 개시'라고 씌어진 플래카드를 자세히 바라보았다. 그는 지금 자기 주위에서 떠들고 있는 사람들의 소란스러움과 자기가 누구인지 아는 사람이 없다는 것이 매우 기분 좋았다. 한 소녀가 스치듯 자기 옆을 지나갔을 때, 그는 힉스가 말한 것을 다시 기억했다.

"오늘밤엔 그 계집애에게 가겠지, 이 기피자야?"

아더는 얼굴이 붉어지면서 눈길을 돌렸다. 시간을 보내기 위해 식당에 들어가 한 잔의 차와 두루마리 빵을 주문했다. 무엇 때문에 사실을 감출 필요가 있는가. 그는 헤티가 보고 싶었다. 어느 때보다도 그녀의 위로와 사랑이 필요한 것을 느꼈다. 피곤하고 고통스러운 마음을, 그녀를 만나 어서 풀고 싶었다. 헤티는 정말로 자기를 사랑해 주었다. 이제 만나면 그녀는 자기를 이해해 줄 것이다. 가엾이 여기며 어떻게든 위로해 주려고 할 것이다. 그렇게 생각하니 빨리 만나고 싶은 안타까움이 그를 삼켜 버릴 듯이 밀려왔다. 다른 아무것도 생각이 나지 않았다. 뜨거운 눈물이 눈에 가득 넘쳐 흐르기 시작했다. 그는 눈물을 닦을 생각도 않고 어떤 일이 있어도 헤티를 만나야겠다고 생각했다.

오후 1시가 다 되어갈 무렵, 아더는 정거장을 나와 대학통 쪽을 향해 걷기 시작했다. 그는 기운이 빠져 있기도 했지만, 그보다 겁에 질려 있어서 걸음을 빨리할 수가 없었다. 천천히 경사진 길을 올라갔다. 헤티를 보고 싶다는 생각만이 그에게 어떤 흥분을 일으켜 줄 뿐이었다. 17번지 집 앞에 도착하자 기대감으로 숨이 막힐 것 같았다.

아더는 토드의 집 맞은편에 서서 그 집을 뚫어지게 쳐다보았다. 여기까지 오기는 했으나 안으로 들어갈 용기가 생기질 않았다. 불길한 예감이 한꺼번에 밀려와 그의 행동을 막아 버리는 것이었다. 형무소에서 나오자마자 뜻밖에 이처럼 걸어들어오는 자기를 보면, 그들은 얼마나 기뻐할 것인가. 그러나 무엇인가 안 된다는 생각이 그 돌계단을 올라가 초인종을 누를 용기를 뺏어 버렸다.

아더는 그런 두려움을 느끼면서도 헤티를 보고 싶은 그리움으로 온몸이 타 버리는 것 같았다. 그는 그녀가 집 밖으로 나오거나, 또는 들어가는 것을 발견할 행운이라도 생겼으면 하고 은근히 바라고 있었다. 3시 가까이 되자 현기증이 다시 일어나 그 자리에 주저앉고 싶어졌다.

아더는 대학통 끝머리에 있는 성벽 쪽으로 걸어가 보리수나무들 아래에 놓인 벤치에 앉았다가 나중에 되돌아와서 계속 지켜 보자고 결정을 내렸다. 그는 지친 다리를 질질 끌면서 길을 건넜다. 그런데 하마터면 그 모퉁이에서 로러 밀링튼과 부딪칠 뻔했다.

아더는 의외의 만남에 너무 놀라 숨이 막힐 지경이었다. 로러는 처음에는 그를 잘 알아보지 못했다. 무거운 표정으로 걸어오던 그녀의 얼굴은 냉담한 채 아무 변화도 일지 않았다. 그녀는 그냥 지나치려다가 겨우 그를 알아본 모양이었다.

"어머나, 아더!"

그녀는 숨이 넘어가는 듯한 목소리로 그를 불렀다.

"역시 아더였어."

아더는 눈길을 땅바닥에 떨어뜨린 채 고개를 들지 못했다.

"네, 접니다."

아더를 자세히 바라보는 그녀의 표정이 바뀌었다. 우울하게 가라앉은 얼굴이 어떤 충격을 받은 듯했다.

"우리 아빠를 뵈러 왔어요?"

아더는 여전히 눈길을 외면한 채 말없이 머리만 저었다. 그의 그러한 태도 속에 깃든 절망스런 표정이 그녀에게 또 다른 괴로움을 더해 주었다. 그녀는 그에게 다가가 팔을 잡았다.

"들어 가요. 나도 지금 막 찾아오던 길이에요. 아주 몸이 좋지 않아 보여요."

"안 돼요!"

그는 어린애처럼 몸을 뿌리치면서 중얼거렸다.

"모두들 날 만나고 싶어하지 않을 테니까요."

"그래도 들어가야죠."

로러가 강하게 끌자 그는 어린애처럼 순하게 끌려갔다. 그는 눈물이 쏟아질 것만 같은 감정을 겨우 눌렀다.

로러는 백에서 열쇠를 꺼내어 문을 열었다. 두 사람은 뒤켠의 거실로 들어갔다. 그곳은 그가 너무나 잘 알고 있는 곳이었다. 그의 깎여진 머리를 본 로러는, 슬픈 한숨을 내쉬면서 그의 두 어깨를 잡아 난롯가의 의자에 앉혔다.

아더는 여전히 창백한 얼굴로 그 자리에 앉았다. 형무소에서 늘 하던 버릇대로 몸을 잔뜩 움츠린 채 앉아 있는 모습이 몹시 처량해 보였다. 로러는 부엌으로 나가서, 금세 뜨거운 차와 버터빵을 쟁반에 담아들고 왔다. 아더가 차를 마시고 빵을 먹는 동안, 그녀는 내내 근심스런 눈초리로 바라보았다.

"자 들어요."

그녀는 부드럽게 말했다.

그는 시키는 대로 했다. 지금 집 안에는 헤티도, 그의 아버지도 아무도 없다는 것을 듣지 않아도 알 수 있었다. 그러나 마음은 담담했다. 오히려 아무런 실망도 느껴지지 않는 것이 이상스러웠다. 그는 머리를 들어서 처음으로 로러를 바라보았다.

"고마워요, 로러."

그녀는 대답하지 않았다. 난로의 불빛을 바라보는 그녀의 창백한 얼굴에 연민이 담긴 표정이 재빨리 지나갔다. 아더는 그녀가 이제는 정말 늙었구나, 하고 생각하지 않을 수 없었다. 그녀의 눈 아래에는 엷은 기미가 끼기 시작했고, 옷차림도 머리 모양도 별로 다듬지 않았다는 느낌을 주고 있었다. 이러한 변화는 그를 좀 놀라게 했다.

"뭐가 잘못됐나요, 로러? 왜 여기 와 계세요, 그것도 혼자서?"

이번에는 깊고 고통스러운 절망이 로러의 눈빛에 나타났다.

"아무것도 잘못된 건 없어요."

그녀는 몸을 굽히고 난롯불을 휘저었다.

"이번주엔 아빠와 함께 있기로 했어요. 그 동안 힐톱의 집은 채워 두는 거죠."

"집을 채워 두다니요?"

그녀는 고개를 끄덕이면서 나지막한 목소리로 덧붙여 말했다.

"우리 집 그이가 번마우드의 요양소에 가 있어요. 그이가 포탄 충격을 받았다는 얘기를 아직 듣지 못했나요? 난 여기서 뒤처리가 끝나는 대로 그이에게 갈 거예요."

아더는 영 믿기지 않는다는 듯한 표정으로 그녀를 바라보았다. 그의 머리로는 도무지 이해가 되질 않았다.

"그렇지만 공장은 어떻게 하고요, 로러?"

그는 한참 만에 겨우 물었다.

"그건 다 처리되었어요."

그녀는 덤덤한 목소리로 대답했다.

"그런 건 아무것도 아녜요, 아더."

그는 더욱 놀란 표정으로 그녀를 멍하니 바라보기만 했다. 자기가 알고 있는 로러는 이렇지 않았다. 그녀의 얼굴에 박혀 버린 듯한 슬픈 표정은 그녀의 모습까지 달라 보이게 했다.

아더는 자신의 고뇌에서 오는 예민한 감각으로, 그녀의 아무렇지 않아 보이는 외관의 그 껍데기 뒤에 숨어 있는 상처 입은 영혼을 볼 수 있었다. 그러나 그는 그러한 것을 끝까지 생각해 볼 수가 없었다. 견디기 힘든 피로가 다시 그를 짓눌러 왔던 것이다. 두 사람 사이에는 긴 침묵이 흘렀다.

"성가시게 해서 미안합니다, 로러."

그가 갑자기 말했다.

"성가시게 했다니, 천만에요."

그는 그녀가 자기를 귀찮아하지 않는다는 느낌을 받았다. 아더는 다시 우물거리다가 겨우 용기를 낸 듯 말을 꺼냈다.

"시간이 꽤 됐지만, 이왕 온김에 기다렸다가 헤티를 만나 보는 게 좋겠다는 생각이 드는군요."

또다시 말이 끊어졌다. 그는 로러가 자기를 바라보는 것을 느꼈다. 이윽고 그녀는 난로 앞에 무릎을 꿇고 앉았던 자리에서 일어나 그의 앞에 우뚝 섰다.

"헤티는 이제 여기에서 살지 않아요."

"뭐라구요?"

"여기 없어요."

그녀는 머리를 내저었다.

"그애는 지금은 파안버러에 살고 있어요. 저어, 그러니까……."

그녀는 잠시 말을 끊었다가 다시 이었다.

"저어, 아더, 그러니까 디크 퍼브즈가 있는 곳이에요."

"그렇지만 뭣 때문에……."

그는 더 이상 말을 할 수가 없었다. 가슴속에서 낚싯바늘이 쿡쿡 찌르는 것 같은 느낌이었다.

"아더, 당신은 아무것도 모르는군요."

로러는 전혀 변화가 없는 담담한 목소리로 말했다.

"그애는 디크 퍼브즈와 1월에 결혼했어요."

그녀는 아더의 눈을 피했으나 가까이 다가와 그의 어깨 위에 손을 얹었다.

"급작스런 일이었어요. 그가 빅토리아 십자훈장을 받았을 때였는데, 아더의 어머니가 돌아가시고 그 검시가 끝난 직후였지요. 디크는 그 쩨펠린 공격을 했기 때문에 빅토리아 십자훈장을 받았어요. 우린 꿈에도 생각하지 못했죠……. 헤티가 갑자기 마음을 정한 것 같았어요. 결혼 광고가 모든 신문에 다 났었어요."

그는 꼼짝도 하지 않은 채 돌비석처럼 무감각하게 앉아 있었다.

"그랬군요, 헤티가 결혼을 했군요."

"그래요, 아더."

"그런 일이 있으리라고는 꿈에도 생각하지 못했어요."

그는 침을 꾹꺽 삼켰다. 온몸에 경련이 일어나는 듯했다.

"헤티가 나와 무슨 관계가 있다는 생각은 하지 않았지만……."

현명하게도 로러는 아더를 전혀 위로하려고 하지 않았다. 그는 의자 속에서 안감힘을 썼다.

"그럼, 난 이제 가 봐야겠군요."

그는 떨리는 목소리로 말했다.

"안 돼요. 아더, 더 쉬었다 가도록 해요. 안색이 너무 나빠요."

"기분이 정말 좋지 않군요."

그는 흔들흔들하면서 몸을 일으켰다. 기분이 이상했다. 머릿속이 무슨 깃털 같은 것으로 꽉차 있는 것 같았다. 정거장까지 갈 일이 까마득했다. 그는 이마에 손을 얹은 채 멍청해져서 서 있었다. 그러다가 천천히 문 쪽으로 몸을 돌렸다.

그때 로러가 앞으로 나와 그의 팔을 잡았다.

"이대로는 갈 수 없어요. 곧 쓰러져 버릴 게 뻔한데 내가 어떻게 보낼 수 있겠어요? 자, 좀더 쉬었다 가세요."

"호의를 베풀어 주시는 겁니까, 로러?"

그는 비틀거리며 퉁명스럽게 물었다.

"그래요, 호의를 베풀고 싶군요."

로러의 말에 아더는 힘없이 웃었다.

"묘한 기분이군요. 내가 로러, 당신을 만나 은혜를 입다니……."

그녀는 어떤 결심을 한 듯 아더의 팔을 더욱 꼭 잡았다.

"자, 내 말을 들어요, 아더. 난 이 상태로 아더를 밖에 내보낼 수가 없어요. 어서 침대에 눕도록 해요……. 자, 빨리 아무 말도 하지 말아요. 아빠가 돌아오시면 내가 설명해 드릴게요."

로러는 그를 부축하여 현관을 지나 이층 계단을 올라갔다. 그녀는 침실의 가스난로에 불을 붙이고, 조용히 익숙한 솜씨로 아더의 옷을 벗기고 침대에 눕게 했다. 그러고는 뜨거운 물을 물통에 채워 그의 발밑에 넣어 주었다. 로러는 걱정스러운 얼굴로 그를 내려다보았다.

"이제 기분이 좀 어때요?"

"좋아졌습니다."

그는 억지로 웃어 보였다.

아더는 한참 후에야 자기가 헤티의 방, 헤티의 침대에 누워 있다는 사실 깨달았다. 얼마나 우스운가! 자기는 이렇게 해서 그리운 헤티의 침대에 누워 있는 것이다.

"오늘밤엔 그 계집애에게 가겠지, 응, 이 기피자야?"

힉스의 그 말을 생각하자 웃고 싶었지만 웃을 수가 없었다. 지난 날의 기억이 또다시 가슴속에서 낚싯바늘이 찌르는 듯한 아픔을 느끼게 했다.

오후 5시경이었다. 엷은 구름을 뚫고 내리비치는 햇빛이 방 안으로 비껴 들어와 벽지를 빨갛게 물들였다. 뒷마당에서는 어린 개똥쥐빠귀 몇 마리가 노래를 부르고 있었다. 매우 조용하고 실제 같지가 않았다. 특히 헤티의 침대가 주는 폭신한 기분이 더욱 현실감을 멀리 해주고 있었다. 로러는 어디론가 가 버리고 없었다. 알 수 없는 그리움이 그를 괴롭혔다.

"이걸 들어요, 아더. 그러면 잠이 올 거야."

로러가 그를 가볍게 흔들었다. 그녀는 자기에게 왜 이렇게 다정한 걸까! 그는 몸을 일으켜서 그녀가 가져온 뜨거운 수프를 마셨다. 그녀는 침대 옆에 앉아 있었다. 현실감을 잃어버린 침묵이 흐르는 방 안에서 그녀만이 유일하게 현실감을 느끼게 해 주었다.

쟁반을 받들고 있는 그녀의 두 손은 새하얗고 아주 보드라워 보였다. 그는 지금까지 로러에 대해서 별로 생각해본 적이 없었다. 그녀에 대해 관심을 기울일 일이 없었던 것이다. 그런데 그녀는 지금 너무나 친절하고 그 호의가 여간 고맙지 않았다. 그는 감사하는 눈빛으로 로러를 올려다보았다.

"나 같은 사람 때문에 왜 이렇게 애를 쓰세요, 로러?"

"내가 아더라면 그런 걱정은 하지 않겠어. 그런 것보다 몸 걱정이나 하도록 해요."

그녀는 빈 그릇을 받아 쟁반 위에다 놓았다. 그녀는 일어나려고 했다. 그러나 아더가 손을 내밀어 마치 혼자 남게 되는 것을 두려워하는 어린아이처럼 그녀를 붙들었다.

"나를 혼자 남겨 두지 마세요, 로러."

"좋아요."

로러는 다시 의자에 앉아 쟁반을 침대 옆 테이블 위에 얹었다. 그녀는 부드럽게 아더의 이마를 만져 주었다.

아더는 흐느껴 울기 시작했다. 그러다가 어린아이처럼 엉엉 소리내어 울었다. 절망의 밑바닥으로 떨어지는 듯한 어두운 허무감에 몸부림치며 얼굴을 그녀의 무릎에 파묻었다. 그녀의 부드러운 몸에 오랫동안 외로웠던 자신을 기대는 느낌은 무척이나 좋았다. 마치 어릴 때 안겨 본 엄마의 따뜻한 품에 다시 돌아온 듯한 기분이었다.

형언할 수 없는 평온함이 가슴 저 깊은 곳까지 차 오르는 듯했다. 그는 어느새 울음이 그쳐 있었다.

"로러!"

그는 속삭이며 더욱 깊숙이 그녀의 몸에 기대었다. 순간 로러의 몸 속에서 이상한 쾌락의 불길이 느닷없이 솟아올랐다. 그의 위안을 구하는 태도나, 그녀의 몸에 닿아 있는 그의 몸이 미칠 듯한 욕망을 불러일으킨 것이다. 그녀는 몸을 딱딱하게 긴장시키면서 방의 건너편을 바라보았다. 거울 속에 비친 자기의 얼굴이 보였다.

그때 그녀에게 급격한 반동이 일어났다. 그래서는 안 된다는 생각이 사납게 일어나는 욕망을 눌렀다. 그녀는 다시 아더를 내려다보았다. 그의 얼굴은 평온해 보였다. 막 잠이 들려는 듯 입술이 열려져 있는, 아무런 힘이 없는 어린아이의 모습 그대로였다. 그러나 그녀는 너무도 분명하게 그의 마음의 상처들을 볼 수 있었다. 무겁게 감아 버린 눈꺼풀과 좁고 끝이 뾰족한 턱에는, 뭔가 무한히 슬프고도 동경하는 듯한 표정이 어리어 있었다.

이젠 바깥에서 들려 오던 개똥쥐빠귀의 노랫소리도 뚝 끊어지고 어두움이 방 안으로 스며들고 있었다. 아더는 자고 있었지만, 로러는 그의 머리를 받쳐주면서 방 안에 그대로 앉아 있었다. 그녀의 얼굴 표정은 슬퍼보였지만 몹시 아름다웠다.

드러난 음모

아더는 2주 동안이나 일어나지 못하고 토드 집에서 누워 있어야 했다. 로러가 모셔온 의사는 재생불능성 빈혈 증세가 보인다고 경고했다. 대학통 1번지에 병원을 갖고 있는 도비 의사는 토드 가족의 주치의로서 아더의 신상에 대해서도 잘 알고 있었다.

도비는 친절하고 신중하게 진찰을 해 주었다. 그리고 여러 차례에 걸쳐 혈구 조사를 해 가면서 최선을 다해 치료해 주었다. 그러나 아더의 병을 낫게 한 것은 도비 의사보다도 오히려 로러였다. 로러의 정성어린 간호는 누구도 따를 수 없는 헌신적인 것이었다.

힐톱의 집이 비어 있었으므로, 그녀는 자신의 온 힘을 아더의 간호를 위해서만 쏟을 수 있었다. 잔시중을 들어 주고, 음식을 만들고, 책을 읽어 주었다. 아니면 그의 옆에 말없이 앉아서 친구가 되어 주는 등 자신의 모든 것을 쏟았다. 그렇게 냉담하고 그렇게 자기 중심적이던 로러가 이런다는 것이 이상스러울 정도였다. 아마도 그것은 하나의 보상 행위, 그러니까 자기 속에 선(善)이 있음을 증명하려는 강렬한 열망에서 속죄하고 싶어하는 마음에서 나온 것인지도 모른다.

사실 로러는 아더를 간호하는 동안 처음으로 진정한 행복을 느
낄 수 있었다. 아더의 점차적인 회복이, 그리고 자주 감사하다고
말하는 진심어린 한마디 한마디가 그녀를 행복하게 해주는 것이
었다. 아더의 마음의 아픔을 나누는 동안 그녀는 자신의 상처도
치유하게 된 것이다.

로러의 아버지 토드는 처음부터 모르는 척했다. 무슨 일에 간섭
한다는 것은 본래 토드의 성질에 맞지 않았다. 그리고 그도 아더
의 고집과 항거로 인한 비참한 생활을 잘 알고, 또 이해하고 있
었다. 그는 하루에 두 번씩 아더가 누워 있는 방을 다녀갔다. 그러
나 특별히 무슨 이야기를 하는 것은 아니었다. 그저 자기가 왔다
는 것을 알리려는 듯 기침을 하면서 우두커니 서 있다가 가 버리곤
하는 것이었다.

토드가 입을 열지 않는 데에는 이유가 있었다. 그것은 위험스러
운 화제, 즉 넵튠 탄광이나 전쟁, 헤티에 관한 말 등이 튀어나와
아더에게 고통을 주지 않을까 해서였다. 그의 이러한 배려는 아더
를 감동스럽게 했지만, 한편 그 지나친 조심성이 우습기도 했다.
그는 방을 나가기 전에 꼭 한마디를 했다.

"아더, 조바심칠 건 하나도 없다. 얼마든지 오래 있고 싶은 대로
있어라."

아더의 몸은 일단 회복기에 들어서자 눈에 띄게 좋아졌다. 일어
나 있는 시간이 길어졌고 로러와 함께 가벼운 산책도 하기 시작
했다. 두 사람은 혼잡한 장소를 피해 읍내의 성벽을 넘어가곤
했다. 그 성벽을 넘어서면 확 트인 넓은 공원으로, 맑은 날 그곳에
올라서면 오터번 산까지 볼 수 있는 아름다운 곳이었다.

로러가 자신에게 얼마나 헌신적인 사랑을 쏟았는가 깊이 깨닫지
는 못했다. 그러나 그는 로러에게 자주 감사하다는 말을 했다.

"로러, 내게 너무 잘 해 주셨어요. 정말이지 어떻게 감사를 드려야 할지 ……."

"난 아무것도 한 게 없어요."

그녀의 대답은 언제나 똑같았다.

맑고 신선한 어느 날 아침에 두 사람은 높은 언덕으로 올라가 잠깐 벤치에 앉아 있었다.

"당신이 도와 주지 않았다면 난 무슨 짓을 저질렀을지 몰라요."

아더는 한숨을 쉬었다.

"난 큰 잘못을 저질렀을 거예요. 내가 말하는 잘못이란 물론 윤리적인 것입니다. 난 완전히 자포 자기해서 어떤 무서운 짓도 피하지 않았을 거예요."

그녀의 대답이 없자 아더는 다시 말을 이었다.

"그러나 당신이 나를 본래의 나 자신으로 되돌려 주었어요. 이젠 힘도 나고 용기도 생깁니다. 어떤 일에든 떳떳이 맞설 수 있을 것 같아요. 하지만 공평하지는 않군요. 난 이렇게 건강해지고 평화스러워졌지만 내가 당신에게 줄 것은 아무것도 없어요."

"아마 아더는 이상하게 생각할 거예요. 나의 친절에 대해서 ……."

그녀는 나직한 목소리로 이야기를 시작하는 듯하더니 다시 입을 다물어 버렸다. 그는 조용히 그녀의 다음 말을 기다렸지만 그녀는 멀리 시선을 던지고 있을 뿐 입을 열지 않았다. 맑은 바람이 그들을 스치고 지나갔다.

아더는 그녀의 창백하고 순결해 보이는 옆얼굴을 조용히 바라보았다. 그녀는 깊은 생각에 잠긴 듯 꼼짝도 하지 않고 그대로 앉아 있었다. 아더가 빙긋 웃으면서 물었다.

"당신을 보면 어떤 생각이 나는지 알아요, 로러?"

그녀는 고개를 돌려 말없이 그를 바라보았다. 그러나 아더는 얼굴을 붉히며 조용히 말했다.

"라파엘의 마돈나를 연상하게 됩니다. 꼭 마돈나와 같아요."

그녀는 얼굴을 획 돌렸다. 붉은 빛이 얼굴 전체로 서서히 퍼져 나가다가 갑자기 굳어졌다.

"바보 같은 소리 말아요!"

그녀는 노한 목소리로 말했다. 정말 화가 난 모양으로 먼저 일어나서 급히 걸어가 버렸다. 그는 무색한 얼굴로 그녀의 뒤를 멍하니 바라보다가 천천히 일어나서 걸어 내려갔다.

몸이 회복됨에 따라, 그는 아버지와 슬리스케일, 그리고 자기가 집으로 되돌아왔다는 사실에 대해 좀더 깊이 생각할 수 있게 되었다. 자기는 곧 집으로 가야 한다는 생각이 자꾸 굳어갔다. 그의 내면에는 우유 부단하고 지나치게 두려워하는 비겁함이 여전히 있었지만, 사나이답게 용감해야 한다는 강건함이 그를 가만히 놓아두지 않았다.

형무소라는 곳은 확실히 그에게 보다 더 굳센 인간이 되도록 큰 영향을 끼쳤다. 그리고 지금까지 그의 삶의 지주가 되어 온, 비도덕적인 것과 옳지 못한 것에의 저항 정신은 그를 더욱더 굳센 인간으로 만들어 주었다.

아더가 토드의 집에 머문 지 3주가 되는 마지막 날, 저녁식사 후 면 으레 그러던 대로 두 사람은 함께 트럼프놀이를 하고 있었다. 어떤 특별한 말도 오가지 않았다. 아더는 자기 카드장을 집어들다가 어떤 충격을 받은 사람처럼 불쑥 말해 버렸다.

"곧 슬리스케일로 돌아가야겠어요."

그녀는 대답하지 않았다. 그러나 그렇게 이야기하고 나자, 오히려 떠날 날자를 늦추고 싶은 유혹을 느꼈다.

5월 16일 아침이었다. 식사를 하러 아래층으로 내려와 보니 토드는 벌써 외출하고 없었다. 식탁에 놓인 〈쿠리어〉 신문의 한 기사가 눈에 띄었다.

아더는 신문을 집어들었다. 기사는 아주 짤막했다. 그 6행짜리 짤막한 기사는 요란스러운 전쟁 뉴스의 주먹만한 활자들 가운데에 파묻혀 있었다. 그러나 아더에게는 몹시 중대한 것인 듯했다. 그는 그 기사 위에 눈을 준 채 식탁에서 꼼짝도 하지 않았다.

"무슨 사건이 실렸어요?"

로러가 그의 얼굴을 바라보며 물었지만, 아더의 귀에는 아무 소리도 들리지 않는 것 같았다. 이윽고 그가 천천히 입을 열었다.

"파라다이스 탄광 안으로 신작로가 뚫렸어요. 3일 전에 그 공사를 끝냈는데 그 길 끝에서 열 사람의 시체가 발견되었답니다. 그 검시가 내일 있다는군요."

재난 사건의 두려움이 멀리 물러갔다가 다시 몇 배나 더 무거워져서 덮쳐 오는 느낌이었다. 그의 마음은 그 고통스러운 무게 아래에서 바짝 움츠러들었다.. 그는 여전히 기사에 눈길을 준 채 말을 이었다.

"그 시체의 연고자되는 사람들을 프랑스 전선에서 불러오기까지 했군요……. 아마도 공식적인 시체 확인을 하기 위해서겠죠. 나도 돌아가야겠습니다. 지금 이 길로……."

로러는 대답하지 않았다. 그녀는 그에게 커피잔을 건네 주었다. 그는 굳어진 얼굴로 그 커피를 마셨다. 그는 자기 인생을 바꾸어 놓은 형편없이 망쳐 버린 그 상황으로 또다시 뛰어드는 고통스러움을 생생하게 느꼈다. 두려운 일이었지만 도피할 수 없는 일이었다.

자기는 돌아가야 한다. 어떤 일이 있어도 돌아가야 하는 것이다. 식사가 끝나자 아더는 로러를 건너다보았는데, 그녀는 걱정스러운 눈빛으로 고개를 끄덕여 주었다. 그는 식탁에서 일어나 곧 현관으로 나가 모자를 쓰고 코트를 입었다. 꾸릴 짐도 없었기 때문에 훌쩍 문밖으로 나왔을 때 로러는 현관문까지 따라나왔다.

"약속해 줘, 아더."

그녀는 냉랭한 그녀 특유의 목소리로 말했다.

"어리석은 짓은 하지 않겠다고……."

그는 머리를 내저었다. 침묵이 흘렀다. 이윽고 그는 로러의 두 손을 잡았다.

"난 감사의 말을 하는 것이 몹시 서투릅니다. 그렇지만 로러, 내 마음을 잘 알겠죠……. 다시 만나고 싶습니다. 곧 만날 수 있겠죠. 그땐 나도 당신을 위해서 뭔가 할 수 있을 겁니다."

"그럴 테지요."

그녀는 조용히 웃었다.

그녀의 담담한 태도가 오히려 그를 당황스럽게 했다. 아더는 어떻게 해야 좋을지 몰라 비좁은 현관에 멍하니 서 있었다. 이윽고 그녀의 손을 놓고 작별 인사를 했다.

"그럼, 안녕히 계십시오, 로러."

"잘 가요."

아더는 몸을 돌려 거리로 나왔다. 후두둑 빗방울을 담은 돌풍이 사납게 그의 몸을 휩쌌다. 역에 도착하니 10시 10분이었다. 그는 급히 슬리스케일행 차표를 샀다.

10시 15분 보통 열차는 승객이 없었다. 3등실 칸은 그가 독점이라도 한 것처럼 텅텅 비어 있었다. 기차는 타인캐슬을 떠나 낯이 익은 작은 역들과 운하의 철교를 건너 브렌트 터널을 지났다. 슬리스케일의 정겨운 풍경들이 나타나기 시작했다. 아더는 이제야 본래의 자기를 찾은 듯한 묘한 기분이 되었다.

슬리스케일 플랫폼에 내려섰을 때, 시계는 11시 반을 가리키고 있었다. 그때 또 한 사람의 승객이 기차의 뒤쪽 끝에서 막 내리고 있었다. 그들 두 사람은 개찰구에서 자연스럽게 만나게 되었다.

그가 데이비드 펜윅임을 알자, 아더는 갑자기 가슴이 죄어드는 듯한 아픔을 느꼈다. 데이비드도 대번에 아더를 알아보았으나 인사를 하지는 않았다. 그렇다고 해서 그를 피하려는 얼굴도 아니었다. 그들은 함께 좁은 통로를 지나 거리로 나왔다.

"당신도 그 검시 관계로 돌아오셨군요."

아더가 먼저 이야기를 꺼냈다. 말하지 않고는 견딜 수가 없었다.

데이비드는 묵묵히 고개를 끄덕였다. 그의 군복은 낡았고 몸은 지쳐 보였다. 두 사람은 프리호울드 가를 따라 걸었다. 그 길 모퉁이를 돌자, 바다에서 휘몰아쳐 오는 가는 빗방울이 떨어지기 시작했다. 그들은 카우펜 가까지 함께 걸었다.

아더는 데이비드의 침묵과 굳은 표정이 마음에 걸렸다. 그러나 무슨 말이라도 해야겠다고 생각할수록 점점 더 입이 다물어졌다. 결국 입을 연 쪽은 데이비드였다. 그는 태연한 일굴로 미소까지 띠어 보이려 애쓰는 듯했다.

"사실은 이틀 전에 돌아와서 타인캐슬에 들렀다가 오는 길입니다. 아내가 타인캐슬의 친정에서 살고 있어요. 내 아들놈도 거기 있죠."

"그렇군요."

아더는 중얼거렸다. 그는 이제야 왜 데이비드가 그 기차를 탔는가 하는 의문이 풀렸다. 그러나 그는 여전히 입을 다물고 있었다. 더 이야기를 계속해 나갈 화제를 찾을 수 없었던 것이다.

두 사람은 다시 침묵을 지키며 걸었다. 잉커먼 고지촌인 자기의 옛집 맞은편까지 오자 데이비드가 갑자기 걸음을 멈추었다. 그리고는 여전히 격렬한 감정을 겨우 누르고 있음을 느끼게 하는 낮은 목소리로 말했다.

"잠깐 들렀다 가지 않겠소? 당신에게 보여 줄 것이 있어서."

그 목소리는 억압적이고 격렬했다. 아더는 거역할 수 없는 힘에 굴복되는 듯한 편치 못한 감정을 느꼈으나, 아무 말없이 데이비드를 따랐다. 두 사람은 마아진 포도를 지나 23번지의 집으로 들어가 문간방으로 들어섰다. 덧문이 내려져 있었지만, 희미한 빛 아래에 두 개의 관이 놓여져 있는 것을 볼 수 있었다.

그 관들은 아직도 뚜껑이 열린 채로 방 한복판의 평상 위에 안치되어 있었다. 그것을 보자 아더의 몸은 다시 오그라드는 듯한 통증을 느꼈다. 그는 쿵쿵 뛰는 가슴을 누르며 첫번째 관 앞으로 다가갔다.

아더의 눈이 로버트 펜윅의 눈과 마주쳤다. 로버트의 시체는 4년이 지난 것이었다. 그래서 얼굴의 색깔은 백랍같이 하얗게 바랬고, 피부는 마치 미이라처럼 말라서 오그라든 뼈다귀에 딱 달라붙어 있었다. 아더는 자기도 모르게 뒤로 물러서면서 두 눈을 가렸다.

아더는 멍한, 그러면서도 비난을 가득 담은 듯한 억울하게 희생된 사자(死者)의 눈을 차마 마주 볼 수가 없었다. 그는 몸이 떨렸다. 나가 버리고 싶었으나, 그럴 수는 없다는 생각이 겨우 그를 방 안에 잡아 두고 있었다. 그는 어떻게 해야 좋을지 알 수가 없었다.

데이비드는 여전히 격렬한 분노와 싸우고 있는 듯한 목소리로 다시 입을 열었다.

"난 이걸 발견했소!"

그는 종이쪽지를 내밀었다.

"아버지의 몸에 끼워 있더군요. 아무도 이걸 본 사람은 없어요."

아더는 천천히 얼굴을 가렸던 손을 뗐다. 그는 데이비드의 손에 들려진 종이를 뚫어지게 바라보았다. 그러다가 급작스럽게 손을 벌려 받아 들고는 자세히 들여다보았다. 그것은 로버트의 유서였다. 그 유서를 읽어 나가는 동안 그는 자기가 죽고 있는 듯한 느낌이 들었다.

"알겠소?"

데이비드는 긴장된 목소리로 말했다.

"결국 이것으로 만사가 명백하게 밝혀진 것이오."

아더는 그 유서를 계속 뚫어지게 바라보고 있었다. 그의 안색이 흙빛으로 변했다. 금방이라도 쓰러질 것 같은 표정이었다.

"난 이걸 가지고 더 이상 어쩌자는 의사는 없어요."

데이비드는 단호한 목소리로 말했다.

"그러나 당신은 당연히 알아야 한다고 생각했습니다."

아더는 유서에서 눈을 들어 데이비드를 처음으로 보는 것처럼 뚫어지게 쳐다보았다. 그는 벽에 몸을 기댔다. 방 안이 빙글빙글 돌아가는 듯했다. 그것은 마치 그의 모든 괴로움과 의심, 그리고 공포심이 한데 뭉쳐서 힘껏 자기를 내리치는 듯한 느낌이었다.

아더는 겨우 데이비드가 옆에 있다는 것을 깨달은 듯 유서를 접어 그에게 되돌려 주었다. 데이비드는 그것을 양복 안주머니에 받아 넣었다. 목이 쉰 듯한 이상한 목소리로 아더가 말했다.

"이 일은 내게 맡겨 두십시오. 아버지에게 알리겠습니다."

그의 몸이 눈에 띄게 부들부들 떨리고 있었다. 아더는 바깥 공기를 마시지 않으면 쓰러질지도 모른다는 생각이 들어 인사도 없이 그 방을 뛰쳐 나왔다.

아더는 쓸쓸한 가로수를 휘몰아 때리는 심한 소나기를 그대로 맞으면서 집을 향해 걸어 올라갔다. 장대같이 쏟아지는 빗줄기도 느껴지지 않았다. 어떤 환각에 사로잡힌 사람처럼 똑바로 걸어 갔다.

이제 로버트 펜윅의 가슴에 4년 동안 간직되었던 그 접혀진 종이쪽지로 인해 모든 것이 명백해졌다. 그가 의심하고 두려워했던 모든 것이 말이다. 이제는 아무것도 의심하고 두려워할 것이 없었다. 그의 앞에는 모든 것이 너무나 선명하게 드러나고 있었다. 움직일 수 없는 확신이 거센 파도처럼 온몸을 휘감고 있었다.

아더는 이 유서를 보게 된 것이 어떤 운명처럼 여겨졌다. 피할 수 없는 운명이었다고 생각되었다. 그리고 유서의 내용이 자꾸 확대되어 그 자체에 무수하고 측량할 수 없는 여러 가지 의미를 더 첨가시키고 있었다. 그 하나하나의 의미에는 각기 다른 뜻이 있고, 또 자기가 현재 이해할 수 없는 것이기는 했다. 그러면서도 그 모든 것이 하나의 공통 목적지에 귀착하고 있다고 생각되었다.

그 공통 목적지는 자기 아버지에게 모든 잘못이 있었다는 그것뿐이었다. 가슴이 터져 버릴 것 같은 분노가 불길처럼 치밀어올랐다. 그는 우선 아버지를 만나고 싶었다.

아더는 돌계단을 올라가 초인종을 잡아당겼다. 캐리 고모가 직접 문을 열어 주었다. 그녀는 굳어 버린 것처럼 문턱에 우뚝 서서 꼼짝도 하지 않았다. 그녀의 놀란 눈이 아더를 뚫어지게 바라보았다. 이윽고 고마움과 연민으로 범벅이 된 아우성을 내지르며 두 팔로 아더의 목을 껴안았다.

"아아! 아더, 우리 아더가 돌아왔구나!"

그녀는 목이 메이며 울었다.

"이렇게 돌아오다니……, 난 누군가 했어! 네가 이렇게 올 줄은 정말 몰랐구나, 아더! 그런데 영 얼굴이 못쓰게 됐어, 아더야. 정말 꼴이 말이 아니구나. 그럴 수밖에 없겠지. 그렇지만 돌아왔으니 이젠 괜찮다. 그런데 이게 현실이냐? 꼭 꿈만 같구나."

캐리 고모는 가까스로 자기의 감정을 가누면서 아더를 현관홀로 데리고 들어갔다. 그녀는 코트를 벗기고 물이 뚝뚝 떨어지는 모자를 받았다. 그러는 사이에도 애정에 넘치는 짤막한 말들이 그녀의 입에서 연방 터져 나왔다.

아더가 집에 돌아왔다는 기쁨에는 어쩔 수 없이 슬픔이 끼지 않을 수 없었다. 그녀는 두 손을 비비면서 그의 주위를 떠나지 못했다. 얼굴은 슬픔을 억누르느라 입술이 괴상하게 뒤틀리고 있었다.

"어서 뭐 좀 먹도록 하자. 곧 점심을 준비할게. 우선 우유나 비스킷 좀 먹지 않겠니?"

"생각이 없어요, 캐리 고모님."

식당으로 데려 가려는 고모의 손을 누르면서 그가 물었다.

"아버지께선 아직 안 돌아오셨나요?"

"아직 안 오셨어."

캐리 고모는 말을 더듬거렸다. 아더의 묻는 태도에 겁이 났기 때문이었다.

"점심때는 오시겠죠?"

캐리 고모는 숨이 찬 모양이었다. 그녀의 입이 더욱 일그러지며 입술 양쪽이 신경질적으로 떨렸다.

"물론 오시지. 1시경에 오신다고 하셨단다. 그리고 오늘 오후엔 처리할 일이 아주 많다고 하시더구나. 장례식을 치러야 하니 당연하지. 그렇지만 일이 잘 되어 가는 모양이어서 얼마나 다행인지 몰라."

아더는 대답하지 않았다. 아무 말없이 주위를 둘러보았다. 그는 자기가 없는 동안 집 안이 많이 달라졌다는 것을 느꼈다. 새로 들여 놓은 것이 분명한 번쩍거리는 가구들, 새 카펫과 커튼, 현관에 장치된 전기 시설들.

자신이 있었던 독감방과 그 안에서 겪어야 했던 괴로움을 회상하지 않을 수 없었다. 그것과는 너무나 상반되는 이 호화스러움은 거센 반발을 솟구치게 했고, 아버지에 대한 증오를 더욱 부채질하는 듯했다. 그는 몸이 떨리는 것을 다시 눌렀다. 극심한 흥분까지 몰아오고 있는 이 분노는 지금까지 한 번도 느껴 보지 못한 것으로 일종의 황홀감까지 느끼게 했다.

아더는 자신이 강해졌다는 것을 다시 한 번 느꼈다. 그는 자기가 지금부터 하고자 하는 것, 하지 않으면 안 될 것이 무엇인지 갑자기 떠올렸다. 그는 캐리 고모 쪽으로 몸을 돌렸다.

"잠깐 이층으로 올라가겠어요."

"오냐, 그러럼. 어서 올라가거라."

그녀는 점점 더 흥분해서 안절부절못했다.

"점심 시간은 1시다. 아주 맛있게 준비해 놓을게."

그녀는 머뭇거렸다. 결국 그녀는 걱정스러운 음성으로 그에게 말하고 말았다.

"아더, 제발 부탁한다. 아버지를 다시 화나게 해 드리지 말아라. 아버지는 너무 바쁘시단다. 그리고 건강이 좋지 않아. 전에 없던 일이지만 자주 신경질을 내신단다."

"신경질을 내신다구요?"

아더는 되물었다. 그는 그 말의 뜻을 좀더 바로 알고 싶었다. 그러나 이내 발길을 돌려 이층으로 올라갔다. 자기 방으로 가는 것이 아니었다. 그는 아버지의 서재로 들어갔다.

그 방은 아더가 어렸을 때부터 출입 금지 구역으로 신성한 금단의 방이었다. 넓은 방 중앙에 아버지의 책상이 놓여 있었다. 단단하고 사치스러워 보이는 나뭇결무늬의 옷칠을 한 마호가니 책상은 가장자리에까지 장식구슬이 박혀 있었다. 육중한 구리쇠로 된 자물쇠와 손잡이들로 복잡한 그 책상은, 방보다 더욱더 신성하고 엄숙해 보이기까지 했다.

그 책상을 바라보는 아더의 얼굴은 들끓어오르는 적개심으로 다시 뻘겋게 달아올랐다. 몹시 크고 단단해 보이는 그 책상이야말로 발라스의 인간성을 보다 잘 나타내주는 것이었다. 좀더 구체적으로 말하자면 그것은 아더를 망쳐 버린 모든 것을 상징하는 증오스럽기 짝이 없는 물건이었다.

아더는 난로 옆에 놓여 있는 불쏘시개 쇠꼬챙이를 집어 들었다. 그는 온 힘을 다해서 자물쇠를 **때려부쉈다.** 그리고는 꼭대기 서랍부터 열어제끼고 뒤지기 시작했다. 둘째 칸 자물쇠도 간단히 때려부수고는 서랍을 열었다. 그런 식으로 그는 서랍을 몽땅 열어서는 샅샅이 뒤졌다.

책상 안은 아버지의 재산을 세세히 적은 장부들로 꽉 차 있었다. 주권 영수증, 수표, 미불 저당 일람표, 아버지의 꼼꼼한 필적으로 씌어진 가죽표지의 두꺼운 장부 등이 그것이었다. 장부에는 어마어마한 부동산 목록이 빠짐없이 들어 있었다. 소장하고 있는 회화목록이라는 설명을 붙인 다른 장부에는 그림 하나에 대한 구입 가격이 날자별로 정확하게 기록되어 있었다.

세 번째 장부는 투자 내용에 대한 기록이 있었다. 아더는 재빨리 그 기입란을 훑어 내려갔다. 모든 게 확실했고, 상환(償還)은 틀림없었다. 투자증권만도 20만 파운드가 되었다. 그는 분노에 차서 그 책을 휙 집어 팽개쳤다. 20만 파운드, 무수한 숫자의 행렬 사이를 달리는 이 거대한 금액. 교묘한 수완이 쌓아올려 가는 부의 축적 앞에서 은밀한 만족을 즐기는 모습이 보이는 것 같았다.

구역질이 나도록 치사했고, 또 참을 수 없는 분노가 치밀어올랐다. 돈, 돈, 돈! 광부들의 육체의 땀과 피로 만든 돈. 광부들이야 죽든 말든 상관이 없는 것이다. 문제는 돈이다. 돈, 돈, 돈! 이 엄청난 황금의 무게가 보장되는 한 죽음과 파괴와 기아, 전쟁, 이 모든 것은 아무것도 아닌 것이다.

아더는 또 다른 서랍을 비틀었다. 이제 그의 속에는 분노로 들끓는 복수의 악령만이 작용하고 있을 뿐이었다. 그는 이제 엄청난 재산의 기록 따위는 안중에도 없었다. 그는 찾아야 할 것이 있었다. 설계도! 그 넵튠 탄광의 설계도도 바로 이곳 어딘가에 있을 것이라고 굳게 믿고 있었다.

아더는 아버지의 근성을 잘 알고 있었다. 탐욕만이 우글거리는 그 내면을 너무나 잘 알고 있었다. 왜 자기는 이것을 미처 생각하지 못했을까? 발라스는 기록이라든가 서류 같은 것은 절대로 파기하지 않는 사람이었다. 만일 로버트 펜윅의 유서가 진짜라면 설계도는 있을 것이고, 그것은 바로 이곳에 있을 것이다.

서랍이 하나하나 방바닥에 뒤엎어져서 철저히 조사되었다. 드디어 맨 밑바닥에 있는 서랍 속에서 양피지로 된 얄팍한 두루마리 종이가 나왔다. 매우 더럽고 구겨진 볼품없는 것이었다. 아주 쓸모없어 보이는 그런 것이었다. 아더의 입술 사이로 어두운 신음소리가 새어 나왔다.

아더는 평면도에 구 폐갱의 위치가 명백히 지적되어 있는 것을 금방 알 수 있었다. 그 폐갱은 밑바닥 쪽에서 목제 제방둑과 평행을 이루고 있었으며, 그 둑의 안쪽과는 2피트 가량 사이를 두고 서로 닿아 있었다.

아더는 형무소 생활로 흐릿하게 된 눈을 비비며 더욱 자세히 들여다보았다. 그는 아버지의 손으로 만들어진 복사물의 계산한 자국까지 볼 수 있었다. 그것은 무서운 불법 행위에 대한 결정적인 증거였다.

아더는 무릎을 펴고 일어서서 천천히 설계도를 말았다. 거대한 속임수의 전모가 흥분해 있는 그의 눈앞에 떠올랐다. 그는 두 손으로 설계도를 꽉 움켜쥐고, 그 신성한 방 한복판에 우뚝 섰다. 아직 고통스럽던 형무소 생활의 잔영이 남아 있는 창백한 얼굴이었지만, 눈빛은 불이 타는 것만 같았다.

그의 입가에 처절한 미소가 흘렀다. 아버지의 놀랄 만한 죄상과

아울러 인간의 지나친 욕심이 낳은 역설적 현실을 자조하는 듯한 비꼬인 웃음이었다. 그의 미소는 견딜 수 없는 듯 신경질적으로 떠들썩한 웃음으로 터져 나왔다. 그는 온몸을 떨면서 웃어댔다.

몸안에서 난폭한 격정이 솟구쳤다. 그는 두 주먹을 불끈 쥐었다. 주위의 것들을 두들겨 부수고 불태워 버리고 싶은 격정을 억지로 참았다. 최대의 자제력을 발휘하여 자신의 감정을 겨우 눌렀다.

아더는 휘청거리는 몸을 겨우 돌려서 아래층으로 내려왔다. 그는 현관홀 중앙에 버티고 서서 현관문에 눈을 던진 채 기다렸다. 가끔 시계 쪽을 바라볼 때마다 초조한 열기가 왈칵 밀려오곤 했다. 1시 25분 전, 그는 소스라치듯 놀라며 온몸을 더욱 긴장시켰다.

자동차가 마당에 멈추는 소리가 들려 오고; 곧 부산스러운 발걸음소리가 현관으로 다가서고 있었다. 현관문이 화들짝 열리며 아버지가 안으로 들어섰다. 완전히 얼어붙는 순간이었다. 아더의 눈과 리차드 발라스의 눈이 마주쳤다.

아더는 숨이 막혀 오는 듯한 긴장감을 느끼며 겨우 숨을 삼켰다. 아버지는 거의 알아볼 수 없을 정도로 변해 있었다. 정말 믿을 수 없었다. 훨씬 비대해졌을 뿐만 아니라 단단하던 몸매가 어딘지 느슨해져 보였다. 양볼이 무겁게 처진 얼굴은 몹시 늙어 보였다.

양복의 깃 사이로 삐져 나온 목 뒤로는 필요없는 비계살이 둘둘 말려 있었다. 그리고 예전의 고요하고 차분하던 거동 대신 무언가 당황하고 안정감이 없어 보이는 몸짓이 자연스러움을 잃고 있었다. 손은 가만히 있지를 못하고 연방 신문장을 들추고 만지작거렸다.

눈은 보이는 것은 무엇이나 다 보려는 듯 이리저리 방향을 돌리며 움직였다. 마음은 주위의 사물을 따라 예민하게 반응했고, 하 잘것 없는 '일에까지 관심을 기울이느라 분주했다.

아더는 아버지를 보자마자 이러한 상태를 대번에 알 수 있었다. 어떻게 해서든 과거는 부정하고 현실에만 집착하여 모든 재미를 맛보려는 억지스러운 태도가 그대로 감지되는 것이었다. 그는 또 한 그것이 한 인간이 붕괴되는 과정의 마지막 단계라는 것도 절실 히 느꼈다. 그는 아버지가 현관홀로 들어설 때도 계단 쪽에 등을 돌린 채 그대로 서 있었다. 두 사람 다 침묵을 지켰다.

발라스가 먼저 입을 열었다.

"그래, 돌아왔구나. 이건 뜻밖의 큰 기쁨이다."

아더는 말을 하지 않았다. 그는 아버지가 테이블 쪽으로 걸어가 신문과 함께 들고 온 물건들을 그 위에 놓는 것을 바라보았다. 발 라스는 그 물건들을 정리하면서 다시 말을 이었다.

"물론 아직도 전쟁 중이라는 건 너도 알고 있을 것이다. 그리고 내 견해도 전혀 변하지 않았다. 난 징병 기피자 따위를 이 집에 들 여놓고 싶지 않아 한다는 것을 알아두면 좋겠구나."

아더는 감정을 억누른 메마른 음성으로 말했다.

"전 징병을 기피하는 대신 형무소에서 옥살이를 했습니다. 충분 한 보상이 되었다고 생각합니다."

발라스는 옮길 필요가 없는 물건들을 이리저리 자꾸 옮기면서 비웃듯이 말했다.

"감옥살이는 네가 선택한 것이었지 ……. 네가 개심하지 않는다 면, 다시 옥살이로 되돌아갈 가능성도 있다는 것을 잊어버리지 않 는게 너한테도 유익할 게다."

아더가 대답했다.

"여러 모로 고마운 일입니다. 전 많은 것을 보고 왔습니다. 형무 소는 견문을 넓히는 데 가장 좋은 곳이더군요."

발라스는 물건을 정돈하던 손을 잠시 멈추고 아더에게 슬쩍 곁눈질을 보냈다. 그러더니 홀 안을 왔다갔다하기 시작했다. 그는 화려한 금시계를 꺼내어 시간을 보더니 여전히 빈정거리는 투로 말했다.

"난 점심식사 후에 또 약속이 있다. 밤에도 참석해야 할 회의가 두 개나 있어. 오늘은 내겐 좀 힘겨운 날이다. 너와 이야기할 새가 전혀 없다. 난 너무나 바쁘다."

"그렇게 바빠야 전쟁에 이긴다는 겁니까, 아버지? 사실 그렇겠군요."

발라스는 당황했다. 관자놀이의 정맥이 갑자기 불끈 솟았다.

"그렇다! 네놈이 그런 식으로 말한다면 나도 분명히 말해 주겠다. 나는 전쟁에 이기기 위해 최선을 다해 왔다는 것을 누구 앞에서나 떳떳하게 말할 수 있다!"

아더의 꽉 다문 입술이 보기흉하게 비뚤어졌다. 누를 수 없는 감정의 소용돌이가 그의 온몸을 휩쓸었다.

"아버지는 그 정도로 자기 자신을 자랑스럽게 생각하고 계시는군요? 그래요, 모든 사람이 다 아버지를 칭찬하더군요. 어떤 회합이나 위원회도 모두 아버지를 필요로 하고 있고, 신문에도 아버지의 이름이 실리고 있습니다. 그러나 아버지가 그처럼 영광스런 승리에 도취되어 연설하고 있을 때, 수천 명의 사람들이 전쟁터에서 도살당하고 있습니다. 이런 시기를 타서 아버지는 연설만이 아니라 또 돈을 벌고 계십니다. 그것도 몇 억, 몇 만 파운드의 엄청난 돈을 말입니다. 넵튠 탄광에서 광부들의 피땀을 짜내서 말입니다. 그것도 어디까지나 아버지 개인을 위한 목적 때문인데도 이 나라와 국민들을 위한 것이라고 공공연하게 소리치면서 자기 배를 불리고 있습니다. 이건 틀림없는 사실입니다."

그의 목소리는 점점 더 높아졌다.

"아버지는 삶이나 죽음에 대해서는 전혀 생각도 하지 않고 있습니다. 아버지는 다만 자기 자신만이 문제이고 자신만이 있을 뿐입니다."

"아무리 그래도 나는 형무소 같은 것과는 거리가 먼 사람이다."

발라스도 거의 외치다시피 말했다.

"그렇게 자신 만만해 하지 마십시오."

아더는 흥분으로 덜덜 떨며 소리를 질렀다.

"아마 아버지도 곧 그곳으로 가게 될 겁니다. 전 아버지를 대신해서 다시 그 감방살이를 시작할 생각은 추호도 없다는 것을 미리 말씀드립니다."

발라스는 왔다갔다 하던 걸음을 우뚝 멈추었다. 그의 눈이 무섭게 아들을 쏘아보았다.

"그게 무슨 말이냐?"

발라스는 몹시 놀란 목소리로 외쳤다.

"너, 미쳤구나."

"천만에요."

아더는 머리를 내저으며 냉소를 띠었다.

"난 미치지 않았습니다. 그러나 차라리 미치는 것이 더 행복할 것 같습니다."

발라스는 아더를 뚫어질 듯이 노려보았다. 그러다가 어깨를 한 번 으쓱하는 모습이 희망이 없는 놈이라고 불쌍히 여기는 것이 분명했다. 그는 불안한 몸짓으로 다시 시계를 꺼내었다. 그리고는 붉게 충혈된 눈으로 들여다보았다.

"또 나가야 할 시간이다. 점심 후에 아주 중요한 약속이 있어."

"가시지 마세요, 아버지!"

아더가 말했다. 그는 자기 내부에 숨어 있는 그 소름끼치는 일들에 사로잡혀 격정에 떨면서 그대로 서 있었다.

"너와 함께 있을 시간은 없다."

발라스는 얼굴이 시뻘개지며 계단 쪽으로 가던 걸음을 멈추었다.

"먼저 제 말을 들으셔야 합니다."

아더는 분노를 억누른 목소리로 겨우 말했다.

"이제 그 재난 사건의 전모를 모두 알게 되었습니다. 로버트 펜윅이 죽기 전에 유서를 써서 남겼습니다. 그 쪽지는 제가 분명히 확인했습니다. 아버지께서 문책을 당하셔야 한다는 것이 분명하게 드러났습니다."

발라스는 놀란 표정을 지었다. 그는 두려움마저 느끼는 듯했다.

"그게 무슨 말이냐?"

"말씀드린 그대로입니다."

발라스의 눈에 처음으로 죄의식을 느끼는 표정이 떠올랐다.

"그건 거짓말이다. 난 절대로 그렇지 않아. 내게는 아무런 책임도 없어."

"마음대로 생각하십시오. 전 구 넵튠 탄광의 평면도를 찾아 냈습니다."

발라스의 얼굴은 이제 완전히 충혈되었다. 목덜미의 혈관도 검붉은 색깔로 보기 싫게 불끈불끈 솟아 나왔다. 그는 몸이 흔들리는 듯 테이블에 몸을 기댔다. 그리고는 더듬거리며 말했다.

"네놈은 미쳤다. 넌 지금 정신이 나간 거야. 네 말은 듣기도 싫다."

"그 평면도를 없애지 않고 그냥 놔 두신 것이 잘못이었습니다, 아버지."

그러자 발라스는 자제력을 완전히 상실하고 고함을 쳤다.

"네가 그것에 대해서 뭘 알고 있다는 게냐? 왜 내가 그것을 없애 버려야 하느냔 말이다. 나는 죄인이 아니야. 나는 최선을 다해서 행동했다. 그 따위 것으로 마음을 괴롭힐 필요가 없어. 그건 이제 다 끝난 일이야. 그리고 지금은 전쟁 중이다. 난 2시에 만날 약속이 있어······. 내가 꼭 참석해야 할 회의가 있다."

발라스는 손잡이 난간을 꽉 움켜잡고 있다가 거센 숨결을 내뿜었다. 그는 검붉게 상기된 얼굴로 아더를 밀어제끼면서 지나가려 했다. 그러나 아더는 석상처럼 움직이지 않았다.

"그러시다면 회의에 나가세요. 그러나 전 아버지가 그 광부들을 살해했다는 사실을 알고 있습니다. 그리고 저는 그들이 재판에서 정당하게 취급되는 것을 두고 볼 작정입니다."

발라스는 여전히 거칠게 숨을 내쉬며 당황한 목소리로 말했다.

"난 임금을 줘야 한다. 그러기 위해서는 탄광이 수지가 맞도록 해야 해. 나도 광부들과 마찬가지로 위험을 무릅써야 한단 말이다. 우리는 모두 인간이다. 우리는 누구나 다 실수가 있는 법이다. 난 최선을 다해서 행동했다. 그 사건은 이미 다 끝났고 처리된 일이므로 다시 재판을 열 수는 없어. 난 점심을 먹고 2시에 회의에 참석해야 해."

그는 언제나처럼 급하고 부산스러운 몸짓으로 회중시계를 더듬었다. 그러나 호주머니의 위치를 잘못 짚었다. 또 시계에 관해서도 깜박 잊어버렸다. 그는 몸이 내부에서 무너지는 듯한 절망감을 느끼며 아더를 노려보았다.

아더는 마음 밑바닥에서부터 구토가 일었다. 이 모습이 바로 자기 아버지인 것이다. 자기는 이러한 아버지를 사랑했던 것이다. 그는 냉랭한 얼굴로 아버지를 바라보았다.

"그렇다면 전 그 설계도를 적당한 계통에 제출하겠습니다. 저의 행동을 막으실 수는 없을 겁니다."

발라스는 두 손으로 이마를 만졌다. 마치 혈관이 툭 터져 버리려는 것을 누르는 것 같았다.

"나는 네가 하고 있는 말을 이해할 수가 없다."

그는 자신이야말로 무슨 소리를 하고 있는지 알지 못하는 듯 또다시 같은 말을 되풀이했다.

"넌 내가 회의에 가야 한다는 것을 잊어버리고 있구나. 난 지금 세수를 하고 점심을 먹어야 한다. 2시에는."

아버지는 당황하여 어쩔 줄 모르는 것이 분명했다. 그는 몸을 부르르 떨더니 겨우 시계를 찾아냈다. 여전히 검붉은 혈색의 사나운 표정으로 시계를 들여다보더니 재빠른 걸음으로 아더를 지나쳐 이층 계단을 올라갔다.

아더는 긴장과 회한이 얽힌 표정으로 홀 안에 그대로 서 있었다. 마음이 텅 비어 버린 느낌이었다. 그는 지금까지 자신이 주장하는 정의를 위하여 너무나 긴장한 가운데 악착 같은 투쟁을 벌이며 신경을 곤두세워 왔다. 그런데 싸움은 너무 허망하게 끝나 버렸다. 투쟁할 준비를 단단히 하고 다가서 보니 그 적수는 너무나 불쌍한 허깨비였다. 싸울 건덕지도 없는 것이다.

무엇을 해야 하는가? 평면도를 어디로 보낼 마음도 일어나지 않았다. 자기 아버지라는 인간은 그저 불쌍한 사람일 뿐이다. 아더는 인생의 위선과 무자비함에 두들겨 맞아 박살이 나 버린 듯한 감을 느끼며, 계단 난간에 몸을 웅크리고 기댄 채 서 있었다. 그는 깊은 한숨을 내쉬었다. 마음 밑바닥에서부터 터져나온 처절한 것이었다.

이층에서는 아버지가 이리저리 움직이는 소리가 들려왔다. 쿵쿵 바닥을 밟는 요란한 발소리가 얼마나 불안하고 당황해 있는지를 잘 나타내 주는 듯했다. 수돗물이 쏟아지는 소리도 들렸다. 그러다가 갑자기 쾅하고 무거운 것이 쓰러지는 소리가 들려왔다.

아더는 휙 몸을 돌려 다시 귀를 기울였다. 더 이상 아무런 소리도 들리지 않았다. 절벽 같은 고요뿐이었다. 그가 이층으로 달려

올라가자 캐리 고모가 그 뒤를 따랐다. 두 사람은 목욕실 문으로 달려가 문을 쾅쾅 두드렸지만 안에서는 아무런 대답이 없었다. 캐리 고모는 무섭도록 크게 소리쳤다. 아더는 문을 부수고 안으로 들어갔다.

리차드 발라스는 얼굴의 반 정도를 비누거품을 칠한 채 바닥에 누워 있었다. 한 손에는 여전히 비누가 쥐여있었으며 아직 의식이 살아 있었다. 그는 거칠게 숨을 내쉬고 있었다. 뇌출혈이었다.

-제2권 끝-

-- 제2권 판권란 신 페이지--

옮긴이 | 이정빈
고대 정외과 졸업, 미국 피츠버그 대학원 수료
<정상에서 만납시다>,<불가능은 없다>,
<이런 팀장이 회사를 발전시킨다>,<적극적 사고방식>,
<현대를 지배하는 아이디어맨> 등 다수의 역서가 있음.

A.J. 크로닌의 장편소설

별이 내려다 본다 ②

1판 1쇄 인쇄	1994년	8월	25일
1판 1쇄 발행	1994년	8월	31일
2판 1쇄 발행	2005년	6월	25일
3판 1쇄 발행	2008년	11월	15일
4판 1쇄 발행	2011년	6월	20일

지은이 | A.J. 크로닌
옮긴이 | 이 정 빈
펴낸이 | 김 용 성
펴낸곳 | 지성문화사
등 록 | 제 5-14호 (1976.10.21)
주 소 | 서울시 동대문구 신설동 117-8 예일빌딩
전 화 | (02) 2233-5554 / 2236-0654, 2952
팩 스 | (02) 2238-4240 / 2236-0655, 2953

정 가 15,000원